JOSHUA

Die verlorenen Kinder

Andreas Seiller

1. Auflage 2021

Für meinen Vater Hermann Seiller
Unvergessen und immer in meiner Erinnerung

Über den Autoren

Hinter dem Autor Andreas Seiller verbirgt sich eine Waage, die im Jahre 1967 das Licht der Welt erblickte.

Ein Buch ist Papier, das einen Traum enthält.

Als Kind schrieb ich meine Texte auf ein Blatt Papier. Später tippte ich diese mit einer alten Schreibmaschine.
Ich fand Freude daran, meine eigenen Geschichten zu erzählen, Situationen und Personen zu erfinden und meiner Fantasie freien Lauf zu lassen.
Das daraus wirklich Geschichten entstehen, die in Büchereien und Buchhandlungen zu finden sind, hatte ich niemals zu hoffen gewagt.

Umso mehr freut es mich natürlich, dass dies Realität wurde.

Auf meiner Homepage
www.seillerbuch.jimdofree.com
können Sie stöbern und schauen, welche Bücher bisher erhältlich sind.

Die Handlungen und Personen in diesem Buch sind frei erfunden.

Ähnlichkeiten oder Namensgleichheiten mit lebenden oder bereits verstorbenen Personen sind rein zufällig und nicht beabsichtigt.

Idee und Text: Andreas Seiller
Buchcover: Andreas Seiller
Bild: Stefan Keller auf Pixabay

Prolog

Der Ort, an dem man sich gerade befindet, verändert sich im Laufe des Tages auf sonderbare Art und Weise.
Dort, wo man sich im Licht der hellen Sonnenstrahlen wohlfühlt, kann die aufkommende Dunkelheit eine beklemmende Atmosphäre auslösen. Der Pulsschlag steigt, das Herz beginnt zu rasen, Adrenalin wird ausgestoßen.
Die Angst bestimmt nun unser weiteres Handeln.

Der Wald

Er bietet eine Vielfalt an Farben und Gerüchen, die unsere Sinne betören und unser Herz vor Freude schneller schlagen lässt. Ein Ort, an dem man gerne mehrere Stunden verweilt, wo einem das leichte Rauschen der Blätter und der Gesang der Vögel in eine Art Trance versetzen, aus der man die Kraft für kommende Tage schöpfen kann. Der frische Geruch von Pflanzen, Gräsern und Moos scheint allgegenwärtig in der Luft zu liegen. Selbst der weiche, von welkenden Blättern überschüttete Waldboden sorgt dafür, dass man sich wohlfühlt, da die Schritte die Gelenke weniger belasten als sonst auf hartem, totem Asphalt. Die Lungen füllen sich mit belebendem Sauerstoff, das Gehirn wird zu einem Hochleistungsmotor, dessen in die Jahre gekommenes Getriebe ein Könner gereinigt, abgeschmirgelt und frisch geschmiert hat.

Erholsame Stille. Kein Autolärm, keine Abgase, kein Geschrei und kein nervenaufreibender Stress.

Doch die fröhlichen Stunden des Tages vergehen, und plötzlich verlässt der glückliche Besucher die Idylle, als wäre er vor jemand Bösem auf der Flucht. Schnell muss er laufen und sich in Sicherheit bringen, bevor der Abend kommt und die Sonne vollends am Horizont in die Tiefe hinabsinkt. Denn nun verschwindet die schützende Helligkeit bis in die Morgenstunden, und die Finsternis übernimmt bis dahin erbarmungslos die Macht.
Die Vögel verstummen, suchen Schutz in den dichten Baumkronen. Sogar der Geruch des Mooses scheint nun zu verblassen, um nicht mehr wahrnehmbar zu sein.

In der Finsternis herrschen andere Gesetze.

Äste und Zweige zerbrachen unter seinen Schritten, während er nur langsam vorankam. Schwer atmend zog der Mann, dessen Gesicht in der Dunkelheit nicht erkennbar war, einen undurchsichtigen, reißfesten Gewebesack hinter sich her, dessen Inhalt nur er alleine kannte. Er zerteilte auf seinem Weg die Blätter und Äste, die auf der Erde lagen, wusste aber, dass der kleine Kratzer auf der Haut der Natur schon in den kommenden Stunden wieder unsichtbar wurde. Der Unbekannte hielt kurz inne und lauschte bewegungslos in die Nacht hinein. Sein dampfender Atem schwebte in die Höhe und löste sich dort auf, wie der Nebel am Morgen, der lautlos über die weiten Felder hinweg zog. Der gebündelte Strahl einer kleinen Taschenlampe vertrieb für Sekunden die völlige Dunkelheit, die sich wie ein scheues Reh in den Wald verzog, um gleich danach wieder ihre Position einzunehmen.

Die rot leuchtenden Augen neugieriger Waldtiere verfolgten den unwillkommenen Störenfried, bis der zu seinem Ziel gelangte. Mehrfach war er in den letzten Monaten den Weg schon gegangen. Am Tag, aber auch in der Nacht. Tagsüber lief er durch *seinen* Wald, um die Gegend zu erkunden. Mitten in der Nacht war er hier unterwegs, wenn er, wie heute, wieder einmal etwas zu erledigen hatte. Seine kleine Sammlung sollte anwachsen. Sie würde heute Nacht eine weitere Trophäe erhalten, und nun musste er diese zu den anderen Kostbarkeiten bringen, damit er sich an ihnen *allen* erfreuen konnte. Sie gehörten nur ihm. Ihm ganz alleine und er besuchte sie, sooft es ihm möglich war und teilte seine Zeit mit ihnen.
Vorsichtig musste er dabei sein, damit ihn niemand beobachtete. Denn wenn dies geschah, würden sie ihm seine Lieblinge wegnehmen, sie für immer von ihm trennen.
ER müsste dann wieder ganz von vorne beginnen.

Ja, ganz von vorne.

Kapitel 1

Alexander Kant durchwühlte fluchend den Papierberg, der sich in den letzten Tagen auf seinem Schreibtisch angesammelt hatte, als unerwartet die Tür zu seinem Büro aufgestoßen wurde.
»Zieh dir schnell deine Jacke über, Alex. Ich glaube, *sie* sind gefunden worden!«
Überrascht sah er zu seinem Kollegen Pascal Winter, der breitbeinig und übergewichtig im Türrahmen stand, und ihn, mit vor Aufregung rotem Kopf, besorgt ansah. Dessen braune Haarpracht war in den letzten Jahren deutlich weniger geworden, und so konnte man durch das lichte Haar hindurch bereits die Kopfhaut erkennen.
»Du meinst …?«
»Ja, vor fünf Minuten hat sich ein Forstarbeiter telefonisch in der Zentrale gemeldet. Während er und seine Kollegen Baumfällarbeiten durchgeführt haben, haben sie in einer verborgenen Senke einige helle Säcke liegen sehen. Von der Anzahl und den von den Männern beschriebenen Größen her könnte es durchaus möglich sein, dass in diesen ...«
Kant warf die beschriebenen Blätter einfach auf den Boden und schnappte sich die schwarze Lederjacke, die er eigentlich ständig trug, und die mittlerweile zu seinem Markenzeichen geworden war.
»Wo müssen wir hin?«, fragte er im Gehen und warf sich dabei zwei Pfefferminzbonbons in den Mund. Das tat er, wenn er nervös war und nicht auf eine Zigarette

zurückgreifen durfte. An Tagen wie diesen hätte er nichts lieber getan, als sich einen Glimmstängel nach dem anderen anzuzünden, um sich genüsslich und ohne Reue das Nikotin in den Körper hineinzupumpen.
»Wie lange schon?«, fragte Winter neugierig, der etwas Mühe hatte, seinem zwei Jahre jüngeren und sportlicheren Kollegen zu folgen.
Er selbst zählte zu der schwer übergewichtigen Fraktion, die das Wort Sport mit einer Fußballübertragung im Fernsehen in Verbindung brachten.
»Eine Woche, zwei Tage und sieben Stunden.«
»Hältst du es dieses Mal durch, Alex?« Seine Frage klang eher belustigt als besorgt.
»Ich muss! Wenn ich es nicht schaffe, dann kann ich mir mein Motorrad abschminken. Wette ist Wette, und du kennst doch meine Frau. Sollte ich nur einmal nach Zigarettenrauch stinken, dann bekommt sie das mit.«
Im Hof hinter dem Präsidium stand sein Dienstwagen.
»Himmel, was hast du denn angestellt?«, fragte Winter überrascht, als er das Fahrzeug sah.
»Sicherheitstraining auf unbefestigten, nassen Straßen, mein Bester. Danach sieht ein Auto halt mal so aus!«
Der Lack des Skoda war mit so viel getrocknetem Schlamm verschmiert, dass man kaum noch die ursprüngliche Farbe darunter erkennen konnte. Auch die Scheiben waren dermaßen verdreckt, dass Winter sich kaum vorstellen konnte, durch diese hinausschauen zu können.
»Wann war denn das Sicherheitstraining, Alex?«
Der überlegte kurz. »Vor drei Wochen.«
Sein Kollege schüttelte den Kopf.

»Du bist ein echtes Dreckschwein. Ich hoffe, dass du dir die Unterhosen öfters wechselst, als du dein Auto sauber machst.«
Kant blieb stehen und drückte auf den Knopf seines Fahrzeugschlüssels, um die Türen zu entsperren. Das sonst helle Licht am Blinker, das diesen Vorgang bestätigte, war unter dem Schlamm nicht sichtbar.
»Fährst du jetzt mit, oder willst du dir ein sauberes Taxi rufen, Pascal? Geh mir bloß nicht auf die Nüsse!«
Wortlos stieg der ein, wobei er die Tür mit einem Taschentuch öffnete, damit er keine schmutzigen Finger bekam.
Nach etwas mehr als einer Viertelstunde Fahrtzeit endete diese auf einem kleinen Parkplatz mitten in einem Waldstück, wo zwei Forstarbeiter bereits auf das Eintreffen der Polizisten warteten.
»Ich bin Kommissar Kant und das ist mein Kollege Kommissar Winter. Wir sind von der Polizei. Haben Sie bei uns angerufen?«
Ein klein gewachsener Mann in einem orangefarbenen Overall stellte sich kurz als Jens Galan vor und bestätigte, dass er derjenige war, der sich nach dem Fund der fünf Säcke direkt bei der Polizei gemeldet hätte.
»Ich habe das mit den Entführungen ständig im Fernseher mitverfolgt. Ich sagte schon mehrfach zu meinen Kollegen, dass man die Leichen bestimmt hier irgendwo in einem Waldstück verscharrt hat. Und ich hatte mal wieder recht! Mein Vater hat oft zu mir gemeint, dass ich besser zur Polizei …«
Schroff unterbrach Kant den Redefluss des Mannes.
»Kommen Sie zur Sache! Wo liegen die Säcke? Wie weit ist es noch von hier?«

Sein Gegenüber schien nicht gekränkt zu sein, da er lächelnd Antwort gab und mit ausgestrecktem Arm die Richtung andeutete, in die sie gehen mussten.
»Wir müssen etwa zehn Minuten durch den Wald laufen. Es gibt hier leider keine ausreichend befestigten Wege, auf denen man mit einem Auto bis zur Fundstelle fahren könnte.«
Nach einem schnellen Blick auf den Skoda verschärfte er die Aussage sogar noch etwas.
»Nicht einmal Sie würden das schaffen!«
Während Kant mit den beiden Waldarbeitern zügig vorankam, dabei über abgestorbene Bäume kletterte, sich zwischen umgestürzten Wurzeln und wild gewachsenen Büschen einen Weg suchte, blieb Winter immer weiter hinter ihnen zurück. Fluchend robbte er, wie ein Seehund im Zoo, über die Baumstämme hinweg, als ob er eine mannshohe Mauer überwinden müsste.
»Geht ruhig weiter! Wartet bloß nicht auf mich. Ich finde euch dann schon irgendwo«, rief er, wütend auf sich selbst, den anderen hinterher. In solchen Situationen erkannte er schmerzhaft, wie schlecht es um seine Konstitution und Kondition stand.
Kant hörte die Worte seines Kollegen, gab darauf aber keine Antwort. Er wollte jetzt endlich Gewissheit haben. Die letzten Monate waren mehr als hart für ihn und die ganze Sonderkommission gewesen. Die Presse hatte sie zerfetzt, hatte ihnen Unfähigkeit vorgeworfen, sie öffentlich vor der Bevölkerung diffamiert und verspottet.
Wochenlang hatten sie mittlerweile nach den vermissten Kindern gesucht. Und das mit allen Möglichkeiten, die ihnen zur Verfügung standen. Drei Hubschrauber waren mehrere Stunden über den Wäldern und kleinen Ortschaften gekreist, Taucher hatten die naheliegenden Gewässer nach den

Vermissten durchsucht, mehrere dutzend Einsatzkräfte die Umgebung um die Wohnorte der Kinder durchforstet; aber alle Bemühungen hatten zu keiner Spur geführt. Sie hatten nicht den kleinsten Ansatz, der einen Hinweis auf den Täter geben konnte.

Die Kinder waren und blieben einfach verschwunden.

Es gab keine Lösegeldforderungen, keine verwertbaren Indizien, keine sachdienlichen Hinweise aus der Nachbarschaft. Es gab nichts!

Die SOKO-21 war auf der Suche nach einem Phantom.

»Gleich da vorne ist die Senke. Geht etwa sechs Meter in die Tiefe hinunter. Wird schwer sein da hinabzuklettern, da die Wände sehr glatt sind.«

Der Beamte blieb stehen und sah den kleineren Mann neben sich wütend an.

»Das sagen Sie mir jetzt? Verdammt noch mal. Bin ich denn nur von Idioten umgeben? Soll ich da vielleicht hinunterschweben oder sehe ich aus, als ob ich fliegen könnte? Habe ich ein Kostüm an wie Spiderman? Himmel, Arsch und Zwirn!«

»Wir haben ein langes Seil dabei, Herr Kommissar. Wenn Sie etwas netter wären, würden wir es Ihnen überlassen. Können Sie etwas netter sein?«

Breitbeinig hatte sich der deutlich größere Mitarbeiter neben seinem Kollegen aufgebaut und sah Kant mit forschem Blick an.

»Wir sind Ihnen nicht vom Arsch abgefallen, Herr Kommissar!«

Am liebsten hätte der nun so richtig losgepoltert, doch in den Augen seines Gegenübers erkannte er, dass sich dieser nicht so schnell einschüchtern lassen würde, und auch körperliche

Gewalt an dessen massiven Muskeln, ohne Schaden zu verursachen, abprallen würde.
»OK. Sie haben recht! Es tut mir leid. Ich bin etwas angespannt. Wären Sie jetzt so nett und würden Sie das Seil holen?«
Der größere Waldarbeiter nickte.
»Na geht doch!«

Winter lief der Schweiß in Strömen über die Stirn. Wenn er gewusst hätte, dass ihm ein solcher Gewaltmarsch durch den Dschungel bevorstehen würde, wäre er niemals mitgekommen. In der Ferne sah er die zwei orangefarbenen Anzüge, die neben Kant auf einem Platz verweilten. War dort etwa das Ziel? Stöhnend stand er auf, rieb sich über das schmerzende, linke Knie. Sein Hemd war durchnässt und klebte ihm wie eine zweite Haut auf der behaarten Brust und dem ebenso behaarten Rücken. Schritt für Schritt kämpfte er sich weiter voran, ohne auch nur einen einzigen Blick für die Schönheit der Natur übrigzuhaben.
Er hatte nicht viel für Bäume übrig und schon gar nicht für einen ganzen Wald davon und dann auch noch ohne begehbare Wege.
»Na, Kollege bist du auch schon da?«
Wortlos setzte sich Winter auf einen umgestürzten Baumstamm. Sein Gesicht hatte die Farbe von zähflüssiger Lava angenommen. Er atmete wie ein Asthmatiker, der gerade einen Anfall hatte.
Galan reichte ihm eine Flasche Wasser, die der Beamte dankbar entgegennahm und einen mächtigen Schluck daraus nahm.

»Sie können die Flasche gerne austrinken. Ich habe noch eine Zweite dabei.«
Dankend hob Winter die Hand. Worte konnte er im Moment noch keine sprechen.
Kant hatte sich bereits das stabile Seil um die Hüften gebunden und stand nun direkt vor dem sechs Meter hohen Abgrund. Unter sich auf dem Waldboden, auf dem sich eine endlose Zahl von Blättern jeglicher Baumarten befand, sah er fünf fast gleich große Säcke liegen. Er dachte kurz darüber nach, ob dieses Schwein noch ein weiteres Kind entführt und danach getötet hatte? Bisher waren nur vier Fälle bekannt. Innerhalb von fünf Wochen hatte der unbekannte Täter vier Mal zugeschlagen. Zwei Mädchen und zwei Jungen im Alter zwischen sechs und zehn Jahren waren auf dem Weg von ihrem Zuhause bis zur Schule spurlos verschwunden.
So sehr er auch hoffte, diese Fälle lösen zu können, so sehr wünschte er sich aber auch, dass sie sich heute irrten, und dort in den Säcken *nicht* die Leichen dieser armen Kinder lagen.
»Halten Sie mich gut fest!«, rief er den Forstleuten zu. Beide hielten den Daumen nach oben, dann ließen sie ihn langsam hinab in die Tiefe gleiten.

Das alte Haus ganz am Ende der Straße wirkte sehr heruntergekommen. Die hölzernen Fensterläden hingen zum Teil schief in den Angeln und drohten beim nächsten Sturm abzureißen, doch das schien niemanden wirklich zu stören. Die grauen Steinplatten des Gehwegs waren fast vollständig von den hochgewachsenen Grashalmen bedeckt, die sich zwischen den Fugen heraus geschlängelt hatten. Das Haus selbst sah von außen unbewohnt aus, doch aus dem Inneren

konnte man laute Musik hören, die durch ein geöffnetes Fenster des oberen Stockwerkes nach draußen schallte.
Bei genauem Hinsehen konnte man durch das Fenster einen Mann, zirka Ende dreißig, erkennen, der wie einst die kriegerischen Indianer im Zimmer wild umher tanzte. Seine Bewegungen wirkten dabei ungelenk, abgehackt und äußerst unästhetisch. Er brüllte kaum verständliche Wörter mit hoher Stimme, warf dabei die Arme wild gestikulierend in die Luft. Erst als das dumpfe, stampfende Intermezzo von lauten Tönen endete und anscheinend auf dem Tonband kein weiteres folgte, ließ er sich erschöpft zu Boden fallen. Dort lag er nun wie ein Käfer, der auf den Rücken gefallen war und sich aus eigener Anstrengung nicht mehr umdrehen konnte. Sein nackter Oberkörper dampfte durch die sportliche Leistung, die er gerade erbracht hatte. Der Brustkorb hob und senkte sich wie ein Blasebalg, welcher gerade in Dauerbenutzung war.
Die Aktion wurde mit der Zeit langsamer, sein Atem ging jetzt regelmäßiger. Der hämmernde Herzschlag normalisierte sich. Nun war er müde und erschöpft.
Er musste jetzt schlafen, damit er in der Nacht wieder munter war und seine Freunde besuchen konnte. Ein Buch mit Märchen würde er mitnehmen, sich neben sie legen und ihnen dann daraus vorlesen. Er freute sich schon jetzt auf ihr Lachen, ihre quiekenden Stimmen und die beschwingten Ausrufe, wenn er ihnen schöne Dinge aus dem fiktiven Königreich erzählte.
Ein breites Lächeln zog sich über sein blasses, eingefallenes Gesicht. Markant waren seine dunklen Augen, in denen die Pupillen geweitet schienen, sowie die fast verblasste Narbe oberhalb seiner Augenbraue, die eine sternenförmige Form hatte. Langsam richtete er sich auf.

Im hinteren Teil des Zimmers stand ein aus Decken und Kissen erbautes Zelt, wie es kleine Kinder zum Spielen nutzen.
Die verblichenen Tapeten an den Wänden, auf denen unterschiedliche, einst leuchtend bunte Elefanten zu sehen waren, begleiteten ihn seit seiner Kindheit.
Eine Kindheit, die ihn zu dem machte, was er heute war.
In den Medien nannte man ihn Monster oder grausame Bestie. Sie verstanden ihn einfach nicht. Er wollte den Kindern nur das Leid ersparen, das er selbst über viele Jahre erleben musste.
Langsam zog er sich die Strümpfe und die Hose aus, kroch in das Zelt, krümmte sich darin wie ein Fötus zusammen, um kurz danach auf einem Bett, bestehend aus mehreren dünnen, schmutzigen Kissen, in einen unruhigen Schlaf zu fallen.
Im Licht der kleinen Nachttischlampe, die die ganze Nacht über brannte, damit das Böse nicht in sein Zimmer und seine schützende, magische Stoffburg kommen konnte, erkannte man unzählige Narben, die sich über seinen ganzen Körper hinweg verteilten.

In der Senke angekommen, löste Kant das Seil von der Hüfte und sah sich erst einmal um, damit er sich einen genauen Überblick über die Lage verschaffen konnte. Der erste Blick ging nach oben, zum Rand des Felsens, der in unsagbar weiter Ferne zu liegen schien.
Vorsichtig drehte er sich um und prüfte, ob es Spuren oder Gegenstände auf dem Waldboden gab, die er unter keinen Umständen zerstören durfte. Die Neugierde darüber, was sich in den Säcken befand, sollte nicht über seine Vernunft siegen. Dafür stand mittlerweile viel zu viel auf dem Spiel.

»Alex, pass auf, wo du hintrittst!«
Er antwortete seinem Kollegen nicht. Natürlich wusste er selbst, was er tun musste.
Doch so sehr er auch suchte. Es gab nichts, das er entdecken konnte. Die einst hellen Gewebesäcke waren bereits leicht ergraut. Sie lagen etwa vier Meter von ihm entfernt auf dem kalten Erdboden. Langsam ging er nach vorne. Sie schienen gut ausgefüllt zu sein. Jeder von ihnen hatte etwa eine Länge von 1,60 m. Lang genug, um ein Kind darin zu verstecken.
Seine Finger begannen plötzlich zu zittern. Die Nervosität bei ihm nahm zu. Der Nikotinentzug verschlimmerte das Gefühl dabei immens.
Er nahm das Handy aus der Jackentasche, schoss damit einige Bilder vom vermeintlichen Tatort und den fünf am Boden liegenden Stoffbehältnissen.
»Was siehst du, Alex?«
»Halt einfach deine Klappe, Pascal«, dachte er nur.
Noch war er nicht so weit. Er musste seine Gedanken bündeln, musste sich ein Schutzschild im Kopf aufbauen, damit ihm die vielleicht nun folgenden Bilder nicht den Verstand raubten oder bleibende, seelische Schäden hinterließen.
Zitternd stülpte er sich die fast durchsichtigen Einweghandschuhe über die feuchten Hände, zupfte sie an den Fingerkuppen in die richtige Position.
Der erste Sack lag nun direkt vor ihm.
Adrenalin schoss wie ein Pfeil in seinen Körper, während er sein Messer aufklappte und sich auf den trockenen Boden niederkniete. Nun war er so dicht davor, dass er die feinen Poren im Stoff des vor ihm liegenden Gewebes erkennen konnte.

Die Sonne brannte unerbittlich auf seinen Körper. Selbst die Wipfel der Bäume konnten die warmen Strahlen nicht von ihm fernhalten. Dieser Tag war einer der heißesten Spätsommertage, die er bisher erlebt hatte.

Schweißtropfen liefen ihm von der Stirn in die Augen, und er spürte unangenehm den leichten, brennenden Schmerz, den die salzige Flüssigkeit auf der Netzhaut verursachte.

Vorsichtig setzte er die Spitze seines Messers an, drückte damit leicht gegen das Gewebe und drang dann, Millimeter für Millimeter, langsam durch dieses hindurch. Danach hielt er inne und zog die scharfe Klinge in leicht schräger Haltung nach rechts, um die Struktur und Festigkeit des Mantels zu zerstören.

Sechs Augenpaare beobachteten ihn dabei, wie er den finalen Schnitt setzte. Bedacht wie ein Chirurg, der keine Arterie verletzen oder einen Muskel durchtrennen wollte, führte Kant seine Operation weiter durch. Der Länge nach hatte er einen Schnitt in die Außenhaut gesetzt, damit er sie nun zu sich herüber stülpen konnte. Doch bevor er das tat, richtete er sich nochmals auf, drehte sich um und sah zu den drei Männern hoch, die wie Voyeure dastanden und auf seine nächste Aktion warteten. Gerne hätte er mit Winter den Platz getauscht, hätte aus sicherer Entfernung zugesehen, ohne Einzelheiten zu erkennen und vielleicht auch ohne den nun herausströmenden Gestank einatmen zu müssen.

In Erwartung des nun Kommenden schob er sich den Kragen seines Poloshirts bis über die Nase hoch, ging in die Hocke und zog dann vorsichtig die Außenhaut zu sich heran. Vor seinen Augen erschien ein buntes Kleidungsstück. Dann strömte ihm ein Gestank nach faulendem Fleisch entgegen, der selbst durch den Stoff seines Kragens hindurchdrang.

Mit einem schnellen Ruck zog er den Sack auseinander, und lief dann stolpernd einige Schritte zurück.
Dort wischte er sich mit dem Unterarm den Schweiß aus den Augen, drückte sich dann die rechte Hand vor Mund und Nase und ging nochmals langsam nach vorne.
In dem Sack befand sich ein Sammelsurium an verschiedenen Kleidungsstücken, aufgeplatzten Abfalltüten, alten Schuhen, Tapetenresten. Jemand hatte hier, mitten im Herzen der Natur, seinen stinkenden Hausmüll entsorgt und damit eine Polizeiaktion ausgelöst. Kant ging zum zweiten Sack, zum dritten, vierten und zum fünften.
Alle enthielten den gleichen Inhalt.

Die Rückfahrt zum Revier verlief wortlos. Zum einen, da der Rückweg bis zum Parkplatz Winters restliche Kraftreserven gekostet hatte, zum anderen, da Kant einfach verdammt sauer war. Es waren Stunden vergangen, in denen sie nicht effektiv gearbeitet, sondern wie Müllmänner Säcke mit Hausrat aufgeschlitzt hatten.
»Eigentlich bin ich ganz froh, dass wir keine Kinderleichen gefunden haben, Alex. Es besteht vielleicht noch immer die Hoffnung, dass sie am Leben sind. Eventuell hat sie der Entführer irgendwo untergebracht oder im nahen Ausland an elternlose Paare verkauft.«
Sein Kollege sah ihn mitleidig an.
»Und an Weihnachten kommt der Nikolaus und an Ostern ein überdimensionaler Hase mit weißem Fell, der auf dem Rücken einen Korb mit bunten Eiern durch die Gegend schleppt?«
Winter schüttelte den Kopf.

»Du bist wirklich ein unsensibles Arschloch, Alex. Versetze dich doch in die Lage der Eltern. Solange wir die Kinder nicht tot aufgefunden haben, besteht noch immer ein Fünkchen Hoffnung, dass sie am Leben sind. Ich würde mir wünschen, dass dem so ist!«
Zum Diskutieren hatte Kant keine Lust. Er glaubte nicht mehr an das Gute im Leben, seit sein großer Bruder mit zehn Jahren in einem See ertrunken war. Hunderte von Menschen saßen oder lagen lachend und laut erzählend am Strand, während Hagen, sein vier Jahre älterer Bruder, gegen einen Krampf in den Beinen ankämpfte, in Panik geriet, Wasser schluckte und kläglich ertrank. Niemand von denen da draußen, einschließlich seiner Eltern, hatte irgendetwas bemerkt. Er selbst war damals erst sechs Jahre alt gewesen, und der Verlust des Bruders, des Kindes, war allgegenwärtig, und bis zum heutigen Tag klaffte eine breite Lücke, die durch nichts und niemanden auf der ganzen Welt geschlossen werden konnte.
»Ich habe für heute die Nase gestrichen voll, Pascal. Wir machen Feierabend! Ich brauche ein kühles Bier und du ein paar frische Klamotten. Du stinkst wie ein Eber, mein Lieber!«
Als ob Winter sich selbst davon überzeugen wollte, roch er an den Achseln. Angewidert von seinem eigenen Geruch stimmte er seinem Kollegen ausnahmsweise zu.

Die Dunkelheit verbarg so manche Hässlichkeit, brachte dafür aber viele andere Dinge zutage, die Furcht und Angst in einem Menschen erwachen ließen.
Mit wachem Blick schälte er sich aus der Festung aus Wolldecken und Kissen heraus, streckte und dehnte sich,

während er durch die schmutzigen Fensterscheiben nach draußen in die Finsternis schaute. Seine Zeit war nun endlich gekommen. Schnell zog er sich die am Boden liegende Kleidung an und schlüpfte in die Schuhe.
Kurz sah er in den runden, in einem kupfernen Rahmen eingelassenen Spiegel, der an der Wand hing. Müde, dunkle Augen sahen ihm aus einem blassen Gesicht entgegen. Seine blonden Haare waren ungekämmt, aber nicht ungepflegt. Er öffnete die Tür seines Zimmers und trat in den engen Flur hinaus.
»Na, du fauler Nichtsnutz? Hast du denn etwa schon ausgeschlafen?«
Schnell legte er sich die Hände über die Ohren.
»Lass mich in Ruhe, Mutter. Ich kann tun und lassen, was ich möchte! Ich bin kein kleiner Junge mehr!«
Das höhnische Lachen verbreitete sich in seinem Kopf wie eine Druckwelle.
»Ach, mein kleiner Joshua ist ein erwachsener Mann geworden? Wann genau ist denn das passiert? Du bist ein Versager, wie dein Vater einer war!«
Joshua wollte die schrille Stimme nicht hören. Sie war immer so gemein zu ihm. Sobald er sein schützendes Zimmer verließ, war Mutter im Haus allgegenwärtig.
»Halt deine verdammte Klappe! Lass mich in Frieden!«
Mit Tränen in den Augen lief er in die Küche. Es kam nur sehr selten vor, dass ein Topf mit warmem Essen für ihn vorbereitet war. Meist aß er ein Stück trockenes Brot, trank ein Glas Leitungswasser dazu. Er brauchte nicht viel zum Leben. Sein Körper war trotz dieser Ernährung in gutem Zustand. Es schien, als hätte sich dieser längst an die schlechte, vitaminarme Ernährung gewöhnt und die Mangelerscheinungen als gegeben hingenommen. Joshua

bildete sich ein, dass einige Zähne bereits wackelten, und so tunkte er das harte Brot in das Wasserglas hinein, damit er es besser zerkauen und schlucken konnte.

Nach diesem kargen Essen zog es ihn nach draußen in die Nacht. Sein schwarzer Mantel mit der Kapuze hing am Kleiderhaken, genau wo er hingehörte. Während er ihn anzog, wanderte sein Blick durch die Küche. Seine Mutter war eine verdammte, dreckige Schlampe. Seit Tagen stand das Geschirr auf der Spüle, der Tisch war nicht abgewischt und auf dem Boden lagen Brotkrumen, die sich unter seinen Socken verteilt hatten. Auf der Kommode lag ein abgegriffenes Kinderbuch, in dem hundert kurze Märchen niedergeschrieben waren.

Es war seit jeher sein Lieblingsbuch. In den Geschichten gab es edle Prinzen, tapfere Ritter in glänzenden Rüstungen, schöne und gütige Prinzessinnen, deren Lächeln einem Sonnenstrahl glich. Schon bald würde er daraus eine Geschichte vorlesen und seine kleinen Zuhörer begeistern.

Er reinigte es akribisch, damit darauf später keine Fingerabdrücke zu finden waren, und legte es in eine alte Plastiktüte. Die Einweghandschuhe, die er zur Reinigung getragen hatte, zog er aus und steckte sie in die rechte Hosentasche.

Voller Vorfreude verließ er das Haus, ohne dabei seiner Mutter zu begegnen. Vor der Tür spähte er wachsam nach links und rechts, um sicherzugehen, dass ihn niemand sah und verfolgte.

Joshua wusste, dass er sehr vorsichtig sein musste, damit niemand seine kleinen Freunde fand und man sie ihm wegnahm. Schnell lief er um das Haus herum und betrat den großen Garten, den seine Eltern schon vor sehr langer Zeit angelegt hatten. Ungepflegt und ungenutzt fristete er sein

unrühmliches Dasein und wurde längst von Wildgräsern und Unkraut zurückerobert. Doch von dort führte ein nicht einsehbarer Weg bis zum Waldrand hinauf, was Joshua zugutekam.
Er atmete tief durch und verfolgte den Nebel, der aus den Lungen in die kühler gewordene Luft strömte. Engelsgleich schwebte dieser leise und unaufhaltsam davon und verschwand im Nichts.
An einer Stelle auf dem Weg, der zu ihrem Versteck führte, hatte Joshua immer mit der Angst zu kämpfen. Nicht weit von ihrem Haus entfernt lag der alte Waldfriedhof auf einem Hügel. Dort waren Menschen beerdigt, die er noch von früher kannte, und vor denen er große Furcht hatte. Der steinerne Engel, dessen Körper mit dunklen Moosflechten bewachsen war und dem bereits ein Flügel fehlte, schien sich stets in seine Richtung zu wenden, wenn er sich leise an ihnen allen vorbeischleichen wollte.
Joshua kniff die Augen zusammen und hielt sich die Ohren zu. Er wollte sie nicht sehen und wollte auch nicht hören, wie sie alle nach ihm riefen. Einige von ihnen waren sehr böse, und sie hatten ihm so oft weh getan.
Doch nachdem er diesen Teil des Weges überwunden hatte, war es nicht mehr weit. Fast konnte er schon das leise Lachen und Glucksen seiner kleinen Freunde hören. Sie warteten bestimmt bereits sehnsüchtig auf ihn. Die Kinder wussten schon im Voraus, wenn er zu ihnen unterwegs war, um ihnen eine Freude zu machen.

Alex Kant hatte sich eigentlich auf einen schönen Nachmittag mit seiner Frau gefreut. Er wollte sie damit überraschen, dass er endlich einmal wieder etwas früher seinen Dienst beendet hatte. Gemütlich eine Tasse Kaffee zusammen trinken, etwas plaudern, gemeinsam Duschen und dann ausgiebigen Sex haben. Doch leider hatte er seine Rechnung ohne Anne gemacht.

Als er die Tür aufschloss, hörte er bereits Stimmen aus dem Wohnzimmer. Weibliche Stimmen. Überrascht betrat er den Raum und sorgte dadurch dafür, dass beide Frauen einen überraschten Schrei ausstießen.

Seine Frau Nicole sah ihn so irritiert an, als hätte man ihr gerade mitgeteilt, dass man sie zur Miss Himbeertorte gekürt hatte, obwohl sie vom Backen weniger wusste, als Alex von ihren Menstruationsproblemen.

»Was machst du denn schon hier?«

Alleine diese Frage sorgte bei ihm dafür, dass sein bisher angestiegener Sex-Pegel geradezu gegen null zurückschnellte.

»Hallo ihr zwei. Ich wollte euch nicht bei eurem Kaffeeklatsch stören.«

Anne sah ihn so süffisant an, als wüsste sie ganz genau, warum er heute früher nach Hause gekommen war. Sie war für ihn das Böse in Persona. Alles an ihr war ein Fake. Die Lippen waren zu wulstigen Schlauchbooten aufgepumpt, wie eine Etage darunter die mächtigen Brüste, auf denen man fast ein Glas Bier abstellen konnte. Noch war er sich nicht sicher, dass die faltenfreie Stirn mit diesen beiden Gewichten zusammenhing oder ob sich Anne literweise Botox unter die Haut spritzen ließ. Wahrscheinlich war es ein Zusammenspiel von beidem. Wie immer trug sie ein hautenges Kleid, mit dem sie in jedem Bordell flanieren und die Freier anlocken konnte. Die einst braunen Haare waren hellblond gefärbt und mit *Hair Extensions* weit über das Schulterblatt hinaus verlängert.

Ihr Blick verriet Bände.

»Anne«, sagte er nur kurz und hob die Hand zur Begrüßung.

»Ich wollte mir nur schnell etwas holen. In fünf Minuten bin ich wieder weg!«
Nie würde er freiwillig gemeinsam mit Anne einen Kaffee trinken. Sie war die beste Freundin seiner Frau, er aber hasste diese Person. Daher war es besser, wenn er das Weite suchte, bevor er etwas Falsches sagte.
»Bleib doch ein wenig bei uns, Alex.«
Die Bitte, die er eigentlich von seiner Frau erwartet hätte, kam von Anne. Daher fiel es ihm nicht schwer, nein zu sagen.
»Beim nächsten Mal, gerne.«
Sie hatte ihm so richtig schön seinen Plan versaut.
Keine Zigaretten, kein Sex und noch immer kein Motorrad, obwohl das tolle Wetter gerade dazu einlud, mit wehender Jacke durch die Landschaft zu fahren.
Stattdessen nahm er sich die Worte seines Kollegen zu Herzen, fuhr in die Waschstraße und sorgte dafür, dass der Dienstwagen wieder ordentlich und sauber aussah. Sowohl von innen wie von außen.
Anschließend ging er ins Kino, kaufte sich dort eine große Tonne Popcorn und sah sich zwischen einer Gruppe halbwüchsiger Teenager den neuen James Bond an. Er kam erst nach Hause, als die Straßenlampen brannten, und Anne sein Refugium verlassen hatte.

Die Tüte mit dem Märchenbuch in seinen Händen haltend, lief Joshua schnell durch den dunklen Wald hindurch. Er war aufgeregt. Er wollte wissen, was ihm seine Freunde heute zu erzählen hatten. Auf dem Weg zu ihnen machte er öfter Halt, um sich hinter einem Baum zu verstecken und zu prüfen, ob ihm jemand folgte und sich im Schutz der Bäume und Büsche vor ihm versteckte. Überall waren rot glänzende Augenpaare außerhalb des Lichtkegels seiner Taschenlampe zu sehen, die neugierig nach ihm Ausschau hielten. Das Rascheln im Unterholz, das Zirpen der sich im leichten Wind aneinanderreibenden Bäume und das Geschrei eines Kauzes begleiteten ihn bei jedem seiner Schritte. Hier draußen in der freien Natur fühlte er sich wohl. Die Schmerzen der Wunden auf seiner Haut hatten sich deutlich verbessert. An manchen Tagen juckten die Narben so sehr, dass er sie aufkratzte, und sie dadurch erneut zu bluten begannen. Doch sie bluteten nie so stark, wie an den Tagen, an denen man ihm die Wunden ins Fleisch getrieben hatte. Immer und immer wieder waren die Schläge auf seinen Rücken niedergeprasselt, hatten ihm die Haut zerrissen und das rohe Fleisch aus ihm herausgerissen. Die Wunden konnten kaum verheilen, bevor das Martyrium erneut begann. Manchmal sah er seinem betrunkenen Vater dabei zu, wie er ihm den Ledergürtel mit der silbrig glänzenden Metallschnalle auf den Körper schmetterte. Wenn er zusah, spürte er keinerlei körperliche Schmerzen, obwohl das kaum möglich war. Joshua hörte sich sogar schreien, obwohl sein Mund geschlossen war. Das Zimmer, in dem dies immer geschah, hatte den Geruch von Schweiß, Angst und verlorenem Urin angenommen, und selbst die geöffneten Fenster vermochten nicht, dass dieser Gestank gänzlich verschwand. An manchen Tagen, erinnert er sich an eine Zeit, in der er eng mit einem anderen Körper aneinander gekuschelt, in dem schützenden Zelt aus Wolldecken und Kissen lag. Doch die Erinnerung verflog zu schnell, als dass er sich an ihr erfreuen konnte. Das Böse, was ihm widerfahren war, überschattete die kurzen Gedanken an die schönen Stunden.

Das Ziffernblatt auf der silbernen Uhr mit dem schwarzen, bereits spröden Lederarmband, die er um sein Handgelenk trug, zeigte ihm zu jeder Minute dieselbe Zeit. Sie funktionierte schon seit Jahren nicht mehr. Doch das störte Joshua nicht. Er leuchtete mit der Taschenlampe kurz darauf und ermahnte sich, etwas schneller zu laufen, damit er nicht zu spät zu den Kindern kam. Zeit wollte er mit ihnen verbringen. Viel Zeit. So viele Stunden wie es ihm möglich war.

Zwanzig Minuten nachdem er das Haus verlassen hatte, stand er vor dem Eingang zu einer schöneren Welt, in der er sich wohlfühlte. Es war ein schmaler Spalt, von gerade einmal achtzig Zentimetern, durch den er sich eineinhalb Meter weit hindurchzwängen musste, damit er die dahinterliegende, kleine Höhle erreichte. Nach oben hin war sie offen, sodass jetzt der freie Blick zu den funkelnden Sternen möglich war. Der sandige, mit Gräsern bewachsene Boden, dämmte seine Schritte. Doch seine Freunde hatten feine Ohren und so hatten sie ihn gleich bemerkt. Sofort hörte er die freudigen Rufe der vier Kinder, als er eintrat. Ruhig blieb er in der Mitte der Höhle stehen, breitete die Arme zur Seite und lauschte den Triumph-Klängen, wie sie Cäsar und Napoleon nicht schöner in ihrem Leben erfahren hatten.

Langsam setzte er sich auf den harten Boden nieder, sah kurz zu den Kindern in ihren hellen Schlafsäcken, die sie sich bis über die Köpfe gezogen hatten. Trotzdem konnte er ihre Gesichter vor sich sehen, so wie sie waren, als er die Kleinen kennengelernt hatte.

Bastian, den achtjährigen, rothaarigen Jungen mit den vielen Sommersprossen, hatte er dabei als ersten, neuen Freund kennengelernt. Bereits auf dem Spielplatz war Joshua sein hellklingendes Lachen aufgefallen, als er die gelb gestrichene Rutschbahn hinab schlitterte. Das lockige Haar hing ihm dann in die schweißnasse Stirn, und sein Gesicht war dabei vor Aufregung leicht gerötet, wodurch die unzähligen Sommersprossen noch mehr zur Geltung kamen. Bastian lag ganz links, von ihm aus gesehen, an der Höhlenwand, da er sich mit dem Rücken dagegen lehnen wollte, um etwas aufrechter zu sitzen.

Laura war die Jüngste und Quirligste der Bande. Sie war erst sechs Jahre alt, aber eine ausgesprochene Schönheit. Ihr Gesicht glich dem einer Porzellanpuppe, deren Wangen ein wenig mit Rouge gerötet worden waren. Ihr langes, braunes Haar reichte ihr bis über die Schultern hinab und kringelte sich dabei leicht an den Spitzen.

Sie hatte sich sofort den Platz zwischen Bastian und Lars ausgewählt, da sie sich zwischen den beiden Jungs sehr beschützt fühlte.

Lars war ganz eng an sie gekuschelt, und als ältester der ganzen Gruppe mit fast zehn Jahren gab er meist den Ton an und sorgte dafür, dass die anderen nicht zu laut redeten und lachten. Joshua hatte ihn zu seinem Stellvertreter ernannt, wenn er selbst nicht da sein konnte. Lars war ein sportlicher Junge mit kurz geschnittenem blondem Haar, dem kein Hindernis zu groß war, um es zu überwinden.

Das letzte Mädchen, das wieder ein Gleichgewicht in der Höhle herstellen sollte, war Lydia. Mit ihren neun Jahren war sie etwas proper geraten. Ihr rundliches Gesicht und die dicklichen Arme hatten sich in den letzten Wochen zum Positiven verändert. Er sagte ihr, dass sie sehr stolz auf die Veränderung sein konnte und sie nickte ihm schüchtern zu.

Auch sie hatte, wie Lars, strahlendes blondes Haar, dass ihr schon fast bis zum Hintern reichte. Von all seinen Kindern hatte Joshua ein Haarbüschel abgeschnitten, als er sie bei sich zu Hause gewaschen, gekämmt und dann vorsichtig in den

weichen, warmen Sack gelegt hatte, damit sie während ihrem Schlaf nicht froren.
Leise las er nun aus dem Märchenbuch Geschichten vor, die ihn selbst in eine andere Welt versetzten, die ihm ein breites Lächeln bereiteten und die seine Augen leuchten ließen. Die Kinder waren während der ganzen Zeit, in der er vorlas, mucksmäuschenstill. Sie lauschten neugierig seiner Stimme und den spannenden Geschichten.
Immer wieder blickte er kurz zu ihnen hinüber und zwinkerte ihnen dabei wohlwollend zu. Joshua lächelte unentwegt, obwohl ihn etwas ganz massiv störte, seit er in die Höhle eingetreten war. Ein strenger Geruch hatte sich darin ausgebreitet, der ihm fast die Tränen in die Augen trieb. Die warmen Sonnenstrahlen waren ungehindert in sein Versteck gelangt und hatten seine Freunde über Stunden gewärmt. Ihnen gegenüber wollte er sich nichts anmerken lassen, doch in dieser Nacht wurde ihm bewusst, dass er sich nun neue Freunde suchen musste.
Darüber war er sehr traurig, doch er wusste, dass sie ihn verstehen würden, wenn er nun nicht mehr zu ihnen kam.
Er hatte einen Fehler begangen, der ihm niemals wieder passieren sollte. Bei all seinen Überlegungen hatte er nicht an die Kraft der Sonne gedacht, und was sie mit ihrer Wärme anrichten konnte. Der Geruch um ihn herum wurde von Minute zu Minute intensiver. Nun war es Zeit zu gehen. Joshua verabschiedete sich wie immer von den Kindern und ging dann, mit Tränen der Trauer im Gesicht, aus der kleinen Höhle hinaus ins Freie, wo er sich hinter einem Baum mehrfach übergab. Noch einmal sah er lange zu dem verborgenen Höhleneingang, schluchzte laut und lief dann mit gesenktem Kopf in den Wald hinein.

Das Märchenbuch hatte er ihnen dagelassen, damit sie die weiteren Geschichten ohne ihn lesen konnten.
Unglücklich trottete er davon, im Wissen, dass er die vier Kinder nicht so beschützt hatte, wie er es eigentlich wollte.

Kapitel 2

Das Sitzungszimmer »SOKO-21« glich schon in den frühen Morgenstunden eher einem Brutkasten als einem Besprechungsraum, in dem man einen kühlen Kopf bewahren sollte. Schuld daran war die viel zu breite Fensterfront, die nach Süden verlief, und an der man keine Jalousie angebracht hatte. Ungehindert drangen die Sonnenstrahlen in den kleinen Raum hinein, erhitzten alles und jeden, der sich darin befand.
»Den verdammten Architekten müsste man hier auf diesem Boden an Armen und Füßen festnageln und dann ganz langsam von der Sonne verbrennen lassen«, schimpfte Kant lauthals, während er sich mit einem Papiertuch die Schweißtropfen aus dem Nacken wischte.
»Wenn ich noch länger hier in diesem Raum sitze, dann bekomme ich einen Hitzschlag!«
Pascal Winter wusste, dass sein Kollege wieder polarisierte und allen anderen seine Meinung aufbürden wollte. In diesem Fall fiel es ihm nicht schwer, da auch die anderen drei Kollegen, er inbegriffen, wie die Schweine schwitzten.
»Nehmt alle Unterlagen und die Landkarte. Wir verlagern unsere Besprechung in die Kantine. Da haben wir wenigstens eine Klimaanlage und eine Kaffeemaschine.«
Kurze Zeit später war aus einem Teil des Speiseraums die Zentrale für die SOKO-21 geworden. Zufrieden knöpfte sich Kant sein Hemd auf und streckte theatralisch die Hände in die Höhe.
»Hier kann man es wenigstens einigermaßen aushalten.«
Mit vier Reißnägeln befestigte er eine große Landkarte an der gegenüberliegenden Wand, die einen Ausschnitt der näheren Umgebung in einem Maßstab von 1:250000 darstellte.

»Das sind die Orte, an denen die Entführungen stattgefunden haben.«
Er stach vier rote Markierungsnadeln an verschiedenen Stellen in die Karte hinein und drehte sich danach wieder zu seinem Team um.
»Genau an diesen vier Orten fanden die Entführungen statt. Wir haben hier einen Radius von maximal 45 km. Alle Dörfer liegen direkt an Waldgebieten. Der Täter muss in Besitz eines größeren Fahrzeuges, vielleicht einem Kastenwagen, einem SUV oder einem Transporter sein, in welches er das Opfer hineinlegen und unbemerkt abtransportieren konnte.«
Langsam lief er zum Fenster hinüber, sah hinaus und blieb dort mit über der Brust verschränkten Armen stehen.
»Der Entführer hat bisher keinen einzigen Fehler gemacht. Das gibt ihm Selbstvertrauen. Ich bin mir sehr sicher, dass wir bald wieder etwas von ihm hören werden. Das alles ist noch lange nicht beendet. Und dann müssen wir gut vorbereitet sein, damit wir die Bestie schnappen können!«
»Was hast du denn vor, Alex?«, fragte Winter interessiert nach.
Kant drehte sich langsam zu seinem Team um.
»Wir erweitern den Radius nochmals um zwanzig Kilometer, falls er uns überlisten möchte und an einem neuen Ort zuschlägt. Wenn bei uns eine Meldung bezüglich einer Kindesentführung eingeht, müssen wir sofort alles dicht machen! Die Hubschrauber müssen bereitstehen, damit Fahrzeuge, die durch den Wald hindurchfahren, auch gleich erkannt werden. Wir werden Polizisten mit Motorrädern einsetzen, damit sie im Wald schneller vorankommen und er uns nicht abschütteln kann! Wir setzen eine Maschinerie in Bewegung, die so engmaschig ist, dass uns der Entführer nicht wieder durch die Finger schlüpfen kann.«

Er machte eine kurze Pause und sah dabei von einem zum anderen.
»Wir müssen dieses verdammte Schwein schnappen, sonst macht uns die Presse die Hölle heiß! Und mit heiß, meine ich glühend heiß!«

Erst als es bereits hell war und die Sonne schon etwas höher am Himmel stand, kam Joshua zu Hause an.
Die restliche Nacht hatte er im Wald verbracht und bittere Tränen vergossen. Er hatte die Kinder so sehr geliebt, so viel Freude mit ihnen gehabt, doch ihre Leiber waren so zerbrechlich und so vergänglich. Den beißenden Geruch in der Höhle hatte er schon vor Tagen wahrgenommen, doch der war von Besuch zu Besuch immer schlimmer geworden. Es gab nichts, was er dagegen hätte tun können. Mit dem Rücken hatte sich Joshua in der Nacht gegen den Baum einer hohen Kiefer gelehnt und war irgendwann eingeschlafen. Erst als die Sonne aufging und die Vögel den Tag besangen, wurde er wieder wach. Während er den Sonnenaufgang beobachtete und das Farbenspiel am Horizont wahrnahm, schlug er sich immer wieder, leise schluchzend, mit der flachen Hand gegen den Kopf. Er wollte die Schmerzen, die er gerade erneut über den Verlust empfand, aus sich heraus prügeln. Mit der schmutzigen Hand wischte er sich die Tränen aus dem schmalen Gesicht und verschmierte dabei die Wangen mit Erde. Dort saß er dann, bis die Sonne über den Bäumen zu sehen war, und diese ihre langen Schatten über die Erde warfen. Schwerfällig stand er auf und lief weiter in Richtung seines Zuhauses.
Schon bald sah er vor sich den alten Friedhof, der, jetzt im Tageslicht, nicht mehr so bedrohlich wirkte wie in der

Finsternis. Kurz überlegte er, ob er ihn betreten sollte. Entschlossen ging er auf den Eingang zu, der von einer verrosteten Eisentür verschlossen wurde. Als er dagegen drückte, wehrte sie sich hartnäckig gegen den Eindringling. Doch als sich Joshua mit dem ganzen Körpergewicht dagegenstemmte, öffnete sie sich knarrend und gab den Weg auf das Areal der Toten frei. Lange schon war er nicht mehr hier gewesen, doch er wusste ganz genau, wo sich das Grab befand, in dem die Menschen lagen, vor denen er immer so viel Angst gehabt hatte.
Zögernd lief er darauf zu.
Schon von Weitem erkannte er den mannshohen, grob behauenen Sandstein, auf dem drei Namen in schwarzen Metallbuchstaben prangten, deren Farbe fast zur Unkenntlichkeit abgeblättert war.
Der erste Name war der seines Vaters.
Albert Nowack. Sein Todestag war der 24.12.2001
Ganz unten stand der Name seiner Mutter. Ihr Todestag war der 06.01.2002.
Dazwischen stand ein Name, den er nur zu gut kannte.
Es war sein eigener Name. Joshua Nowack.
Wie sein Vater starb er am Weihnachtstag im Jahre 2001.
Die Geburtsdaten selbst waren nur sehr schwer zu entziffern.
Doch sein eigenes Geburtsdatum kannte er natürlich:
Es war der 13. Mai 1992.

Als Joshua sein Elternhaus betrat, erklang sofort die Stimme seiner Mutter.
»Wo warst du Nichtsnutz denn die ganze Nacht? Warst du wieder bei deinen kleinen Freunden? Ich nehme an, dass du Mist gebaut hast und sie dich jetzt nicht mehr sehen wollen?«

Ohne der Stimme zu antworten, lief er in die Küche hinein und ließ sich dort Wasser in ein Glas laufen. Er hatte so großen Durst.
»Antworte mir gefälligst, wenn ich mit dir rede, du undankbares Geschöpf! So geht man nicht mit seiner Mutter um!«
»Lass mich in Ruhe!«, schrie er ihr zu.
Er konnte sie nicht sehen, aber ihre Stimme war immerzu in seinem Kopf, wenn er sich in diesem Haus befand. Nur in sein Zimmer, da konnte die Stimme nicht hinein!
»Du bist längst tot, Mutter! Ich habe es doch gesehen! Dein Name steht auf dem Grabstein!«
Die Stimme lachte laut. »Auch dein Name steht darauf, Joshua! Warum bist du dann noch hier? Kannst du mir das vielleicht erklären, du dummer Bengel?«
Nein, das konnte er nicht. Es gab etwas in seinem Kopf, das ihm dieses Geheimnis nicht entschlüsselte.
Der Hunger quälte ihn. Auf dem Küchentisch lagen ein frisches Brot, Butter, Marmelade, Käse und Wurst.
»Jemand war einkaufen.«
Sein Gehirn hatte die Überlegungen der letzten Minute bereits ausgeblendet und Joshua war wieder in seiner Welt gefangen.
»Lass mich in Ruhe! Ich habe wirklich großen Hunger.«
Sie beschimpfte ihn weiter, doch er versuchte ihr gar nicht mehr zuzuhören. Langsam schnitt er sich eine Scheibe Brot ab und belegte sie mit etwas Wurst. Danach räumte er die Sachen in den Kühlschrank, damit sie länger haltbar waren.
Genau in dem Moment durchzuckte Joshua ein Gedanke, der ihn fröhlich stimmte. Gerade eben hatte er die Lösung für all seine Probleme gefunden! Er sah auf die nicht funktionierende Uhr an seinem Arm. Das Wochenende war fast vorüber und es war Zeit für ihn, wieder zu gehen. Er,

Joshua, durfte nicht auffallen in dieser Welt da draußen. Sein Gesicht wurde traurig. Nun würden *sie* wieder die Rollen tauschen.
»Jetzt muss ich leider wieder gehen!«
»Ich weiß, Joshua. Ich bin jetzt hier. Ruhe dich aus bis zum Wochenende«, hörte er eine ruhige, sanfte Stimme in seinem Kopf.

Der vor wenigen Minuten eingegangene Anruf löste Bewegung bei Kant und seinem Team aus.
Punkt 14:20 Uhr kam die aufgeregte Mitteilung eines Wanderers, dass dieser bei seinem vorherigen Waldspaziergang, eine schreckliche Entdeckung gemacht hatte. Sein Dackel war, von einem Hasen angelockt, in einer Felsenspalte verschwunden und hatte plötzlich kläglich gebellt. Der Wanderer war ihm voller Sorge hinterhergelaufen, hatte sich zwischen den Felsen hindurchgezwängt und dort in einer kleinen Höhle eine schreckliche Entdeckung gemacht.
Dieses Mal gab es keinen Zweifel: Es handelte sich um sterbliche Überreste, deren Verwesungsgeruch schon weit über den Fundort hinaus erkennbar war. Der Mann sah vor sich vier große Säcke. Aus einem davon ragte ein kleiner, nackter Kinderfuß hervor. Vier Säcke hatte er gesehen, die von den einfallenden Sonnenstrahlen wie in einem Backofen gegrillt wurden.
»Ruft die Leute von der Spurensicherung. Wir machen uns in fünf Minuten auf den Weg! Die Kinder wurden gefunden«, brüllte Kant durch den Flur des Präsidiums.
Winter kam aus seinem Zimmer und sah ihn nur fragend an.
»Tot. Wenn sie es sind, dann sind sie tot, Pascal.«

Sein Kollege schwieg. Doch an seinem Gesichtsausdruck konnte er erkennen, wie sehr ihn die Nachricht schockte.
Pascal selbst hatte keine Kinder. Er konnte dennoch nachfühlen, wie es den Eltern bisher erging und was jetzt auf sie zukommen würde, wenn man ihnen mitteilte, dass man ihr kleines Kind tot aufgefunden hatte. Jemand von ihnen musste dann das Mädchen oder den Jungen identifizieren.
Das war eine der schwersten Aufgaben, die den Eltern bevorstand. Je nachdem, wie weit die Verwesungsgrade der Leiche bereits fortgeschritten waren, wurde die Situation noch deutlich schlimmer. In einigen Fällen waren Väter einfach vor der Bahre zusammengebrochen, hatten sich übergeben und mussten notärztlich behandelt werden. Andere hingegen hatten einen solchen Schock, dass sie ohne Emotionen handelten, als wäre alles nur ein böser Traum, der in wenigen Minuten endete und nach dem sie mit ihrem Kind auf den nächsten Spielplatz gehen konnten. Doch es war ein Abschied für immer; ein Abschied, dessen Bilder einem das ganze Leben verfolgen und einen Schaden anrichten würden, der niemals wieder behoben werden konnte. Nur der Schmerz ließ vielleicht irgendwann ein wenig nach.
Wortlos und nachdenklich ging Winter in sein Büro zurück und schloss leise die Tür hinter sich.
In diesem Moment hoffte Kant, dass ihn niemand von seinen Mitarbeitern für gefühllos und abgestumpft hielt. Doch er musste gerade jetzt einen klaren Kopf und Verstand behalten und durfte sich nicht von irgendwelchen Gefühlen ablenken lassen. Er musste seinen Fokus auf die Ergreifung des Täters richten. Alles andere würde erst später kommen, wenn er zu Hause allein war, und sich andere Gedanken in seinem Kopf ausbreiteten konnten.
Kant lief zu Winters Büro und öffnete die Tür.

»Willst du lieber hierbleiben, Pascal? Ich kann das gut verstehen. Du musst ...«
Doch der schüttelte den Kopf. In seinen Augen standen Tränen. »Nein, alles gut. Ich brauche nur noch eine Minute, dann bin ich bereit.«
»OK« Kant schloss die Tür, ohne ein weiteres Wort zu sagen. Winter hatte schon einige solcher Situationen erlebt und wusste einigermaßen damit umzugehen. Irgendjemand musste diesen Job erledigen, auch wenn es, wie in diesem Moment, nicht immer einfach war.

Der Anblick, der sich den Beamten bot, nachdem sie sich durch den engen Felsenspalt in die Höhle gezwängt hatten, war grausam. Die Säcke, in denen sich die Kinder befanden, hatten bereits wässrig-braune Flecken von dem Leichensaft, den die kleinen Körper abgesondert hatten, und der, selbst durch das dichte Gewebe hindurch, nach außen gedrungen war. Der Geruch war bestialisch und mit keiner anderen Ausdünstung vergleichbar. Wer einmal diesen Gestank eingeatmet hatte, würde ihn niemals in seinem ganzen Leben wieder vergessen. Zwei Kriminaltechniker in weißen Schutzanzügen waren bereits dabei, alle Spuren zu sichern, Fotos zu schießen und alles akribisch genau zu dokumentieren. Danach begann der Rechtsmediziner noch am Tatort mit der ersten Untersuchung der Leichen.
Der Gestank, der sich nach dem Öffnen der Säcke ausbreitete, konnte von Kant und dem Rechtsmediziner nur dadurch ausgehalten werden, indem sie sich etwas Minze-Paste direkt unter die Nasenlöcher rieben. Die Mitarbeiter der Spurensicherung hingegen trugen Atemmasken, über die sie mit frischem Sauerstoff versorgt wurden. So war es ihnen

möglich, ihre Arbeit in Ruhe und konzentriert zu erledigen, ohne dass sie kontinuierlich den Brechreiz unterdrücken mussten. Kant stand nicht direkt vor den Leichensäcken, da er die Arbeiten der Spurensicherung nicht behindern wollte, sondern am Rand der Höhle. Nur kurz erhaschte er einen Blick auf eines der toten Kinder. Sofort wandte er sich ab. Mehr wollte er nicht sehen, da sich diese Bilder in seinem Gehirn einbrennen würden.

Langsam lief er nach draußen, da er zum einen seinen Kollegen etwas mehr Platz verschaffen wollte, zum anderen, weil sich ein flaues Gefühl in die Magengegend geschlichen hatte, und er nicht den ganzen Tatort vollkotzen wollte. Er ging einige Meter in den Wald hinein, da wo die Luft noch rein war und nach Leben roch. So, wie ein Kamel in der Wüste aus einer Oase Wasser trank, sog er den frischen Sauerstoff gierig in die Lungen ein.

Als er sah, dass der Rechtsmediziner die Höhle verließ, lief er direkt auf ihn zu.

»Konnten Sie die Todesursache bereits feststellen, Herr Dr. Weigand?«, wollte Kant ohne Umschweife wissen.

»Nein«, antwortete der mit rauchiger Stimme. Der säuerliche Geruch von kaltem Zigarettenrauch zog in Kants Nase.

»Es gab keine Schnittwunden oder sonstige Verletzungen, die auf körperliche Gewalt schließen lassen. Ich gehe davon aus, dass die Kinder vergiftet wurden oder man ihnen Luft in die Venen gespitzt hat und sie an einer Embolie gestorben sind. Vielleicht wurde auch Pentobarbital verwendet. Genaueres werden wir aber erst nach den Obduktionen sagen können.«

Der groß gewachsene, dürre Mann zog seine Einweghandschuhe aus und verabschiedete sich von dem Kommissar. Seine Arbeit war fürs Erste getan. Zwei weitere Mitarbeiter legten die Kinder mit den Säcken, in denen sie sich noch immer befanden, in einen weiteren, größeren Leichensack aus Plastik. Dann trug man sie fast fünfhundert Meter durch den Wald, da es für die Leichenwagen keine Möglichkeit gab, näher an den Tatort heranzufahren. Es sah wie eine kleine Prozession aus, als die vier Kinder von acht Männern in weißen Schutzanzügen durch den Wald getragen wurden. Selbst die Vögel zeigten Pietät und verstummten für einige Minuten. Nur das Rascheln der Blätter, das wie ein Flüstern und leises Weinen klang, begleitete die ermordeten Kinder ein kleines Stück auf ihrem Weg zu ihren Familien zurück, die nun zumindest Abschied von ihnen nehmen konnten.

Ein Abschied bis zur Ewigkeit.

Kant und Winter blieben allein zurück, als sich der Konvoi von schwarzen Leichenwagen und drei Dienstwagen der Polizei vom Tatort entfernten.

»Sie haben in der Höhle Fußspuren und ein Märchenbuch gefunden. Vielleicht gibt es Fingerabdrücke oder DNA-Spuren, die wir auswerten können, Alex.«

Der nickte zustimmend, nachdem sein Kollege die Sätze beendet hatte.

»Ich muss mir das jetzt einmal ganz in Ruhe anschauen, Pascal. Kommst du mit?«

»Nein. Ich warte lieber hier draußen. Ich möchte mir das nicht antun.«

Erneut schob sich Kant durch den engen Spalt hindurch. Noch immer war der Leichengeruch allgegenwärtig und wurde intensiver, als er die Höhle betrat. Er blieb stehen und sah sich vorsichtig um. An den Markierungen der Spurensicherung konnte man deutlich erkennen, wo die einzelnen Kinder gelegen hatten. Auf dem teils weichen

Boden konnte man mit etwas Fantasie die Konturen der Körper erahnen.
Er stellte sich vor, wie es wohl für den Mörder war, wenn er hier in der Höhle saß und sich seine Opfer ansah. Was hatte er nur davon? War es ein Gefühl der Macht, die er über andere Menschen ausüben wollte? Ging es vielleicht darum, sich in den Schmerzen der Hinterblieben zu baden, deren Verzweiflung zu beobachten, wenn ihre Kinder zur letzten Ruhe in ein Grab auf dem Friedhof gebettet wurden?
Was war der Sinn von alledem?
Was ging in dem verwirrten Kopf des Täters vor?
Zu gerne hätte er Antworten auf diese Fragen bekommen, doch dafür musste er erst den Täter fassen.
Kurz lehnte er sich an eine der Wände, die etwas im Schatten lag und ihm dadurch etwas Kühle bot. Hatte der Verrückte den toten Kindern wirklich aus einem Märchenbuch vorgelesen? Eine Gänsehaut überzog die Haut des Beamten, obwohl die Temperatur des Tages bereits auf über dreißig Grad angestiegen war. Er blickte nach oben und durch die Öffnung zwischen den Felswänden hindurch. Dort erstreckte sich der strahlend blaue Himmel, an dem ein Bussard langsam seine Kreise zog.
In diesem Moment war er froh darüber, dass er selbst keine Kinder hatte. Er hätte Angst, dass auch ihnen so etwas Grausames geschehen könnte.
Welches verdammte Schwein war nur in der Lage, so etwas zu tun?

Wie die Tage zuvor, war auch dieser Montag ein wunderschöner Tag mit wolkenlosem Himmel. Gabriel genoss es, unter diesen Umständen aufzustehen, sich zu duschen und anschließend ausgiebig zu frühstücken. Vom

Balkon seines Hauses sah er aus dem zweiten Stock weit über die ausgedehnten Weinrebenfelder, die bis zu den hochgewachsenen und dichten Waldhügeln in der Ferne reichten, deren grüner Baumbestand sich von dem sanften, blauen Himmel wunderschön abhob.

Die schwarze Smartwatch an seinem Handgelenk zeigte ihm den Puls und Blutdruck sowie die neuen Nachrichten, die über das Wochenende auf dem Handy eingegangen waren. Doch das Wochenende gehörte ihm, und er wollte sich nicht stören lassen. Freitag, nach Feierabend, schaltete er es direkt aus und deponierte es in einer Schublade, wo es bis zum Montagmorgen unangetastet lag. Seine Kunden wussten und akzeptierten es. Er hatte ihnen mitgeteilt, dass er einen kranken Bruder hatte, welchen er immer über das Wochenende besuchte, und dass er sich in dieser Zeit nur ihm alleine widmete.

»Hallo Gabriel, wie geht es Ihnen? Wie war Ihr Wochenende?«

Er wusste, wie er in einem Anzug mit weißem Hemd und offenem Kragen auf die Frauen wirkte. Die dunkle Sonnenbrille und das mit Gel nach hinten gekämmtem Haar verliehen ihm ein wenig das Aussehen eines Schauspielers.

»Mir geht es sehr gut, Franzi. Ich hoffe, Ihnen auch? Bei dem tollen Wetter macht das Aufstehen ja richtig Spaß. Gibt es neue Nachrichten?«

Die junge Frau Mitte zwanzig trug ein enges, dunkles Kostüm. Ihre schwarzen, langen Haare glänzten wie das Fell eines in der Sonne stehenden Araberhengstes. Das hübsche Gesicht wurde von einem leicht bräunlichen Make-up flankiert, welches sie eigentlich nicht nötig hatte. Ein dunkelroter Lippenstift von Malu Wilz mit dem klingenden Namen »Red Woman« verlieh ihrem Antlitz etwas

Gefährliches, Draufgängerisches. Gabriel kannte den Namen nur, da sie den Stift einmal auf dem Schreibtisch an der Anmeldung hatte liegen lassen, und er ihn dort entdeckte.
»Die Firma Hohenstein hat sich heute schon gemeldet. Es geht um die Gebäudeversicherungen für die neuen Hotelanlagen.«
Er nickte ihr zu. »Ich rufe gleich zurück. Das Kleid steht Ihnen übrigens ausgezeichnet, Franzi.«
Unter dem Make-up wurde sie rot. Er erkannte es an ihrem verlegenen Blick.
»Würden Sie mir bitte einen Cappuccino bringen?«
Sie lächelte, als würde sie in diesem Moment noch sehr viel mehr für ihn tun, als ihm nur einen Kaffee in eine Tasse zu füllen.
Gabriel öffnete die Glastür, an der sein Name in großen Buchstaben zu lesen war. Gabriel Nowack. Er hatte es im Laufe von kurzer Zeit geschafft, sich in einem der größten Versicherungsunternehmen nach oben zu arbeiten. Er war mittlerweile in einer Gehaltsklasse angelangt, von der viele Menschen nur träumten. Das Geld, das er verdiente, ermöglichte es ihm, ein Leben in Luxus zu führen, was er auch tat. Gabriel kam aus sehr bescheidenen Verhältnissen und er wusste den Luxus zu genießen, den er sich endlich leisten konnte. Nach dem Tod seiner Eltern, die auf tragische Weise kurz nacheinander verstarben, war er bei einer Tante aufgewachsen, die ihm in ihrem eigenen Finanzunternehmen eine gute Ausbildung ermöglichte und ihn zu dem Geschäftsmann machte, der er heute war.
Auf seinem stets aufgeräumten Schreibtisch lag, neben einigen Briefen und ausgedruckten E-Mails auch die regionale Tageszeitung, die er täglich las.
Noch immer keine Spur von den vermissten Kindern.

Die Titelseite zeigte die Einzelbilder der entführten Kinder. Langsam nahm er die Zeitung auf und sah sich die jeweiligen Gesichter sehr intensiv an. Es waren wirklich hübsche Kinder. Sie wirkten fröhlich und ausgelassen auf den bunten Fotos.

Es klopfte an der Tür, und Franzi betrat auf hochhackigen Designerschuhen das Büro. In der rechten Hand balancierte sie den dampfenden Cappuccino in einer mittelgroßen, weißen Tasse, sehr darauf bedacht, dass nichts davon auf den Unterteller schwappte. Sie stellte beides unbeschadet ab und man merkte, dass sie erleichtert aufatmete. Sie wollte alles richtig machen; sie wollte ihrem Chef gefallen.

»Es ist schrecklich, dass man die Kinder noch immer nicht gefunden hat. Finden Sie nicht, Gabriel?«

Er nickte nachdenklich, ohne dabei von der Textseite aufzusehen.

»Ja, aber ich glaube, es wird nicht mehr lange dauern. Ich habe das so im Gefühl, Franzi.«

»Hoffentlich geht alles gut aus, und die Kleinen sind noch am Leben.«

Schweigend legte er die Zeitung beiseite, lächelte sie an und nahm dann einen kleinen Schluck aus der Tasse.

»Die Hoffnung stirbt zuletzt, Franzi. Der Kaffee schmeckt wie immer ausgezeichnet.«

Sein Blick hatte sich leicht verändert. Ohne sie danach weiter zu beachten, nahm er die Zeitschrift wieder auf, blätterte die erste Seite um und widmete sich den leicht gestiegenen Aktienkursen. Franzi verließ den Raum und schloss die Tür leise hinter sich. Gabriel sah ihr kurz hinterher, und sein Gesicht wurde ernst. Als er jedoch auf die farbenfrohen Werbeseiten kam, begann er wieder zu lächeln.

»Wir brauchen einen Kühlschrank!«, ertönte eine aufgeregte Stimme, die nur er selbst hören konnte.
»Nein. Wir brauchen eine große Gefriertruhe für *dich* und *deine* neuen Freunde, Joshua.«
Gabriel spürte, wie sein anderes Ich sich freute, und er begann leise zu lachen, da es in seinem Gehirn gerade so seltsam prickelte, wie ein erfrischendes Glas Sekt auf der Zunge, welches man gerade langsam und genüsslich trank.

Kant konnte es an diesem Morgen nicht erwarten, bis die Ergebnisse der Spurensicherung endlich auf seinem Schreibtisch lagen. Unruhig lief er in seinem Zimmer auf und ab und sah dabei immer wieder zur Tür hin.
»Verdammt, wo bleiben denn nur die Ergebnisse?«
Winter saß vor dessen Schreibtisch auf dem Besucherstuhl und trank in Ruhe eine Tasse Tee.
Kaffee vertrug sein Magen seit einigen Wochen nicht mehr, und auf Anraten seines Hausarztes hatte er sich daher nun auf alle möglichen Teesorten fixiert, um den bestmöglichen Geschmack zu finden; sozusagen als Ersatzbefriedigung für die noch immer lodernde Gier nach Kaffee.
Als Kant neben ihm stand, sog der provozierend den Tee-Geruch in die Nase ein.
»Bist du dir sicher, dass man das wirklich trinken kann? Das riecht ja, wie eine vollgeschissene Kinderwindel!«
Irritiert sah Winter auf die dampfende Tasse und roch vorsichtig daran. »Findest du? Mich erinnert das eher an frische Vanille.«
Kant schlug die Hände über seinem Kopf zusammen
»Wenn du nicht den Unterschied zwischen Vanille und einer vollen Windel kennst, dann lass dir das Zeugs schmecken. Mir

wäre es aber lieber, wenn du das in *deinem* Büro tust, und mir hier nicht *meine* Luft mit dem Gestank verpestest!«

Winter stand langsam auf und trank seinen Tee im Stehen weiter.

»Du bist heute ja wieder echt gut gelaunt, Alex. Du wirst deine Ergebnisse schon noch bekommen!«

Gerade als er den Satz beendet hatte, klopfte es zwei Mal an der Tür. Sie wurde geöffnet, und ein junger Mann trat etwas unsicher ein.

»Diese Unterlagen wurden gerade für Sie abgegeben, Herr Kant.«

Kant riss dem Überbringer, der anscheinend gerade ein Praktikum absolvierte, den Umschlag förmlich aus den Händen. Erschrocken wich der junge Mann einen Schritt zurück.

Fragend und etwas provozierend sah ihn der Kommissar unfreundlich an.

»Ist noch was?«

»Nein. Ich wünsche Ihnen noch einen schönen Tag.« Irritiert und eingeschüchtert trat der Neuling den Rücktritt an und schloss vorsichtig die Tür hinter sich, um ja kein Geräusch zu verursachen.

»Der arme Kerl träumt heute Nacht von dir, Alex. Ich würde gerne das Geheimnis lüften, warum du manchmal so ein unausstehliches Arschloch bist.«

Der zuckte mit den Schultern. »Da gibt es kein Geheimnis. Das ist mein Naturell!« Er sah seinen Kollegen an und grinste. Dann öffnete er den großen Umschlag und entnahm die darin liegenden Papierakten.

Schnell überflog er die einzelnen Seiten, als würde er nach einem ganz bestimmten Inhalt suchen.

»Ah. Dr. Weigand hatte wieder einmal recht mit seiner Vermutung. Den Kindern wurde tatsächlich Pentobarbital gespritzt. Er hat sie ganz sanft und schmerzfrei in den Tod geschickt. Es gibt keinerlei Anzeichen dafür, dass er ihnen Gewalt angetan oder sie in einer Form sexuell missbraucht hätte.«
Schnell blätterte er weiter und zog dann gezielt eine Seite aus den Unterlagen.
»Verdammt. Ich hatte es geahnt. Es wurden natürlich keine Fingerabdrücke auf dem Märchenbuch gefunden. Der Täter hatte Handschuhe getragen und das Cover und den Buchrücken ordentlich gesäubert. Es gibt keinen einzigen Fingerabdruck darauf. So ein blöder Mist. Das war meine große Hoffnung gewesen, dass das Schwein hier einen Fehler begangen hat.«
Winter spürte, dass sich die Laune seines Gegenübers nicht verbesserte, sondern noch tiefer in den Keller ging, sofern das überhaupt möglich war. Doch plötzlich weiteten sich dessen Augen, und ein Grinsen erschien auf seinem Gesicht.
»Der alte Schinken ist aus einer Bücherei. Und zwar aus der Städtischen. Das bedeutet, dass es vielleicht einmal ausgeliehen, aber nie wieder zurückgebracht wurde.«
»Vielleicht wurde das Märchenbuch aber auch irgendwann dort ausgesondert, und man hat es weggeschmissen oder auf einem Flohmarkt verkauft?«, hielt Winter dagegen, wofür er sofort einen bösen Blick erntete.
»DU bist der Grund, warum meine Laune immer so mies ist! Musst du mir denn andauernd meine Hoffnung rauben? Kannst du nicht deinen stinkenden, vollgeschissenen Windeltee trinken und einfach nur mal die Klappe halten, Pascal?«

Der lächelte allerdings nur und trank genüsslich die Tasse leer.
»Könnte ich. Aber weißt du, warum ich das nicht mache, Alex?«
»Warum?«
«Ganz einfach! Es macht mir Spaß dich zu ärgern, mein Lieber.«
Kant hob zum Spaß die Fäuste, als wolle er seinen Partner mit einem gezielten und harten Schlag niederhauen. Stattdessen nahm er allerdings die Jacke, die auf dem Stuhl hing, und lief in Richtung Tür davon. Bevor er sie öffnete, wandte er sich nochmals zu Winter um.
»Ich hole mir jetzt das Märchenbuch und fahre dann in die Bücherei. Kommst du mit?«
»Klar doch! Vielleicht finde ich dort ja einen guten Thriller für das kommende Wochenende.«

Nachdem Gabriel Nowack am Nachmittag seine Arbeit erfolgreich absolviert und einige gute Verträge abgeschlossen hatte, die ihm wieder ordentlich Provision einbringen würden, sah er kurz durch die geschlossene Glastür nach draußen ins Foyer. Franziska saß kerzengerade hinter ihrem Schreibtisch und war gerade konzentriert damit beschäftigt, ihre Fingernägel sorgsam zu lackieren. Vor ihr würde er also Ruhe haben.
Er widmete sich wieder seinem PC und öffnete über den Browser die Startseite von Ebay.
Als Suchroutine gab er dort das Wort »Gefriertruhe« ein und erhielt daraufhin, innerhalb weniger Sekunden, dutzende erfolgversprechende Ergebnisse.

Die Abmessungen der Truhe waren ihm besonders wichtig, und dass er die Ware bei einem privaten Anbieter abholen und in bar bezahlen konnte.
Er ging auf die Selektion nach Postleitzahlensuche und gab dort einen Radius von 100 km ein. Erneut leuchteten mehrere Anzeigen auf seinem Bildschirm auf.
»Da! Schau, hier bietet jemand gleich zwei Kühlschränke an!«
Wieder tauchte das Prickeln in seinem Kopf auf.
»Kühltruhen, Joshua. Keine Kühlschränke. Ich gebe ein Gebot für die beiden Artikel ab und dann werden wir sehen, ob es klappt! Das Schöne bei diesen Truhen ist, dass sie einen durchsichtigen Deckel haben. So wie in einem Supermarkt. Dann kannst du deinen Freunden beim Schlafen zuschauen, ohne die Truhen öffnen zu müssen.«
Der Preis, für die er die beiden Truhen erstehen konnte, war Gabriel ziemlich egal. Selbst wenn er sie zum Neupreis ersteigern würde, wäre es ein guter Deal. Er konnte die Ware vor Ort abholen und der Verkäufer würde ihm sicher helfen, die Truhen in seinen Transporter zu laden. Allein würde er es nicht schaffen. Mit etwa 55 Kg waren sie zu schwer und wegen der Länge auch zu unhandlich, um sie ohne fremde Hilfe zu transportieren. Wie er sie dann allerdings aus dem Auto in sein Elternhaus hinein und dort in den Keller hinunterschaffen sollte, wusste er noch nicht. Aber auch dafür würde er eine Lösung finden. Dessen war er sich ganz sicher.
Nach kurzem Überlegen gab er ein Höchstgebot ab, das ein wenig über dem Neupreis je Truhe lag. Natürlich kannte er die Tricks der privaten Anbieter. Die meisten von ihnen hatten zwei oder sogar mehrere Accounts und boten selbst munter bei ihrer eigenen Auktion mit, um den Verkaufspreis der angebotenen Ware in die Höhe zu treiben.

Kurz sah er auf die Uhr an seinem Handgelenk. Das höchste Gebot würde in fast genau drei Stunden den Zuschlag erhalten. Er nahm das Handy und gab an Siri eine Erinnerung weiter, die ihn drei Minuten vor Auktionsende nochmals darauf hinweisen sollte.

Er schloss seinen Ebay-Account mit dem Namen Okänd Främling, was so viel wie *unbekannter Fremder* auf Schwedisch hieß.

Kapitel 3

Die Städtische Bücherei befand sich leider schon seit einigen Jahren nicht mehr in dem alten, historischen Gebäude, das aus den Zeiten der Renaissance stammte. Das hohe Sandsteingebäude mit zwei eingearbeiteten Türmchen und anschaulichen Steinfresken an der Fassade musste zu Beginn des neuen Jahrtausends wegen völlig maroder Bausubstanz abgerissen werden.
Nun befand sich die Bücherei in einem ganz modernen Gewand im dritten Stockwerk eines großen Einkaufzentrums, in dem sich an diesem Tag tausende von Menschen aller Nationalitäten tummelten. Überall waren rote Schilder mit durchgestrichenen, weißen Zahlen und übergroßen Prozentzeichen zu sehen. Anscheinend gab es tolle Rabattaktionen, die die Leute dazu bewegen sollten, Dinge zu kaufen, die sie eigentlich nicht benötigten. Aber wenn der Preis vermeintlich stark reduziert war, setzte der Verstand der meisten leider kurzfristig aus.
Auch Winters Verstand schien einen Aussetzer zu haben. Das lag aber eher an dem Schild, das direkt vor seiner Nase in fetter, roter Schrift prangte und mit zwei gelben Klebestreifen an die Fahrstuhltür angeklebt worden war.
»Defekt! Bitte benutzen Sie die Treppe.«
Während Kant, leicht außer Puste, die dritte Etage erreichte, sah es bei Winter eher so aus, als müsse man ihn in Kürze mit einem Sauerstoffgerät beatmen. Keuchend, mit hochrotem Kopf und völlig verschwitzt, erreichte er aber dennoch sein Ziel. Man hätte von seinem körperlichen Zustand her meinen können, dass er gerade den höchsten Berg Europas mit allerletzter Kraft erklommen hatte.

»Alles OK mit dir, Pascal?«
Mit nach vornübergebeugtem Körper hielt sich der Kommissar am gläsernen Geländer fest und schnappte dabei wie ein Ertrinkender nach Luft.
»Es … es geht gleich wieder.«
»OK. Lass dir Zeit! Ich kläre das schon mal mit dem Buch und du kommst nach, wenn du wieder bei Atem bist. Setz dich am besten ein paar Minuten auf die Treppenstufen!«
Winter nickte. Fast war er ein wenig gerührt, wie besorgt sich sein sonst so mürrischer Kollege gerade in diesem Moment zeigte und dass ihm dieser nicht ein paar sarkastische Worte an den Kopf geworfen hatte.
Kant ging zur Tür der Bücherei, an der neben einem Schild mit den Öffnungszeiten auch einige bunte Plakate hingen, die auf einen Bücherflohmarkt und mehrere Lesungen hinwiesen. Diese Leseveranstaltungen sollten bereits in Kürze stattfinden, und man versprach Spaß und Spannung für einen Zeitraum von eineinhalb Stunden. Er drückte die Glastür auf und betrat die Bibliothek. Kurz ließ er seinen Blick über die mit Tausenden von Büchern gefüllten Regale gleiten, die in unterschiedlichsten Größen und Farben Buchrücken an Buchrücken in den Regalen standen und dort wohl die nächsten Jahrzehnte überdauern würden. Überall zwischen und vor diesen gefüllten Wänden waren gemütliche Sessel und Stühle zu sehen, die förmlich dazu einluden, Platz zu nehmen und eines der literarischen Werke aufzuschlagen, um sich darin stundenlang zu vertiefen. Hier konnte man ohne große Mühe in eine völlig andere Welt abtauchen. Der staubige Geruch des alten Papiers bereicherte die Luft und machte sie dadurch zu einem Erlebnisträger, der sich im Gedächtnis verankerte, um nie vergessen zu werden. Es war kein modriger Gestank, sondern ein Duft von Wissen,

Zeitgeist und Abenteuer. Ein Aroma, das sich nur schlecht beschreiben ließ, welches den Besucher aber sofort in seinen Bann zog und ihn von der ersten bis zur letzten Sekunde in diesen Räumlichkeiten begleitete.

Eine bereits ältere Dame mit weißen, hochgesteckten Haaren und einer Brille mit großen, runden Gläsern saß hinter einem modernen Tresen und war in ein Buch vertieft, das sie in den Händen hielt. Als er zu ihr hinüberging, hob sie aufmerksam den Blick, legte das Buch aufgeschlagen zu Seite und lächelte ihn an, ohne sich von ihrem Stuhl zu erheben.

»Guten Tag«, sagte Kant freundlich und mit gedämpftem Ton, welchen er in diesem geschichtsträchtigen Raum als angemessen empfand. »Ich habe hier ein Buch in meiner Hand, das vor sehr langer Zeit ausgeliehen und anscheinend nie wieder zurückgebracht wurde.«

Die Frau hinter dem Tresen sah stirnrunzelnd auf das Buch, welches er nun vor ihr in die Höhe hielt.

»Könnte ich es mir bitte einmal genauer ansehen?«

Er legte es vor ihr ab. Sie nahm es in die Hände, sah sich das Cover genau an und begann anschließend darin zu blättern. Es handelte sich um ein Märchenbuch mit hundert Kurzgeschichten, in dem alle bekannten Kinderbuchautoren deutscher Geschichte aufzufinden waren. Das bunte Cover zeigte Ausschnitte aus den unterschiedlichsten Märchen vergangener Epochen. Rotkäppchen, Zwergnase, die sieben Zwerge und viele andere Figuren zeigten sich in einem kreativen Durcheinander unter Bäumen, Büschen, hinter einer Mauer. Sogar aus einem gemauerten Brunnen, errichtet aus braunem Sandstein, blickte eine ihr bekannte Figur schelmisch hervor. Es war der gestiefelte Kater.

»Eine Sammlung alter Märchen. Schade, so etwas wird heute kaum noch hergestellt. Die wenigsten Kinder kennen die alten Geschichten. Das ist nicht mehr modern genug. Unsere Gesellschaft verroht immer mehr. Es gibt hier in unserem Land leider keinen Platz mehr für Dichter und Denker aus längst vergangener Zeit.«

Fast zärtlich fuhr sie mit den Fingerspitzen über das verblichene Cover und die bereits in Mitleidenschaft gezogene Ummantelung, die einige deutliche Spuren der Zeit aufwies. Sie klappte die letzte Seite auf und sah auf den alten, schwarzen Stempel, der vor vielen Jahren ein Zeichen der alten Stadtbibliothek war, als diese noch bessere Zeiten erlebte. Eine Zeit, in der sie selbst noch jünger und voller Träume war, und nach vielen Dingen strebte, die sie vermeintlich glücklich machen sollten. Viele davon waren Trugbilder, wie sie sich nun im letzten Drittel ihres Lebens selbstkritisch eingestehen musste.

Das letzte Ausleihdatum, das mit einem kleineren Stempel und mit blauer Farbe auf eine Karte aufgedruckt worden war, die in einer eigens dafür vorgesehenen Plastikhalterung steckte, war der 24. November 2001.

»November 2001.« Sie lächelte Kant mit einem leichten Augenzwinkern an. »Seltsam, dass es uns nicht aufgefallen ist, dass dieses Buch hier in unseren Regalen fehlte. Wahrscheinlich fiel das alles mit dem Umzug der Bücherei zusammen. Das wird ganz schön teuer, wenn Sie die Überziehungsgebühren bezahlen müssen. «

In diesem Moment öffnete sich die Tür und Winter kam hereingelaufen. Wie Kant, ließ auch er erst einmal seine Blicke schweifen und sog die ganze Atmosphäre, die in dem Raum herrschte, in sich auf.

»Ich habe schon nachgefragt, Pascal. Leider gibt es hier keine Pornoabteilung.«

Wie vom Blitz getroffen, sah der erst seinen Kollegen an und dann auf die Frau, die hinter dem Tresen saß und ihm einen mitleidigen Blick zuwarf.
»Aber ich …«
»Wir haben aber eine Abteilung mit erotischer Literatur, falls sie daran Interesse haben. Allerdings sind diese Bücher sehr textlastig und ohne viele Abbildungen.«
Winter war die Unterhaltung sichtlich peinlich, doch Kant schlug ihm freundschaftlich auf die Schulter, auf der dessen durchgeschwitztes Hemd klebte.
»Wir haben nur einen Scherz gemacht! Nimm es locker, lieber Kollege.«
Er wandte sich der Frau zu und zog dann die Polizeimarke aus der Tasche.
»Wir sind leider offiziell da. Mein Name ist Alexander Kant und das ist mein Kollege Pascal Winter. Wir ermitteln in einem Mordfall, bei dem dieses Buch hier eine tragende Rolle spielt.«
Irritiert zog die Weißhaarige ihre Finger vom Einband zurück, als würde die Märchensammlung sie im nächsten Moment anspringen und am Hals würgen.
»Könnten Sie herausfinden, wer dieses Buch am 24. November 2001 ausgeliehen hat?«
»Sie machen anscheinend ständig Scherze, Herr Kant. Das liegt fast zwanzig Jahre zurück. Damals gab es noch keine so umfangreiche EDV wie heute, in die man solche Daten eingetragen hat und die ich jetzt auf Knopfdruck auswerten könnte.«
Er lächelte sie charmant an. »Ich kenne diese Zeit ja selbst auch noch. Ich bin mir aber sicher, dass es hier in diesem Gebäude noch ein kleines Räumchen gibt, in dem man alte Listen aufbewahrt, über die man vielleicht doch noch

Informationen herausfiltern könnte, die uns weiterhelfen. Was meinen Sie?«

»Ich werde sehen, was ich für Sie tun kann. Wenn Sie mir ihre E-Mail-Adresse geben, dann informiere ich Sie, sofern ich etwas finden konnte. Wir haben ein paar alte Kisten im Keller stehen. Die Recherche kostet Sie aber etwas!« Sie zwinkerte ihm zu.

»Ich bin vergeben, aber mein Kollege wird Sie sicherlich gerne zum Essen ausführen. Natürlich auf unsere Kosten!«

Winter stöhnte nur kurz auf.

»Es wäre mir wirklich ein Vergnügen, mit Ihnen essen zu gehen, Frau …?«

»Nennen Sie mich einfach Silke«, sagte sie lächelnd und mit einem kurzen Augenzwinkern.

Gabriel Nowack wechselte von der Excel-Tabelle, in die er einige neue Daten eintrug, direkt auf das Ebay-Portal, nachdem ihn Siri mit einem blechernen Klingelton an das bevorstehende Ende der Auktion erinnerte.

Die stand aktuell bei einem Bieter-Betrag von vierhundertzwanzig Euro. Das war kein Schnäppchen, aber das waren ihm die beiden Kühltruhen und der anonyme Kauf auf jeden Fall wert. Kurz sah er auf die angezeigten Gebote der anderen Bieter. Er war sich sicher, dass der Verkäufer über Fake-Accounts den Preis ordentlich in die Höhe getrieben hatte. Das war recht einfach durchschaubar, wenn die Namen der anderen Bieter nur ein oder zwei Bewertungen im Sternverzeichnis stehen hatten.

Es dauerte nur noch wenige Sekunden bis zum Auktionsende. Gespannt starrte er auf den Monitor.

»Eins, zwei, Meins.« Er hatte den Zuschlag erhalten. Der Anbieter, diese linke Bazille, hatte tatsächlich in der letzten Sekunde noch einmal ein Angebot abgegeben und damit den Verkaufspreis um zwanzig Euro in die Höhe getrieben. Ein gefährliches Spiel. Wäre dieses letzte Angebot höher ausgefallen, als der von Gabriel eingetragene Höchstwert, hätte der Verkäufer seine eigenen Artikel erstanden.
Kurz darauf sendete er eine Anfrage an den Verkäufer, ob die beiden Kühltruhen am kommenden Donnerstagabend abgeholt werden könnten.
Nur drei Minuten später erhielt er vom Anbieter die Zusage. Donnerstag um 20:00 Uhr sollte die Übergabe stattfinden.
Zufrieden stand er von seinem Bürostuhl auf und lief zum Fenster, um über die Stadt zu blicken. Die Sonne spiegelte sich in den vielen Fensterfronten der angrenzenden Hochhäuser wider. Hinter jeder dieser Mauern verbrachten Menschen wie er einen Großteil ihres Lebens tagtäglich bei der Arbeit. Er wandte seinen Blick zur Anmeldung, die bereits verwaist war.
Franzi hatte pünktlich Feierabend gemacht und sich vor einer halben Stunde von ihm verabschiedet. Er beschloss, ebenfalls nach Hause zu fahren, um sich dort einen gemütlichen Abend zu machen. Gabriel speicherte die Excel-Datei ab, beendete anschließend alle Programme und schaltete den PC aus. Die leere Kaffeetasse ließ er auf seinem Tisch stehen. Die Reinigungskraft würde sie wie immer in die Spülmaschine einräumen. Mit dem Fahrstuhl fuhr er hinab in die Tiefgarage, wo sein hellblauer Porsche 991 Turbo S stand. Ein Auto, das jeden Ferrari Fahrer vor fast unlösbare Probleme stellte, wenn es um die schnelle Beschleunigung ging. Die extrem massive und sekundenschnelle Geschwindigkeitserhöhung des Wagens wirkte noch hautstraffender als es jemals eine Botox-

Behandlung schaffen würde. Die Kurvengeschwindigkeit, die dank des Allradantriebs möglich war, verlieh ihm oft das Gefühl, auf einer langen Achterbahn zu fahren, die mit halsbrecherischer Geschwindigkeit in die Tiefe hinab schoss. Der Spritverbrauch lag etwas unter 20 Litern auf einhundert Kilometer. Kein günstiges Vergnügen, aber da es sich um ein Firmenfahrzeug mit entsprechendem Leasing handelte, für ihn absolut erschwinglich. Sein Eigenheim lag nur fünfzehn Fahrminuten von der Firma entfernt. Das Haus hatte er vor zwei Jahren bei einer Bankauktion recht günstig erstanden. Die Vorbesitzer hatten eine Menge Schulden, und so kam das Gebäude samt großem angrenzenden Grundstück unter den Auktions-Hammer. Da Gabriel dem leitenden Bankangestellten bereits zu so einigen lukrativen Versicherungsverträgen für ihn selbst und die angestellten Mitarbeiter verholfen hatte, ging die Auktion praktisch unter der Hand weg. Eine Hand wäscht die andere, und eine Krähe hackt der anderen Krähe kein Auge aus. Es war wie überall in der Wirtschaft und der Politik. War man erst einmal ein Teil des Systems, hatte man Freiräume und Möglichkeiten, die einem Normalsterblichen verborgen blieben. Die Auktion war nur eine reine Formalität, und so ging das Haus innerhalb von vier Minuten für den Mindestbetrag an ihn als neuen Besitzer über. Auf der Landstraße angekommen, beschleunigte Gabriel den Sportwagen und ließ dabei die Auspuffanlage laut und röhrend aufheulen. Die schwarze Tachonadel des Drehzahlmessers und die Nadel der Geschwindigkeitsanzeige schnellten im Armaturenbrett in Sekundenbruchteilen in die Höhe und in den orangen Bereich, als ob es für sie kein Limit gäbe.

Gabriel fühlte sich in diesem Moment unsagbar frei und verdammt gut.

»Die Kühlschränke sind wunderschön!«, hörte er die Stimme von Joshua, als ob er neben ihm als Beifahrer sitzen würde.
»Kühltruhen, Joshua. Nicht Kühlschränke!« Er lachte leise.
»Schon bald werde ich dir neue Freunde suchen.«

Alexander Kant hatte es bereits geahnt und vorhergesehen. Als er am nächsten Morgen die Zeitung aus dem Briefkasten zog, prangte ein großer Artikel über den Fund der Kinderleichten auf der ersten Seite.
Die Überschrift lautete:
Entführte Kinder tot im Wald gefunden – Polizei tappt noch immer völlig im Dunkeln!
Ihm war schon anhand der provokativen Überschrift klar, wem er diesen wenig ruhmreichen Text zu verdanken hatte.
Theresia Pötsch! So doof wie der Name war auch dessen Trägerin. Die Chefredeakteurin der hiesigen regionalen Zeitung war in seinen Augen eine vertrocknete, unzufriedene Person, die nur provozieren konnte. Schon als er sie das erste Mal sah, aufgedonnert wie ein Pfingstochse, war ihm klar, dass er diese Frau nicht leiden konnte. Ihr faltiges, Solarium gebräuntes Gesicht, die hochtoupierten Haare, der Bauchansatz, der durch das enganliegende Kleid unvorteilhaft erkennbar war und die grässliche Stimme, die eher zu einem Mann passte, waren für ihn ein No-Go.
Die Inhalte des Textes waren recht detailliert verfasst. Kant nahm an, dass einer der eigenen Männer, jemand aus der Spurensicherung oder sogar vielleicht der Rechtsmedizin, aus dem Nähkästchen geplaudert hatte. Zumindest das Märchenbuch wurde in dieser *Abhandlung des Grauens* nicht erwähnt. Die Polizei stand nach dem Pressebericht wieder einmal verdammt dumm und unfähig da. Diese Ziege

verstand es wirklich, wie man die ganze Bevölkerung gegen ihn und seine Abteilung aufhetzen konnte. Er nahm die Zeitschrift, zerknüllte sie und warf sie wütend in den Abfallbehälter für Papier. Jetzt brauchte er erst einmal einen starken, doppelten Espresso. Seine Hände zitterten. Er hoffte, dass er es dieser Theresia Pötsch einmal so richtig heimzahlen konnte.

Auf dem Weg zu seinem Büro hörte er laute Musik. Das half ihm immer ein wenig dabei, sich abzulenken. An diesem Morgen war der Empfang im Polizeirevier verhaltener als sonst, als er kurze Zeit später das Gebäude durch den Haupteingang betrat. Seine Kollegen wussten aus Erfahrung, dass sie ihm nach so einem Artikel am besten aus dem Weg gingen. Winter bildete hier allerdings eine Ausnahme. Die beiden kannten sich bereits so lange, dass er genau wusste, wie er Alexander zu nehmen hatte, und wo es Grenzen gab, die nicht überschritten werden durften. Er hatte somit das Privileg, ihn an solchen Tagen ansprechen zu dürfen, ohne Angst haben zu müssen, dass Kant die Waffe zog, auf ihn anlegte und die vollzählige Anzahl der Kugeln aus dem Magazin in seinem Körper versenkte.

»Wie geht es dir?«, fragte er vorsichtig nach, als er die Tür zu dessen Büro geöffnet hatte.

»Beschissen!«, kam die ehrliche und unverblümte Antwort.

»Du hast den Artikel also schon gelesen?«

Kant nickte nur und zerbrach dabei unbeabsichtigt einen Bleistift, als er die Hand zur Faust ballte und gleichzeitig mit dem Zeigefinger gegen den hölzernen Korpus drückte.

»Wenn ich die blöde Kuh nur mal so richtig fertigmachen könnte. So verbal, meine ich. Ihr einfach die Grenzen aufzeigen und sie in der Öffentlichkeit blamieren. Das wäre ein großer Wunsch von mir!«

»Heute Morgen kam übrigens eine E-Mail von meinem Date in unserem Postfach an.«
»Was für ein Date, Pascal?«
»Das, was du mir gestern so toll aufgebrummt hast!«
»Oh, die nette, ältere Dame aus der Bibliothek? Los, zeig schon her!«
Winter streckte die Hand aus und gab ihm den Ausdruck in die Hand.
»Na, das ist doch mal ein Anhaltspunkt! Vielleicht führt die angegebene Adresse ins Nichts, aber einen Versuch ist es auf jeden Fall wert.«
Auf dem Stück Papier stand der Name Joshua Nowack und dessen vollständige Wohnadresse.
»Was hältst du davon, wenn wir heute Morgen dort vorbeifahren und uns einmal umschauen? Vielleicht wohnt dieser Joshua ja noch immer dort.«
Winter stimmte dem Vorschlag zu und so machten sich die beiden Männer kurze Zeit später auf den Weg.
Es dauerte knapp zwanzig Minuten bis sie ihr Ziel erreichten und direkt vor der Adresse standen, die sie von der Bibliothekarin erhalten hatten.
»Das Haus sieht ziemlich heruntergekommen aus. Ich glaube nicht, dass hier noch jemand wohnt«, meinte Winter misstrauisch, als er auf das Gebäude blickte, das rechts von ihnen zu sehen war.
»Wenn ich mich nicht täusche, dann ist es von hier aus nicht weit bis zu der Stelle, wo die Kinder gefunden wurden. Das ist doch das Waldstück, das hier oben auf dem Hügel liegt, oder? Wenn ich es richtig einschätze, muss man hier nur den Berg hoch und dann immer geradeaus gehen. Ob das ein Zufall ist?« Kant öffnete die Wagentür und stieg aus. Sofort schlug ihm die Wärme der Sonne entgegen und die bisherige,

angenehme Kühle der Klimaanlage verpuffte wie ein Tropfen Regen in der Wüste.
»Oh, ist das eine verdammte Hitze.«
Stöhnend wuchtete sich Winter ebenfalls aus dem Auto heraus, worauf sich dieses wieder merklich anhob.
Gemeinsam liefen die Beamten zum Vordereingang des Hauses, der ein wenig im Schatten einer hochgewachsenen Kiefer lag. Aber selbst da herrschten bereits Temperaturen, die einem den Schweiß auf die Haut trieben. Als Winter zurück zu Straße blickte, sah er, wie die Hitze über dem schwarzen Asphalt flimmerte. So etwas hatte er lange nicht mehr gesehen.
Auf dem Klingelschild und dem schief angebrachten Briefkasten stand in verblichenen Buchstaben der Name Nowack.
»Zumindest hat er anscheinend wirklich hier gewohnt.«
Während Winter auf die Klingel drückte, ging Kant ein wenig um das Haus herum. Anscheinend hatte man die unteren Fenster vor einiger Zeit geputzt. Auch der Briefkasten war geleert worden. Es schien, als ob sich jemand um den Besitz kümmerte oder womöglich tatsächlich noch in dem Haus lebte.
»Es tut sich nichts, Alex«, sagte Winter, der mehrfach den Knopf gedrückt hatte. Der Klingelton war von draußen leise durch die Tür zu hören. Der Strom war also nicht abgeschaltet.
Kant stand dicht mit dem Gesicht vor einem der zur Straße gerichteten Fenster und sah neugierig hinein. In dem dunklen Zimmer konnte er ein altes Sofa, einen Tisch mit mehreren Stühlen und einen alten Holzofen erkennen, neben dem, fein aufgestapelt, etwas Brennholz lag. Die Wohnung war also noch möbliert.

»Wir schauen uns mal hinter dem Haus um, Pascal.«
Direkt dahinter befand sich ein Grundstück, das sich ansteigend in Richtung Waldlichtung zog. Es war auf den ersten Blick zu erkennen, dass es schon seit Jahren nicht mehr gepflegt wurde. Undeutlich konnte man an dem unterschiedlich hohen Bewuchs und den leichten Farbnuancen mehrerer Grasnarben erkennen, dass es früher eingeteilte Felder gab, die bepflanzt worden waren. Die Natur hatte sich im Laufe der Zeit aber wieder fast alles zu eigen gemacht und die von Menschenhand geschaffene Struktur zerstört.
»Ich glaube nicht, dass wir diesen Joshua hier antreffen werden. Aber vielleicht wissen ja die Nachbarn etwas mehr.«
Kant hatte von der leichten Anhöhe aus einen Mann gesehen, der auf einem der benachbarten Grundstücke fleißig Brennholz schnitt.
Die Beamten verließen den Garten, überquerten die Straße und liefen diese ein Stück in Richtung Ortsmitte entlang. Das Geräusch der Motorsäge wurde immer lauter, und schon bald standen sie vor dem Garten, in dem das Holz in kleine, kaminofentaugliche Stücke zerschnitten wurde.
Der Mann mit der Motorsäge trug eine Jacke und einen Helm mit einem Visier, um sich vor den umherfliegenden Holzsplittern zu schützen. Auf die Rufe von Kant reagierte der Arbeiter nicht, da das laute Geräusch der Säge alles übertönte. Erst als er eine kurze Pause machte, um einen weiteren großen Ast in Sägeposition zu bringen, machte sich Kant erneut bemerkbar und wurde gehört.
»Bitte entschuldigen Sie die Störung.« Er stellte sich dem Mann kurz vor, der mittlerweile die Säge aus der Hand gelegt und den Schutzhelm abgezogen hatte.

»Wir wollten Sie fragen, ob das Haus der Familie Nowack noch bewohnt ist.«
»Nicht wirklich. Ich glaube, der Sohn kommt an den Wochenenden manchmal her, um nach dem Rechten zu sehen. Gesehen habe ich aber schon länger niemanden mehr.«
Winter und Kant hörten dem Mann aufmerksam zu.
»Handelt es sich bei dem Sohn um Joshua Nowack?«, fragte Winter neugierig nach.
»Nein. Joshua ist schon vor langer Zeit gestorben. Sein Zwillingsbruder Gabriel ist das einzige Mitglied der Familie, der damals die Tragödie überlebt hat.«
Kant wurde hellhörig.
»Eine Tragödie? Können Sie uns etwas mehr darüber erzählen?«
»Ich wollte sowieso gerade eine kurze Pause machen. Kommen Sie herein, wir setzten uns in den Garten, und ich erzähle Ihnen die Geschichte. Sie haben sicherlich auch Durst, oder? Ich hätte kühl gestelltes Bier oder Mineralwasser im Angebot.«
Dankbar nahm Kant die spontane Einladung an.
»Wir sind noch im Dienst, aber ein Wasser würden wir wirklich sehr gerne annehmen. Die Hitze dörrt einen ja förmlich aus.«
Nachdem sie in einer kleinen, gemütlichen Gartenlaube Platz genommen, und ihr Gastgeber, der sich als Jürgen Fromm vorstellte, zwei große Gläser mit Wasser auf den Tisch gestellt hatte, begann er mit seiner Erzählung.
»Joshua und Gabriel waren eineiige Zwillinge. Sie sahen sich echt so verdammt ähnlich, dass sie keiner aus unserer Schule, und damit meine ich auch wirklich *keiner*, auseinanderhalten konnte. Ich war der Einzige, der das Konnte und dieses Geheimnis habe ich auch nie jemandem anderen anvertraut.

Joshua hatte eine kleine, sternförmige Narbe über der rechten Augenbraue. Ich weiß das so genau, da ich dabei war, als das Unglück geschah und er sich diese Verletzung einfing. Passiert ist das ganze Desaster, als wir drei an einem leicht windigen Herbsttag mit Pfeil und Bogen geschossen haben. Als Kind macht man ja manchmal wirklich große Dummheiten und heute, im Nachhinein, wundert man sich, dass bei diesen Aktionen nicht sehr viel mehr passiert ist. Wir hatten uns damals zwei Bögen aus den Ästen eines Nussbaumes gebastelt. Das hat auch wirklich sehr gut funktioniert. Wir brauchten dafür nur einen stabilen Ast, der durchgebogen wurde, und an beiden Enden hat man dann eine Schnur angebracht, die den Bogen in Spannung hielt. Aus einem sehr geraden Ast, der wirklich absolut perfekt war, haben wir einen Pfeil mit einer richtigen Spitze geschnitzt. Wir haben uns dann in einem Abstand von etwa zwanzig Meter gegenüber aufgestellt und diesen Pfeil immer wieder von einer Seite zur anderen geschossen. Dabei ist es dann passiert, und ich bin echt froh, dass es nicht schlimmer ausgegangen ist. Ich hatte damals den Pfeil hoch in die Luft geschossen, und als er wieder zurück zur Erde unterwegs war, ist Joshua genau in die Richtung gerannt, wo er aufschlagen würde. Doch ein kleiner Windstoß hat gereicht, um den Flug des Pfeils zu verändern, und so landete er mit der Spitze voran direkt über Joshuas Auge etwas oberhalb der Augenbraue. Etwas tiefer nach unten und der Junge hätte damals ein Auge verloren oder wäre vielleicht sogar dabei gestorben.

Von diesem Tag an hatte Joshua ein kleines Erkennungszeichen, das es mir ermöglichte, die beiden auseinanderzuhalten. Eine Eselsbrücke half mir dabei, damit ich mir merken konnte, *wer* von ihnen diese Narbe hatte. Ich nahm das S von Sternförmig, da nur im Namen von Joshua ebenfalls ein S vorhanden war. Ja, wie zuvor erwähnt, war ich mit diesem Wissen in der ganzen Schule der Einzige, der die Nowack-Zwillinge voneinander unterscheiden konnte.«

Er lachte laut und trank erst einen Schluck Wasser, bevor er lächelnd weitersprach.

»Damit war es den beiden möglich, weiterhin ihre Scherze mit allen anderen zu treiben. Es gibt viele Chancen, die sich eineiige Zwillinge zunutze machen, um damit zu betrügen oder andere hinters Licht zu führen. Doch dann passierte am Weihnachtsabend im Jahre 2001 die schlimme Tragödie, die alle Menschen hier im Dorf zutiefst erschütterte. Der Vater der beiden, Albert Nowack, war als aggressiver Alkoholiker bekannt, der seine Frau und die Zwillinge an manchen Tagen übelst schlug. Aber wie das in so einem kleinen Dorf war, hat jeder die Augen und Ohren verschlossen, und sich um seine eigenen Dinge gekümmert. Ich selbst habe oft die Verletzungen auf ihren Rücken gesehen, die von schweren Schlägen mit einem Ledergürtel stammten. Ihr Vater hat die beiden immer und immer wieder misshandelt, und niemand kam ihnen zu Hilfe. Es kam, wie es kommen musste: irgendwann hatte Albert Nowack so tief ins Glas geschaut, dass er jegliche Kontrolle über sich und seine Kraft verloren hatte. Er ging wohl nach dem Weihnachtsessen in das Zimmer der Zwillinge, zog den Gürtel aus der Hose und ließ ihn gnadenlos über Joshuas Rücken tanzen. Er wusste anscheinend nicht mehr, wann es genug war, und so hat er den armen Jungen am Weihnachtsabend totgeschlagen. Die vollkommen überforderte Mutter wollte ihrem Sohn anscheinend noch helfen. In ihrer Verzweiflung hat sie ihrem Mann eine massive Eisenstange über den Kopf gezogen und ihn dabei so schwer verletzt, dass er auf der Stelle tot umgefallen ist. Das ist aber alles schon sehr lange her. Die Mutter wurde in eine Psychiatrie eingewiesen, wo sie sich kurze Zeit später selbst das Leben genommen hat. Gabriel wurde zu einer Tante gebracht, wo er all die Jahre blieb und aufwuchs. Ich habe ihn seit dem Tag der Beerdigung nie wieder gesehen. Wie ich aber hörte, hat er einiges aus seinem Leben gemacht, und es soll ihm auch gut gehen.«

Jürgen Fromm beendete seine Erzählung.

Für einen kurzen Moment war es ganz still.

Die beiden Beamten waren betroffen und mussten das Gehörte erst ein wenig verdauen.

»Das ist eine wirklich schlimme Geschichte. Danke, dass Sie sich die Zeit genommen und uns alles erzählt haben. Danke auch für das Wasser. Wir wollen Sie nun aber nicht länger aufhalten.«

Kant und Winter erhoben sich von ihren Plätzen.

»Eine kurze Frage hätte ich allerdings noch an Sie, Herr Fromm. Ist das hier oben das Waldstück, in welchem die Leichen der vier entführten Kinder gefunden wurden?«

Der Mann vor ihnen nickte mit betroffenem Gesichtsausdruck.

»Ja, leider ist es das. Es ist gar nicht weit von hier entfernt. Zu Fuß vielleicht zwanzig Minuten. Ich hoffe, dass die Polizei dieses kranke Schwein schnappt, der das den armen Kindern angetan hat.«

Sie verließen das Grundstück und gingen zurück zu ihrem Fahrzeug. Noch einmal warf Kant einen langen Blick auf das heruntergekommene Haus der Familie Nowack, in dem so viel Leid geschehen war.

»Joshua Nowack hat das Buch am 24. November 2001 ausgeliehen und genau vier Wochen später an Heiligabend wurde er von seinem Vater erschlagen. Kein Wunder, dass

das Märchenbuch nie wieder zurück in die Bücherei gebracht wurde, Pascal.«
Er erhielt ein zustimmendes Nicken von seinem Kollegen, dessen Hemd schon wieder völlig durchnässt war und an dessen Körper klebte.
»Du siehst aus, als ob du gerade durch eine Gartenberieselungsanlage gelaufen wärst. Wie kann man nur so schwitzen?«
Winter öffnete alle Wagentüren, damit die aufgestaute, warme Luft ein wenig nach draußen entweichen konnte.
Viel brachte das aber nicht, da die Sonne in voller Stärke am wolkenlosen, blauen Himmel stand und ihre vernichtenden Strahlen die Karosserie des dunklen Wagens gnadenlos befeuerten. Sowohl die Autositze als auch das Lenkrad waren glühend heiß. Heiß, wie der schwarze Asphalt auf der Straße, über dem die Luft wie in einem Wüstengebiet zu vibrieren schien.
»Ich würde diesen Gabriel gerne einmal kennenlernen. Wir sollten schauen, ob wir an seine Adresse kommen, Pascal.«
Winter wusste genau, was das bedeutete. Es war nun seine Aufgabe, die Nadel im Heuhaufen zu suchen.

Gabriel ahnte von alledem natürlich nichts, sondern fühlte sich in seiner Haut sehr sicher und unangreifbar. Es gab täglich neue Nachrichten über den Kindermord in der Zeitung, im Fernsehen und im Internet. Angebliche Zeugen hätten sich gemeldet, die etwas Wichtiges gesehen haben wollten. Doch alle neuen Informationen und angeblichen Spuren erwiesen sich bei der Überprüfung als haltlos. Er ahnte, dass es bald ein anderes Thema geben würde, das den Kindermord in den Hintergrund drängte. In wenigen Tagen würden die Berichte bereits kleiner werden und in Kürze komplett von der Titelseite verschwinden. Das Thema würde erst dann wieder in die Schlagzeilen geraten, wenn er für Joshua neue Freunde gefunden hatte. Aber bis dahin sollte Ruhe einkehren.

Schon am nächsten Tag war es so weit, und er würde am Abend die beiden Kühltruhen abholen. Dafür war es notwendig, dass er sich den Transporter besorgte, der in der Garage seines Elternhauses stand. Er beschloss daher, am nächsten Tag nach der Arbeit dorthin zu fahren, um die beiden Autos zu tauschen. Wichtig war ihm, dass der weiße Transporter nicht zu oft in Erscheinung trat. Angemeldet war er auf einen Scheinnamen und eine Adresse, die es nicht wirklich gab. Die Abbuchungen erfolgten über ein Konto, das er eigens dafür angelegt hatte. Manchmal hatte es wirklich Vorteile, wenn man in der Versicherungsbranche arbeitete.

Doch ein Problem musste Gabriel noch lösen. Er benötigte eine weitere Person, die ihm dabei helfen konnte, die Kühltruhen in den Keller seiner Geburtsstätte zu tragen.

Hier kam ihm der Zufall zu Hilfe.

Während er in seinem Büro saß und gerade darüber nachgrübelte, sah er, wie der junge Hausmeister Sven Kruse sich an der Klimaanlage zu schaffen machte. Die beiden kannten sich bisher nur vom Sehen und einem flüchtigen Hallo, aber Gabriel beschloss, die Gelegenheit beim Schopfe zu packen.

»Hallo, Sven. Klasse, dass Sie sich die Klimaanlage anschauen. Jetzt, wo es so verdammt heiß ist, wäre es echt nicht gut, wenn sie plötzlich ausfallen würde.«

Eine Sekunde sah der schlanke Mann mit den kurz geschnittenen, schwarzen Haaren auf und begrüßte Gabriel.

»Oh, hallo Herr Nowack. Ja, da haben Sie absolut recht. Daher besser Vorsorge als Nachsorge. Bei uns Handwerkern ist es genau wie bei Ihnen in der Versicherungsbranche.«
Gabriel schenkte dem jungen Mann ein falsches und übertriebenes Lächeln.
»Gut, dass wir Sie hier bei uns haben. Sie machen echt einen tollen Job.«
Der junge Handwerker schien sich über das Lob zu freuen.
»Ich habe mir gerade so ein altes Haus gekauft, das ich etwas umbauen möchte. Natürlich gibt es da keine Klimaanlage. Kennen Sie sich mit so etwas aus?«
Kruse nickte.
»Ja, klar. Ich habe hier im Haus geholfen, als die Anlage eingebaut wurde. Das ist keine allzu große Sache. Wenn Sie ein Monoblock-Gerät verwenden, das Sie im Innern des Hauses installieren oder aufstellen, können Sie das ganz alleine installieren. Aber die sind nicht so effektiv und haben einen deutlich höheren Stromverbrauch. Besser sind die Monosplit-Klimaanlagen. Das sind zwei Geräte. Ein Innen- und ein Außengerät. Das funktioniert ähnlich wie ein Kühlschrank.«
»Wow. Ich sehe schon, dass Sie sich auskennen. Würden Sie sich das mal bei mir anschauen? Ich bezahle Ihnen das natürlich!«
Kruse überlegte kurz.
»Klar, kann ich machen.«
»Würde Ihnen Freitag nach Feierabend passen? Ich müsste da eh zu dem Haus fahren und zwei Kühltruhen abladen. Wenn Sie mir helfen, fahren wir anschließend mit meinem Porsche in die Stadt, und ich lade Sie in eines der besten Steakhäuser ein. Was meinen Sie?«
Kruse stimmte erfreut zu.

»OK, das klingt gut, Herr Nowack. Freitagabend passt und auf ein richtig gutes Steak hätte ich auch mal wieder Lust!« Gabriel gab ihm die Hand.
»Abgemacht. Ich heiße übrigens Gabriel. Wir treffen uns dann um 18:30 Uhr unten am Eingang.«
Mit einem breiten Grinsen im Gesicht lief er zurück in sein Büro, setzte sich hinter seinen Schreibtisch und winkte Kruse durch die geschlossene Glastür noch einmal kurz zu.
»Das ist doch besser gelaufen, als erhofft«, dachte er nur und bestellte sich per Chatnachricht bei Franzi eine Tasse Cappuccino.

Einen Tag später, nachdem er seine Arbeit im Büro beendet hatte, fuhr Gabriel zu seinem Elternhaus, um die Autos zu tauschen.
Bereits als er die Tür des alten Hauses aufschloss, meldete sich Joshua bei ihm, um ihn freudig erregt zu begrüßen.
»Schon bald sind die Kühlschränke hier, und ich kann mir neue Freunde einladen«, frohlockte dessen Stimme. Gabriel stimmte ihm zu, ohne ihn dieses Mal zu berichtigen. Kurz öffnete er die Fenster, um frische Luft in das Innere des Hauses zu lassen, in dem er in seiner Jugend so viele Schmerzen erleiden musste. Noch war es hell draußen und er hatte etwas Zeit.
»Gabriel, komm doch zu mir!«, erklang erneut die Stimme von Joshua. Langsam stieg er die ausgetretene Holztreppe hoch, bei der er noch immer genau wusste, welche Stufe knarrte, wenn man sie betrat. So wussten sie auch, wann ihr Vater auf dem Weg zu ihnen war. Er besuchte sie immer nur dann in ihrem Zimmer, wenn er sie verprügeln wollte.
»Such mich doch! Such mich doch!«

Als er das kleine Zimmer betrat, das sich seit seinen Kindertagen nicht verändert hatte, war es leer. Sein Bruder konnte sich nur in dem kleinen Zelt verstecken, das ihnen früher immer Schutz bieten sollte, es aber leider nicht wirklich getan hatte.
»Hallo Joshua. Ich weiß, wo du bist«, sagte er leise, seinen Blick auf den Holzboden neben der Tür gewandt, auf dem einige dunkle Flecken zu sehen waren. Das Blut hatte sich in das Holz hineingesogen und war so nach fast zwanzig Jahren noch immer gut erkennbar. Gabriel setzte sich vor das Zelt, blickte in Richtung Tür. Es war, als erwartete er in diesem Moment seinen Vater, der betrunken im Türrahmen stand, seinen Gürtel schwerfällig aus der Hose zog und dann mit dem Finger vor sich auf den Boden deutete. Sie wussten dann immer, was passieren würde und sie hofften, dass er so betrunken war, dass seine Schläge kraftlos waren und nicht präzise auf die Wirbelsäule trafen, da wo es am meisten weh tat. Unter ihnen gab es keinen Streit, wer als Erster aus dem Zelt kroch, um die Strafe anzutreten, für die es eigentlich keinen Anlass gab. Ihr Vater schlug sie ohne Grund, nur aus reinem Spaß, um seine kranken Triebe zu befriedigen.
»Gabriel, hast du Angst?« Die Stimme in seinem Kopf war leiser geworden.
»Ja, Joshua. Ich habe Angst!«
»Dann gehe ich heute zuerst aus dem Zelt!«
Gabriel stiegen die Tränen in die Augen.
»Nein Joshua. Heute ist doch Weihnachten und ich bin derjenige, der seine ersten Schläge bekommen wird. Dann hat er nicht mehr so viel Kraft und wird dich weniger bestrafen.«
Wie in einem Film sah er die Szene vor sich. Immer und immer wieder schwang sein Vater den Arm, und er hörte das peitschende Geräusch des Ledergürtels, sah, wie die eiserne

Schnalle das Fleisch auf dem Rücken zerschnitt. Er hörte Schreie. Sah, wie der Körper zu Boden sackte. Doch die Schläge hörten nicht auf. Er begriff, dass nun bald der Tod ins Haus kommen würde. Mit zitternden Beinen stand er auf, griff die Eisenstange, die neben ihm im Zelt lag und schlüpfte nach draußen. Dann hob er selbst den Arm in die Höhe und schlug zu. Immer und immer wieder. Das Blut spritzte ihm ins Gesicht, doch er hörte nicht auf. Er schlug zu, bis der Körper seines Vaters regungslos neben seinem eigenen Körper lag. Seine Mutter war die Stufen heraufgeeilt und stand nun fassungslos, mit blassem Gesicht, neben ihrem Sohn, dem das frische Blut vom Gesicht und von den Händen tropfte.

»Gabriel, du hast an diesem Abend unseren Vater getötet!«, sagte die Stimme in seinem Kopf mit bitterem Unterton.

Der aber schüttelte nur den Kopf und die Bilder der Vergangenheit verblassten vor seinem geistigen Auge.

»Nein, Joshua. Die Wahrheit ist, dass du ihn getötet hast.«

Er stand auf und verließ langsam *das Zimmer der Schmerzen*, in dem sein Geist für immer gefangen war.

Kapitel 4

Kant hatte nach den Veröffentlichungen in der Zeitung einige Anrufe mit dubiosen Hinweisen erhalten, welche sein Team und er sofort nachverfolgten. Eine ältere Frau wollte beobachtet haben, wie ein Mann ein Kind in ein Fahrzeug gezogen hatte. Doch die Spur führte lediglich zu einem ihrer Nachbarn, der seinen Sohn auf dem Rückweg von der Arbeit auf der Straße sah, angehalten und diesen mitgenommen hatte. Ein anderer aufmerksamer Mitbürger wollte eine Person im Wald aus der Ferne gesehen haben, der einen schweren Sack über dem Rücken trug und minutenlang an der gleichen Stelle verharrte. Wahrscheinlich, um dort den Sack zu vergraben. Hier handelte es sich allerdings nur um die Baumwurzel einer umgefallenen Buche, die etwas in die Höhe ragte, und von Weitem tatsächlich als Mann mit einem Rucksack auf dem Rücken wahrgenommen werden konnte.
Der Blickwinkel der Beobachter war einfach verfälscht.
Keiner der Hinweise hatte Kant weitergeholfen. Noch immer waren die Entführungen und Morde mit einem großen Fragezeichen versehen, das einfach nicht entschlüsselt werden konnte.
»Nichts! Wir haben gar nichts!«
Sein Team zog die Köpfe ein, als er während der Besprechung lauter wurde und sich seinen angestauten Frust von der Seele schrie.
»Ich könnte gerade mehr kotzen, als ich jemals in meinem ganzen Leben an Essen in mich hineinstopfen kann!«
Theatralisch drehte er sich zum Fenster hin und hob dann beide Hände in die Luft.

»Hat denn irgendjemand von euch etwas, das mich ein wenig aufheitert? Irgendetwas?«
Er sah weiterhin aus dem Fenster, während die Männer aus seiner Mannschaft schwiegen und ihre Blicke in Richtung Tischplatte hinabsenkten.
»Alex, ich hätte da vielleicht etwas.«
Die Stimme von Winter unterbrach die bedrückende Stille.
Langsam wandte sich Kant zu ihm um.
»Dann lass die Bombe platzen!«
»Ich habe nach diesem Gabriel Nowack recherchiert und tatsächlich jemanden gefunden, der nicht so weit von hier entfernt in einer Versicherungsagentur arbeitet, und der auch vom Alter auf unsere gesuchte Person passen würde.«
Sein Kollege ließ die Hände nach unten sinken und ging auf ihn zu.
»Das ist besser als gar nichts. Gute Arbeit, Pascal.«
Kant löste die Versammlung auf. Während die anderen Mitarbeiter zurück in ihre Büros gingen, blieben er und Winter im Besprechungsraum sitzen.
»Es ist die einzige Spur, die wir haben, Pascal. Wenn uns diese auch wieder in eine Sackgasse führt, haben wir bald nichts mehr zu lachen. Theresia Pötsch wartet die ganze Zeit nur darauf, dass wir mit unseren Ermittlungen scheitern und dann reißt sie uns vor laufender Kamera die Eier ab.«
Sein Gegenüber nickte.
»Ich weiß. Du schuldest mir übrigens noch siebzig Euro für das Essen mit der Dame aus der Bücherei.«
Kant sah Winter erstaunt an.
»War das etwa schon?«
»Ja, gestern Abend.«
»Und? Wie ist es gelaufen?«

»Wir hatten nach dem Essen stundenlang zügellosen Sex, Alex.«
Erstaunt sah der ihn an.
»Echt jetzt?«
»Nein, natürlich nicht! Wir waren essen, haben uns wie zivilisierte Menschen miteinander über einige Bücher und Autoren unterhalten und uns anschließend wieder getrennt.«
Kant sah ihn mit zusammengekniffenen Augen an.
»Das war es?«
Winter räusperte sich ein wenig.
»Nächste Woche gehen wir nochmals aus.«
Sein Kollege kam ganz nah zu ihm heran und sah ihm direkt in die Augen.
»Läuft da etwas?«
»Wir sprechen an diesem Abend über erotische Lektüre, Alex, und sie hat davon anscheinend eine ganze Menge gelesen.«
Kant war sprachlos, was eigentlich so gut wie nie vorkam.
»Ihr trefft euch also in einem Lokal und redet während des Essens über Bücher, in denen die Leute herum bumsen?«
»Jepp«, antwortete Winter mit einem breiten Grinsen. »Ich glaube, das wird beim nächsten Date ein sehr interessantes Gespräch werden.«

Kurz nach ihrer Besprechung fuhren die beiden Beamten in die Stadt, um Gabriel Nowack in der Versicherungsagentur zu besuchen. Sie wollten überprüfen, ob es sich bei ihm um den Bruder von Joshua Nowack handelte, oder ob sie auf einer völlig falschen Spur waren.
Das mehrstöckige Gebäude, in dem sich die Versicherung befand, hatte man in einem neu erschlossenen Industriegebiet erbaut, das nur wenige Autominuten vom Stadtzentrum

entfernt lag. Das Bauwerk hatte eine moderne Architektur mit sehr vielen Fenstern, die von außen keinen Blick ins Innere zuließen und wie eine Spiegelfront alles wieder zurückwarfen. Deutlich konnte man auf der Außenhaut des Bauwerkes die dahinziehenden Schäfchenwolken am blauen Himmel erkennen. In den unteren Stockwerken wurden die Bäume und Büsche des angrenzenden Parks wie eine bunte Kopie wiedergegeben.

Winter blieb beeindruckt vor dem Versicherungsgebäude stehen und sah in die Höhe, wo sich ganz oben im zehnten oder zwölften Stock eine bepflanzte Dachterrasse befand.

»Schon beeindruckend, was man so alles bauen kann.«

Kant hatte keinen Blick dafür. Er war weder ein Architekt, um das alles beurteilen zu können, noch wollte er sich auch näher damit beschäftigen. Ihn interessierte an diesem Gebäude nur, ob der Gabriel Nowack, der darin arbeitete, die richtige Person war.

Eine schwarzhaarige, gutaussehende Empfangsdame in einem sehr körperbetonten Kostüm begrüßte sie freundlich und fragte, ob sie einen Termin hätten.

»Wir sind von der Polizei und würden gerne mit Herrn Nowack sprechen. Wir haben keinen Termin. Wir möchten nur einer Spur nachgehen, bei dem uns ihr Kollege eventuell weiterhelfen kann.«

Das Frau war so abgeklärt, dass sie weder überrascht noch neugierig wirkte. Sie lächelte freundlich weiter und bot ihnen einen Platz im Wartezimmer an.

»Ich frage Herrn Nowack, ob er kurz Zeit für Sie hat. Momentan finden sehr viele Besprechungen und Videokonferenzen statt. Bitte gedulden Sie sich einen kleinen Moment. Ich versuche, das jetzt gleich zu klären.«

Sie schloss die gläserne Tür hinter sich, und vor den beiden Beamten erstreckte sich nun ein Wartezimmer, wie man es eher in einer gutgehenden Privatpraxis vermuten würde. Schwarze, schwere Ledersessel standen geordnet um mehrere Glastische, auf denen jeweils ein Behältnis mit mehreren Flaschen stand. Auf einem langgezogenen Regal an der Wand hatte man unterschiedliche Gläser, der Größe nach geordnet, aufgestellt.
»Bitte bedienen Sie sich!« Stand mit weißer Schrift auf eine grüne Kreidetafel geschrieben, die die Größe einer DIN-A3-Seite hatte, und die mit einer Schnur unter dem Regal hing.
Winter ließ sich nicht lange bitten. Er nahm eines der Gläser und eine Flasche Limonade, die mit einem praktischen Schraubverschluss versehen war.
»Bei der Hitze könnte ich pausenlos trinken«, sagte er, ein wenig entschuldigend, zu seinem Kollegen blickend.
»Du solltest aber auf dieses Zuckerzeugs verzichten, Pascal. Denk an dein Date! Wenn ihr dann nach den erotischen Gesprächen auch irgendwann zum praktischen Teil übergehen wollt, solltest du in Bestform sein!«
Anscheinend hatte die kleine Ansprache tatsächlich gewirkt. Winter stellte die noch verschlossene Limonadenflasche in das Behältnis zurück und nahm stattdessen ein Mineralwasser.
»Wo du recht hast, hast du recht, Alex.«
Noch während er sich das Wasser in ein Glas eingoss, kam die freundliche Empfangsdame zurück, öffnete die Tür und sprach lächelnd ins Zimmer hinein.
»In fünf Minuten hat Herr Nowack für Sie Zeit. Bedienen Sie sich an unseren Getränken.«
Exakt fünf Minuten und zwei Getränke später wurden sie abgeholt und in das Büro von Gabriel Nowack geführt, der die Beamten freundlich in Empfang nahm.

»Vielen Dank, Franziska«, sagte er zu seiner Sekretärin, die mit einem Lächeln das Büro verließ und geräuschlos die Tür hinter sich schloss.
»Ich bin ein wenig über Ihren Besuch überrascht, meine Herren. Möchten Sie Platz nehmen?«
Er deutete mit der Hand auf eine kleine Sitzgruppe mit vier unterschiedlich eingefärbten Stoffsesseln.
Als sie sich gesetzt hatten, übernahm Kant die Wortführung.
Kurz stellte er sich und seinen Kollegen vor, und achtete, während er weitersprach, genau auf die Mimik seines Gegenübers. Noch wirkte dieser neugierig und überrascht.
»Wir sind von der Polizei, einer Sonderkommission, und verfolgen gerade eine Spur. Ob unser Gespräch länger andauern wird oder nicht, entscheidet sich direkt nach meiner ersten Frage.«
Gabriel nickte ihm wortlos zu.
»Sind Sie der Zwillingsbruder von Joshua Nowack?«
Das Lächeln im Gesicht von Nowack blieb unverändert.
»Joshua ist schon lange tot. Aber ja, wir sind Zwillingsbrüder.«
Kant sagte darauf nichts, sondern nahm seine Tasche und öffnete sie. Dann zog er einen Gegenstand daraus hervor.
»Kennen Sie dieses Buch?«
Gabriel sah es sich an, zögerte aber mit der Antwort.
»Vielleicht. Ich bin mir nicht ganz sicher. Als Kind habe ich sehr viele Bücher gelesen. Darunter auch Märchenbücher. Aber ich kann mich an dieses Titelbild nicht so genau erinnern.«
Wortlos reichte Kant es an ihn weiter.
»Schauen Sie es sich nochmals genau an, Herr Nowack. Ihr Bruder hat es kurz vor seinem Tod in der Stadtbücherei ausgeliehen. Es wurde aber nie wieder dort zurückgegeben.«

Gabriel nahm das Buch, schlug es auf und blätterte einige Seiten durch.
»Ich nehme an, dass das durch all die Umstände damals in Vergessenheit geraten ist. Ich weiß davon leider nichts. Doch ich verstehe auch nicht ganz, warum Sie mir das Buch jetzt zeigen?«
Die beiden Beamten wechselten einen kurzen Blick.
»Genau dieses Buch spielt eine Schlüsselrolle in einem Mordfall. Es ist wichtig, dass wir erfahren, wo das Märchenbuch die ganze Zeit abgeblieben ist, wo es aufbewahrt wurde und wer es besessen hat.«
Gabriel nickte verständnisvoll.
»Ich würde Ihnen wirklich gerne helfen, aber ich weiß es nicht. Viele Kleidungsstücke, Spielzeuge und sonstige Gegenstände, die sich im Haus meiner Eltern befanden, sind von meinem Onkel damals weggeschmissen oder an andere Leute weitergegeben worden. Vielleicht hat er das Buch auf dem Flohmarkt verkauft oder an jemanden verschenkt.«
»Sind Sie manchmal noch in diesem Haus, in dem Sie aufgewachsen sind?«
Gabriel lächelte noch immer.
»Ja, manchmal. Das Haus ist mit vielen Erinnerungen gefüllt und verknüpft. Ich möchte das Haus etwas renovieren und dann verkaufen.«
»Waren Sie am letzten Wochenende in diesem Haus?«
Kant achtete genau auf die Reaktion des Mannes.
»Ja, ich war kurz da, um nach dem Rechten zu sehen.«
»Sind Sie über Nacht geblieben?«
»Nein. Ich fahre abends immer wieder nach Hause.«
»Ganz in der Nähe wurden die Leichen von vier entführten Kindern gefunden.« Winter rückte den Sessel etwas näher an Gabriel heran.

»Das wusste ich nicht. Ich habe nur in den Medien gelesen, dass man die armen Kinder gefunden hat. Ein genauer Ort stand nicht dabei. Ich hoffe, dass Sie den Täter finden.«
Nun rückte auch Kant seinen Sitz etwas näher heran. Fast flüsternd stellte er seine nächste Frage.
»Sie gehen davon aus, dass es ein einzelner Täter war?«
Gabriel zuckte mit den Schultern.
»Ich weiß es nicht. Es kam mir nur so in den Sinn. Meist ist es doch nur ein Täter.«
»Ist Ihnen an dem Wochenende etwas Sonderbares aufgefallen, oder haben Sie etwas gehört, was sie jetzt im Nachhinein mit den entführten Kindern in Verbindung bringen würden?«
Der Angesprochene sah kurz auf die Uhr an seinem Handgelenk.
»Nein, leider nicht. Ich habe in wenigen Minuten meine nächste Videokonferenz. Es tut mir wirklich leid, dass ich Ihnen nicht weiterhelfen konnte.«
Er stand auf, was ein untrügliches Zeichen dafür war, dass er das Gespräch nun beenden wollte. Kant nahm das Buch und steckte es wieder zurück in seine Tasche.
»Vielen Dank für Ihre Zeit, Herr Nowack. Würden Sie mir bitte noch sagen, welche Schuhgröße Sie haben?«
Es war das erste Mal, dass Gabriel leicht überrascht war.
»Größe 45«. Er fragte nicht nach, weshalb der Beamte das wissen wollte. Er führte sie zur Tür und verabschiedete sich.
»Ich wünsche Ihnen viel Erfolg.«
»Vielen Dank, Joshua. Wir melden uns wieder, falls wir noch weitere Fragen an Sie haben.«
»Gerne.«
Kant und Winter verließen das Gebäude.

»Du hast dich eben versprochen, Alex. Du hast ihn Joshua genannt.«
Doch der antwortete nicht, sondern blickte sehr nachdenklich zu der Etage hoch, in der sich Nowacks Büro befand. Durch die verspiegelten Fenster konnte er nicht sehen, dass dort jemand stand, dessen Gesicht eine böse Miene angenommen hatte.

Der Besuch der beiden Kriminalbeamten hatte Gabriel mehr verwirrt, als er zugeben wollte. Er wusste, dass er auf diesen Kommissar Kant wirklich genau aufpassen musste. In dessen Augen hatte ein Feuer geglüht, das ihm gezeigt hatte, dass es sich um einen gefährlichen Gegner handelte, den man nicht so leicht abschütteln konnte.
Warum hatte er ihn Joshua genannt?
War es nur ein Versehen gewesen, oder wollte er ihm damit etwas sagen?
Gabriel spürte eine plötzliche Unsicherheit, die seinen Körper ergriff. Etwas, das er bisher nicht kannte.
»Kann er uns gefährlich werden?« Die ihm vertraute Stimme vermischte sich mit seinen Gedanken.
»Wir müssen auf jeden Fall vorsichtig sein, Joshua. Sehr vorsichtig!«
Als Gabriel Feierabend hatte, sah er sich sorgsam um. Er wollte verhindern, dass ihn jemand beobachtete oder ihm heimlich folgte.
Er wollte trotz des Besuches der Polizei seinen Plan weiterhin durchführen und am Abend die Kühltruhen, wie vereinbart, bei deren jetzigem Besitzer abholen.
Den Transporter hatte er am frühen Morgen etwas abseits des Büros in einer Seitenstraße geparkt. Hätte er das Fahrzeug in

der Tiefgarage abgestellt, würde es davon einige Aufnahmen durch die Überwachungskameras geben, auf die er gerne verzichtete.
Später als sonst hatte er das Büro verlassen, um in der aufkommenden Dunkelheit zu seinem Zielort zu fahren. Dort beabsichtigte er, die geplante Transaktion schnellstmöglich durchzuführen.
Während der Fahrt blickte er immer wieder aufmerksam in den Rückspiegel, doch es schien keine Verfolger zu geben. Die beiden Truhen wechselten problemlos den Besitzer, wobei dieser half, die erstandenen Geräte in den Transporter einzuladen. Alles war so abgelaufen, wie Gabriel es sich gewünscht hatte.
Der Vorbesitzer machte auf ihn nicht den Eindruck, dass er sich gut Gesichter oder auch Transporter und deren Merkmale einprägen konnte.
Er fuhr zurück in die Nähe seines Büros, stellte dort den Transporter auf einem öffentlichen Parkplatz ab und nahm dann den Linienbus, um nach Hause zu fahren.
Niemand sollte Verdacht schöpfen und ihn mit dem Fahrzeug in Verbindung bringen, in dem die Truhen standen, die Joshua so sehr benötigte.
Die Fahrt mit dem Bus dauerte genau fünfzehn Minuten.
Während dieser Zeit sah Gabriel aus dem schmutzigen Seitenfenster hinaus, und beobachtete, wie die leuchtenden Straßenlaternen und die grauen Konturen der Büsche und Bäume an ihm vorüberzogen.
Schon morgen würde er die Kühltruhen im Keller seines Elternhauses aufstellen. Danach würde er mit Joshua auf die Suche nach neuen Freunden gehen. Er wusste, dass sein Zwillingsbruder einsam war und nach Gesellschaft lechzte.

Doch jetzt würde er zu Hause erst einmal etwas essen, sich eine warme Dusche genehmigen und dann schlafen gehen.
Am nächsten Tag hatte er einige wichtige Termine, die all seine Aufmerksamkeit forderten, und die keinen Platz für andere Gedanken ließen.
Kurz bevor er schlafen ging, riss er sich einen Zettel von seinem Notizblock ab und schrieb darauf einige Buchstaben, deren Konturen er immer und immer wieder nachzeichnete.
Anschließend nahm er das Stück Papier und rammte es mit dem Bleistift in ein Bild, das an der Wand hing und einen roten, lachenden Teufel darstellte. Auf dem Zettel stand in schwarzer Schrift ein einziges Wort: Kant.

Die Nacht verging, und als am Morgen die ersten Vögel ihren Gesang anstimmten, schälte sich Gabriel aus seiner Zudecke heraus. Wie an jedem Tag machte er einige Dehnübungen und stemmte danach Gewichte, um fit zu bleiben und den Körper zu stählen. Nach einem frischen Gemüsesaft, einer Schale Haferflocken mit Bananenstücken, Milch, Honig und Kokosflocken, war er bereit, sich den Anforderungen des Tages zu stellen. Erneut nahm er den Linienbus, aber dieses Mal, um seine Arbeitsstelle zu erreichen. Auf dem Weg dorthin versicherte er sich kurz, dass der Transporter unbeschadet auf dem Parkplatz stand.
Als er das Gebäude der Versicherungsgesellschaft betrat, saß Franzi an ihrem Schreibtisch. Bereits an ihrer Haltung erkannte er, dass mit ihr etwas nicht stimmte.
»Guten Morgen, Franzi«, begrüßte er sie.
Die junge Frau erwiderte den Gruß leise, sah aber nicht zu ihm hin, sondern bückte sich etwas nach unten, als würde sie unter ihrem Schreibtisch etwas aufheben wollen.

»Ist mit Ihnen alles in Ordnung?«
Sie richtete sich auf und sah ihn mit verweinten Augen an.
»Meine Katze ist heute Nacht nicht nach Hause gekommen. Ich habe Angst, dass ihr etwas passiert ist.«
Gabriel nahm sich etwas Zeit und versuchte Franzi Mut zuzusprechend und sie etwas aufzumuntern, was ihm anscheinend auch gelang. Sie wischte sich die Tränen aus dem Gesicht und lächelte.
»Sie werden sehen, dass Ihre Katze wieder da ist, wenn Sie später nach Hause kommen. Wahrscheinlich hatte die Dame heute Nacht ein Rendezvous mit einem stattlichen Kater.«
»Danke, Gabriel. Sie haben sicherlich recht.«
»Wenn nicht, dann ist das auch nicht so schlimm. Es ist nur eine blöde Katze«, dachte er, während er ihr freundschaftlich zuzwinkerte.

Kant warf seinen Schreibblock mit Wucht auf die Tischkante.
»Ich habe mir schon gedacht, dass die Ziege keine Ruhe gibt!«
Erneut hatte Theresia Pötsch einen Artikel aus ihrem Hut gezaubert, der ihm deutlich unter die Gürtellinie ging.
»Wir sind also unfähig …, zu blöd, um uns den Arsch abzuwischen …, eine faule Bande, die den ganzen Tag nur in der Nase herum popelt. Ich würde die blöde Kuh am liebsten mit dem Auto überfahren!«
Winter versuchte, seinen Kollegen zu beruhigen.
»So hat sie es doch aber überhaupt nicht geschrieben, Alex.«
Der setzte sich auf den Stuhl und wischte sich mit dem Handrücken den Schweiß von der vor Zorn geröteten Stirn.
»Aber sie hat es genauso gemeint, und so haben es auch die Leser verstanden. Sie hat ihre zynischen Bemerkungen wieder

zwischen den Zeilen geschrieben und nur du verstehst es nicht, mein Lieber.«
Er nahm den Schreibblock auf, um ihn erneut auf die Tischplatte zu hauen.
»Und das Schlimme ist, dass wir uns wieder einmal nicht wehren können, da wir nichts – absolut nichts! – haben, was wir ihr an den Kopf schmeißen könnten. Wir müssen hier die Duckmäuser machen und das geht mir auf den Sack!«
Mit der rechten Hand wischte er über den Schreibtisch und fegte damit den Block und einige Kugelschreiber auf den Boden, die sich dort großflächig verteilten.
Als Winter sich danach bücken wollte, stand Kant auf und hielt ihn zurück. »Lass es liegen! Ich räume das später selbst wieder auf. Ich brauche das, denn wenn ich mich nicht abreagiere, dann bekomme ich Herzrasen oder im schlimmsten Fall einen Herzinfarkt.«
Mit hinter dem Rücken verschränkten Armen und nach oben gerecktem Kinn lief er langsam durch das Zimmer.
»Was haben wir, Pascal?«, sagte er leise, mehr zu sich selbst, als zu seinem Kollegen. »Wir haben diesen toten Joshua. Dann haben wir noch seinen lebenden Bruder Gabriel. Von Gabriel haben wir nun Fingerabdrücke auf dem Märchenbuch, da er es gestern in der Hand hielt. Die könnten wir durch den Computer laufen lassen. Haben wir sonst noch etwas, Pascal?«
Der stand einen Meter hinter ihm und hatte die ganze Zeit zugehört.
»Nein, wir haben nur diesen Gabriel Nowack, und ihn sollten wir genau beobachten.«
Kant nickte. »Nimm das Buch und lass die Fingerabdrücke von ihm untersuchen. Vielleicht finden wir ja etwas über diesen Burschen heraus.«

Winter nickte, nahm das Buch und verließ das Büro.
Während Kant die Gegenstände von seinem Boden aufhob, fluchte er leise vor sich hin.
»Joshua und Gabriel. Welcher Spinner gibt seinen Kindern nur solche Namen?«
Nachdenklich legte er die Sachen wieder auf seinem Tisch ab und ging dann zur Landkarte an der Wand, auf welcher der Fundort der Leichen, aber auch die Orte angezeichnet waren, aus denen der unbekannte Mörder die Kinder entführt hatte.
Mit einem roten Filzstift markierte Kant eine weitere Stelle und umkreiste diese mehrmals.
Es war der Ort, in dem das Elternhaus der Familie Nowack stand.

Wie verabredet, traf sich Gabriel am Abend mit Sven Kruse, der pünktlich am Eingang des Gebäudes stand. In der Hand hielt er sein Handy, in das er gerade eine Nachricht sprach. Als er Gabriel sah, beendete er die Notiz und steckte es in die Jackentasche. In der anderen Hand hielt er ein Maßband und einen Notizblock.
»Was hast du denn da alles dabei, Sven?«, fragte Gabriel den Hausmeister, der sich anscheinend für das anschließend versprochene Steakessen richtig in Schale geworfen hatte. Statt seines üblichen Blaumanns trug er eine dunkle Stoffhose, ein weißes Hemd, eine schwarze Lederjacke und farblich passende, leicht glänzende Businessschuhe, wie auch Gabriel sie trug. Beide hätten ohne Weiteres einen Termin wahrnehmen können, bei dem es darum ging, eine Versicherung an den Mann oder die Frau zu bringen.
»Nur ein paar Sachen zum Ausmessen, Gabriel.«

»Prima. Dann lass uns starten, damit wir nicht zu spät zum Essen kommen. Ich habe jetzt schon richtigen Kohldampf«, sagte Gabriel, woraufhin sein Begleiter schmunzelte.
»Ja, ich auch. War wieder ein langer Tag heute mit einer ganzen Menge Arbeit.« Während der Fahrt unterhielten sich die beiden Männer, wobei Gabriel darauf achtete, dass Sven den größten Wortanteil bekam. Eigentlich interessierten ihn die Inhalte recht wenig, die aus dessen Mund strömten. Er nickte immer wieder kurz und stellte eine Frage, damit der Wortfluss seines Beifahrers nicht versickerte. Mit den Gedanken war Gabriel schon an seinem Ziel, dem Elternhaus, angekommen. Während die Worte seines Nebenmannes gar nicht so richtig in sein Gehirn drangen, überlegte er die Schritte, die an diesem Abend noch durchgeführt werden mussten. Joshua würde ihm dabei helfen. Das Haus der Eltern war dessen Reich. Gabriel würde die Führung an ihn abgeben, sobald die Kühltruhen im Keller standen, und dann das Notwendige erledigt worden war.
»Ist es noch weit bis zu unserem Ziel?«, fragte Sven neugierig aus dem Fenster blickend.
»Nein. Wir sind in ein paar Minuten dort. Ich glaube, dass es dir dort so gut gefallen wird, dass du für immer in dem Haus bleiben möchtest.«
Der Hausmeister grinste. »Na, da bin ich doch jetzt wirklich einmal gespannt.« Er nahm sein Handy und prüfte die erhaltenen Nachrichten.
»Oh, welch ein Wunder. Hier gibt es sogar Empfang. Das hätte ich nicht vermutet. Selbst die kleinsten Dörfer haben mittlerweile ein Funknetz. Deutschland rüstet auf.«
Er lachte und steckte das Smartphone wieder in die Tasche zurück.
Vier Minuten später hatten sie das Ziel erreicht.

Es war kurz vor 19:00 Uhr und die Sonne stand noch hoch am Himmel.
»Ich fahre nur schnell den Porsche aus der Garage, dann setze ich den Transporter etwas zurück, damit wir die Kühltruhen ausladen können. Wenn die im Keller stehen, dann zeige ich dir das restliche Haus, Sven.«
Der Hausmeister stieg aus und sah sich die Fassade des Wohnhauses an, das nun direkt vor ihm stand. Neugierig ging er ein wenig um das Gebäude und blickte sich interessiert um. Gabriel fuhr während dieser Zeit den Porsche vor das Haus und stellte ihn neben dem Bürgersteig ab. Als er ausstieg, hörte er im Hintergrund das laute Geräusch einer Motorsäge, die gerade mit ihren scharfen Zähnen Holz durchtrennte.
»Da hast du aber noch eine ganze Menge zu tun, Gabriel«, bemerkte sein Begleiter, als er wieder zu ihm zurückkam.
»Ja, aber du weißt es ja – ohne Fleiß kein Preis. Die Grundsubstanz ist gar nicht so schlecht. Hier und da ein wenig neuer Putz und frische Farbe darauf, und schon sieht es nicht mehr ganz so verwahrlost aus. Immerhin hat das alte Mädchen schon ein paar Jahre leer gestanden.«
»Hier in diesem Dorf bist du also aufgewachsen? Dafür hast Du echt was in deinem Leben erreicht. Nicht jeder, der auf dem Land aufwächst, in einer solchen Abgeschiedenheit, entwickelt sich weiter.«
Gabriel dachte an Joshua, dessen leises Lachen in seinem Kopf erklang. »Ja, ich habe echt Glück gehabt. Einige aus meiner Kindheit haben das Dorf hier tatsächlich nie verlassen.«
Nachdem er den Transporter rückwärts zur Garage gefahren hatte, luden die beiden Männer die schweren Kühltruhen aus. Der Weg hinab in den Keller, der etwas modrig roch und mit vielen feinen Spinnweben umsäumt war, führte über eine

schmale, ausgetretene Steintreppe. Die Deckenhöhe war so niedrig, dass sie sich beim Herunterlaufen etwas ducken mussten, damit sie sich nicht die Köpfe anstießen.
Gabriel trug das vordere Ende der Kühltruhe und lief langsam rückwärts die Stufen hinab, die von dem fahlen, ockerfarbenen Licht einer alten Lampe erhellt wurden.
Unten im Keller angekommen, befanden sie sich zuerst in einem etwas größeren Raum, in dem eine alte Waschmaschine stand, die anscheinend seit Jahren nicht mehr genutzt wurde. Dahinter gab es einen weiteren Bereich, in dem die Heizanlage stand, die noch einen Ölanschluss hatte und längst in die Jahre gekommen war.
»Das sieht nach einer Kernsanierung aus«, meinte Sven fachmännisch. »Die Kellerwand hat feuchte Stellen. Da musst du auf jeden Fall nochmals ran, damit du nicht im ganzen Haus Schimmel bekommst. Darf ich fragen, was du für dieses Haus bezahlt hast, Gabriel?«
»Nur ein paar Euro. Der Verkäufer wollte ins Ausland und das Haus einfach schnell loswerden. Wenn wir die zweite Truhe hier unten haben, dann zeige ich dir etwas, das ich in diesem Haus gefunden habe. Es wird dir gefallen!«
Sven lächelte. »Na, da bin ich aber mal gespannt. Aber sag mal, warum hast du denn die beiden Truhen gekauft und bringst sie jetzt schon hierher? Die stören doch nur bei den Sanierungsarbeiten, und du musst sie von einer Ecke in die andere stellen.«
»Das war ein Schnäppchen und bei mir zu Hause habe ich dafür leider zu wenig Platz. Hier werden sie bestimmt sehr bald zum Einsatz kommen, Sven. Vielleicht schon in den nächsten Tagen.«
Als die zweite Kühltruhe ebenfalls im Keller stand, und man den Platz nochmals genau ausgewählt hatte, wo der Boden

eben war, mussten beide Männer erst einmal eine kurze Pause machen, um sich ein wenig von der Schlepperei zu erholen.
Sven setzte sich auf einen alten Holzstuhl und sah sich im Dämmerlicht ein wenig um. Durch eine vor Schmutz blinde Scheibe fiel ein wenig Licht hinein, welches die Lampe mit ihrem ockerfarbenen Licht ein klein wenig unterstützte.
In einer Ecke entdecke er einen Gegenstand, der seine Neugierde weckte. Er stand auf und lief darauf zu, während ihn Gabriel dabei ganz genau beobachtete.
»Ein uralter Kinderwagen für Zwillinge«, sagte er leise. »Das Ding ist bestimmt schon über vierzig Jahre alt.«
»Noch nicht ganz«, bekam er die leise Antwort.
»Hier liegen auch noch ein paar alte Spielsachen. Puppen. Ich glaube, das sind solche Actionfiguren aus den Neunzigern. Big Jim und Big Joe und wie die alle hießen. Anscheinend waren die Zwillinge Jungs. Zumindest sehe ich kein Mädchenspielzeug.«
»Mag sein«, sagte Gabriel leise und lief zu ihm hinüber.
»In einem anderen Raum habe ich auch etwas Spannendes entdeckt. Komm mit, ich zeige es dir, Sven.«
Gabriel ging durch einen dunklen Flur voraus, ohne dabei Licht einzuschalten, obwohl eine Lampe an der Decke hing.
»Das ist richtig gruselig hier unten«, meinte der Hausmeister lachend. »Das wäre genau die richtige Kulisse für einen Horrorfilm.«
Gabriel lachte.
»Dann wird dir sicher gefallen, was du gleich hier unten sehen wirst.«
Vor ihnen erschien eine geschlossene Tür, die in der Finsternis nur schemenhaft erkennbar war.

Auch als Gabriel sie öffnete, und die Tür in der knarzenden Angel nach innen drückte, blieb die Dunkelheit. Anscheinend hatte der Raum dahinter kein Fenster.

»Das riecht hier ja noch modriger. Hoffentlich hast du keinen Schimmelbefall im ganzen Gebäude, Gabriel. Das solltest du auf jeden Fall schnellstens kontrollieren lassen!«

»Das werde ich, Sven.«

Gabriel blieb so abrupt stehen, dass sein Begleiter gegen ihn stieß.

»Was ist hier?«, wollte Sven wissen, der nichts erkennen konnte.

»Warte, ich mache das Licht an.«

Als das Licht einer einfachen Glühbirne aufflackerte, sah der junge Mann vor sich einen dunklen Fleck. Er ging einen Schritt weiter nach vorne und entdeckte ein Loch im Boden, das etwa einen Meter tief, etwas mehr als einen halben Meter breit und eineinhalb Meter lang war. In der Wand gab es doch ein Fenster, das aber mit einem dunklen Tuch verdeckt war. Gabriel zog es vom Rahmen herunter und ließ so das natürliche Sonnenlicht in den Raum fluten.

»Ja, so ist das viel besser als mit der alten Lampe. Was soll denn da drin sein, Gabriel? Ich kann überhaupt nichts erkennen!«

Genau in dem Moment, als seine Worte verklungen waren, spürte er einen heftigen Schlag auf den Kopf, der sich anfühlte, als hätte ihm jemand den Schädel gespalten. Wackelig drehte er sich um und sah Gabriel überrascht und ungläubig an.

»Was … was …«, stammelte er. Dann spürte er bereits eine eisige Kälte, die seinen ganzen Körper ergriff und eine unsagbare Müdigkeit, als ob schon mehrere Tage nicht mehr geschlafen hatte. Das letzte, was er sah, bevor sich seine

Augen für immer schlossen, war das grinsende Gesicht von Gabriel, der direkt vor ihm stand und in der rechten Hand eine Axt hielt, an deren scharfer Schneide Blut herabtropfte. Sein Blut. Den Tritt in den Bauch, der ihn in die ausgehobene Grube hinabbeförderte, spürte Sven Kruse bereits nicht mehr.

»Ich hoffe, es gefällt dir bei mir, denn du wirst jetzt für immer hier in unserem Haus bleiben!«

»Warum hast du das getan?«

Joshua war die ganze Zeit still gewesen und hatte alles nur beobachtet.

»Er wusste zu viel, und vielleicht hätte er sich noch einige Gedanken gemacht wegen den Kühltruhen, Joshua.«

»Aber er ist tot!«

»Ja, das ist er, Joshua. Er ist tot wie einige von uns!«

Gabriel nahm die Schaufel, die er wohlweislich in eine Ecke des Zimmers gestellt hatte, und begann damit, die lose, aufgehäufte Erde vom Rand der Grube über den Leichnam zu schippen.

»Ich mag nicht, dass er hier bei uns bleibt!« sagte Joshua leise.

»Er wird dir nichts tun, Joshua. Geh jetzt! Wenn ich fertig bin, werde ich dich rufen, und dann wird deine Zeit beginnen!«

Die Stimme aus seinem Kopf verschwand. Joshua schmollte, doch das war ihm recht. Er würde Sven Kruse hier im Keller des Hauses begraben und niemand würde ihn jemals wiederfinden. Nun gab es keinen lästigen Zeugen mehr, der wusste, dass sich in dem Gebäude zwei Kühltruhen befanden, die groß genug waren, um darin Kinder abzulegen.

Die Arbeit war anstrengend, und obwohl es in dem Keller so kühl wie in einem Grab war, was jetzt auch im wörtlichen Sinne stimmte, standen Gabriel die Schweißperlen auf der

Stirn. Er hatte sich nicht die Mühe gemacht, die Kleidung des Opfers nach Wertgegenständen oder nach Visitenkarten oder einem Personalausweis zu durchsuchen. Sein Körper würde hier im Erdreich langsam verrotten, und am Ende gab es nur noch ein Skelett, das in halb aufgelösten Kleidungsstücken steckte. Gerade als er die Grube mit Sand verschlossen und diesen festgeklopft hatte, hörte er ein summendes Geräusch. Überrascht hielt er inne und lauschte. Es kam immer und immer wieder.

»Die Türglocke«, kam es ihm plötzlich in den Sinn. Wie lange hatte er diese schon nicht mehr gehört? Es mussten Jahre vergangen sein, dass jemand den silbernen Knopf neben der Eingangstür betätigt hatte.

Schnell wischte er sich mit dem Handrücken über das Gesicht und lief dann die Treppe nach oben. Im Flur angekommen, sah er durch die Eingangstür, in die eine gelbe, geriffelte Glasscheibe eingesetzt war, die unscharfe Kontur einer Person. Es schien ein Mann zu sein. Erneut erklang das summende Geräusch, das Gabriel plötzlich Kopfschmerzen bereitete.

Wer konnte das sein? War es dieser aufdringliche Polizist? War es Kant? Hatte er ihn beobachtet?

Nun fiel ihm das Schlucken schwer. Es war, als ob sich an seinem Kehlkopf etwas festgesetzt hatte, das nun langsam seine Luftröhre verschloss und ihm den Sauerstoff raubte, den er zum Leben benötigte. Ein leichter Schwindel überfiel ihn, als er langsam zur Tür lief. Kurz griff er in seine Jackentasche, um sich zu vergewissern, dass sich dort der glatte, längliche Gegenstand befand, mit dem er sich einer Verhaftung entziehen konnte. Sein Gesicht entspannte sich ein wenig, als er ihn mit den Fingerspitzen ertastete. Zögernd packte er den Türgriff, um die Eingangstür zu öffnen. Das aufgesetzte Lächeln im Gesicht war ihm niemals zuvor so schwergefallen, wie in diesem Moment.

Kant hasste es, zu warten. Doch endlich bewegte sich etwas und ein dunkler Umriss erschien vor der geschlossenen Tür. Kurz sah er auf die Uhr. Es war bereits über fünfundvierzig Minuten her, seit er den Anruf getätigt hatte.
»Verdammt, warum hat das denn so lange gedauert?«, ließ er seinem Frust freien Lauf und erntete dafür ein erstauntes Gesicht seines Gegenübers, der ihn etwa um einen Kopf überragte.
»Es war leider viel Verkehr in der Stadt, und in Ihrer Straße gibt es eine Baustelle. Daher musste ich von der anderen Seite einfahren. Hätten Sie das am Telefon mitgeteilt, hätte ich mindestens fünf Minuten Fahrtzeit eingespart.«
Der blonde Jüngling schien ein Student zu sein, der sich mit dem Ausfahren von Pizzas einige Euros verdiente. Er trug eines der typischen gelben Shirts mit dem Logo des italienischen Restaurants, das anscheinend alle Pizzaboten trugen.
»Das wären dann genau zweiundzwanzig Euro, Herr Kant.«
Aus einem hellen Styroporkarton, der die Speisen während der Fahrt zum Kunden warmhalten sollte, entnahm der Lieferbote anschließend zwei große Pizzaschachteln und weiterhin zwei Einwegsalatschüsseln mit einem durchsichtigen Plastikverschluss und stellte sie auf dem Boden ab.
»Stimmt so!«
Kant gab ihm genau zweiundzwanzig Euro und fünfzig Cent.
»Vielen Dank. Gerne wieder«, gab der junge Mann mit einem leicht sarkastischen Unterton Antwort, als er die Höhe des

Trinkgelds sah, packte die Box und verschwand danach ohne ein Wort des Abschieds.
»Hoffentlich ist das alles überhaupt noch warm und genießbar«, schimpfte Kant, als er zurück ins Esszimmer kam, wo seine Frau bereits herumhantierte und den Küchentisch mit Tellern und Besteck deckte. In der Mitte des Tisches stand eine orangefarbene Kerze, deren Flamme leicht flackerte, als Kant am Tisch vorüberlief und dadurch einen leichten Luftzug verursachte.
»Wenn nicht, schieben wir die Pizza noch einmal für ein paar Minuten in den vorgeheizten Backofen. Sei doch nicht immer so missgelaunt, du kleiner Spießer! Du hast jetzt Feierabend. Schalte ab und genieße mit mir einen ganz gemütlichen Abend mit einer leckeren Pizza. Später suchen wir uns noch ein DVD mit einem spannenden Film und kuscheln uns dann auf unserem Sofa unter der Wolldecke zusammen, Alex. Was hältst du davon?«
»Das klingt alles wirklich gut! So machen wir das.«
Als er die erste Pappschachtel öffnete, hellte sich seine Miene noch etwas mehr auf.
»Na, die dampft ja noch richtig, und schaue dir nur mal diesen goldgelben, geschmolzenen Käse auf meiner Salami-Pizza an.«
Er geriet richtig ins Schwärmen.
»*Vielleicht hätte ich doch etwas großzügiger mit dem Trinkgeld sein sollen*«, dachte er und bekam dem blonden Boten gegenüber ein schlechtes Gewissen.
Doch nun konnte er daran auch nichts mehr ändern. Beim nächsten Mal würde er einfach etwas mehr geben.

Zur gleichen Zeit wartete Pascal Winter am anderen Ende der Stadt auf sein erstes veganes Essen.
»Keine Angst, es wird dir schmecken!«
Etwas ungläubig sah er zu Silke, der Dame aus der Bücherei, mit der er am heutigen Abend sein zweites Date hatte, um mit ihr über erotische Literatur zu sprechen.
»Hast du denn dieses *Amidori veggie Hack* schon einmal gegessen, Silke?«
»Nein, bisher noch nicht«, gab sie ohne Umschweife zu.
»Jedoch der Name klingt sehr vielversprechend.«
Sie musste lachen, als sie den Gesichtsausdruck des Polizisten sah. »Lass dich einfach auf etwas Neues ein. Wenn es dir nicht schmeckt, dann gehen wir später an einer Pommesbude vorbei und kaufen dir eine doppelte Portion Curry-Wurst. Deal?«
Sie streckte die Hand über den Tisch und Winter nahm den Vorschlag an. »Deal, Silke.«
Das kleine Restaurant, in dem sie an einem Zweiertisch saßen, hatte seinen eigenen Charme. Es wirkte auf den Beamten fast wie ein esoterischer Laden, indem allerlei Krimskrams angeboten wurde. Die Musik im Hintergrund wirkte entspannend und die dezenten Räucherkerzen öffneten mit ihrem Geruch eine Welt der vollkommenen Befreiung von Körper und Geist. An einigen Stellen waren Figuren von Buddha präsent, der lächelnd im Schneidersitz dasaß und den kugelrunden Bauch ohne Scheu nach vorne reckte.
»Ob Buddha auch Veganer war?«, sinnierte Winter.
Sein Date lächelte ihn wissend an.
»Buddha selbst hat nie Fleisch gegessen. Seinen Anhängern aber hatte er den Verzehr von Fleisch nicht verboten, wenn dafür nicht extra ein Tier getötet werden musste.«

Pascal hing mit den Augen an ihren Lippen, die durch einen dezenten Lippenstift noch etwas mehr zur Geltung kamen. Ihre Stimme wirkte beruhigend auf ihn. Sie war eine intelligente Frau, die Lebenserfahrung hatte. Sie hatte ihm bereits einiges aus ihrem Leben erzählt, das er ihr als Büchereiangestellte niemals zugetraut hatte. Silke hatte sehr viele Reisen in die unterschiedlichsten Länder unternommen, war für eine Hilfsorganisation ehrenamtlich tätig, besaß einen Lkw-Führerschein, einen braunen Gürtel in Karate und war bisher niemals verheiratet gewesen.
Sie war Anfang sechzig, hatte aber die Ausstrahlung einer jungen Frau, die mit beiden Beinen fest im Leben stand. Ihr Wissensdurst war kaum zu stillen, und so begleitete sie, wann immer es ihre Zeit erlaubte, Exkursionen in den unterschiedlichsten Bereichen.
Aufmerksam beobachtete sie ihre Umgebung und nahm alles wahr, was um sie herum geschah.
Winter glaubte, dass die Frau, die ihm gegenübersaß, eine bessere Polizistin abgeben würde, als er es bisher jemals war.
»Wie schmeckt dir denn der Rote Bete-Cocktail?« Mit ihrer Frage riss sie ihn aus seinen Gedanken.
»Kann man trinken.«
Sie lachte laut auf, was ihrem Tisch die Blicke einiger anderer Gäste bescherte.
»Kann man trinken? Was genau bedeutet das jetzt? Schmeckt dir das Getränk? Würdest du lieber ein Bier oder einen Wein diesem Power-Cocktail an Vitaminen vorziehen? Dieser erdige Geschmack der Bete harmonisiert so wunderbar mit dem hinzugefügten Honig, den Karotten, den Äpfeln, der Orange und dem frischen Saft einer Zitrone.«
»Ich würde sagen: Es schmeckt gesund!«
»Also lieber ein Bier?«

»Nein, natürlich nicht, Silke. Aber ein Glas Rotwein würde ich diesem Powergetränk auf jeden Fall vorziehen. Ich habe Angst, dass, wenn ich das in meinen Körper lasse, ich danach nie wieder richtig schlafen kann, da meine Batterie bis zum Äußersten aufgeladen wurde!«
Ein breites Grinsen zog sich über ihr rundliches Gesicht.
»Ich habe gelesen, dass man nach dem Genuss dieses Getränkes den besten Sex hat, welchen man sich vorstellen kann.«
»Prost, Silke«, sagte er und leerte das Glas in einem Zug.
»Bringen Sie mir bitte noch einmal das Gleiche!«, rief er dem Kellner zu.

Gabriel öffnete die Tür und blickte auf einen Mann seines Alters, der in schmutziger Arbeitskleidung und in grünen Gummistiefeln vor ihm stand.
»Ja, bitte?« Gabriel war etwas irritiert.
»Ich bin es, Gabriel. Jürgen Fromm. Ich habe gerade gesehen, dass jemand im Haus ist, und da dachte ich, dass ich einmal ganz kurz Hallo sage.«
»Jürgen. Ja, jetzt erinnere ich mich. Das ist ja schon einige Jährchen her, seit wir uns das letzte Mal gesehen haben. Das ist aber schön, dass du mich einmal besuchst.«
Fromm lächelte und deutete auf den Porsche, der vor dem Haus stand. »Dir scheint es ja gut zu gehen. Wie ich gehört habe, arbeitest du für eine Versicherungsagentur?«
Gabriel nickte. »Und du wohnst noch immer hier, Jürgen?«
»Ja, als meine Eltern verstarben, habe ich das Haus übernommen. Meine Ex-Frau hat sich die Eigentumswohnung in der Stadt unter den Nagel gerissen. So ist das Leben halt.«

Der Nachbar lächelte etwas verlegen.
»Vor ein paar Tagen war die Polizei hier. Sie hat mich über Joshua ausgefragt.«
»Was hast du ihnen gesagt?« Gabriels Stimme war etwas schärfer geworden.
»Was damals alles hier im Haus passiert ist und dass Joshua nicht mehr lebt.«
Gabriel trat etwas näher aus dem Schatten heraus, damit ihn sein Gegenüber besser erkennen konnte.
»Willst du kurz mit hereinkommen? Ich denke, Joshua freut sich, dich zu sehen.«
Irritiert sah Fromm zu Gabriel auf, der etwas größer war.
»Was? Wie meinst du das?«
Der begann leise zu lachen.
»Das war nur ein Scherz, Jürgen. Du weißt ja, wo Joshua ist.«
Doch plötzlich änderte sich die Miene des Mannes und seine Augen wurden größer.
»Ich muss jetzt leider wieder gehen, Gabriel. Wir können uns ja an einem anderen Tag wieder sehen, wenn wir etwas mehr Zeit haben.«
Er versuchte ein Lächeln, das aber gänzlich misslang.
»Du weißt es also, Jürgen?«
»Was meinst du? Was weiß ich?«, stotterte er.
»Du weißt genau, wer ich bin! Warum nennst du mich also nicht bei meinem richtigen Namen, Jürgen?«
Gabriel war dicht an sein Gegenüber herangetreten und deutete mit dem Zeigefinger an eine Stelle über der rechten Augenbraue.
»Ich habe gesehen, wie du auf meine Narbe gestarrt hast. Eine Narbe, die ich dir zu verdanken habe, Jürgen. Du erinnerst dich also tatsächlich noch an deine Eselsbrücke? Sternförmig – das S im Namen.«

»Du bist …, du bist Joshua?!«
Der Mann vor ihm nickte.
»Ja, das ist zumindest Joshuas Körper.«
In diesem Moment spürte Fromm einen Stich am Hals. Erschrocken fasste er sich mit der Hand an die Stelle und taumelte einen Schritt zurück.
»Das ist eine Überdosis Pentobarbital, Jürgen. Es wirkt in kürzester Zeit. Merkst du bereits, wie die Müdigkeit einsetzt und Besitz von deinem ganzen Körper ergreift? Du wirst in zwei Minuten ganz friedlich einschlafen und dann nie wieder aufwachen. Sogar Marilyn Monroe hat so ihrem Leben ein Ende gesetzt. Wird dir übel? Gerne hätte ich dir vorher etwas Metoclopramid gegeben. Das verhindert dieses Gefühl, dass man sich erbrechen muss. Aber du hast dich ja leider nicht angekündigt. Schon bald wird dein Leichnam, wie mein eigener, in der feuchten Erde verrotten!«
Gabriel packte ihn an der Hand und zog ihn hinter sich her ins Haus. Fromm wollte schreien, doch das Gift zirkulierte bereits in seinem Blut und das Gefühl der Übelkeit schwächte ihn, genau wie das Gift, das ihn nun am Atmen hinderte und das einen Herzstillstand zur Folge hatte.
Das Letzte, was er hörte, war die Stimme von Gabriel, die lachend zu ihm sprach.
»Jürgen, es war schön, dich mal wiederzusehen, auch wenn es nur kurz war. Du hättest mich in Ruhe lassen sollen!«

»Warum hast du das getan?« Die Stimme von Joshua klang weinerlich.
»Nimm dich jetzt zusammen, Joshua. Er wusste es!«
»Was wusste er, Gabriel?«

Gabriel stand im Flur vor dem Spiegel und sah in das Gesicht, das ihn daraus anblickte. Oberhalb der rechten Augenbraue war deutlich eine kleine, sternförmige Narbe zu erkennen.
»Das **ICH DU** bin, Joshua! Nicht dein Körper ist oberhalb unseres Hauses auf dem Friedhof vergraben, sondern mein Körper. Du warst es, der unseren Vater umgebracht hat, Joshua – nicht ich! Ich war bereits tot zu diesem Zeitpunkt! Es ist nur eine Stimme in deinem Kopf, Joshua. Ich bin nicht real, aber du bist es! Ich bin nur eine Einbildung von dir! Jetzt liegt es an dir, alles wieder in Ordnung zu bringen. Ich sage dir, was du tun musst – du ganz alleine, großer Bruder!«
Joshua schluchzte. Er war zwei Minuten vor seinem Zwillingsbruder auf die Welt gekommen, was der Grund dafür war, dass er immer die Verantwortung für sie beide übernehmen musste.
»Du kannst mich nicht alleine lassen, Gabriel! Nicht jetzt!«
Gabriels Stimme wurde lauter, als er antwortet.
»Höre mir genau zu Joshua, was ich dir jetzt sage! Du musst es genau so tun, um deinen Kopf zu retten!«
Gabriel stand vor dem Spiegel und sprach zu Joshua.
Als er seine Sätze beendet hatte, verabschiedete er sich und übergab seinem großen Bruder den Körper, der schon immer dessen Eigentum gewesen war. Es war nur die Stimme, die in diesem Moment aus Joshuas Kopf verschwand.
Im Spiegel fand plötzlich eine seltsame Veränderung statt. Der Körper des davorstehenden Mannes war nicht mehr so aufrecht wie zuvor, sondern sackte leicht in sich zusammen, der Rücken krümmte sich. Die grünen Augen wirkten müder als zuvor und der Mundwinkel hing an der rechten Seite etwas herab.
»Gabriel?«

»Er hat dich verlassen, du Dummkopf«, hörte er die lachende Stimme seiner Mutter. »Tue, was er dir aufgetragen hat!«

Nach dem dritten Glas Power-Bete, einem Teller Veggi Hack und einem Obstteller mit Früchten aus biologischem Anbau, fühlte sich Winter mehr als jemals zuvor zum Sex bereit.
Die Gespräche, die er zwischen den Mahlzeiten mit Silke geführt hatte, waren sexueller Natur und hatten ihn, obwohl es um die Inhalte literarischer Werke ging, so erregt, dass er sich ablenken musste, um von seinem Stuhl aufstehen zu können.
»Frauen erleben öfter multiple Orgasmen als der Mann. Aber auch bei ihm ist es möglich, wenn die Frau den Jen-Mo-Punkt kennt.«
Winter hatte diesen Begriff bisher nie gehört und war aufs äußerste auf die Erklärung gespannt.
Doch gerade in diesem Moment kam die Bedienung mit der Rechnung, die natürlich Winter übernahm.
»Ich … ich würde gerne mehr über diesen Mo-Punkt erfahren, Silke«, sagte er leise, als er ihr beim Hinausgehen in den Mantel half.
»Kein Problem, Pascal. Ich habe ein Buch, das ich dir gerne ausleihe. Darin ist der *Jen-Mo-Punkt,* und wie man ihn anwendet, ganz genau beschrieben.«
»So habe ich das aber nicht gemeint«, sagte er mit ein wenig Traurigkeit in der Stimme.
»Ich weiß«, antwortete sie mit einem verschmitzten Lächeln.
»Es ist noch früh am Abend. Fahren wir zu mir und ich koche uns noch einen leckeren Bio Guayusa-Tee.«

Mit zitternden Händen saß Joshua in der Küche auf einem der alten, bereits wackeligen Holzstühle. Die Dunkelheit war längst hereingebrochen, und nur das Licht des Vollmondes erleuchtete ein wenig den Raum. Die Leiche von Jürgen Fromm lag noch immer mitten im Flur. Reglos, als ob sie nur schlafen würde. So, wie es bisher bei seinen kleinen Freunden gewesen war. Doch bei ihm war das etwas anderes. Joshua hatte Angst. Fürchterliche Angst. Gabriels Stimme war verklungen. Nur seine Mutter war noch immer präsent und machte ihm das Leben zur Hölle. Sie lachte ihn aus und verspottete ihn.

Er hatte sich die Sätze seines Bruders ganz genau angehört.

Jürgen Fromm war der Schlüssel für seine Freiheit.

Langsam stand er auf, ging zögernd durch den dunklen Flur hindurch und blieb dann vor dem Leichnam stehen. Vorsichtig bückte er sich zu ihm hinab, zog die Stiefel und alle anderen Kleidungsstücke von dem erstarrten Körper herunter. Fünf Minuten später, als Fromm nur noch in Unterhosen und Unterhemd vor ihm lag, zog er dessen Haustürschlüssel aus der Hose und wiegte diesen nachdenklich in seiner Hand. Danach verließ er das Elternhaus und verschloss die Eingangstür hinter sich. Draußen auf der Straße suchte er die dunklen Schatten der Häuser, vermied es, das volle Licht des Vollmondes zu nutzen, das über einen so großen Radius strahlte. Sein Ziel war das Haus von Jürgen Fromm. In der Kindheit hatten er und Gabriel oft mit diesem im hinteren Teil des Gartens gespielt. Dort, wo die hohen Holzstapel standen, gab es auch eine alte Eiche, deren Äste bis fast zum Boden reichten, und die damals die Jungs zum Klettern animierte. Joshua erinnerte sich daran, dass sie mit einem Taschenmesser ihre Initialen in

den massiven Stamm geritzt hatten. Freunde bis zum Lebensende wollten sie bleiben. Doch vieles war seit diesem Tag passiert, und nun war er nur noch alleine da. Bevor er sich durch die Hintertür ins Haus hineinschlich, ging er durch den Garten hindurch und zu der alten Eiche hinüber. Behutsam strich er mit den Fingern seiner rechten Hand über den Stamm, wo er die Narben ertastete, die sie ihm vor langer Zeit mit ihrem Messer zugefügt hatten. In seiner linken Hand trug er die Kleidung und die Gummistiefel, die er der Leiche ausgezogen hatte. Joshua atmete tief ein und aus. Die Nachtluft tat seinen Lungen gut. Er liebte diese Stunden, in denen anscheinend alle anderen Menschen schliefen und ihm ganz alleine die Erde überließen.
Doch nun musste er seinen Fokus auf andere Dinge richten. Er wandte sich um und lief schnell zum Hintereingang des Hauses. Mit dem Schlüssel von Fromm öffnete er die Tür und betrat dann vorsichtig die Wohnung des Toten. Er stellte die mitgebrachten, grünen Stiefel neben die anderen Schuhe, die in dem kleinen Flur Seite an Seite standen und hängte die Kleidungsstücke ordentlich über eine Stuhllehne. Joshua trug Einweghandschuhe, so wie es sein Bruder angeordnet hatte. Er ließ die Rollläden im Wohnzimmer herab und schaltete danach die Lampe ein. Jürgen Fromm lebte alleine in diesem Haus. Die Einrichtung war alt und abgegriffen, aber es war alles sauber und ordentlich weggeräumt. Joshua erinnerte sich, wie sie damals an dem länglichen Tisch saßen und frische Limonade tranken, die Jürgens Mutter für sie zubereitet hatte. Es war ein Gemisch aus Zitrone, Orange und Wasser gewesen. Langsam lief er auf den Tisch zu, strich ebenfalls darüber und spürte die glatte Holzkante. Auf dem Tisch lag ein mit Kugelschreiber erstellter Einkaufszettel. Doch das war nicht das, was Joshua suchte. Er ging von

einem Schrank zum anderen und zog die Schubladen auf. Als er das Gesuchte fand, nahm er es vorsichtig heraus, legte es auf den Tisch und begann dann, die anderen Schränke zu öffnen. In einem davon befanden sich viele Aktenordner. Nachdem er den dritten Ordner aufgeschlagen und einige Seiten durchblättert hatte, fand er auch hier, was er benötigte, um Gabriels Plan in die Tat umzusetzen.
Joshua nahm eine Schreibunterlage, legte darauf einen Papierblock und begann einen langen Text zu schreiben.
Als er diesen beendet hatte, zog er ein Blatt Papier aus dem Aktenordner, der neben ihm lag, und vollendete dann mit äußerster Konzentration sein Werk. Anschließend räumte er den Aktenordner wieder zurück in den Schrank. Den Papierblock hingegen ließ er auf dem Tisch liegen. Ebenso den Kugelschreiber, welchen er gerade benutzt hatte.
Joshua sah sich noch einmal um. Einige der anderen Möbelstücke waren ihm ebenfalls noch im Gedächtnis geblieben. Viel hatte sich in diesem Haus in all den Jahren nicht verändert. Er erinnerte sich an Herrn und Frau Fromm. Jürgens Eltern waren ganz anders gewesen, als er es selbst von Zuhause kannte. Sie waren freundlich und nett zueinander. Die Mutter kochte köstliche Gerichte und am Abend spielten sie alle miteinander lustige Gesellschaftsspiele. Nie hatte Jürgen Schläge erhalten. Weder von seinem Vater noch von der Mutter. Bis auf die Tatsache, dass er ein Einzelkind war und deswegen wohl auch die Nähe der Zwillinge suchte, führte er hier ein Leben wie ein kleiner Prinz, dem man alle Wünsche erfüllte.
Auf dem Schrank stand ein größeres Bild, das in einem hellen Holzrahmen steckte. Darauf war die ganze Familie zu sehen und es schien, als ob sie ihn von dort aus alle anlächelten. Jetzt, nach dem plötzlichen Tod von Jürgen, war die Familie

wieder vereint. Insgeheim hoffte Joshua, dass er nach seinem eigenen Tod seine Eltern nicht mehr treffen würde. Er redete sich daher ein, dass nach dem Ableben nichts Weiteres mehr kam und alles einfach endete. Es gab keine Seele, die durch ein helles Licht in eine andere Dimension eintrat, wo nur Friede, Freude, Eierkuchen herrschte und alle glücklich und zufrieden zusammenkamen und sich umarmten.
Joshua lief langsam die hölzernen Stufen nach oben, die in das Schlafzimmer des Toten führte. Dort öffnete er den Schrank und entnahm einige Kleidungsstücke, die nicht zu sportlich, sondern eher festlich anmuteten. Eine schwarze Hose, ein weißes Hemd, schwarze Strümpfe und ein dunkles Jackett. Dies alles legte er ordentlich zusammen und packte es dann in eine große Tasche hinein. Danach ging er wieder nach unten, löschte im Wohnzimmer das Licht und verließ das Haus so leise, wie er es betreten hatte. Sorgsam verschloss er die Tür hinter sich.
Es war bereits kurz vor Mitternacht, als er wieder in seinem Elternhaus ankam, wo seine Mutter mit einer Sammlung von wüsten Beschimpfungen auf ihn wartete.
»Du unfähiger Tölpel. Warum hat das so lange gedauert? Bestimmt hast du die Hälfte vergessen und überall deine Spuren hinterlassen. Was bist du doch nur für ein Dummkopf!«
Joshua versuchte die Stimme zu ignorieren. Laut summte er ein altes Kinderlied vor sich hin, während er den Leichnam von Jürgen Fromm mit den Sachen bekleidete, die er zuvor aus dessen Schrank entnommen hatte. Als er jedoch damit fertig war, kamen ihm plötzlich Zweifel. Gabriel hatte ihm eine andere Anweisung gegeben. Nicht hier hatte er die Leiche ankleiden sollen, da die Kleidung sonst beim Transport schmutzig werden könnte. Er fluchte leise, hielt

sich die Ohren zu, damit er das laute Lachen seiner Mutter nicht mehr hörte. Doch es half nichts, da die Stimme in seinem Kopf war. Weinend zog er die Leiche wieder aus, und packte die Sachen zurück in die Tasche. Er musste hier weg, musste das Haus verlassen, damit das schrille Lachen und die zerstörenden Worte seiner Mutter endlich verstummten.

Kant fand auch in dieser Nacht keinen Schlaf. Schon die Nächte zuvor war er immer wieder aufgewacht und hatte stundenlang im Bett gelegen, dabei in die Dunkelheit gestarrt und über seine Arbeit nachgedacht.

Wenn Jürgen Fromm recht hatte, dann hatten er und Pascal nicht mit Gabriel, sondern mit Joshua Nowack gesprochen. Doch wie und warum war es möglich gewesen, dass man die Namen der beiden Kinder vertauscht hatte? Vater und Sohn waren in der gleichen Stunde an dem Weihnachtsabend im Jahre 2001 verstorben. Der Vater hatte den Sohn totgeprügelt und die Mutter anschließend im Affekt den Vater erschlagen.

War die Mutter so verwirrt, dass sie falsche Angaben gemacht hatte oder war sie wirklich der festen Überzeugung gewesen, dass nicht Gabriel, sondern Joshua tot vor ihr auf dem Boden gelegen hatte?

Warum hatte aber Joshua, der ja wusste wie er hieß, die Identität seines Bruders angenommen?

Oder hatte sich Fromm geirrt und Gabriel war es, der die sternförmige Wunde über der Augenbraue hatte?

Egal, wie Kant die Aussagen zusammenfügen wollte, es ergab einfach alles keinen Sinn, keine erkennbare Struktur.

Seine Frau lag neben ihm und schnarchte, was ihn irgendwann dazu trieb, aufzustehen und in die Küche zu gehen. Es war kurz nach 3:00 Uhr in der Nacht, als er vor

dem geöffneten Küchenfenster stand, ein Glas kaltes Wasser trank und in die Vollmondnacht hinaus starrte.
Jürgen Fromm war sich mit seiner Aussage bezüglich der Narbe sehr sicher. Er erinnerte sich an die Eselsbrücke, die sich dieser eigens dafür erdacht hatte.
Kant atmete tief durch und schloss die Augen, während er dem nächtlichen Ruf eines Käuzchens lauschte, das irgendwo in dem Blätterdach eines Baumes saß.
Ob man nach so langer Zeit noch eine Obduktion an einer Kinderleiche durchführen konnte? Musste man das eigentlich? Immerhin lebte ja der andere Zwilling noch.
Welche Unterlagen gab es, anhand derer man die Brüder unterscheiden konnte? Wenn, dann war es sicherlich nur über einen DNA-Test möglich, da sich bei Zwillingen das Erbgut unterscheiden könnte.
Er kippte das Fenster, stellte das leere Glas auf die Spüle und ging gähnend zurück in sein Bett.
Bevor er in einen unruhigen Schlaf fiel, war ihm bewusst, dass er diesen jungen Mann genau unter die Lupe nehmen musste.

Joshua hatte den Leichnam in einen robusten Gewebesack gelegt und das obere Ende verknotet.
Fromm wog sicherlich knapp achtzig Kilogramm, was für den Transport zu seinem Ziel nicht gerade förderlich war. Seine Freunde hatten bisher höchstens die Hälfte gewogen und bei der Strecke, die er bewältigen musste, war dieses Gewicht bereits eine Herausforderung gewesen. Doch er hatte klare Anweisungen von Gabriel erhalten, die er unbedingt durchführen musste.
Zusätzlich zu der Leiche musste er auch noch dessen frische Kleidung und ein Märchenbuch mitnehmen.

Gabriel hatte ihm aufgetragen, das alte Märchenbuch in die Hände der Leiche zu legen. Die Spritze mit dem Pentobarbital, welches sein Bruder injiziert hatte, sollte er ihm in die Hosentasche stecken, vorher aber darauf achten, dass alle Fingerabdrücke vernichtet waren. Ganz zum Schluss durfte er das Wichtigste nicht vergessen, und dieses unbedingt in dessen Jackentasche stecken.

»Du darfst nichts davon vergessen, Joshua. Du musst jeden der einzelnen Punkte durchführen, damit unser Plan aufgeht. Vergiss nicht die kleinste Kleinigkeit, mein Bruder.«

Mit großer Kraftanstrengung zog er den Toten durch den Gang hindurch bis zum Hinterausgang, von dem aus man in den Garten gelangte. Er versuchte, ihn auf die Schulter zu legen, bemerkte aber sofort, dass er es niemals schaffen würde, dieses Gewicht so weit zu transportieren. Es musste eine andere Möglichkeit geben. Er ließ Fromm auf dem harten Steinboden liegen, was der ja nicht mehr spürte und sich beschweren konnte und ging einige Meter zu einer alten Scheune, die er schon lange nicht mehr betreten hatte. Die Tür mit dem zerborstenen Fensterglas, war mit Unkraut und Ranken überwuchert, die sich im Laufe der Jahre gebildet und den hölzernen Bau zum Bestandteil ihrer Natur gemacht hatten. Mit Gewalt zog er an der morschen Tür, die unter der angewandten Kraft mitsamt den metallenen Angeln aus dem brüchigen Rahmen fiel.

Joshua sah in das Innere hinein, wo sich Spinnweben durch den ganzen Raum hindurch zogen. Es sah aus, als wären die Gegenstände mit feiner Seide bekleidet, die sich um sie herumlegte. Er wollte nicht wissen, wie viele Generationen von Spinnen hier am Werk gewesen waren deren Kunstwerke er nun zerstörte, indem er sie mit den Händen zerteilte. Er spürte die klebrigen Moleküle, die sich um seine Haut schlossen und daran haften blieben. Ganz in der hinteren Ecke der Scheune gab es einen Gegenstand, der ihm bei seiner Aufgabe helfen sollte. Immer wieder musste er sich auf dem Weg dorthin Platz schaffen und Gerümpel zur Seite räumen. Einige Mäuse huschten aus ihren dunklen Verstecken über den hölzernen Boden hinweg, um in einem anderen erneuten Unterschlupf zu finden.

»Ah, da bist du ja«, sagte er erleichtert, als er sein Ziel erreicht hatte. Vor ihm stand eine hölzerne Schubkarre, mit der er und Gabriel in ihrer Jugend gespielt hatten. Abwechselnd hatten sie sich durch die Straße geschoben, dabei gelacht und gejohlt, unbeschwerte Stunden genossen, bevor sie am Abend ihre Strafe von ihrem Vater erhielten und vor lauter Schmerzen keinen Schlaf mehr fanden.

Als er den abgenutzten, aber dennoch sehr glatten Griff des Karrens berührte, war es, als ob er gerade eine Zeitreise durchlebte. Behutsam strich er mit den Fingern über die Haltegriffe, schloss für einige Sekunden die Augen und lächelte über die Bilder, die aus der Erinnerung auftauchten. Es gab auch in seinem Leben glückliche Stunden, die aber durch die Mehrzahl der schlimmen Ereignisse mit der Zeit in deren finsteren Schatten verschwanden.

Vorsichtig zog er das hölzerne Transportfahrzeug zu sich heran. Das lackierte Holz war noch immer stabil. Der Reifen selbst war ebenfalls aus Holz, über dessen Lauffläche ein silbriges Metallband gespannt war, das nun aber durchgehend dunkle Rostflecke aufwies. Beim Schieben verursachte der Karren einige schleifende Geräusche, die aber mit einem Tropfen Öl vermindert werden konnten. Mit diesem Gefährt würde er es schaffen, den schweren Körper durch den Wald zu fahren bis kurz vor die Stelle, wo er ihn niederlegen sollte.

In der Scheune fand er eine Dose Öl-Spray. Deren papierene Ummantelung war bereits abgeblättert und das Blech darunter verrostet, jedoch enthielt es noch immer einige Tropfen der Flüssigkeit, die Joshua auf der metallenen Radführung verteilte. Nachdem er den Karren einige Male hin- und hergeschoben hatte, verschwand das störende Nebengeräusch fast gänzlich.

Es war bereits kurz vor 1:00 Uhr in der Nacht. Der Himmel war wolkenfrei, wodurch die Helligkeit des Mondes ungehindert auf die Erde traf und alles in ein silbrig glänzendes Licht tauchte.

Joshua schob die voll beladene Schubkarre so gut es ging vor sich her. Mit aller Kraft musste er sich dagegenstemmen, um Meter für Meter durch das Gartengrundstück die Anhöhe zum Wald zu bewältigen. Immer wieder legte er hierbei kurze Pausen ein, wischte sich den Schweiß von der Stirn und lockerte die Arm- und Beinmuskulatur. Als er endlich den Waldrand erreicht hatte, brannten ihm die Schultern und Unterarme. Doch er musste weiter; musste die Stille der Nacht für sein Vorhaben nutzen. Für eine kurze Zeit konnte er den ebenen, niedergetretenen Wanderpfad begehen, auf dem er den Karren gut schieben konnte. Er freute sich darauf, bald die Stelle zu erreichen, an der er mit seinen kleinen Freunden so viel Spaß erlebt hatte. Doch nun waren sie nicht mehr da. Wehmütig blickte er auf die Stunden zurück, die er hier sehr glücklich verbracht hatte. Bald schon, so dachte er, würde sich aber sein Elternhaus mit dem fröhlichen Lachen von Kindern füllen. Ein Lachen, das nun für immer bleiben würde und das weder durch die sengenden Sonnenstrahlen, noch durch einen aufmerksamen Wanderer zerstört werden konnte. Neue Bücher mit Geschichten über Ritter, Prinzessinnen und Könige würde er in der

Buchhandlung einkaufen, die er dann den Kindern vorlesen würde. Immer an den Wochenenden würde er sie besuchen, so wie es bisher der Fall gewesen war. Unter der Woche würde er das Leben von Gabriel weiterführen. Ein Leben, das ihm nicht sonderbar gefiel, da es mit zu vielen Zwängen behaftet war. Vielleicht würde Gabriel ja wieder zurückkommen und diesen Part in seinem Körper übernehmen.

Schon von Weitem sah er den Felsen, in dessen Mitte die kleine Höhle lag. Seine Höhle! Hier hatte er schon als Kind gespielt, auf deren hartem Boden gelegen und nach oben in den Himmel geschaut. Niemandem hatten sie verraten, dass es diesen Ort gab. Es war ihr ganz geheimes Versteck, an dem sie damals schöne Stunden ohne Leid verbrachten.

»Achte darauf, dass du keine Spuren hinterlässt, Joshua!«

Er erinnerte sich an die Worte seines Bruders. Die letzten zweihundert Meter würde er den Leichnam nun tragen müssen, da sonst auf dem sandigen Boden die Reifenspuren der Karre sichtbar wären.

Daher schob er sie zur Seite, packte den Toten über die Schulter und lief mit wackeligen Knien und langsamen Schritten seinem Ziel entgegen. Die Muskeln seiner Beine brannten fürchterlich unter dem schweren Gewicht, das nun zusätzlich auf ihnen lastete.

Mit Tränen in den Augen kämpfte sich Joshua aber weiter voran, den Eingang der Höhle bereits im Blick. Als er diesen endlich erreicht hatte, ließ er den gefüllten Gewebesack zu Boden fallen und setze sich schwer atmend daneben. Er musste sich ausruhen! Nur für eine kurze Zeit. Er sah auf sein linkes Handgelenk und bemerkte, dass er noch immer die moderne Uhr von Gabriel trug. Aber machte das wirklich einen Unterschied? Sein Bruder hatte ihm gesagt, dass er,

Gabriel, tot war. Es war also sein eigener Körper und er, Joshua, sollte derjenige sein, der wirklich am Leben war. Schon viele Jahre hatten sie sich diesen einen Körper geteilt. Keiner von ihnen war tot. Sie würden sich niemals trennen, das hatten sie sich als Kinder geschworen! Sie wollten immer füreinander da sein. Er wusste, dass Gabriel ihn nicht im Stich ließ und sich bald wieder melden würde, damit sie gemeinsam ihr weiteres Leben bestreiten konnten.
Lächelnd sah er zwischen dem dichten Blätterdach hindurch, das den Mondstrahlen an einigen Stellen keinen Einlass gewährte. Diese silbrigen Strahlen hatten lange nicht die gleiche Kraft, wie die der Sonne. Es gelang ihnen nicht, direkt durch das grüne Blattwerk hindurch zu scheinen, sondern sie prallten an dessen Oberfläche ab.
Am liebsten hätte er sich in diesem Moment auf den weichen Waldboden gelegt und sich dann in der Fötus Stellung zusammengerollt, um so bis zum nächsten Morgen zu schlafen. Doch das war nicht möglich; nicht jetzt! Er stand auf, da er seine Mission zu Ende bringen musste.
Nun, da er wieder neue Kräfte gesammelt hatte, schaffte er es, den toten Körper durch den schmalen Eingang bis hinein in die Höhle zu ziehen, deren Mitte durch den Mond, wie durch einen hellen Scheinwerfer, ausgeleuchtet wurde. Sorgsam entfernte er den Gewebesack, zog langsam der Leiche die mitgebrachten Kleidungsstücke über und platzierte sie dann mit dem Rücken gegen die Felswand, damit sie dort aufrecht sitzen blieb. In die Hand von Jürgen Fromm legte er das alte Märchenbuch, das über Jahrzehnte hinweg in einem Karton mit einigen anderen Utensilien aus seiner Kindheit die Zeit überdauert hatte. Hierbei handelte es sich allerdings um kein Buch aus der Bücherei, sondern um eines, dass sie irgendwann einmal geschenkt bekommen hatten. Es hatte für

ihn keinen Bezug zu einer bestimmten Person. In die Jackentasche des Leichnams steckte er die von Fingerabdrücken gesäuberte Spritze. Zuletzt steckte er ihm einen handgeschriebenen Brief zu, unter dem die Unterschrift des Toten zu lesen war. Es handelte sich um einen Abschiedsbrief, in dem Jürgen Fromm mitteilte, dass er der Entführer und Mörder der Kinder war und nun mit dieser Schuld nicht mehr weiterleben konnte.
Die Unterschrift hatte Joshua aus einem unterzeichneten Vertrag abgepaust, den er in den Aktenordnern gefunden hatte. Bevor er die Höhle nach getaner Arbeit verließ und wieder zurück in den Wald ging, verwischte er mit einem Tannenzweig die Fußspuren auf dem sandigen Boden. Noch einmal warf er einen Blick auf sein vollendetes Werk, das er so wunderschön fand. In diesem Moment wünschte er sich, dass ein Künstler dieses Bildnis auf einer Leinwand für immer festhalten würde.
Es sah so friedvoll aus, wie der Mann im dunklen Anzug auf dem Boden saß, ein Buch in den Händen hielt und im einfallenden Mondlicht daraus vorzulesen schien. Am liebsten hätte sich Joshua ihm gegenübergesetzt und seinen Erzählungen gelauscht oder besser sogar noch dessen Platz selbst eingenommen. In seinen Erinnerungen tauchten die Kinder in ihren Schlafsäcken auf, die im Kreis um ihn herumlagen und seiner Stimme lauschten. Erneut schossen ihm Tränen in die Augen und liefen ihm in kleinen Rinnsalen die Wangen hinab.
Als er die Höhle verlassen und die Spuren bis hin zu seiner Holzkarre ebenfalls mit dem Tannenzweig verwischt hatte, hielt er nochmals inne und dachte über die Anweisungen von Gabriel nach. Waren sie auch wirklich alle sorgsam und fehlerfrei von ihm befolgt worden?

»Gabriel, habe ich an alles gedacht?«, fragte er leise.
Doch die Stimme in seinem Kopf schwieg nach wie vor.
Nun gab es nur noch eine Sache, die er erledigen musste.
Die Schuhe, die er selbst immer getragen hatte, wenn er seine Freunde besuchte, sollte er in die Mülltonne von Fromm werfen. Die Polizei sollte sie dort finden und mit den erfassten Spuren des Tatortes vergleichen können.
All das würde gegen seinen Nachbarn sprechen und niemand würde mehr auf den Gedanken kommen, dass ein anderer etwas mit den Morden zu tun hatte.
Müde schob er die Schubkarre durch den Wald und lauschte dabei den Rufen eines Kauzes, der irgendwo in einer Baumkrone saß.
Als er nach einiger Zeit wieder am Friedhof ankam, blieb er kurz stehen und sah ängstlich zu der alten Engel-Statue hinüber, die aber in eine andere Richtung blickte. Plötzlich knackte es nicht weit von ihm entfernt im Unterholz und ein dunkler Schatten kroch daraus hervor und bewegte sich in seine Richtung. Erschrocken drehte sich Joshua um und erkannte im Gehölz ein rot leuchtendes Augenpaar, das sich ihm schnell näherte.
Ein lautes Grunzen ertönte und ein Wildschwein preschte nur wenige Meter an ihm vorbei ins Unterholz hinein, wo noch lange die zerbrechenden Äste unter dem schweren Gewicht der Bache zu hören waren. Wäre es ein Eber gewesen, hätte es durchaus anders enden können. Joshuas Herz schlug so laut in seiner Brust, dass er meinte, der ganze Wald wäre mit diesem Pochen erfüllt. Als er sich wieder etwas beruhigt hatte und sich zum Friedhof umwandte, bemerkte er eine Veränderung. Der Kopf des Engels schien sich in seine Richtung gedreht zu haben; denn nun starrte er ihm direkt entgegen.

Joshua schrie auf, packte die Karre fest mit beiden Händen an den Griffen, rannte aus dem Wald heraus, dann das Grundstück hinab bis er endlich sein Haus erreichte und in dessen Innern verschwand. Nachdem er die Tür hinter sich verschlossen hatte, lehnte er sich an die kalte Wand. Er zitterte am ganzen Leib, sein Puls raste und sein Herz schien ihm aus der Brust zu springen. Schwer atmend schleppte er sich in die Küche hinein, wo er sich mehrfach über der Spüle übergab und dann weinend auf dem Boden zusammenbrach.
»Du verdammtes Schwein! Das putzt du alles wieder weg! Warum wurde ich mit einem solchen dummen Sohn bestraft?«
Er hatte nicht die Kraft, seiner Mutter zu antworten, deswegen raffte er sich langsam auf und lief schwankend, sich an der Wand stützend, in den Flur. Dort nahm er ein bestimmtes Paar Schuhe und stahl sich aus dem Haus, um den letzten der ihm noch aufgetragenen Schritte durchzuführen. Dann endlich konnte er sich in seine sichere und schützende Festung legen und etwas schlafen. Er war unendlich müde, seine Beine waren schwer wie Blei, und er fühlte sich in den letzten Stunden so einsam, wie nie zuvor in seinem Leben.

Joshua erwachte mitten in der Nacht, da er fürchterlich fror. Als er aus seinem Zelt kroch, bemerkte er, dass die Tür zu seinem Zimmer offenstand. Unsicher, ob er sie beim Schließen nicht richtig zugezogen hatte, lief er zögernd hinaus auf den Flur und lauschte dort in die Dunkelheit hinein, die nur durch das einfallende Licht des Mondes ein wenig verdrängt wurde.

Doch er konnte nichts hören, außer dem leicht rasselnden Geräusch, das aus der Küche kam und vom Kühlschrank erzeugt wurde. Er schlich die Treppe hinab, wobei er darauf achtete, die knarzenden Stufen nicht zu betreten.

»Warum schleichst du wie ein Dieb durch das Haus? Glaubst du etwa, dass ich dich nicht höre?«

Joshua ignorierte die Stimme seiner Mutter.

Am Treppenabsatz angekommen blieb er stehen und drückte sich in die dunkle Ecke neben der Tür.

Ein scharrendes Geräusch war zu hören, das sich mit dem rasselnden Laut des Kühlschrankes vermischte. Doch es kam nicht aus der Küche, sondern drang aus dem Keller nach oben.

Die Kellertür war nur angelehnt. Vorsichtig schob er sie auf und sah hinab. Vor ihm lag alles im Finsteren, war so schwarz wie der starke Kaffee, den er manchmal zum Frühstück trank.

Wieder erklang das seltsame Scharren, das sich anhörte, als ob jemand mit einer eisernen Gartenharke über harten Beton strich.

Ohne das Licht einzuschalten, lief er mit nackten Füßen Steinstufe für Steinstufe hinab, tastete sich dabei an der kalten Steinwand entlang, bis er die Holztür erreichte. Direkt dahinter befand sich der Raum, in dem die beiden Kühltruhen standen.

Vorsichtig drückte er die Klinke hinab, schob die Tür einen kleinen Spalt auf. Silbrig glänzendes Licht fiel durch die vor Schmutz fast blinde Scheibe in das Zimmer hinein und drängte sich durch den Türspalt zu Joshua hindurch. Das raschelnde Geräusch war noch immer zu hören, nun aber deutlich lauter. Vorsichtig drückte er die Tür weiter auf, wodurch die rostigen Scharniere aufschrien. In genau diesem Moment verstummte das Scharren.

»Ist hier jemand?«
Langsam ging Joshua in den Raum und sah sich nach allen Seiten um. Außer in den Truhen gab es kein Versteck für einen Einbrecher. Langsam ging er darauf zu, sah durch den durchsichtigen Deckel in das Innere hinein. Die Truhe war leer. Ebenso die Zweite.
Plötzlich erklang erneut das seltsame Geräusch. Nun aber noch intensiver, fordernder. Joshua erstarrte. Es kam eindeutig aus dem angrenzenden Zimmer.
Plötzlich verspürte er Angst.
Hinter der Tür war der junge Hausmeister in der Erde vergraben. Er wollte nicht, dass Gabriel ihn hier unten in seinem Elternhaus vergrub. Der Tote war nicht wie seine kleinen Freunde, die nur friedlich zu schlafen schienen.
Wieder erklang der Ton. Ein Scharren auf hartem Gestein.

Als Pascal Winter die Wohnung von Silke Bachmann, das war der vollständige Name seiner Begleitung, verließ, war es längst nach Mitternacht. Mit einem breiten Grinsen im Gesicht und mit zerzausten Haaren schwebte er förmlich über den dunklen Straßenbelag hinweg, dessen feine Körnung wie Diamanten aus dem schwarzen Teer im Mondlicht hervorstachen. Nach dem Essen waren sie in ihre kleine Wohnung gefahren und Silke hatte ihm Tee gekocht. Bio Guayusa-Tee. Pascal hatte zwei große Tassen davon getrunken, während sie auf ihrer gemütlichen Stoffcouch saßen und miteinander redeten. Tiefgründige aber auch belanglose Dinge und verschmitzte Andeutungen auf sexuelle Handlungen. Sie hatte ihn gefragt, ob er französisch mag. Eine verfängliche Frage, die er mit einem lauten und spontanen Ja beantwortete, ohne zu wissen, was genau sie

damit überhaupt meinte. Sie lächelte ihn daraufhin nur schelmisch an, lief davon und kehrte mit einem Teller zurück, auf dem verschiedene Käsestücke lagen, die mit kleinen Baguette-Scheiben umrandet waren. Es handelte sich um französischen Käse.
Sie lachten beide und nach und nach verloren sie ihre anfängliche Scheu.
Sie fütterten sich gegenseitig und begannen sich zärtlich am ganzen Körper zu berühren. Die Luft im Raum war bereits Testosteron geschwängert und Pascal gelang es nicht mehr, seine Erregung vor Silke zu verbergen.
Es folgte der erste Kuss und dann, nur wenige Augenblicke später, das Unvermeidliche. Sie zogen sich gegenseitig die Kleidungsstücke vom Körper herunter, liefen nackt und wie Teenager kichernd durch das Wohnzimmer in Richtung Schlafzimmer. Dort, in Silkes angenehm temperiertem Wasserbett, gaben sie sich ganz ihren Trieben und Gefühlen hin und erlebten, zwischen leicht wogenden Wellen der Matratze, wunderschöne Momente.
Pascals Magen knurrte, als er durch die Straße zu seinem Auto lief. Veganes Essen und biologischer Tee waren sicherlich gesund, aber hatten ihn nicht wirklich gesättigt.
Der französische Käse hatte seinen Magen ein wenig gefüllt, doch der war nur ein Tropfen auf dem heißen Stein gewesen. Nun, nach der für ihn ungewohnten körperlichen Aktivität, verlangte sein wohlgeformter Leib nach Kalorien in Form von gebratenem, saftigem Fleisch.
Mitten in der Nacht gab es nur eine Alternative, um in diesen Genuss zu kommen, außer selbst zu kochen. Wohlwollend hatte er schon auf der Fahrt hierher das große, gelbe M entdeckt, an dessen Drive-In-Schalter nun sämtliche

Kalorienbomben zur Verfügung standen, die ihm das Herz höherschlagen ließen und ihm neue Energie geben würden. Sex und kalorienreiches Essen innerhalb weniger Stunden. Er fühlte sich gut; verdammt gut sogar.

Kapitel 5

Vorsichtig und mit zögerlichen Schritten näherte sich Joshua der Tür, hinter der im angrenzenden Raum der junge Hausmeister in seinem kalten Grab lag. Deutlich konnte er hören, dass sich der Ursprung des seltsamen Geräusches hinter der vor ihm stehenden Wand befand.
Mit zittriger Hand umfasste er die rostige Türklinke, drückte diese langsam nach unten und öffnete den Eingang nur einen kleinen Spalt. Ein modriger Geruch von nassem Papier und alten Kleidungsstücken schwebte ihm unsichtbar entgegen. Das metallene Scharren drang nun noch lauter zu ihm herüber. Joshua sah sich um und entdeckte an der Wand einen Holzstiel, an dessen Ende früher einmal eine Schaufel befestigt war. Doch Holz und Metall hatten sich im Laufe der Jahre entzweit. Er griff danach und umschloss die glatte Fläche fest mit seiner Hand. Wer oder was sich auch immer hinter dieser Wand befand, würde es in den nächsten Sekunden bitter bereuen. Mit dem rechten Fuß trat er fest gegen die hölzerne Tür, die daraufhin mit quietschenden Scharnieren aufsprang, laut gegen die Rückwand donnerte und dort verharrte. Mit nach vorne gestrecktem Holzstiel, den er wie einen Speer in beiden Händen hielt, sprang Joshua in das Zimmer hinein. Doch es war leer. Er wandte sich schnell um, aber es gab in diesem Raum nirgendwo ein Versteck, in dem sich ein möglicher Gegner verschanzen konnte. Das Grab vor ihm war unberührt und verschlossen wie zuvor. Das unbekannte Geräusch hingegen erklang noch immer. Auf seinem Platz stehen bleibend, lauschte er in den Raum hinein, um orten zu können, woher es kam.

An der Seite lagen einige alten Kartons, deren Pappe durch die Feuchtigkeit des Kellers aufgeweicht war und die ihre festen Kanten längst verloren hatten. Langsam ging er darauf zu und kniete sich auf den Boden. Hinter einem der Kartons lag ein Gegenstand, der immer wieder aufleuchtete und sich währenddessen leicht über dem steinigen Boden hinwegbewegte.
Es war ein Handy.
Joshua streckte seinen Körper und die Arme nach vorne, um es erreichen zu können. Als er es zu packen bekam und in der Hand hielt, sah er neugierig auf das hell erleuchtete Display. Neben der angezeigten Uhrzeit war auch das große Symbol eines Weckers zu erkennen, das kontinuierlich ein- und ausgeblendet wurde. Als Joshua auf eine der Nummerntasten drückte, erstarben der nervtötende Laut und die Vibration des Telefons.
»Es ist 4:30 Uhr. Zeit zum Aufstehen!«
Ein breites Grinsen zog sich über sein Gesicht hinweg.
Er legte das Handy zur Seite und stellte sich aufrecht vor die zugeworfene Grube, in der der tote Körper lag.
Mit geschlossenen Augen zog sich Joshua die Unterhose herunter und urinierte auf den Boden. Dabei schien er konzentriert wie ein Künstler, der gerade eine Schaffensphase hatte und der Welt entrückt war. Kurz hielt er inne, wechselte die Position und entleerte dann den Rest seiner Blase. Dampfender Urin plätscherte in einem harten Strahl auf die glatt gezogene Erde und hinterließ ein einfaches Muster darin. Nachdem Joshua sich die Hose wieder nach oben gezogen hatte, bewunderte er sein Kunstwerk von allen Seiten und nickte zufrieden.
Auf dem Grab befanden sich nun zwei unscharfe Linien, die sich im oberen Drittel überquerten und die ein Kreuz

darstellten. Teils waren die Linien noch mit gelbem Urin gefüllt, welcher nun aber langsam in das Erdreich hinab sickerte.

»Du dummer Junge!«, meldete sich die hysterische Stimme seiner Mutter, doch Joshua reagierte nicht auf ihre Beschimpfungen. Jetzt, wo Gabriel nicht mehr da war, fühlte er sich seltsamerweise stärker und wacher als die Tage zuvor. Die Person Joshua war endlich wieder zurückgekehrt und sein Wesen veränderte sich; wurde dominanter. Mit dem abgebrochenen Besenstiel in der Hand ging er wieder nach oben in sein Zimmer, legte sich mit einem zufriedenen Lächeln in das Zelt hinein und schloss die Augen. Nun, unter der warmen Wolldecke liegend, fror er nicht mehr und die aufkommende Wärme fühlte sich behaglich an.

Ihm war im Keller klar geworden, dass er dringend etwas erledigen musste. Er wollte diesen Toten nicht in seinem Haus haben, da er den Einklang zerstörte, wenn seine kleinen Freunde für lange Zeit zu Besuch kommen würden. Nur auf sie ganz alleine wollte er sich konzentrieren.

Der Tote im Nebenzimmer hingegen würde ihn permanent stören. Joshua beschloss daher, dass der Hausmeister außerhalb seines Besitzes die letzte Ruhe finden sollte.

Er wusste auch schon, wo er ihn begraben würde: auf dem alten Friedhof am Waldrand, dort, wo auch die anderen Toten unter der Erde lagen.

Joshua war stolz auf sich. Ganz alleine würde er nun alle wichtigen Entscheidungen treffen und dabei alles richtig machen.

Lächelnd schlief er kurz darauf ein, da ihm gerade in der Sekunde eingefallen war, in welches Grab er die Leiche legen könnte.

Bereits zwei Stunden später, nachdem gerade die Sonne aufgegangen war, kroch Joshua wieder aus seiner schützenden Burg aus Kissen und Wolldecken heraus. Kurz sah er aus dem Fenster hinaus, beobachtete den aufziehenden Nebel hinter dem Dorf, der sich wie ein durchsichtiger, schwebender Geist hinauf in Richtung des Waldes bewegte. Leise zog er sich die Kleidungsstücke an, die er bereits seit zwei Tagen trug, ging in die Küche hinunter und aß dort im Stehen ein Stück Brot mit Wurst. Während er frühstückte, nahm er die seltsame Ruhe wahr, die ihn umgab. Entweder schlief seine Mutter noch, was er aber nicht glaubte, oder sie hatte plötzlich Angst vor ihm. Hatte sie seine neue Stärke womöglich erkannt, die ihm nun durch Körper und Geist hindurchfloss? Er stand auf, klatschte in die Hände, führte einen Freudentanz auf, lachte und johlte.
Dann hielt er inne, lauschte aufmerksam. Aber das Gebrüll der Mutter blieb aus. Ein zufriedenes Lächeln breitete sich in seinem Gesicht aus. Schnell nahm er das letzte Stück von seinem Brot und steckte es sich in den Mund. Kauend ging er in den kühlen Keller hinab, und zog dort einen Gewebesack aus einer Holzkiste heraus, in der noch mehr als ein Dutzend davon lagen. Er wünschte sich, dass er sie alle benötigen würde, später, als weiche und wärmende Schlafsäcke für die Kinder, die bald bei ihm einziehen würden. Vor Glück pfeifend nahm er den Spaten in die Hand und zerstörte damit die Linien, die er in der Nacht in den Sand gepinkelt hatte. Er hob die Grube aus, bis er auf etwas Weiches stieß.
»Zeit zum Aufstehen!«

Vor ihm ragte eine sandige Hand aus dem Grab. Er packte sie und zog dann den Leichnam vollständig aus dem lockeren Erdreich heraus.
»Uih, haben wir etwa im Sand gespielt? So ein unartiger Junge. Schau doch nur, wie du aussiehst und wie schmutzig du bist!«
Joshua ließ den Toten zu Boden gleiten und zog ihn dann unsanft in den *Schlafsack* hinein. Mit Gewalt drückte er die Arme zur Seite, damit er den Sack verschließen konnte.
Die Sonne hatte ihre gelbe Farbe angenommen und spendete der Erde wie gewohnt ihre Wärme und das helle Licht. Noch hatten die Strahlen nicht die Kraft wie zur Mittagszeit, doch schon bald würden sie erneut auf die Erde herab brennen. Am Himmel bewegten sich bisher nur wenige Wolken, die den Blick auf den strahlend blauen Himmel an einigen Stellen verhinderten.
Um diese frühe Zeit würde noch niemand auf den Friedhof gehen. Er hatte noch mindestens zwei Stunden Zeit, bis die ersten Hinterbliebenen dort die Grabblumen gießen würden. Dieses Zeitfenster reichte ihm aus, um seinen Plan in die Tat umzusetzen. Wie am Tag zuvor kam der hölzerne Schubkarren wieder zum Einsatz und Joshua glaubte, dass er seinen heutigen Transport deutlich einfacher bewältigen konnte, als am Tag zuvor. Seine körperliche Kraft schien von Stunde zu Stunde anzuwachsen und sein Geist war so wach, dass er sich an vieles erinnerte, was bisher in den Tiefen des Gehirns unentdeckt geschlummert hatte.

Kant nannte es *senile Bettflucht.*
Auch an den Wochenenden wurde er Punkt 6:00 Uhr wach, und dann hielt ihn auch nichts mehr in seinem Bett. Während

seine Frau weiterschlief, nutzte er die Zeit für sich, trank in Ruhe einen Kaffee, las die Zeitung und machte sich dann gemütlich im Badezimmer fertig.
Der heutige Tag sollte regnerisch werden. Zumindest hatten das die Meteorologen in den gestrigen Nachrichten so vorhergesagt. Bisher war davon aber nichts zu sehen. Noch erstrahlte der Himmel in seinem Morgenrot, das sich aber langsam heller färben und ihn ein strahlendes Blau übergehen würde. Woher kam nur diese blaue Farbe? War das Weltall nicht in tiefstes Schwarz gehüllt?
Kant erinnerte sich daran, dass dies etwas mit den sich brechenden Sonnenstrahlen zu tun hatte, die in die Atmosphäre eindrangen.
Genau wie diese Lichtstrahlen, war auch Theresia Pötsch in *seine Atmosphäre* eingedrungen und er bekam sie einfach nicht wieder los.
Jeden Morgen schlug er die Zeitung in der Erwartung auf, dass wieder eine schlimme Hetztirade von ihr losgelassen wurde. Doch heute gehörte die erste Seite der deutschen Nationalmannschaft, deren Aufstellung für die Nations League A 2020 veröffentlicht wurde.
Fast interesselos sah er auf die Spielerportraits und blickte dabei in viele ihm unbekannte Gesichter. Fußball war einfach nicht sein Ding. Schon als Kind hatte er sich nicht wirklich dafür begeistern können. Team-Sport erforderte immer, dass man sich anpasste und auf andere Rücksicht nahm. Kant gestand sich ein, dass er niemals ein wirklicher Teamplayer war und es auch nicht sein wollte.
»Du hast einen Dickschädel wie dein Vater!«, schimpfte
Nicole, wenn er ausrastete oder auf seinem Recht bestand, obwohl er selbst wusste, dass er total falsch lag.

Dass sie ihn dabei mit seinem Vater verglich, empfand er als eine bodenlose Unverschämtheit und im höchsten Maße ungerechtfertigt.
»Niemand ist so dickköpfig wie mein Vater es war, Nicole. Auf der ganzen Welt nicht!«
Sie erwiderte stets nur, dass der Apfel nicht weit vom Stamm fiele. Und damit hatte sie verdammt recht.
Das wusste er selbst am besten.
Während er sich die zweite Tasse Kaffee einfüllte, erschien eine Nachricht auf dem Handy, die von einem kurzen melodischen Ton angekündigt wurde.
Sie kam von Pascal.
»Bin heute Nacht zum Schuss gekommen. Bin erledigt.
Schlafe bis Montag durch!«
Kopfschüttelnd tippte Kant einige Wörter ein und versah diese zum Schluss mit einem Icon, dass den Zeigefinger nach oben reckte.
»Sackflöhe waren sicher inklusive, Pascal. Lebt OMA noch?«
Er sah, dass sein Kollege die Rückantwort sofort gelesen hatte und bereits einen neuen Text eingab.
Als aber nach mehr als einer Minute das Wort „Schreibt“ weiterhin im Display erschien, ahnte er bereits, dass eine längere Antwort kommen würde. Er nahm das Smartphone und stellte es auf stumm. Später, wenn er Lust hatte, würde er sich den Inhalt vielleicht anschauen.
Nach dem gemeinsamen Frühstück mit Nicole, widmete er sich seinem Garten und schnitt den Rasen, der es dringend nötig hatte. Während er mit dem Elektrorasenmäher gemächlich seine Bahnen zog, wurde der blaue Himmel zunehmend wolkenbehangen. Gerade als die Gartenarbeit beendet war, begann der Niederschlag. Erst mit sehr sanften, kaum wahrnehmbaren Tropfen, dann aber nahm die

Intensität rapide zu und es kam zum Wolkenbruch. Die Regentropfen klatschen mit Wucht gegen die Fensterscheiben, als ob sie die Einwohner dazu drängten, diese zu öffnen, damit sie ins Innere der Häuser eindringen konnten.

»Das ist ja wieder typisch. Muss es immer dann so ein Mistwetter geben, wenn ich mal frei habe?«

Unruhig lief Kant durch das Wohnzimmer und starrte dabei missgelaunt in das Unwetter hinaus.

Mit dem Regen hatte auch der Wind zugenommen, der nun durch die Büsche und Bäume fegte und diese kräftig durchschüttelte. Eine weiße Plastiktüte schwebte, wie durch Geisterhand gezogen, durch die Luft, änderte dabei mehrfach die Richtung, als würde sie sich nicht entscheiden können, wohin sie eigentlich wollte.

»Setz dich doch einfach einmal hin, mache es dir gemütlich und lese ein Buch«, schlug ihm seine Frau vor, die sich nicht auf ihre Illustrierte konzentrieren konnte, da ihr Mann ständig an ihrem Platz vorüberlief. Er führte sich wie ein gefangener Tiger auf, den man in eine viel zu kleine Transportbox gesteckt hatte.

»Dazu habe ich jetzt keine Lust«, antwortete er schroff.

»Willst du etwas spielen?«, kam ihr zaghafter Versuch, ihn mit irgendetwas abzulenken.

»Spielen?«, fragte er genervt zurück. »Du meinst Mensch ärgere dich nicht oder so etwas? Nein, möchte ich auch nicht spielen! Dann drehe ich ja komplett durch!«

Gerade als er wieder vor dem Fenster stand und die Regentropfen beobachtete, die sich an der Scheibe zusammenschlossen und in kleinen Bächen nach unten flossen, klingelte es an der Haustür.

Irritiert sah Nicole von ihrer Illustrierten auf. »Erwartest du jemanden, Alex?«
Der schüttelte den Kopf und ging in Richtung Eingangstür, um sie zu öffnen.
Davor stand Pascal Winter, der sich, vor dem Regen schutzsuchend, eine gefaltete Zeitung über den Kopf hielt, was aber nicht viel nützte. Sein Shirt und die Hosen hatten bereits dunkle Wasserflecke.
»Was machst du denn hier?«, wollte Kant wissen und bat ihn mit einer einladenden Handbewegung ins Haus.
Bevor Winter antwortete, schüttelte er sich die Regentropfen von der Jacke und seinem Shirt herunter.
»Ist das ein Scheißwetter. Wer hätte das gedacht? Erst heiß und Sonnenschein und dann dieser Wolkenbruch.«
Er zog die Jacke aus und legte sie über seinen linken Arm.
»Du gehst nicht an dein Handy, Alex. Wir haben vor einer Stunde eine wichtige Nachricht erhalten und deswegen bin ich zu dir gefahren.«
»Was für eine Nachricht?«
»Der Kindermörder wurde gefunden!«
»Was?« Kant konnte nicht glauben, was er gerade gehört hatte. »Wie gefunden? Wo denn?«
Sein Kollege zögerte die Nachricht ein wenig hinaus. Dabei genoss er die Unruhe, die Kant sofort gepackt hatte.
»Los! Sag schon!«
»Ein Reporter von irgendeinem privaten Sender wollte nochmals ein paar Fotos von dem Ort machen, an dem die toten Kinder gefunden wurden. Dabei ist er dann direkt auf den Mörder gestoßen. Der saß dort, an den Felsen gelehnt, mit einem Kinderbuch in der Hand. Er war tot. In seiner Jackentasche steckte ein Abschiedsbrief. Der Entführer hat sich selbst das Leben genommen.«

Kant war irritiert. Ungläubig zog er die Stirn in Falten.
»Aber das Beste kommt noch, Alex«, fuhr Winter fort.
»Wir beide kannten den Täter!«
Während sein Kollege sprach, hatte Kant bereits die Lederjacke vom Kleiderhaken genommen und übergestreift. Danach ging er in die Knie und zog sich ein paar feste Schuhe an.
»Es war Nowack. Richtig?«
Winter schüttelte den Kopf.
»Nein. Das dachte ich ja auch zuerst, als ich die Nachricht erhielt, Alex.«
Irritiert sah der ihn von unten nach oben blickend an.
»Wer war es dann?«
»Der Nachbar von schräg gegenüber. Jürgen Fromm.«
»Nein«. Es war ein Ausruf der Überraschung. Kant richtete sich auf, hielt einen Moment inne und sortierte das Gehörte erst einmal in seinem Gehirn ein.
»Du sagst, dass er einen Abschiedsbrief bei sich trug?
War der handgeschrieben und unterzeichnet?«
»Ja«, bestätigte Winter mit einem Kopfnicken.
»Lass uns hinfahren. Ich muss mir das selbst anschauen. Das ergibt für mich alles überhaupt keinen Sinn.«
Schnell verabschiedete er sich von seiner Frau, die ihn erstaunt ansah.
»Wo willst du denn jetzt hin? Was ist denn passiert?«
»Das erzähle ich dir alles, wenn ich wieder zurück bin. Das ist ein Notfall.«
Als er die Tür hinter sich geschlossen hatte, atmete sie erleichtert durch. Jetzt endlich hatte sie ihre Ruhe und konnte den restlichen Tag genießen.

Joshua war gerade damit beschäftigt, den Leichnam des Hausmeisters mit dem hölzernen Schubkarren zum alten Waldfriedhof zu transportieren. Vorsichtig sah er sich dabei um, damit auch wirklich kein Frühaufsteher seinen Weg kreuzte. Es war gefährlich, was er gerade tat. Dessen war er sich durchaus bewusst, aber er wollte seine Arbeit erledigen, bevor Gabriel sich wieder bei ihm meldete.

Das Wochenende neigte sich dem Ende zu und auch wenn er am liebsten hier in seinem Elternhaus, in seinem Zimmer mit der sicheren Wolldeckenfestung bleiben wollte, war dies nicht möglich. Er musste seine zweite Identität wahren, um weiterhin sein verstecktes Leben als Joshua führen zu können. Der Körper des Toten war leichter als der von Jürgen Fromm, und die wenigen Stunden der Nacht hatten ausgereicht, damit Joshua wieder neue Kraft sammeln konnte. Auf dem Weg zum Friedhof kam er gut voran. Er vermied es, längere Pausen zu machen, da die Zeit drängte.

Oft blickte er sich vorsichtig um, doch weit und breit war niemand zu sehen, und so konnte er völlig unbeobachtet seiner Arbeit nachgehen. Neben dem Sack mit der Leiche lag eine Schaufel auf seiner Holzkarre. Wäre er auf eine andere Person getroffen, hätte er als Begründung sagen können, dass sich in diesem Beutel frische Erde zum Aufschütten der Gräber seiner Familie befand.

Kurz nach halb acht erreichte er das Eingangstor des Friedhofes, das sich an diesem Morgen geräuschlos öffnen ließ. Anscheinend fühlte sich jemand verantwortlich dafür, die Scharniere in regelmäßigen Abständen mit etwas Öl oder Fett zu versorgen. Nicht weit von ihm entfernt, ragte die Statue des Engels mit nur einem Flügel in die Höhe. Anders als in der Nacht, blickte er nun aber nicht in seine Richtung, sondern hinab zum Dorf, wie es auch angedacht war, als man

ihn vor langer Zeit hier auf dem Friedhof als Wächter der Toten und auch der Lebenden aufgestellt hatte.
Sehr lange war dies bereits her und es lebte niemand mehr, der an der offiziellen Enthüllung teilgenommen hatte. Selbst wenn der oder die Person damals noch ein Kleinkind gewesen wäre.
Auf dem hohen Sockel des Engels war die Jahreszahl 1875 auf bronzenen Ziffern zu erkennen, deren raue Oberflächen schon lange Zeit mit Grünspan überzogen waren.
»Guten Morgen, du Scheißkerl!«, sagte Joshua provokativ, da er nun, im Licht der Sonne, keine Angst mehr vor dem Wächter hatte.
Sein Ziel lag direkt vor ihm. Es war das Grab seiner Eltern.
Schnell sah er sich noch einmal um, dann nahm er die Schaufel und begann mit seiner Arbeit. Schippe für Schippe hob er die Erde aus dem Grab heraus bis eine tiefe Mulde entstanden war, in die er den Leichnam des Hausmeisters hineinlegen konnte. Er kippte den Toten wie ein Stück Unrat in das Loch hinein und begrub ihn dann erneut unter dem feuchten Erdreich.
Joshua lächelte bei dem Gedanken, dass der Hausmeister nun bereits ein zweites Mal seine letzte Ruhestätte gefunden hatte. Er war quasi von seinem ersten Grab in ein anderes Grab umgezogen.
Mit den Füßen stampfte er die Erde fest, um sie danach mit bloßen Händen etwas glatt zu streichen.
Das Grab seiner Eltern erschien nun in neuer, aufgeräumter Optik, während sein eigenes Grab, in dem eigentlich die sterblichen Überreste von Gabriel lagen,
ziemlich verwildert war. Unkraut und lange Grashalme hatten sich dort aus der Erde herausgeschält und ließen es ungepflegt erscheinen. Joshua empfand plötzlich Scham

darüber, dass er sich nicht darum gekümmert hatte. Doch Gabriel war ja eigentlich nicht tot, sondern ein wichtiger Teil von ihm, der niemals sterben würde.
Er nahm sich fest vor, sich am kommenden Wochenende um das Grab zu kümmern und vielleicht sogar ein paar Blumenstöcke zu besorgen, um sie dort einzupflanzen.
Joshua merkte in diesem Moment, wie sehr er seinen Bruder und dessen Stimme vermisste. Damals in der Weihnachtsnacht war alles so schnell gegangen. Nachdem er seinen Vater erschlagen und die Mutter im Zimmer erschienen war, wo sie weinend zusammenbrach, saß er nur noch stumm und blutverschmiert in seiner Festung, sah mit großen Augen nach draußen, wo sein Vater und Gabriel tot auf dem Boden lagen. Eigentlich hätte er dort liegen müssen und nicht sein kleiner Bruder. Gabriel hatte sich für ihn geopfert, war zuerst nach draußen zu seinem Vater gegangen, um von diesem bestraft zu werden.
Als die Polizisten kamen und ihn nach seinem Namen fragten, flüsterte er einfach nur den Namen *Gabriel*.
Seine Mutter bestätigte in ihrem Schock und der Aufregung seine Aussage und tat, was er niemals von ihr erwartet hatte: sie übernahm die Schuld für den Tod des Vaters.
Sie gab an, ihren Mann erschlagen zu haben, da er von Joshua nicht mehr abließ und diesen zu Tode prügelte.
Anscheinend hatte sie an diesem Tag den Verstand verloren.
So wurde aus ihm Gabriel, und Joshua wurde für immer dem Erdreich übergeben und für tot erklärt.
Joshua begann zu weinen. Lange hatte er nicht mehr an diese Nacht gedacht, doch nun war die Erinnerung schmerzhaft zurückgekehrt.
»Warum sprichst du nicht mehr mit mir, Gabriel? Was habe ich dir getan? Bitte, kleiner Bruder, komm zurück zu mir!«

Während er sich mit seiner schmutzigen Hand den Schweiß von der Stirn und die Tränen aus den Augen wischte, wurde ihm schwindelig, und ein höllischer Schmerz durchflutete seinen Kopf, der wie eine tosende Welle gegen eine Klippe schlug. Er sackte zu Boden und seine Hände berührten die Erde, unter der Gabriels Körper schon viele Jahre ruhte.
»Habe keine Angst, Joshua. Ich werde dich niemals alleine lassen!«

»**W**ann hat man den Toten gefunden?«
Während Kant mit Blaulicht und halsbrecherischer Geschwindigkeit über die regennassen Straßen preschte, wollte er von Winter so viele Informationen erhalten, wie nur möglich.
»Könntest du bitte etwas langsamer fahren?! Er ist schon tot und läuft uns nicht weg. Ich hingegen würde gerne den Tag überleben!«
»Seit wann bist du denn so ein Weichei, Pascal?«
Der hielt sich mit angespanntem Gesichtsausdruck an seinem Sitz fest und starrte auf die Straße hinaus, wo die durch das Scheinwerferlicht hell erleuchteten Regentropfen wie spitze Geschosse auf die Scheibe schlugen. Der Tacho zeigte 180 Stundenkilometer an.
Winter wurde von Panik ergriffen.
»Verdammt, du blöder Hund. Es ist nass draußen, die Scheibenwischer kommen kaum nach, überall steht das Wasser in den Pfützen und schwappt zusätzlich noch von den Abwasserrinnen auf die Straße herüber. Wir fahren mit über einhundertachtzig Sachen durch eine Ortschaft und der Begriff „Aquaplaning" scheint dir vollkommen unbekannt zu sein! Fahr jetzt langsamer oder lass mich sofort aussteigen!«

Murrend nahm Kant den Fuß vom Gaspedal und drosselte die Geschwindigkeit auf ein vernünftiges Maß herunter.
»Bist du jetzt zufrieden? Los, sag schon: wann wurde Jürgen Fromm in der Höhle entdeckt?«
»Gefunden hat ihn der Reporter angeblich genau um 13:15 Uhr. Benachrichtigt hat er uns nach seinen eigenen Angaben genau fünf Minuten später. Unsere Leute von der Spurensicherung sind bereits vor Ort und haben noch vor dem Regenguss alles mit Planen abgedeckt, sodass wir vielleicht Glück haben, und wichtige Spuren gesichert werden konnten.«
Nach diesen Worten erhielt er von Kant ein zufriedenes Nicken.
»Hoffentlich haben unsere Männer dem Reporter die Kamera abgenommen. Ich möchte nicht, dass morgen davon einige Fotos in den Zeitungen erscheinen. Bestimmt wird diese Ziege Pötsch uns wieder ordentlich durch den Kakao ziehen.«
Einige Minuten später kamen sie an dem Parkplatz an, von dem aus sie auch an dem Tag, als die Kinder gefunden wurden, ihren Weg zu der Höhle begonnen hatten.
Der Regen hatte mittlerweile etwas nachgelassen, aber die Feuchtigkeit und Nässe, die selbst durch das Blätterdach der Bäume nicht aufgehalten werden konnte, erschwerte den beiden Männern ihren unbeabsichtigten Waldspaziergang.
»Pass auf die Wurzeln auf, Pascal. Hier ist alles glatt und rutschig.« Kant passte die eigene Geschwindigkeit der seines Kollegen an.
»Du bist also gestern mit deiner Bibliothekarin tatsächlich im Bett gelandet?«
Winter lächelte und bemühte sich, Schritt zu halten
»Yes, Sir. Eigentlich müsste ich heute den ganzen Tag im Bett verbringen, um wieder neue Kräfte zu sammeln. Aber nein,

ich bin im Dienst, obwohl ich eigentlich meinen freien Tag hätte.«
»Und, wie war es so? Hat sie dich ordentlich gefordert, Pascal?«
Der blieb stehen, holte kurz Luft.
»Silke ist für ihr Alter fit wie ein Turnschuh! Ich habe zeitweise echt geglaubt, dass ich einen Herzinfarkt erleide, wenn ich mich noch etwas länger anstrenge. Sie war unersättlich, und ich habe ihr genau das gegeben, was sie gebraucht hat.«
In Anbetracht der körperlichen Verfassung und des massiven Übergewichtes, welches sein Kollege mit sich trug, konnte sich Kant durchaus vorstellen, dass in diesem Satz ziemlich viel Übertreibung lag.
»Na dann, mein flotter Hengst, sollten wir das Tempo hier etwas anheben, bevor der nächste Regenschauer kommt. Es sind noch viele Wolken dort oben am Himmel, die ebenfalls Dünnschiss haben könnten.«

Schon von Weitem erkannte Alexander Kant die weißen, aufgespannten »Partyzelte«, wie er sie scherzhaft und mit ein wenig Sarkasmus nannte. Diese hatten den Vorteil, dass man sie schnell aufbauen konnte, damit der Tatort bei einsetzendem Regen geschützt, und dadurch die Spuren nicht zunichtegemacht wurden. Mitten im Wald, in kurzen Abständen, waren mehrere dieser Aufbauten zu sehen. Mit ihnen wollte man versuchen, auch Fußabdrücke oder weitere Hinweise zu sichern, die etwas abseits der eigentlichen Fundstelle der Leiche lagen. In und zwischen den Zelten herrschte ein reges Treiben von Polizeibeamten aus der Spurensicherung und der Mordkommission.

Mit erhobener Hand grüßte er kurz die Kollegen und schlüpfte dann unter dem rot-weißen Absperrband hindurch. Sein Ziel war die Höhle. Er hoffte, dass dort noch immer der Leichnam von Fromm saß und nicht abtransportiert worden war. Und er hatte Glück. Der Leichnam saß noch immer unbewegt mit dem Rücken zur Felswand. Aus Platzmangel hatte man über dessen Kopf eine Plastikplane an der Felswand angebracht und über den Fundort ausgebreitet. Das Ende der Folie war an der gegenüberliegenden Wand befestigt. Es sah aus wie ein kleiner Baldachin, in dessen Mitte sich bereits einiges an Regenwasser gesammelt hatte.
Kant zog etwas den Kopf ein und sah sich aufmerksam den Toten an, dessen Körper in einem schwarzen Anzug, einem weißen Hemd und glänzenden Schuhen steckte.
»Als ob er auf seine eigene Beerdigung gehen würde«, kam es ihm als erstes in den Sinn. Langsam ging er einen Schritt nach vorne.
Im Schoß der Leiche lag ein aufgeschlagenes Buch. Kant erkannte anhand der bunten Zeichnungen, die auf den Seiten zu erkennen waren, dass es sich um ein Kinderbuch handelte.
Wie beim Fund der Kinder, war erneut Doktor Weigand am Tatort, um nun den Leichnam des Mannes zu untersuchen.
»Hallo Herr Dr. Weigand. Es kommt bestimmt sehr selten vor, dass man mehrfach am gleichen Tatort ist und dort unterschiedliche Leichen untersucht – oder?«, fragte er den Rechtsmediziner.
»Hallo, Herr Kant. Ja, äußerst selten.«
»Gibt es schon einen Hinweis auf die Todesursache? Eine mögliche Fremdeinwirkung?«
Der Arzt untersuchte gerade die Fingerkuppen von Fromm. Anscheinend prüfte er, ob an ihnen Kampfspuren zu

erkennen waren, ob Hautfetzen oder Haare eines möglichen Angreifers unter oder an den Fingernägeln hingen.
»Bisher noch keine offensichtlich erkennbaren. Der Abschiedsbrief, das Kinderbuch, so wie er dasitzt und in die Richtung blickt, in der die ermordeten Kinder lagen …«
Kant ahnte, was der Arzt ihm mit diesen kurzen Sätzen sagen wollte.
Alles, was man hier sah, deutete auf einen geplanten Selbstmord hin. Doch irgendetwas störte ihn massiv an dieser Version. Als sie mit Fromm in seinem Haus gesprochen hatten, wirkte er in keiner Weise nervös oder unruhig. War er wirklich so durchtrieben, dass er und Pascal überhaupt nichts bemerken konnten?
Was gegen ihn sprach, war das Umfeld, in dem er lebte.
Dieses war durchaus passend für einen Entführer und Serienmörder. Fromm wohnte ganz alleine in einem Haus mit einem großen Grundstück. Und das in einem kleinen Dorf, das abseits der Städte lag, und wo sich jeder Nachbar um seine eigenen Belange kümmerte. Auch, dass der Tote ein Kinderbuch in der Hand hielt, sprach dafür, dass er der Mörder war. In den Medien hatte bisher niemand das bei den Kinderleichen gefundene Märchenbuch erwähnt.
»Ich rufe Sie an, wenn ich mehr herausgefunden habe, Herr Kant. Leider muss ich schon wieder los. Wir haben gerade einige akute Fälle, die alle untersucht werden müssen. Das Wetter scheint die Menschen verrückt zu machen. Die Anzahl der Morde und Suizide ist in den letzten Tagen gewaltig angestiegen.«
Der Gerichtsmediziner verabschiedete sich und ging, nachdem er einem jüngeren Kollegen einige Anweisungen gegeben hatte, mit schnellen Schritten und seinen metallenen Untersuchungskoffer in der Hand haltend, davon.

Kant lehnte sich an den kalten, nassen Felsen und sah sich den Toten noch einmal ganz genau an. Diese festliche Kleidung irritierte ihn noch immer.
Er betrachtete sich die schwarzen Lackschuhe, die glänzten, als ob man sie gerade eben noch einmal frisch eingecremt hätte.
»Pascal, komm mal schnell her!«
Sein Kollege quetsche sich durch den engen Eingang, was ihm sichtlich schwerfiel und er auch gerade noch so bewältigen konnte. Nach Luft ringend stand er neben Kant und sah nun ebenfalls auf die Leiche.
»Fällt dir etwas an ihm auf?«, fragte Kant leise.
»Du meinst den schicken Sonntagsanzug?«
»Ganz warm, Pascal. Du bist auf der richtigen Fährte.«
Der ging einen Schritt nach vorne.
»Das Kinderbuch?«
»Ja und nein. Auch schon. Aber ich meine etwas anderes.«
Sein Gegenüber zuckte mit den Schultern.
»Schaue dir mal seine Schuhe an.«
Winter tat es.
»Nicht sehr passend ausgewählt für einen Spaziergang im Wald, finde ich. Der Anlass hingegen rechtfertigt wiederum die Wahl dieser Schuhe. Außerdem passen sie extrem gut zu dem schwarzen Anzug und dem weißen Hemd. Klassischer Stil eben«
Kant stöhnte auf.
»Du hörst dich an, wie einer dieser schwulen Modedesigner, Pascal. Schau doch einmal ganz genau hin!
Die Schuhe sind blitzblank, als ob er sie gerade eben erst angezogen hätte. Fromm muss doch durch den ganzen Wald bis hierhergelaufen sein. Da können die Schuhe unmöglich so

sauber bleiben. Selbst die Sohlen sind kein bisschen schmutzig!«

»Verdammt, du hast recht, Alex. Das würde ja bedeuten, dass …«

Sein Kollege hielt den Finger vor den Mund.

»Richtig. Ich glaube, dass ihn jemand hierhergebracht und dann umgezogen hat. Vielleicht war er auch in irgendetwas eingepackt.« Kant sah sich den Toten nochmals genau an.

»Nein, wenn man ihn in dieser Kleidung in einen Sack gesteckt hätte, dann wäre das alles nicht mehr so faltenfrei. Pascal, ich schwöre dir bei allem, was ich besitze, dass da gerade jemand versucht, uns einen falschen Mörder unterzujubeln!«

Mit einem kurzen Nicken bestätigte Winter die Vermutung seines Kollegen. »Was sollen wir jetzt tun, Alex?«

Kant grinste.

»Wir behalten das jetzt erst einmal für uns und lassen Theresia Pötsch ihren Zeitungsartikel schreiben, während wir in Ruhe nach dem Mörder suchen. Ich weiß auch schon, wo wir beginnen, Pascal.«

Erneut sah Winter ihn fragend an.

»Wo denn, Alex?«

Kant lachte leise und seine Augen verrieten, dass ihn das Jagdfieber gepackt hatte. Er hatte eine heiße Spur. Wie ein Bluthund hatte er die Witterung aufgenommen, die ihn hinab ins Dorf führen würde.

»Gar nicht weit von hier, Pascal.«

Joshua hatte sich inzwischen von seinem Zusammenbruch auf dem Friedhof einigermaßen erholt. Er war außerdem überglücklich darüber, dass Gabriel nun wieder mit ihm redete und ihm ganz nahe war. Die Schmerzen in seinem Kopf hatten sich mittlerweile von einem großen, tobenden Meer zu einem kleinen See minimiert, der nun ohne hohen Wellengang sein ruhiges Dasein fristete.

»Ich habe dich wirklich vermisst, Gabriel. Würdest du …«

»Warum hast du die Leiche hierhergebracht?«, unterbrach die Stimme den Satz, den Joshua gerade aussprechen wollte.

»Er hat mich gestört! Ich wollte ihn nicht in der Nähe haben, wenn die Kinder kommen.«

»Aber das war gefährlich, du dummer Kerl! Wenn dich jemand auf dem Weg hier herauf oder direkt auf dem Friedhof gesehen hätte, dann …«

»Ich habe genau aufgepasst! Ich habe keine Fehler gemacht. Auch in der Höhle habe ich alles genau so getan, wie du es wolltest. Alles, Gabriel!«

Die Stimme in Joshuas Kopf war für einen Moment verstummt, und er hatte bereits Angst, dass ihn sein Bruder schon wieder verlassen hatte.

»Gut, Joshua. Das Wochenende ist vorüber und ich denke, es wäre besser, wenn ich jetzt wieder unseren Körper übernehme.«

Joshua freute sich, was er mit einem Lachen kundtat.

»Ich hatte es so sehr gehofft, dass du das sagst!«

»Gehe jetzt schnell nach Hause und verstaue dort die Holzkarre in der hintersten Ecke des Schuppens, damit sie niemand findet. Ich muss danach zurück in meine eigene Wohnung fahren. Niemand soll Verdacht schöpfen, dass wir etwas mit dem Mord an Jürgen Fromm zu tun haben, Joshua!«

Joshua nickte, packte die Karre an den Griffen und schob sie zum Ausgang des Friedhofes. Der Himmel hatte sich mittlerweile zugezogen, und schwere, dunkle Wolken

kündigten einen erneuten Regenguss an. Schon bald würde der Himmel seine Schleusen öffnen und mit dem herabfallenden Regen alle Spuren verwischen, die Joshua im Wald, vor und in der Höhle und nun auch auf dem Friedhof hinterlassen hatte. Alles war nun gut.
Jetzt war die Zeit gekommen, um sich neue Freunde zu suchen. Sein Herz begann zu hüpfen.
Das steile Stück, das hinab zu seinem Elternhaus führte, rannte er so schnell hinunter, wie ihn seine Füße trugen. Joshua und auch Gabriel johlten dabei wie zwei ausgelassene Kinder, die keine Sorgen und sehr viel Spaß am Leben hatten.

Winter und Kant verließen nach kurzer Zeit den Tatort. Hier konnten sie nichts mehr tun. Es lag nun alles in den Händen der Kollegen von der Spurensicherung, die nach getaner Arbeit eine umfangreiche Zusammenfassung erstellen würden. Während Kant unter dem rot-weißen Absperrband hindurchschlüpfte, war er mit den Gedanken schon wieder bei seinem Hauptverdächtigen.
»Wir werden diesem Herrn Nowack jetzt noch einen Besuch abstatten und ihm ordentlich auf den Zahn fühlen, Pascal.«
Sein Mitarbeiter kämpfte ein wenig mit der Höhe des Absperrbandes, da ihm das Bücken deutlich schwerer fiel.
»Ich bin gespannt, ob er da ist«, antwortete er sichtlich genervt.
Sie liefen die Strecke zu ihrem Dienstwagen zurück, wobei Winter wieder ordentlich ins Schwitzen geriet, obwohl der Regen die Temperatur ein wenig nach unten gedrückt hatte.
»Wenn nicht, werden wir versuchen, ins Haus zu kommen. Das wäre mir fast noch lieber. Dieser Nowack hat Dreck am Stecken, da bin ich mir zu einhundert Prozent sicher, Pascal.«

»Warte bitte mal. Mein Schnürsenkel hat sich in einem Ast verheddert!«
Mit vor der Brust verschränkten Armen setzte sich Kant auf einen umgestürzten Baumstamm, dessen Oberfläche fast durchgehend mit dunkelgrünen Moos-Flechten bewachsen war. Die alte Buche lag wohl schon Jahrzehnte hier, war größtenteils morsch und von Borkenkäfern zerfressen.
Anscheinend war der große Baum irgendwann bei einem schweren Unwetter niedergedrückt worden. Das hohe Wurzelwerk ragte einige Meter von Kant entfernt fast zwei Meter aus dem aufgebrochenen Erdreich heraus. Ungeduldig sah er zu, wie sich sein Kollege damit abmühte, seinen Schnürsenkel aus dem Gewirr von Ästen und Zweigen zu befreien.
»Wird das heute noch etwas?«, fragte er unruhig in die Stille des Waldes hinein, die nur durch das Zwitschern einiger Vögel untermalt wurde.
Winter hatte es schließlich geschafft. Er lief zu ihm und setzte sich ebenfalls auf den Stamm.
»Das ist eigentlich eine wirklich schöne Gegend hier.
Als Kind war ich mit meinem Großvater sehr oft im Wald spazieren. Ich weiß gar nicht, wann ich das letzte Mal wandern war. Das muss mindestens zehn Jahre zurückliegen.«
Er tupfte sich mit einem Taschentuch die Schweißperlen von der Stirn, während er den Blick durch das Waldstück schweifen ließ.
»Ja, man sollte sich sehr viel öfter Zeit für solche Dinge nehmen. Doch jetzt müssen wir weiter, Pascal. Ich brenne darauf, mit diesem Nowack zu sprechen.«
»Was genau willst du ihn den fragen?«, wollte Winter wissen, nachdem er stöhnend von seinem gemütlichen Sitzplatz aufgestanden war.

»Das Übliche. Ich will wissen, wo er gestern war und ihn mit der Aussage von Fromm konfrontieren, dass er Joshua ist. Vielleicht war das sogar der Grund, warum dieser sterben musste.«

Gabriel verschloss die Eingangstür, nahm seine Tasche und sprintete durch den starken Regen hindurch zu seinem Fahrzeug. Dort angekommen, warf er die Tasche auf den Rücksitz des Porsche und stieg schnell auf der Fahrerseite ein. Nach dem einsetzenden, schweren Schauer, der seit einigen Minuten erbarmungslos herunterprasselte, glänzte der Lack seines Sportwagens, als wäre er gerade durch die Textil-Waschanlage seines Vertrauens gefahren. Wie immer, hatte er sich auch bei seinem letzten Waschgang dafür entschieden, die zusätzliche Nano-Versiegelung mit auftragen zu lassen. Nun zogen sich auf der hellblauen Beschichtung die einzelnen Wassertropfen zusammen und vereinigten sich, um dann langsam, wie große Regenwürmer, über den Lack hinab zur Erde zu perlen.
Die wenigen Meter vom Haus bis zu seinem Wagen hatten ausgereicht, um sein weißes Hemd im Schulter- und Rückenbereich zu durchdringen und dunkle Flecken entstehen zu lassen. Doch Gabriel wollte nicht mehr länger auf das Nachlassen des Regens warten. Er legte sich den Sicherheitsgurt an und sah währenddessen noch einmal zu den Wolken auf. Es schien, als würde sich der Himmel in Richtung Süden bereits wieder aufhellen.
»So, Joshua verabschiede dich jetzt bis zum kommenden Wochenende. Schon bald wirst du wieder ein paar kleine Freunde haben, mit denen du deine Zeit hier verbringen kannst.«

Gabriel erhielt keine Antwort, aber sein Herz begann bei dem Gedanken daran schneller zu schlagen.

Als die beiden Beamten das Haus erreichten, war kein Auto davor zu sehen.
»Nowack scheint nicht hier zu sein« mutmaßte Winter leise, während er mit schnellem Blick die Umgebung nach einer Person absuchte, aber nicht fündig wurde.
»Vielleicht steht sein Wagen ja in der Garage«, antwortete Kant, während er direkt gegenüber dem Grundstück am Straßenrand parkte. »Wir werden klingeln und abwarten, was passiert. Wenn er nicht da ist, was ich insgeheim hoffe, verschaffen wir uns Zutritt zum Haus.«
»Das kann ordentlich Ärger geben, Alex. Willst du nicht auf einen Durchsuchungsbefehl warten?«
»Nein, das dauert mir alles zu lange. Ich glaube auch nicht, dass unsere vagen Vermutungen dafür ausreichen würden. Wenn es Probleme gibt, dann nehme ich alles auf meine Kappe!«
Sie liefen über den zugewucherten Zugangsweg zur Tür und klingelten. Als auch nach mehrfacher Betätigung des Klingelknopfes und dem daraufhin hörbaren, surrenden Ton im Innern des Hauses niemand öffnete, lächelte Kant seinen Begleiter vielsagend an.
»Dann lass uns mal schauen, ob alle Türen am Haus sachgemäß verschlossen sind.«
Sie liefen um das Haus herum und öffneten dabei die kleine, unverschlossene Tür, die zum hinteren Teil des Grundstückes führte, wo sich der ungepflegte Garten in Richtung Waldstück erstreckte. Auf der Rückseite des Gebäudes gab es ein schmales, knapp über dem Boden eingelassenes Kellerfenster

und zwei weitere Fenster, die für sie erreichbar im Erdgeschoss eingebaut worden waren. Eines davon war etwas kleiner. Anscheinend befand sich dahinter ein WC oder ein Badezimmer, was man an der leicht geriffelten, von außen nicht einsehbarer Scheibe erahnen konnte. Das andere zeigte einen freien Blick in die Küche hinein.
»Na siehst du, Pascal. Wir haben wieder einmal Glück! Das Kellerfenster ist kaputt!«
Winter sah neugierig auf das kleine, knapp über der Bodenkante eingelassene Fenster, konnte da aber keine sichtbaren Mängel entdecken.
»Das scheint aber …«
Noch bevor er seinen Satz beendet hatte, flog ein dunkler Gegenstand gegen das Glas und hinterließ dort, nach einem kurzen Scheppern, einen fast Glas freien Rahmen.
»… nicht kaputt zu sein«, beendete er irritiert seinen Satz. Schulterzuckend und schelmisch lächelnd sah Kant zu ihm hinüber. »Jetzt schon. Zufälle gibt es …«, sagte er mit deutlicher Ironie in der Stimme. »Hat doch tatsächlich so ein Vandale ein Fenster zerstört. Vermutlich, um in das Haus einzubrechen. Ganz klar, dass wir das untersuchen mussten, als wir den Schaden gesehen haben – oder?«
»Ganz klar, Alex. Für mich ist das Fenster aber ein wenig zu klein. Ich passe da nicht durch.«
Von Kant kam nur ein kurzes Aufstöhnen. Dann ging er in die Knie, griff durch das zerstörte Glas ins Innere und entriegelte das Fenster. Mit einiger Mühe konnte er es aufdrücken. Anscheinend war es bereits viele Jahre nicht mehr geöffnet worden, und der Rost hatte sich in den Scharnieren festgesetzt. Er legte sich flach auf den Bauch und zog sich langsam nach vorne, damit er in den Raum hineinsehen konnte, der sich hinter der Öffnung befand.

Ein kleineres Zimmer mit Wänden aus rotem Sandstein tat sich vor ihm auf, in dem sich, auf den ersten Blick, nur einige Kartons und zwei alte Schränke befanden. Der Boden war nicht betoniert oder gefliest, sondern ein einfacher, grober Sandboden. An einer Stelle sah es so aus, als wäre dort erst vor Kurzem etwas eingegraben worden, was durch das dunkle, feucht wirkende Erdreich gut erkennbar war.
»Halt mich fest, während ich mich durch das Fenster hinunterlasse, Pascal. Und wehe, du lässt mich los!«
Kant sah kurz zu seinem Kollegen hoch, drehte sich dann um 180 Grad und streckte zuerst die Füße durch den alten Fensterrahmen hindurch. Vorsichtig robbte er Stück für Stück zurück, bis er unter seinem Bauch die harte Holzumrandung spürte.
»Jetzt musst du mich festhalten!«
Winter fasste Kants Hände und ließ ihn dann langsam in den Raum hinuntergleiten, bis der festen Boden unter den Füßen hatte.
»Du kannst mich loslassen, Pascal.«
»Und was jetzt?«
»Ich mache dir das große Fenster auf.«
Winter sah kurz zu dem Küchenfenster und ahnte bereits, dass es für ihn nicht einfach werden würde, dort einzusteigen.
»So eine verdammte Kacke. Kannst du nicht einfach die Haustür aufmachen?«
»Wenn ich das könnte, dann hätte ich einen Schlüssel für die Eingangstür! Und dann hätte ich mir die Aktion gerade eben ersparen können. Stell dich nicht so an! Ich komme gleich hoch.«
Das Gesicht seines Kollegen verschwand aus dem Fensterrahmen und Winter richtete sich wieder auf. Mit der bloßen Hand wischte er sich den sandigen Grund von den

Knien und fluchte leise, da ein dunkler Dreckfleck auf der Jeans zurückblieb. Abwartend blieb er auf seinem Platz stehen, drehte sich um und sah in Richtung des Waldes hoch, der von seinem Standort aus über einen steil ansteigenden, schmalen Gartenpfad erreichbar war.
Schier endlos führte dieser in einer schiefen, immer schmäler werdenden Linie in Richtung der hochgewachsenen Bäume, die ihm von der Anhöhe aus mit ihren spitzen Baumwipfeln zuzuwinken schienen.
Er hoffte, dass Kant nicht auch noch auf die grandiose Idee kam, diesen Weg hochzulaufen, um nach möglichen Spuren zu suchen.

Im Lichtschein der Taschenlampe erschienen wandernde Schatten an den Wänden, die Kant stumm begleiteten, während er den Weg nach oben suchte, der ihn zum Küchenfenster führen sollte. Mehrere durch alte Holztüren verschlossene Räume lagen rechts und links des schmalen Flurs, der vor einer steinernen Treppe endete, die nach oben führte. Die Stufen waren ausgetreten und mit einigen Flecken versehen. Flüssigkeiten, die vielleicht bereits vor Jahren ausgelaufen waren und die ihre Spuren für alle Zeiten hinterlassen hatten.
Das metallene Geländer, das nur an der linken Seite der Wand existierte, hatte durch die abblätternde rote Farbe eine raue Oberfläche, die unangenehm in die Haut schnitt. In der feuchten Umgebung hatte der Rost auf vielen Gegenständen Nahrung gefunden und sich mit aller Ruhe hindurchgefressen. Die Halterung des Geländers war bereits aus der Wand herausgebrochen und hing nur noch an einem kleinen Stück Metall fest.

Kant stieg die Treppe langsam nach oben, ohne das marode Geländer in Anspruch zu nehmen. Die Stufen endeten vor einer geschlossenen Tür. Er hoffte, dass diese nicht von außen verriegelt war und er seinen Weg bereits hier abbrechen musste. Doch er hatte Glück. Als er den Griff nach unten drückte und sich leicht gegen das Holzblatt stemmte, schwang sie nach außen auf.
Vorsichtig streckte er den Kopf nach vorne, um nach links und rechts zu blicken. Anscheinend war außer ihm wirklich keine weitere Person in diesem Haus. Schnell wischte er sich ein paar Spinnweben von seinen Schultern und aus den Haaren, bevor er in den Flur trat, der exakt den gleichen Grundriss aufwies, wie der Keller.
Die Küche zu finden war nicht schwer, und so öffnete er kurz darauf das Fenster, durch das Winter ebenfalls in das Innere des Gebäudes einsteigen sollte.
»Du kannst jetzt hereinfliegen. Aber leise!«, sagte er zu ihm wobei er ein breites Grinsen im Gesicht hatte.
»Sehr witzig! Was wir hier machen, ist eine Straftat. Und du machst noch Scherze. Wenn das schiefgeht, dann …«
Kant winkte ihn zu sich ans Fenster.
»Gib mir deine Hand. Ich helfe dir.«
Die ganze Aktion wirkte für einen Ausstehenden sicherlich wenig ästhetisch, zumal Winter, während er halb über der Fensterbank hing, die Hose ziemlich weit über den Hintern rutschte und der somit mit seinem weißen Hinterteil fast im Freien stand.
»Mach dich doch nicht so schwer, Pascal!«
»Ich bin aber so schwer. Was soll ich denn machen?«
Kant hatte ihn mit beiden Händen mittlerweile unter den Achseln gepackt und zog ihn mit roher Gewalt über den hölzernen Fensterrahmen zu sich heran.

»Nicht so schnell, sonst kann ich mich nicht mehr halten …«
Genau in diesem Moment rutschte Winter kopfüber durch das Fenster in die Küche und warf Kant, der noch versucht hatte ihn aufzufangen, auch noch mit um.
Die beiden Beamten saßen schwer atmend auf dem kalten Küchenboden.
»Und du hattest gestern wirklich Sex? Ist die Frau noch am Leben?«, fragte Kant etwas sarkastisch nach.
Winter sagte nichts, sondern schmollte. Mit der Hand fuhr er sich immer wieder über seinen Bauch, der sicherlich in den kommenden Stunden an einigen Stellen blau werden würde, da er sich eine Hautfalte am Fensterrahmen eingeklemmt hatte.
»So, los jetzt. Wir haben nicht den ganzen Tag Zeit. Ich will mir jetzt die Räume anschauen. Vielleicht finden wir ja etwas, was unseren Verdacht untermauert.«
Kant half seinem Kollegen auf die Beine und ging dann wieder in Richtung Kellertür.
»Wir schauen uns erst einmal unten um. Die meisten Dinge werden ja bekanntlich im Keller oder auf dem Dachboden versteckt.«
Winter folgte ihm langsam die schmalen Treppenstufen hinunter.
»Halt dich bloß nicht an diesem Geländer fest! Das ist so mürbe, dass es schon beim Anschauen fast aus der Wand herausbricht.«
Winter zog sofort die Hand weg, die er gerade auf die rostige Stange legen wollte und folgte seinem Kollegen neugierig in die Tiefe hinab.
»Es riecht hier ziemlich modrig«, stellte er leise fest, als sie unten angekommen waren. Zielstrebig lief sein Kollege in den ersten Raum hinein und sah sich interessiert darin um.

»Zwei riesige Kühltruhen? Wer braucht denn so etwas, außer einer Großfamilie oder einem Restaurant?«
Kant ging hinüber und sah durch die durchsichtigen Deckel in die Truhen hinein. Beide waren leer und ordentlich gereinigt.
»Leer«, sagte er leise, nachdem er auch in die zweite Truhe hineingeschaut hatte.
»Siesehen gebraucht aus. Aber hier gibt es keine Steckdose oder ein Verlängerungskabel. Anscheinend sind sie bisher noch nicht zum Einsatz gekommen. Die Truhen sind nicht schmutzig und die Deckel auch noch nicht verstaubt. Es sieht so aus, als würden sie noch nicht so lange hier stehen.«
Auf der Rückseite der ersten Truhe hatte Winter einen Aufkleber entdeckt. Er kniete sich nieder, um den kleinen Text besser lesen zu können.
»Dieser Kühlkasten ist etwas mehr als drei Jahre alt. Der andere …«, er kroch etwas nach hinten durch, um dort den Aufkleber lesen zu können, »… ist zwei Jahre alt.«
»Da würde locker ein Erwachsener hineinpassen, Pascal.«
Der stand auf und sah nochmals in eine der Truhen hinein.
»Oder zwei Kinder.«
Während sie sich weiter umsahen und dabei einige der Kartons öffneten, in denen sich altes Geschirr und sonstige Küchenutensilien befanden, erklang plötzlich ein schepperndes Geräusch aus einem der Nebenräume.
»Verdammt«, rief Winter aus, der sich zutiefst erschrocken hatte.
Kant zog seine Waffe und entsicherte sie. Langsam ging er zu der angelehnten Tür, aus der das Geräusch eindeutig gekommen war und stieß diese dann mit einem Fußtritt auf. Es war der Raum, durch den er eingestiegen war. Auf der

linken Seite entdeckte er ein Handy, dass laut vibrierte und sich dabei leicht über den Boden bewegte.
»Ein Handy«, flüsterte er seinem Hintermann zu.
»Verdammt. Was ist, wenn er noch in der Nähe ist oder festgestellt hat, dass er sein Handy vergessen hat?«
»Keine Ahnung.« Kant nahm es vom Boden auf und sah neugierig auf das Display. Darauf stand in schwarzen Buchstaben »Anmeldung Franziska«
»Franziska«, sagte Kant nachdenklich. »Hieß nicht auch diese hübsche, schwarzhaarige Empfangsdame so, die uns zu Nowack geführt hatte?«
»Ja«, bestätigte Winter. »Das ist sein Handy, Alex! Er hat die Nummer seiner Sekretärin abgespeichert. Lass uns besser von hier verschwinden, bevor er auftaucht, um es zu holen.«
Kant wiegte das Smartphone in seiner Hand. Es war erstaunlich, dass diese Dinger zwar immer größer, aber auch zugleich leichter wurden. Das Surren erlosch und das Display wurde wieder schwarz. Kant drückte mit dem Daumen darauf und es erschien die Meldung, dass es gesperrt war und man eine PIN eingeben sollte. Kurz sah er nochmals darauf, dann steckte er es in seine Jackentasche.
»Was soll das denn jetzt?«
»Ich nehme es mal vorsichtshalber mit, bevor es von einem Einbrecher gestohlen wird.«
Winter schüttelte energisch den Kopf.
»Bist du jetzt vollkommen verrückt?«
»Sei leise, Pascal. Ich weiß schon, was ich mache!«
Prüfend strich er über die Stelle am Boden, wo die Erde dunkler schien, als an den anderen Stellen.
»Hier wurde etwas aufgegraben und vielleicht auch eingegraben, Pascal.«

»Ja, sieht so aus. Findest du nicht, dass es hier ziemlich nach Pisse riecht, Alex? Als ob hier jemand in die Ecke gepinkelt hätte.«
Naserümpfend trat Winter einen Schritt zurück.
»Schau mal, ob du eine Schaufel findest. Das sieht mir sehr verdächtig aus. Von der Größe des Aushubs könnte tatsächlich ein Mensch darin vergraben sein!«
»Oder es hatte nur einen Rohrbruch gegeben oder sonst etwas ganz Natürliches. Du siehst überall Gespenster und ohne einen richtigen Durchsuchungsbefehl grabe ich hier nicht den halben Keller um!«
Kant stand stöhnend auf und hielt sich die sandige Hand vor die Nase.
»Verdammt, das riecht wirklich nach Pisse! Lass uns wenigstens nochmal schnell nach ganz oben gehen. Nur ganz kurz! Ich muss mir in der Küche dringend die Hände waschen. Aber sobald wir einen Durchsuchungsbefehl haben, grabe ich aus, was auch immer sich in diesem Loch befindet!«
Ohne die Antwort seines Kollegen abzuwarten, hatte Kant bereits den kahlen Raum verlassen und lief mit großen Schritten die Treppe hinauf. Winter, der keine Taschenlampe hatte, folgte ihm, so schnell er konnte.
»Einbruch, Diebstahl …, wir stehen mit einem Fuß im Gefängnis!«, schimpfte er leise, während er die Steinstufen hinaufstieg.
Er hörte vom Flur aus das leise Wasserrauschen in der Küche, das nach einigen Sekunden wieder erstarb.
»Wir gehen jetzt noch schnell nach oben in den ersten Stock, schauen uns dort um, und dann verschwinden wir wieder. Versprochen, Pascal.«
Die Treppe, die nach oben führte, knarzte auf einigen Stufen sehr verdächtig und weckte nur wenig Vertrauen in die

vorhandene Bausubstanz. Die hölzernen Stufen waren mit einem braunen Belag überklebt, der vor langer Zeit vielleicht einmal ein flauschiger Läufer war, jetzt aber eher an das verklebte Haar eines schmutzigen Hundes erinnerte. Es roch auch ein wenig danach.

»Ich hoffe, dass die Treppe nicht unter unserem Gewicht einbricht. Ich würde viel lieber unten auf dich warten, Alex!«

»Quatsch. Die hält uns locker aus. Wir sind ja auch schon gleich oben!«

Wie Kant vorausgesagt hatte, hielt die Treppe, und sie gelangten ohne Zwischenfälle im ersten Stockwerk an.

Hier war die Aufteilung etwas anders als unten, da es mindestens zwei Wände weniger gab. Vom Gang aus waren drei Türen zu sehen. Die eine führte in ein kleines, unspektakuläres Badezimmer, in dem eine Toilette und ein Waschbecken untergebracht waren. Das Zimmer links davon war eine Art größere Rumpelkammer, in der unzählige Kisten übereinandergestapelt waren. An der Tür, auf einem Holzbügel, hingen ein alter, dunkler Mantel und ein schwarzer Filzhut.

Ein hoher Schrank stand an der Wand, dessen Spiegeltür aus der Halterung herausgebrochen war und sich schräg zur Seite neigte. Im Innern befanden sich dutzende Kleidungsstücke, die ebenfalls fein säuberlich aufgehängt worden waren.

»Schau mal, hier ist ein altes Familienbild.« Winter hatte es auf einem der Kartons entdeckt und hielt es nun vor seine Augen. »Das sieht richtig gruselig aus, Alex.«

Kant riss es ihm förmlich aus der Hand und sah es sich genauer an, indem er sich näher an das Fenster stellte, durch dessen schmutziges Glas etwas Licht hereinfiel. Auf dem Bild entdeckte er einen großen Mann mit einem Schnauzer, der die Haare anscheinend mit Pomade streng nach hinten gekämmt

hatte. In der linken Hand hielt er einen Hut, in der rechten ein schlangenähnliches Etwas.
Neben ihm standen zwei Kinder. Jungs. Eineiige Zwillinge, die beide genau die gleiche Kleidung trugen und die mit blassen, eingefallenen Gesichtern freudlos in die Kamera blickten. Ganz rechts stand eine dürre, große Frau mit einer wallenden, silbrig glänzenden Haarmähne und dunklen Augen, die aus ihrem Gesicht herausstachen. Sie hielt ein langes Messer in der linken Hand, dessen Klinge den Lichtschein ein wenig auf dem Bild reflektierte.
»Was hat der Vater in der Hand, Pascal? Ist das eine Schlange?«
Der sah ganz genau hin.
»Nein, das ist ein Ledergürtel mit einer silbernen Metall-Schnalle, und die Mutter hat ein Messer in der Hand.
Echt tolle Accessoires für ein Familienfoto.«
Kant nickte.
»Ich glaube, dass die Kids nicht wirklich eine schöne Kindheit hatten. Der Vater wirkt wie ein brutaler Schläger und die Mutter sieht aus, als wäre sie nicht richtig bei Sinnen.«
Er legte das Bild zur Seite und verließ das Zimmer, um die letzte, noch verschlossene Tür zu öffnen.
»Das musst du dir mal anschauen, Pascal«, sagte er leise, nachdem er in den Raum hineinschauen konnte.
»Was ist das?«, fragte der erstaunt, als er neben ihm stand.
Kant ging einige Schritte in das Zimmer hinein.
»Es sieht aus wie ein Zelt, das sich Kinder bauen, um darin zu spielen oder zu schlafen.«
Er schob die herabhängende Decke zur Seite und sah hinein, während er die Pistole nach vorne richtete.
Das Innere war gefüllt mit einigen farblosen Kissen, alten Puppen und Spielzeugen. An der Seite lagen zwei lange

Küchenmesser und eine Metallstange, die man ebenfalls als Waffe benutzen konnte. Neben einem der Kissen entdeckte er ein Foto, auf dem die Gesichter zweier Kinder zu sehen waren. In krakeliger Schrift hatte jemand mit einem schwarzen Stift die Namen unter die Köpfe geschrieben. Das Bild hatte sich jemand sehr oft angeschaut, was man deutlich an den Abnutzungen erkennen konnte.
Die Namen lauteten: Joshua und Gabriel.
Nachdem er es seinem Kollegen gezeigt hatte, steckte sich Kant das Foto in die Jackentasche.
»Wir sind auf der richtigen Spur, Pascal«, sagte er triumphierend, als er wieder vollständig aus dem Zelt herausgekrochen war und sich aufgerichtet hatte.
Nun bückte sich Winter ebenfalls hinab und sah neugierig in das seltsame Zelt hinein.
»Ja, dieser Kerl ist wirklich verrückt, und du hattest wieder einmal den richtigen Riecher, Alex.«
»Wir verschwinden jetzt von hier. Wir müssen ihn genau beobachten und dann auf frischer Tat ertappen!«
»Wir sollten noch einen kurzen Blick in die Garage werfen, Alex!«
»Mensch, du hast recht. Das hätte ich fast vergessen.«
Gegenüber dem Treppenabsatz befand sich eine Tür, die in die Richtung führte, in der sich die Garage befand. Winter drückte die Klinke und die Tür ließ sich ohne Probleme öffnen. Dahinter entdeckten sie einen weißen Kastenwagen, dessen Türen verschlossen waren. Kant fotografierte das Fahrzeug und das Nummernschild ab und machte anschließend von jedem Reifen ein Bild des Profils.
»Jetzt aber nichts wie raus hier!«

Die Beamten verließen das Haus auf die gleiche Art und Weise, wie sie es betreten hatten. Winter quälte sich erneut durch das Küchenfenster hinaus, welches sein Kollege hinter ihm verschloss, und dieser nahm den beschwerlichen Weg durch das schmale Kellerfenster. Damit die zerbrochene Scheibe nicht sofort erkennbar war, legte er eine morsche Holzkiste davor, die inmitten des völlig verwahrlosten Gartens gelegen hatte.
Als sie die Straße erreichten, sahen sie, dass vor dem Haus von Fromm ein Streifenwagen parkte. Sie wechselten die Seite und liefen zu ihren Kollegen, die vor dem Eingang standen und sich angeregt unterhielten.
»Hallo zusammen. Habt ihr hier im Haus etwas gefunden?«
Einer der Männer, ein groß gewachsener Kerl mit strohgelben Haaren, gab bereitwillig Auskunft, nachdem Kant ihm seinen Ausweis gezeigt hatte.
»Die Spurensicherung hat einige Akten gesichert, in denen auf Verträgen die Originalunterschrift des Toten zu finden waren. Diese sollen nun mit der Unterschrift auf dem Abschiedsbrief verglichen werden. Schreibproben der Handschrift gab es sonst aber leider keine. Anscheinend hat dieser Fromm nur sehr selten etwas aufgeschrieben.
In der Mülltonne hat man noch ein paar Turnschuhe gefunden, deren Profil eventuell mit denen übereinstimmen könnten, die man beim Leichenfund der Kinder am Tatort gesichert hat.«
Kant nickte zufrieden.
»Gab es sonst noch irgendwelche Entdeckungen im Haus, die darauf schließen lassen, dass der Tote etwas mit der Kinderentführung zu tun hat? Fingerabdrücke, Kleidungsstücke oder sonst etwas?«

»Nein. Bisher nicht. Die Kollegen sind aber auch noch nicht fertig mit der Durchsuchung.«
»Lagen die Schuhe ganz oben im Mülleimer?«, fragte Kant neugierig nach.
»Ja«, antwortete sein Gegenüber ohne lange überlegen zu müssen. »Ich weiß das so genau, da ich es war, der die Schuhe gefunden hat. Sie lagen an oberster Stelle, direkt über einem Müllsack, in dem aber nichts Auffälliges zu finden war.
»OK. Prima. Gute Arbeit.«
Kant hatte ein zufriedenes Grinsen auf dem Gesicht, als er in Richtung seines Dienstwagens zurücklief.
»Du grinst gerade wie ein Honigkuchenpferd. Ich kenne dich, Alex. Wenn du das tust, dann stimmt etwas nicht.«
Kant lachte leise.
»Dieser Nowack versucht uns auf eine völlig falsche Fährte zu lenken. Doch eines hat er dabei nicht bedacht.«
Winter hielt ihn an der Schulter und zwang ihn so, stehenzubleiben.
»Was meinst du?«
»Wenn du vorhättest, dich selbst umzubringen und mit einem Abschiedsbrief deine Tat gestehen würdest, warum
solltest du dann noch die Schuhe entsorgen, mit denen du bereits Spuren am Tatort hinterlassen hast? Sie lagen ganz obenauf. Jemand wollte, dass man sie findet, Pascal.«
Der fuhr sich nachdenklich mit der Hand über sein stoppeliges Kinn.
»Und jetzt? Willst du deinen Verdacht äußern?«
»Nein. Auf keinen Fall! Wir lassen jetzt erst einmal die Presse ihren Artikel veröffentlichen, bei dem wir sicherlich wieder ganz schlecht wegkommen werden. Diese Pötsch wird wieder eine Kampagne gegen uns starten. Doch dieses Mal lasse ich sie gewähren und damit böse in die Falle tappen. Sobald wir

Nowack überführt haben, werde ich sie in Grund und Boden stampfen!«
»Du magst diese Reporterin wirklich, stimmts?«, lachte Winter.
»Ja, wie einen Sonnenbrand auf dem Arsch.«

Als Gabriel auf dem Rückweg zu seiner Wohnung war, ahnte er von alledem noch nichts. Ihm war natürlich bewusst, dass es sicher nicht lange dauern würde, bis man die Leiche von Fromm in der Höhle fand und die Zeitungen ausführlich darüber berichten würden. Fast konnte er die Schlagzeile vor seinem geistigen Auge sehen: Mörder der Kinder hat am Tatort Suizid begonnen.
Ihm und Joshua würde das schon bald neue Freiräume verschaffen, da ihm Kommissar Kant und dessen Kollege zu sehr auf die Pelle gerückt waren. Gabriel wusste, dass er ein Auge auf diesen Mann werfen musste. Kommissar Kant war clever und der würde sein Ziel nicht so schnell aus den Augen verlieren.
Der Motor seines Porsches heulte auf, als er auf der Landstraße das Gaspedal weiter nach unten durchtrat.
Die Bäume und Straßenbegrenzungen flogen an ihm vorüber, als würden sie von einem mächtigen Wirbel aufgesogen, der ihm folgte und ihn fassen wollte.
Als die nächste Ampel kam, drosselte er das Tempo und tippte dabei nervös mit den Zeigefingern auf das lederne Lenkrad.
Ob es ein Fehler war, dass Joshua den toten Hausmeister auf dem Friedhof vergraben hatte? Hoffentlich hatte ihn bei dieser unvernünftigen Aktion niemand beobachtet, der nun Hinweise an die Polizei weitergab.

Er drehte am Lautstärkeregler des Radios und ließ dem Bass freien Lauf, sodass die Seitenscheiben an den Türen vibrierten und seine schlimmen Gedanken von der Musik überlagert wurden.
Wenn sein Ablenkungsmanöver diesen Kommissar nicht überzeugt hatte, dann gab es nur noch einen einzigen Weg: Kant musste für immer zum Schweigen gebracht werden.

Der Zeitungsartikel, der am nächsten Tag von der Lokalpresse veröffentlicht wurde und natürlich auf der Titelseite prangte, war schlimmer, als Kant es befürchtet hatte. Doch während er die Zeilen las, verzog sich sein Gesicht immer mehr zu einer hässlich grinsenden Fratze. Wie er es bereits erahnte, hatte Theresia Pötsch es sich nicht nehmen lassen, ein Bild von dem Toten zu veröffentlichen. Der Reporter hatte anscheinend einige Bilder mit seinem Handy erstellt und diese sofort weitergeleitet, bevor die Polizisten es verhindern konnten. So sah man nun den Toten am Tatort an einen Felsen gelehnt, ein Buch in beiden Händen haltend, als würde er gerade daraus vorlesen. Sie hatte gegen die Anordnung der Polizei gehandelt und ein Foto veröffentlicht. Das Gesicht des Toten hatte sie dabei unkenntlich gemacht, aber egal. Pötsch fühlte sich so sicher mit allem, was sie tat, dass sie sich niemandem unterordnete.
Während die Polizei weiterhin im völligen Dunkeln tappt, bringt sich der Mörder selbst um!
Was war der Grund dafür? Reue für die von ihm begangenen Taten, oder die Langweile, dass er nicht befürchten musste, jemals von unserer unfähigen Polizei gefasst zu werden, um die gerechte Strafe zu erhalten? Kommissar Kant und seine Abteilung haben auf allen Ebenen versagt und freuen sich nun sicherlich darüber, dass sich der Fall von selbst

geklärt hat und die Akten darüber in einem Schrank mit dem Vermerk „abgeschlossen" verschwinden können.
Während er die Zeilen las und dabei den Geruch der Druckfarbe intensiver wahrnahm als jemals zuvor, hörte er von draußen Stimmen, die durch die gekippten Fenster in das Innere seines Hauses drangen.
Es waren aufgeregte Rufe, die ihn aufforderten, zu ihnen zu kommen, um ein Statement abzugeben.
Doch er war vorbereitet. In frisch gebügeltem Hemd, mit rasiertem Gesicht und innerer Ruhe, ging er nach draußen und stellte sich der johlenden Reportermeute. Ganz vorne stand Theresia Pötsch mit einem feisten Grinsen in ihrem viel zu stark geschminkten Gesicht. Selbstgefällig sah sie ihm entgegen, mit einem Blick, der genau aussagte, was sie in dieser Sekunde dachte: *Ich mache dich jetzt fertig, Kant.* Ihr Arm schnellte nach vorne und ihr Zeigefinger deutete direkt auf seine Person. Er sah die rot lackierten, langen Fingernägeln auf sich gerichtet, mit denen man sicherlich einen Menschen töten konnte.
»Wie fühlt man sich, wenn man so versagt hat wie Sie, Herr Kommissar?«
Mit ihren Fragen droschen die Pressevertreter auf ihn ein, als wollte sie ihn damit öffentlich erschlagen.
Gelassen hob er die Hände in Brusthöhe und zeigte damit an, dass sich alle erst einmal etwas beruhigen sollten.
»Bitte einer nach dem anderen. Dann werde ich Ihnen gerne ihre Fragen beantworten!«
Aus dem Augenwinkel nahm er wahr, dass sich Winter mit schnellen Schritten näherte und versuchte, an der Menschenansammlung vorbeizukommen.
Theresia Pötsch hob die Hände in die Höhe, und als ob dies ein vereinbartes Zeichen war, verstummten die Stimmen.

»Sie haben sicherlich eine sehr unruhige Nacht hinter sich, Kommissar Kant!« Ihre schrillen Worte waren laut und provokant, glichen Schüssen, die aus dem Magazin einer Pistole geschossen wurden.
»Nein. Ich habe gut geschlafen«, antwortete Kant ruhig.
»Haben Sie sonst noch Fragen, Frau Pötsch?«
»Wie fühlen Sie sich denn so als Versager?«
Er lächelte, als ihre Frage verklungen war. Stille war eingekehrt. Überall standen Männer und Frauen mit Mikrofonen und Kameras in der Hand, andere waren mit Schreibblöcken und Aufnahmegeräten bewaffnet.
»Keine Ahnung. Wie fühlen Sie sich denn?«
Er sah ihr fest in die Augen, was sie scheinbar ein wenig irritierte. Mit dieser Ruhe und Gelassenheit hatte sie sicherlich nicht gerechnet.
»Werden Sie Ihren Dienst quittieren oder versetzt man sie in eine andere Abteilung? Werden Sie in Zukunft wieder Falschparker kontrollieren? Eine Arbeit, die selbst Sie bewältigen könnten.«
Winter war mittlerweile bis auf zwei Meter an ihn herangekommen und stand nun mitten in der Menge.
»Nein, da ist nichts geplant. Ich nehme aber an, Sie suchen fähige Mitarbeiter und möchten mich gerade abwerben, Frau Pötsch?«
Aus ihren Augen sprühten Blitze. Er spürte, dass sie sich darüber ärgerte, da sie ihn nicht so provozieren konnte, wie sie es gewohnt war.
»Schämen Sie sich nicht dafür, dass Sie so untätig und unfähig waren und die Hinterbliebenen dadurch ihre Kinder verloren haben? Fühlen Sie sich nicht schuldig? Wie können Sie mit dieser Schuld überhaupt weiterleben?«
Nun fuhr sie die schlimmsten Geschütze auf.

»Mein Team und ich haben getan, was wir konnten, um den Entführer zu finden und die Kinder zu retten. Es gab keine Hinweise, denen wir folgen konnten. Wir fühlen mit den Eltern, und wir geben immer unser bestes!«
»Ihr bestes ist aber nicht gut genug!«, schrie eine Frau mit verfilzten Rastalocken aus der Menge heraus, die mit einem anscheinend selbstgeklöppelten Pullover bekleidet war, der schier an Körperverletzung grenzte.
»Gerne nehme ich Ihre Bewerbung in unserer Abteilung auf«, sagte er mit ruhiger Stimme in ihre Richtung. »Allerdings müssten Sie sich dann von ihrer Frisur trennen.«
»Sind Sie sich sicher, dass es sich bei dem Toten tatsächlich um den Mörder handelt?«
Ein schlanker Mann mit einem Dreitagebart und einem Block in der Hand war nach vorne in die erste Reihe getreten.
Kant wechselte einen kurzen Blick mit Winter, der nur mit den Schultern zuckte.
»Hierzu kann ich Ihnen zum aktuellen Stand der Ermittlungen keine Auskunft geben.«
»Das heißt, dass Sie die Ermittlung des Falls noch nicht auf abgeschlossen gesetzt haben?«
Der junge Mann bohrte weiter und plötzlich sah Kant eine Regung in Theresia Pötschs Gesicht, die ihn erheiterte.
Unsicherheit!
»Wir werden Sie alle auf dem aktuellen Stand halten. Ich danke Ihnen für ihr Verständnis. Doch nun muss ich mich wieder an meine Arbeit machen. Es gibt viel zu tun!«
»Gibt es Anhaltspunkte, dass der Tote nicht der Mörder war?«, erklang nun nochmals die schrille Stimme von Theresia Pötsch.
Kant ging zwei Schritte auf sie zu und lächelte sie mit einem stechenden Blick in den Augen an.

»Wie fühlen *Sie* sich denn so als Versagerin?«, sagte er leise, drehte sich um und lief, gefolgt von Winter, zurück in sein Haus.
»Der hast du es jetzt aber richtig schön gegeben, Alex!«
»Hast du gesehen, dass sie plötzlich ganz unsicher geworden ist?«
Winter lachte. »Ja, ich glaube, dass sie es jetzt ist, die schlaflose Nächte haben wird.«
Kant nickte.
»Kennst du diesen jungen Reporter?«
»Nein, ich habe ihn noch nie gesehen.«
»Versuche herauszufinden, wer das war. Vielleicht ist er ja noch draußen. Ich würde ihm gerne ein Exklusivinterview geben, wenn wir weitere Beweise haben und Nowack überführen können.«
Ohne ein weiteres Wort zu sagen, ging Winter nach draußen. Durch das Fenster konnte Kant erkennen, dass der junge Mann noch vor seinem Haus stand und telefonierte. Als Winter zu ihm kam, beendete der sofort das Gespräch und zog einige Sekunden später eine Karte aus seiner Jackentasche, die er ihm überreichte. Kant sah, dass nicht nur er sehr genau dieses Geschehen beobachtet hatte, sondern auch Theresia Pötsch, die in einer Traube von Frauen stand, welche sich aufbrausend unterhielten.
»Dich mache ich fertig, du alte Ziege!«, flüsterte er.
Nachdem er mit Winter einen Kaffee getrunken und sich die Meute vor seinem Haus aufgelöst hatte, beschloss er, eine weitere Person zu verunsichern.
»Wir besuchen Nowack heute noch einmal.«
Sein Gegenüber sah ihn fragend an.
»Willst du zu seinem Elternhaus fahren?«
»Nein, wir statten ihm in seinem Büro einen Besuch ab.

Ich möchte ihm ein wenig auf den Zahn fühlen. Er soll merken, dass wir ihm noch immer auf der Spur sind.«
Er legte das Bild, das er am Vortag aus dem Deckenzelt herausgenommen hatte, vor Winter auf den Tisch.
»Was siehst du darauf?«
Winter sah auf die alte, bereits zerknitterte Farbaufnahme, die mit einer Polaroid Kamera erstellt worden war.
Darauf konnte man die Gesichter der Zwillinge sehen, die einem anzulächeln schienen. Vielleicht war es einer der wenigen Momente in ihrem jungen Leben, in denen die Brüder wirklich glücklich waren.
»Zwei Kindergesichter«, antwortete er etwas verunsichert.
»Und was siehst du auf den zweiten Blick, Pascal?«
Er nahm sich das Bild in die Hand. Als er es im Lichtschein ein wenige schräg hielt, erkannte er zwei Namen, die jeweils unter einem der Köpfe standen. Mittlerweile waren diese kaum noch lesbar, doch zumindest die großgeschriebenen Anfangsbuchstaben waren etwas deutlicher zu erkennen.
»Ja, jetzt sehe ich es. Zwei Buchstaben sind noch einigermaßen lesbar. Ein J und ein G. Joshua und Gabriel«, mutmaßte er.
»Exakt!« Kant deutete mit einem Finger auf den Kopf des linken Jungen, über dessen Augenbraue eine rote Stelle erkennbar war.
»Anscheinend ist das Bild kurze Zeit nach dem Unfall mit dem Pfeil entstanden. Die Wunde ist noch nicht ganz verheilt und gut sichtbar. Welcher Buchstabe steht unter diesem Gesicht?«
Winter nahm das Bild und hielt es erneut schräg ins Licht. »Es ist der Buchstabe J. Verdammt, du hattest recht, Alex. Wir haben uns die ganze Zeit mit Joshua unterhalten. Aber wieso?«

Kant nickte. »Ich weiß es noch nicht. Aber wie wir ja bereits im Haus gesehen haben, scheint mit diesem Typen etwas nicht zu stimmen. Vielleicht lebt Gabriel ja noch und wir haben es mit beiden Brüdern zu tun. Aber es wäre ein zu großer Zufall, wenn Gabriel nun an der gleichen Stelle wie sein Bruder eine Narbe hätte.«
Langsam legte Winter das Bild auf den Tisch zurück.
»Ich habe schon von Zwillingen gelesen, die sich absichtlich Verletzungen zugefügt haben, damit sie wieder „identisch" sind. In einem Fall hatte der eine Zwilling bei einem Unfall einen Finger verloren. Sein Zwillingsbruder hatte seltsamerweise kurze Zeit später ebenfalls einen *Unfall* und verlor dabei exakt den gleichen Finger, an der gleichen Hand.«
Kant schüttelte wortlos den Kopf, trank seine Tasse leer, in der sich mittlerweile nur noch lauwarmer Kaffee befunden hatte, und stand dann auf.
»Wir werden sehen, wie er reagiert. Auf geht's, wir haben heute noch einiges zu tun, Pascal!«

Kapitel 6

Als Gabriel kurz vor acht Uhr am Morgen das Gebäude betrat, in dem sich sein Büro befand, wurde er bereits ungeduldig von seiner Sekretärin erwartet. Ganz aufgelöst, sprang sie von ihrem Stuhl auf und lief zu ihm.

»Wir haben ein riesiges Problem, Gabriel!«

Erstaunt sah er die junge Frau an, auf deren Stirn nicht eine einzige Falte zu sehen war. *Botox* erklärte er sich dieses Phänomen kurz selbst, bevor er ihren Worten lauschte, die wie ein Wasserfall vor ihm herabplätscherten.

»Wir hatten am Wochenende einen Stromausfall. Wahrscheinlich wegen dem Unwetter. Der Server ist anscheinend abgestürzt, aber wir kommen nicht in den Raum, da der abgeschlossen ist. Ich habe schon seit dem Wochenende versucht, Sven Kruse zu erreichen, aber er geht einfach nicht an sein Handy.

»Kein Wunder«, dachte Gabriel. »Versuchen Sie es weiter, Franziska. Vielleicht hatte er es nur ausgeschaltet oder der Akku war leer. Ich denke, dass er bestimmt bald kommen wird«, log er sie an. »Ist Ihre Katze eigentlich wieder aufgetaucht?«, fragte er besorgt nach, obwohl es ihn eigentlich nicht wirklich interessierte. So konnte er aber den Schein bewahren, ein aufmerksamer, mitfühlender Kollege zu sein.

»Ja, die Kleine ist wieder da! Wie Sie es vorausgesagt haben, stand sie am Abend vor meiner Tür.«

Franziska griff erneut zum Telefon.

Das war jetzt ein echtes Problem. Ohne den Server konnte er nicht auf seine Daten und Termine zugreifen, da mittlerweile alles nur noch papierlos abgespeichert wurde.

Die Tür, hinter der sich der Serverraum befand, war eine Brandschutztür und konnte daher nicht so ohne weiteres aufgebrochen werden. Ob Sven seinen Schlüssel bei sich getragen hatte? Er ärgerte sich ein wenig über die Unachtsamkeit, die er nach der Ermordung des Hausmeisters an den Tag gelegt hatte. Sicher gab es aber einen Ersatzschlüssel, der hier irgendwo hinterlegt worden war. Trotzdem ärgerte er sich. Aus kleinen Fehlern konnten Lawinen entstehen, die seine ganze Planung zunichtemachten.
Franziska stand noch immer in seinem Büro und wählte erneut die Nummer von Kruse. Mehrfach klingelte es durch, dann aber plötzlich hörte sie ein kurzes Geräusch.
»Hallo«, erklang es durch den Hörer.
»Sven? Sven bist du das?«
»Wer ist da?«
»Ich bin es Franziska …«
Die Leitung brach ab.
»Ich habe ihn erreicht. Aber die Verbindung war schlecht und ist abgebrochen. Bestimmt ruft er gleich zurück.«
Gabriel hörte ihre Worte, und in seinem Kopf gab es eine Explosion.
Wie war das möglich?
»Haben Sie die richtige Nummer gewählt, Franziska?«
»Ja, die Nummer ist in meinem Handy gespeichert.«
Sie verließ das Büro und ließ ihn alleine zurück.
Er spürte, wie das Adrenalin durch seine Blutbahn schoss. Sofort begann das Herz in der Brust schneller zu schlagen und der Blutdruck stieg an.
Es konnte unmöglich Sven Kruse gewesen sein, der das Gespräch auf der anderen Seite der Leitung angenommen hatte. Gabriel versuchte sich zu erinnern, ob Kruse zwei Tage zuvor ein Handy benutzt hatte. Siedend heiß fiel ihm plötzlich

ein, dass dieser, als sie sich am Ausgang trafen, eine Nachricht in sein Handy gesprochen hatte und dass er auch unterwegs so verwundert war, dass es ein Funknetz so weit ab von der Stadt gab.

»Verdammt«, fluchte er. Wenn Kruse es in die Tasche seiner Jacke gesteckt hatte, dann musste es jetzt mit dem Leichnam auf dem Friedhof im Erdreich liegen. Nirgendwo sonst.

Oder es war es aus der Tasche herausgefallen, als Joshua den Toten zum Friedhof transportiert hatte.

»Joshua, was hast du getan!«, fluchte er leise vor sich hin. Wie ein angeschossener Tiger lief er in seinem Zimmer auf und ab und versuchte, eine Erklärung für die Situation zu finden.

Jemand musste den Leichnam oder auch nur dessen Handy gefunden und es an sich genommen haben. Vielleicht jemand aus dem Dorf, der Joshua beobachtet hatte und ihn nun damit erpressen wollte. Er verließ das Zimmer und ging zu seiner Sekretärin, die wieder an der Anmeldung Platz genommen hatte und einige Notizen in ein Buch schrieb.

»Hat Kruse zurückgerufen oder haben Sie ihn nochmals erreichen können?«

»Nein, bisher noch nicht.« Wie um ihre Aussage zu bestätigen, sah sie nochmals auf das Display. Es war aber kein Rückruf erfolgt.

»Ich versuche es gleich nochmals«, sagte sie und suchte erneut den Kontakt, um die hinterlegte Nummer zu aktivieren. Es vergingen einige Sekunden, in denen das Telefon leise an ihrem Ohr klingelte, aber niemand am anderen Ende abnahm.

»Er nimmt das Gespräch nicht an. Das ist ziemlich untypisch für ihn. Bisher konnte man sich immer auf ihn verlassen. Vielleicht ist er beim Arzt und kann nicht telefonieren?!«

Am liebsten hätte Gabriel ihr in das andere Ohr gebrüllt, dass Tote generell nicht telefonieren können, doch er hielt sich zurück und versuchte, die Ruhe zu bewahren.
»Hat er eine Urlaubsvertretung? Jemand, der vielleicht einen Zweitschlüssel für den Serverraum hat? Haben Sie schon einmal in unserer IT-Abteilung in der Zentrale angerufen?«
Die Zentrale selbst befand sich in Stuttgart.
Auch wenn dort jemand einen Schlüssel hatte, würde alleine die Fahrtzeit nach Frankfurt schon gute zwei Stunden dauern. Zeit, die er nicht unnütz hier in diesem Gebäude vergeuden wollte.
»Funktioniert die Kaffeemaschine?«, fragte er etwas konfus.
Erstaunt sah ihn die Sekretärin an.
»Natürlich. Ich bringe Ihnen gleich einen Cappuccino ins Büro.«
Gabriel nickte, wandte sich um und lief langsam zurück in sein Zimmer. Dort stellte er sich vor die breite Fensterfront und sah auf die Straße hinunter.
»Oh, verdammt. Was wollen die denn schon wieder hier?«, fluchte er leise und schlug dabei mit der flachen Hand auf die marmorne Fensterplatte. Gerade eben waren Kommissar Kant und dessen übergewichtiger Kollege auf den Parkplatz gefahren und stiegen aus ihrem Auto aus.
Nachdenklich wandte er sich um. Franziska erschien in seinem Büro und stellte die Tasse Kaffee auf den Schreibtisch.
»Ist mit Ihnen alles in Ordnung?« fragte sie ihn, als sie dessen nachdenkliche Miene gesehen hatte.
Gabriel sah sie irritiert an.
»Bitte?«, fragte er nach, da er ihre Worte nicht gehört hatte.
»Ist mit Ihnen alles in Ordnung? Sie wirken so nachdenklich.«

»Oh. Nein, es ist alles gut. Ich habe nur überlegt, ob ich heute Vormittag noch einen Termin habe.«
Sie nickte und verließ wieder das Zimmer.
Noch bevor sie an ihrem Platz ankam, betraten die beiden Kommissare die Eingangshalle und begannen eine kurze Unterhaltung mit ihr. Neugierig verfolgte Nowack das Gespräch, ohne ein Wort davon zu hören. Gespannt achtete er auf die Gestik der beiden Männer. Franziska bat die Beamten, kurz im Warteraum Platz zu nehmen. Sie ging zu ihrem Schreibtisch und Sekunden später klingelte bei ihm das Telefon. An der Durchwahlnummer konnte er erkennen, dass sie es war.
»Ja?«, fragte er leise.
»Die beiden Herren von der Polizei sind nochmals da. Sie würden Sie gerne kurz sprechen.«
»Warten Sie fünf Minuten, dann können Sie die Beamten in mein Büro führen.« Gabriel beendete das Gespräch. Er bemerkte, dass seine Hände leicht zitterten. Jetzt musste er die Ruhe bewahren und tief durchatmen. Aus einem der Regale nahm er einen Aktenordner und schlug diesen auf. Dann überflog er einige Seiten, ohne wirklich die Buchstaben zu lesen, die auf das Papier gedruckt waren. Sein Gehirn arbeitete auf Hochtouren. Was wollte Kant von ihm? Hatten sie die Leiche von Fromm auf dem Friedhof gefunden?

»Schön, dass Sie nochmals kurz Zeit für uns haben, Herr Nowack.« Es war Kant, der als erster das Büro betrat und zielsicher auf einen der beiden Stühle zusteuerte, auf die Gabriel mit seiner rechten Hand deutete.
»Was verschafft mir das erneute Vergnügen?«, fragte er mit gespielter Lässigkeit, schlug dabei den Aktenordner zu und

brachte ihn an die Stelle zurück, wo er ihn entnommen hatte. Während sich die beiden Beamten auf die ihnen zugewiesen Stühle setzten, blieb er neben seinem Schreibtisch stehen. Gabriel wollte die Oberhand gewinnen, wollte klarstellen, dass er über ihnen stand.

»Haben Sie das Wochenende in Ihrem Elternhaus verbracht, Herr Nowack?«, wollte Kant ohne lange Umschweife wissen.

»Ich war Samstag und Sonntag kurz dort. Warum fragen Sie?«

»Haben Sie die Nacht in Ihrem Elternhaus verbracht?«

»Nein«, Gabriel lief einige Schritte durch den Raum und winkte dabei seine Sekretärin zu sich.

«Ich fahre abends immer nach Hause. In meinem Bett schlafe ich deutlich besser, und außerdem habe ich dort alles, was ich brauche.«

Franziska öffnete leise die Tür und sah lächelnd herein.

»Möchten Sie einen Kaffee oder etwas Kühles?«, fragte er die Beamten mit fester Stimme.

Beide verneinten das Angebot.

»Sind Sie sicher? Wir haben einen ausgezeichneten Cappuccino, Espresso oder sogar einen Kakao mit echter Milch.«

Kant schüttelte den Kopf.

»Wir möchten Sie nicht lange aufhalten, Herr Nowack. Haben Sie heute schon die Zeitung gelesen?«

»Nein. Wir haben leider ein Problem mit unserem Server und die PCs stehen. Daher hatten wir heute Morgen schon etwas Stress, und der Ablauf war etwas anders als gewohnt. Gibt es etwas Neues, das ich wissen sollte?«

Bevor einer der Beamten ihm antworten konnte, sprach Nowack seine Sekretärin an, die noch immer in der Tür stand.

»Leider können wir den Herren heute nichts anbieten. Bitte versuchen Sie nochmals, Herrn Kruse zu erreichen, Franziska.«
Sie nickte und schloss die Tür hinter sich.
»Der Mörder der Kinder hat Suizid begangen und zwar an der Stelle im Wald, wo wir vor einigen Tagen die Leichen gefunden hatten.«
»Nein!«, rief Gabriel erstaunt aus. »Das sind ja … ja, sind es jetzt gute oder schreckliche Nachrichten?«, fragte er etwas zweifelnd und sah Kant dabei an. Langsam ging er zu seinem Bürostuhl und setzte sich. Kant blickte ihn mit einem leichten Lächeln an.
»Viele glauben, dass der Fall nun abgeschlossen ist, Herr Nowack.«
»Viele? Nicht alle?«, fragte dieser erstaunt nach.
»Nein, nicht alle. Es gibt da einige Zweifler, die meinen, dass der Tote gar nicht der Täter war. Sie glauben, dass der wahre Mörder das alles nur sehr geschickt konstruiert hat und noch immer auf freiem Fuß ist.«
Nowack lehnte sich nach vorne und strich sich mit der rechten Hand über sein glattrasiertes Kinn.
»Wie kommen die Zweifler auf diese seltsame Idee? Gab es nicht genug Beweise, dass der Tote etwas mit den Entführungen und den … Kindern zu tun hatte?«
Kant merkte, dass Nowack das Wort *ermordeten* unterdrückte. Doch bevor er antworten konnte, klingelte das Handy in seiner Tasche. Er nahm es heraus und sah kurz auf das Display.
»Entschuldigung. Da muss ich kurz rangehen.«
Kant stand von seinem Stuhl auf und lief in Richtung Ausgangstür des Büros, blieb dann aber davor stehen und sah durch die gläserne Tür in Richtung der Anmeldung hinaus.

»Hallo?« Er nahm wahr, dass die Empfangsdame ebenfalls ein Smartphone in ihrer Hand hielt.
»Sind Sie es, Herr Kruse?« Kant lächelte, als er die ihm bereits bekannte Stimme hörte.
»Hallo, Franziska«, sagte er so laut, dass es auch Nowack hören konnte. Er hob den linken Arm in die Höhe und winkte der überraschten Schönheit zu.
»Na so etwas. Jetzt wissen wir, wem dieses Handy gehört, das wir vorhin auf dem Parkplatz gefunden haben. Es scheint ein Mitarbeiter aus Ihrem Hause zu sein, Herr Nowack.«
Er ging wieder zu seinem Stuhl zurück und legte das Handy mitten auf den Schreibtisch.
»Bestimmt freut er sich, wenn er sein Handy zurückerhält und wieder erreichbar ist. Was meinen Sie, Herr Nowack?«
Gabriel war einen Moment so überrascht, dass er nicht gleich antworten konnte.
»Sicher. Wir werden es ihm geben, sobald er hier auftaucht.«
Entspannt lehnte sich Kant in seinem Stuhl zurück.
»Pascal, hast du noch eine Frage, die du stellen möchtest?«
Winter nickte und schob seinen Stuhl etwas näher an den Schreibtisch heran.
»Wollen Sie gar nicht wissen, wer der Tote ist, den wir gefunden haben?«
Nowack zuckte mit den Schultern.
»Sollte ich ihn kennen?«
»Ja. Es ist ein direkter Nachbar von Ihnen gewesen, der mit Ihnen auf die gleiche Schule ging.«
Gabriel tat, als würde er grübeln.
»Ein Nachbar? Meinen Sie etwa Jürgen Fromm?«
Kant und Winter sahen ihn an, ohne die Frage zu beantworten.

»Wir haben vor wenigen Tagen mit ihm gesprochen. Es war ein sehr interessantes Gespräch, Herr Nowack. Unter anderem sind auch Sie und Ihr Bruder Bestandteil dieses Gespräches gewesen.«
Kant stand auf und zupfte sich seine Jacke zurecht.
»Ja, es war Jürgen Fromm, und ich bin mir sicher, dass Sie es genau wussten. Was ich noch nicht weiß, aber noch herausfinden werde, ist, warum Sie den Namen Ihres toten Bruders angenommen haben, Joshua. Hat ihnen dieser Name etwa besser gefallen?«
Nowack sah ihn für einige Sekunden hasserfüllt an und seine Augen schienen in diesem Moment etwas dunkler geworden zu sein. Doch dann erschien ein leichtes Lächeln auf seinem Gesicht.
»Sie irren sich, Herr Kommissar. Weshalb sind Sie sich so sicher, dass ich *nicht* Gabriel bin?«
»Es ist die kleine, sternförmige Narbe über ihrer rechten Augenbraue. Diese Narbe hat sie verraten!«
»Oh, die Narbe. Ich verstehe. Es stimmt. Mein Bruder hatte an der Stelle ebenfalls eine Narbe. Bei ihm war es ein Pfeil, durch die seine Wunde entstand. Bei mir hingegen war es weniger spektakulär. Ich habe mich an der spitzen Kante unseres Küchenschrankes gestoßen. Das war sicher nicht minder schmerzhaft und hat diese kleine Narbe über meiner Augenbraue hinterlassen. Es gibt seltsame Zufälle bei Zwillingen, Herr Kommissar.«
Lächelnd drehte sich Kant um und lief langsam davon.
»Ich glaube nicht an solche Zufälle, Joshua!«
Winter stand nun ebenfalls auf.
»Ja. Mein Kollege ist auch *einer* dieser Zweifler, die *nicht* an den Selbstmord des Kindermörders glauben möchten.«

Er betonte die beiden Worte. Kurz blieb er an seinem Platz stehen und sah sich dann nochmals in dem großen Raum um. »Sie haben ein wirklich sehr schönes Büro, Herr Nowack. Nicht zu vergleichen mit den kleinen Zimmern, die wir in unserer Dienststelle haben. Diese erinnern eher an winzige, muffige Gefängniszellen, in denen man regelrecht Platzangst bekommt.«
Kurz nickte er seinem Gegenüber zum Abschied zu und folgte dann mit großen Schritten seinem Begleiter, der bereits in Richtung Ausgang unterwegs war.
Zurück blieb ein grübelnder Mann, dessen Hass auf Kant immer größer wurde. Er war sich nun sicher, dass jemand Joshua dabei beobachtet hatte, als der die Leiche von Sven Kruse auf dem Friedhof vergrub. Voller Wut stieß er die Kaffeetasse vom Tisch, die scheppernd auf den Boden fiel und dort in tausend Stücke zersprang.

Nach dem Besuch der beiden Kommissare war Gabriel sehr unsicher geworden. Er verstand nicht, was da plötzlich um ihn herum passierte. Den Handyfund vor dem Haus nahm er den beiden Beamten nicht ab. Etwas stimmte hier ganz und gar nicht.
Er beschloss daher, den restlichen Tag freizunehmen, um zu seinem Elternhaus zu fahren und dort nach dem Rechten zu sehen.
»Joshua!«, rief er während der Fahrt immer wieder wütend und schlug dabei mit der flachen Hand auf das Lenkrad. »Was hast du nur getan?«
Doch Joshua war sich keiner Schuld bewusst.
»Ich habe alles ausgeführt, so wie du es von mir verlangt hast, Gabriel!«

»Nein, das hast du nicht! Kam die Anordnung etwa von mir, dass du die Leiche von Sven Kruse auf dem Friedhof beerdigen sollst?«, schimpfte er laut.
»Nein«, antwortete die Stimme in seinem Kopf kleinlaut.
»Jemand muss Dich dabei beobachtet haben! Anscheinend hat die Polizei bereits das Grab geöffnet und den Toten geborgen. Woher sonst sollten sie sein Handy haben?«
»Handy? Ich weiß von keinem Handy.« Joshuas Stimme hämmerte wie ein Orkan in seinem Kopf. Er riss das Steuer nach rechts und fuhr an die Straßenseite, wo er stark auf die Bremse trat und den Sportwagen zum Halten brachte. Er hörte das laute Hupkonzert hinter sich nicht, da er beide Hände fest gegen die Ohren presste. Der Druck im Innern seines Gehirns war so stark, dass er befürchtete, sein Kopf würde sich in zwei Teile spalten. Erst als Joshuas Stimme nicht mehr zu hören war, kehrte langsam eine wohltuende Linderung ein.
Gabriel wischte sich die Tränen des Schmerzes aus den Augen, blieb einen Moment ruhig sitzen, bevor er den Wagen wieder startete und die Fahrt fortsetzte.
Kurz bevor er sein eigentliches Ziel erreicht hatte, parkte er den Wagen abseits in einer kleinen Seitenstraße, die kaum befahren wurde. Hier gab es die meisten leerstehenden Häuser des Ortes. Alte Ruinen, die einst als Werkswohnungen der Papierfabrik dienten. Wie die Fabrik selbst, die vor über fünfundzwanzig Jahren geschlossen wurde, verfielen auch sie mit der Zeit immer mehr und hinterließen nur noch die Gerippe einstiger Wohnungen, in denen früher gelacht und ausgelassen gefeiert wurde.
Gabriel kannte jeden Winkel des Ortes. Als Kinder waren sie stundenlang durch die Straßen gestreunt, hatten zusammen Verstecken gespielt und oftmals neidisch die Familien

belauscht, bei denen es keine harten Schläge mit dem Ledergürtel gab.
Er umrundete die alte Kirche, die aus Sandstein erbaut den Mittelpunkt des Dorfes bildete. Ein schmaler, unbefestigter Pfad führte an den Gärten in Richtung Wald entlang, wo sich der Dorffriedhof auf der Anhöhe befand. Schon von weitem sah er die Steinmauer, die den Todesacker umrundete. Vorsichtig schlich er sich in geduckter Haltung voran. Vielleicht waren noch immer Polizisten dort, um den Tatort zu sichern. Doch so sehr er auch Ausschau nach ihnen hielt; er konnte niemanden entdecken.
Vielleicht ist es eine Falle?
Wollte Kant ihn vielleicht wirklich in eine Falle locken?
Kurz setzte er sich auf den Boden und überlegte.
Niemand konnte es ihm verbieten, nach dem Grab seiner Eltern zu sehen. Niemand.
Am Wegrand standen einige Blumen. Gabriel kannte deren Namen nicht, da er sich niemals wirklich damit beschäftigt hatte. Er pflückte so viele von ihnen, bis er einen bunten Wiesenstrauß in den Händen hielt. Noch immer konnte er keine einzige Person auf dem Friedhof ausmachen. Mit erhobenem Haupt und nach vorne gereckter Brust ging er die letzten Meter den Hügel hinauf, bis er das Eingangstor erreichte.
Mit zitternder Hand öffnete er es und ging langsam hinein. Der Engel mit dem abgefallenen Flügel zeigte ihm den Weg zu dem Grab seiner Eltern und seinem eigenen Grab.
Als er vor dem Grabstein stand, deutete nichts darauf hin, dass die Polizei hier gewesen war. Kein rot-weißes Absperrband, keine niedergetretenen Grashalme zwischen den beiden Parzellen und auch kein ausgehobenes Grab.
»Es ist alles, wie ich es zurückgelassen habe, Gabriel.«

Der ließ den Blumenstrauß achtlos zu Boden fallen, den er die ganze Zeit in der Hand gehalten hatte.
Noch einmal drehte er sich suchend nach allen Seiten um. Hier war niemand, der ihn beobachtete oder festnehmen wollte.
Woher aber hatte Kant das Handy von Kruse?
Gab es vielleicht ein zweites, das der Hausmeister tatsächlich zuvor verloren hatte? War eines sein privates und das andere sein geschäftliches Handy?
Das ergab in Gabriels Überlegungen einen Sinn.
Niemand hatte den Leichnam entdeckt und ihn wieder ausgegraben. Erleichtert lachte er auf.
»Joshua, es war alles nur ein Irrtum.«
»Du bist nicht mehr böse auf mich?«
»Nein, großer Bruder. Du hast alles richtig gemacht!«
Gabriel war ein dicker Stein vom Herzen gefallen. Deutlich entspannter, als er es betreten hatte, verließ er das Areal, auf dem hunderte von toten Menschen in ihren kalten Ruhestätten lagen und machte sich auf den Rückweg.
Dieses Mal nahm er aber den direkten Weg, der ihn durch den Garten seines geerbten Hauses führte.
Bilder aus der Kindheit drängten sich in seine Gedanken.
Auf dem alten Kirschbaum sah er sich und seinen Bruder sitzen und von den roten, saftigen Früchten essen. Sie trugen kurze Hosen und keine Schuhe. Barfuß waren sie auf den Baum geklettert und dann unter dessen schützenden Zweigen und Blättern unsichtbar geworden.
Er sah, wie sie den Boden des Gartes mit grünen, vollgefüllten Gießkannen wässerten, deren Gewicht sie kaum tragen konnten. Doch sie hatten Spaß dabei. Sie hatten wirklich oft Spaß und Freude, bis …

Gabriel sah zu dem Fenster hoch, das zu ihrem Zimmer führte. Dort sah er ihn. Gabriel erschrak, obwohl er wusste, dass es nur ein Bild aus der Vergangenheit war.
Dort im Fensterrahmen stand ihr Vater mit grimmigem, verstörtem Blick, einen breiten Lederriemen in der Hand haltend, an dessen Ende eine massive Gürtelschnalle befestigt war. Gabriel wandte sich ab, atmete tief durch.
Als er nochmals zum Fenster sah, war dort niemand mehr zu sehen.
Heute wollte er dieses Haus nicht betreten. Er beschloss stattdessen, nochmals kurz ins Büro zu fahren, um dort nach dem Rechten zu sehen. Franziska hatte ihm mitgeteilt, dass man einen Ersatzschlüssel gefunden hatte und der Server nun wieder lief. Alles hatte sich an diesem Tag zum Guten gewandt.
Nur auf Kommissar Kant musste er ein sehr wachsames Auge werfen.

Kant hatte genau die gleiche Idee. Sein Entschluss, Nowack zu überwachen, stand für ihn fest. Kein einziger von diesem Mann durchgeführten Schritte sollte unbeobachtet bleiben. Doch das war vorerst sein Geheimnis, von dem noch niemand etwas erfahren würde.
Er wollte Winter in diese ungenehmigte Ermittlung nicht hinzuziehen, zumal der sich aktuell im akuten Liebestaumel befand. Sein Kollege würde die freien Nächte sicherlich lieber mit der Büchereiangestellten Silke verbringen, als am Straßenrand in einem Auto zu sitzen. Es gab hierbei nur ein klitzekleines Problem, das Kant unbedingt noch lösen musste: seine Frau Nicole.

Er konnte ihr ja schlecht weißmachen, dass er tagsüber im Büro arbeitete und dann anschließend noch einen Verdächtigen die ganze Nacht überwachte. Sie würde die Koffer packen und ihn Hals über Kopf verlassen, da sie einfach genug von seinen Spielchen hatte.

Und es kam fast tatsächlich so.

Als er am Abend nach Hause kam, stand Silke bereits mit gepackten Koffern im Wohnzimmer und sah ihn mit verweinten Augen an.

»Willst du mich jetzt verlassen?«, fragt er irritiert, woraufhin sie nur den Kopf schüttelte.

»Das würde dir so passen, Alex. Meine Mutter hatte heute am frühen Nachmittag einen Schlaganfall und liegt seitdem im Krankenhaus. Ich muss mich ein paar Tage um meinen Vater kümmern. Du weißt doch, alleine ist er vollkommen hilflos.«

»Oh, wie schrecklich«, sagte er leise, wobei sein Herz innerlich Purzelbäume schlug. So schlimm wie das Ganze auch war: endlich hatte ihm seine Schwiegermutter etwas Gutes getan.

»Tue nicht so scheinheilig. Ich weiß doch, dass du meine Mutter nicht leiden kannst!«

Kant stritt es nicht ab, nahm stattdessen die beiden Koffer und lief in Richtung Ausgang.

»Du wirst mir verdammt fehlen, mein Schatz. Aber du tust das Richtige! Deine Eltern brauchen jetzt deine Hilfe.«

Er stellte die Koffer kurz ab und wandte sich zu ihr um.

»Soll ich mir Urlaub nehmen und mitkommen? Wir haben zwar eine Menge zu tun, aber für dich …«

»Nein, du stehst mir dort eh nur im Weg herum.«

Zwei Minuten später verschwand ihr Auto am Ende der Straße, und Kant schleuderte seine geballte Faust in die Luft.

»Ja«, sagte er lächelnd, »Das Karma hat wieder einmal zugeschlagen.«

Er lief zurück ins Haus, nahm sein Handy und wählte eine Nummer.

»Kaltbrenner«, meldete sich eine Männerstimme.

»Kalle, ich bin es, Alex Kant. Ich bräuchte die Adresse eines Autohalters.«

»Schieße los!«

Kant nannte die Buchstaben und Ziffern des Nummernschildes, das er von dem weißen Kastenwagen in Nowacks Elternhaus abfotografiert hatte.

»Als Halter ist hier ein Benjamin Vogel eingetragen.«

»Scheiße«, fluchte Kant leise.

Er ließ sich dennoch die Adressdaten geben, damit er sie zumindest überprüfen konnte.

Schon kurze Zeit später wusste er, dass es sich um eine Fake-Adresse handelte. Schnell war ihm die Verknüpfung zwischen Nowacks Tätigkeit und dem falsch ausgestellten Versicherungsschutz klar geworden. Es bestätigte ihm aber auch, dass er auf der richtigen Spur war. Warum sollte ein unbescholtener Bürger, der nichts Böses im Schilde führte, ein Auto auf einen Scheinnamen anlegen?

Die Schlinge um Joshua Nowacks Hals zog sich immer, auch, wenn er sich selbst Gabriel nannte.

Gabriel war Kant näher, als dieser im Moment dachte.

Für ihn war es nicht schwer gewesen, herauszubekommen, wo genau der Beamte wohnte. Die Presse hatte ganze Arbeit geleistet, indem sie ihn vor seinem Haus besucht und öffentlich diffamiert hatte. Anhand der Straßennamen und der im Hintergrund abgebildeten Häuser, die er auf Facebook in einem der Berichte entdeckte, konnte er mit ein wenig

Recherche innerhalb weniger Minuten die genaue Adresse herausbekommen.
Nun stand er etwa fünfzehn Meter von dem Grundstück entfernt am Straßenrand und beobachtete, was gerade in diesen Minuten geschah. Gabriel sah, wie sich die Tür des Hauses öffnete, eine Frau, von Kant gefolgt, nach draußen trat und in Richtung eines Autos ging. Er trug zwei Koffer, die er anschließend sorgsam im Kofferraum verstaute.
Als das Auto weggefahren und außer Sichtweite war, stieß Kant ein lautes Ja aus.
Kopfschüttelnd saß Nowack in seinem Auto, nachdem er die Szene beobachtet hatte. Er parkte im Rücken des Beamten, so dass dieser ihn nicht wahrnahm und auch den auffälligen Sportwagen nicht sehen konnte.
Nachdem Kant wieder im Haus verschwunden war, stieg er aus und schlich sich vorsichtig auf das fremde Grundstück. Noch war es hell genug, dass kein Bewegungsmelder eine Lampe anschaltete und somit den Eindringling bloßstellte.
Dicht an die Wand gedrückt, näherte er sich einem gekippten Fenster und spähte hinein. Deutlich konnte er Kants Stimme hören, die aus dem Zimmer nach draußen schallte. Unbemerkt blieb er an seinem Platz stehen und lauschte neugierig dem Telefongespräch, welches der Beamte gerade führte. Dabei hörte er, wie Buchstaben und Ziffern weitergegeben wurden, und als er erkannte, wobei es sich dabei handelte, begann er innerlich zu fluchen.
Kant las gerade das Nummernschild seines weißen Transporters vor.
»Benjamin Vogel.«
Nowack sackte kurz in sich zusammen.
Wo hatte Kant das Auto und das Nummernschild gesehen?

Wurde er selbst vielleicht schon längere Zeit durch die Polizei beobachtet, und hatte man gesehen, dass er mit Kruse zusammen die beiden Kühltruhen transportiert hatte? Oder …

Ein schlimmer Verdachte keimte in seinem Kopf.

Kant war in seinem Elternhaus gewesen!

Jetzt plötzlich ergab auch der Fund des Handys einen Sinn.

Joshua hatte dieses nicht mit dem Toten zusammen auf dem Friedhof begraben, sondern es lag im Keller des Hauses. Schemenhaft kamen ihm Erinnerungen, die er nicht selbst, sondern Joshua wahrgenommen hatte.

Das vibrierende Handy in den frühen Morgenstunden im Keller. Joshua hatte es auf einen der Kartons gelegt und zwar in dem Raum, indem er selbst den Leichnam von Sven Kruse eingegraben hatte.

Kant beendete das Gespräch und lief zum Fenster, wo er kurz nach draußen blickte. Der Abstand zwischen den beiden Männern betrug nicht mehr als zwanzig Zentimeter.

»Ich krieg dich, Joshua Nowack«, zischte Kant hervor, nicht ahnend, dass dieser seine Worte hörte. Als er zurück ins Wohnzimmer ging, schlich Nowack wieder vom Grundstück. Er wusste, dass er dringend etwas erledigen musste, bevor ein erneuter Besuch des Polizisten bei ihm im Büro stattfinden würde.

»Es tut mir leid, dass ich Sie heute schon wieder belästigen muss, Herr Nowack.«

Es waren etwas mehr als zwölf Stunden vergangen, seit Gabriel zuletzt die Stimme des Beamten auf dessen Grundstück gehört hatte. Nun stand Kant erneut in seinem und störte damit den Tagesablauf. Allerdings war der

Kommissar heute nicht in Begleitung des übergewichtigen Beamten, der ihm sonst nicht von der Seite zu weichen schien.

»Was kann ich den heute für Sie tun, Herr Kant?«, fragte Gabriel mit aufgesetzter Freundlichkeit, kurz von seinem PC aufschauend. »Ich habe viel zu tun, daher müssen Sie sich etwas kürzer fassen.«

Ohne eine Aufforderung abzuwarten, zog dieser einen Stuhl zu sich heran und setze sich breitbeinig darauf.

»Gut. Ich komme direkt zu Sache. Kennen Sie dieses Nummernschild?«

Er zog einen Zettel aus der Jackentasche und legte diesen vor Nowack auf den schwarzen Schreibtisch, dessen Oberfläche kein einziges Staubkörnchen oder einen Fettfleck aufwies.

Neugierig zog der das Stück Papier zu sich heran und sah darauf.

»Natürlich. Das ist das Kennzeichen meines Zweitwagens. Ich benutze diesen für größere Transporte, da mein Sportwagen nur einen sehr kleinen Kofferraum hat.«

Kant lehnte sich etwas in seinem Stuhl zurück und beobachtete dabei sein Gegenüber ganz genau.

»Haben Sie einen Künstlernamen? Ein eingetragenes Pseudonym?«

Mit einem leichten Lächeln im Gesicht nahm Nowack die Kaffeetasse und trank einen Schluck daraus. Seinem unwillkommenen Gast bot er nichts an.

»Nein, nicht das ich wüsste. Wie kommen Sie darauf?«

Er sah auf die Uhr auf seinem Handgelenk. »Würden Sie bitte zur Sache kommen? Ich habe gleich einen wichtigen Kundentermin, Herr Kant.«

»Das Auto ist auf den Namen Benjamin Vogel zugelassen.

Ihr Name hingegen ist aber Joshua Nowack.«

»Gabriel Nowack, Herr Kant«, verbesserte er den Beamten mit einem nachsichtigen Lächeln.
Kurz tippte er auf seiner Tastatur, dann drehte er den Bildschirm so, dass Kant den Inhalt erkennen konnte.
»Das ist die Versicherungspolice für meinen Zweitwagen. Wie Sie sehen können, ist er auf meinen Namen angemeldet. Von einem Benjamin Vogel habe ich noch nie in meinem Leben etwas gehört.«
Kant rückte etwas nach vorne und sah sich das aufgerufene, elektronische Dokument an.
»Sie haben das doch sicher auch nochmals in ausgedruckter Form – oder? Ich vertraue der EDV nicht so sehr. Diese ist in meinen Augen sehr manipulierbar.«
Nowack zuckte mit den Schultern und wählte dann eine Nummer auf der Telefonanlage.
»Franziska, bitte suchen Sie die Police mit der Nummer KA-1255-12 aus unseren Akten heraus und machen Sie eine Fotokopie für Herrn Kant.«
Nowack beendete das Gespräch und sah den Beamten mit einem leichten Lächeln an.
»Ich denke, dass Sie nun den Beweis haben, dass der Fehler anscheinend auf Ihrer Seite lag. Franziska wird Ihnen die Kopie gleich geben. Nun muss ich aber wieder etwas arbeiten, Herr Kant. Ich wünsche Ihnen noch einen schönen und erfolgreichen Tag.«
Ohne ein weiteres Wort zu sagen, stand Kant von seinem Stuhl auf und lief langsam zur Tür hinüber. Dort angekommen, blieb er kurz stehen und wandte sich noch einmal zu Nowack um.
»Hat sich ihr Hausmeister eigentlich schon gemeldet?«
»Ja, mit ihm ist alles in Ordnung. Er hatte sein Handy schon schmerzlich vermisst.«

Kant hob die Augenbrauen an.
»Schön zu hören. Richten Sie ihm bitte einen schönen Gruß von mir aus.«
Nowack nickte, drehte seinen Bildschirm um und widmete sich geschäftig seinen Aufgaben.
Als Kant das Büro verlassen hatte, und er sich an der Anmeldung die Kopie des Vertrages geben ließ, verfinsterte sich Gabriels Blick. Er hatte keine Lust mehr auf diese dummen Spielchen.

Wenige Minuten später saß Kant in seinem Dienstwagen und sah von dort aus zu dem Fenster hoch, hinter dem er Nowack vermutete. Das Gespräch war leider anders gelaufen, als er es sich erhofft hatte. Dieser Mann war wirklich mit allen Wassern gewaschen und ließ sich nicht so leicht aus der Ruhe bringen. Beim Hinausgehen hatte er nach den Arbeitszeiten gefragt und von Franziska die freundliche Auskunft erhalten, dass die Versicherung ab 18:00 Uhr nicht mehr besetzt war.
Kant nahm sich vor, bereits eine Stunde früher hier zu sein, damit er Nowack abfangen und ihm auf dem Heimweg folgen konnte. Er wollte wissen, wo dieser wohnte. Vielleicht machte es ja auch Sinn, einen Blick in diese Unterkunft zu werden. Doch bis dahin wollte er ins Präsidium fahren und nochmals Einsicht in die Unterlagen der Spurensicherung nehmen.
Bereits auf dem Parkplatz der Dienststelle wurde er von Winter abgefangen, der ebenfalls gerade den Dienst antrat.
»Und, wie war dein Abend gestern, Alex?»
Der hob mit mürrischem Blick die Schultern an.
»Das Übliche. Und bei dir?«
Winter grinste über beide Backen.
»Ich kenne jetzt das Kamasutra!«

»Du meinst jetzt theoretisch oder praktisch, Pascal?«
Der überlegte kurz. »Eine Mischung aus beidem. Alle Stellungen konnte ich unmöglich ausprobieren. Da hätte ich im Anschluss einen Termin bei einem Physiopraktiker benötigt. Aber so die Anfängerstellungen haben ganz gut funktioniert. Zumindest war meine Silke mehr als begeistert.«
»Oh? Sind wir schon bei *meiner* Silke?«
Während ihres Weges in und durch das Gebäude erzählte Winter seinem Kollegen einiges über die Bibliothekarin und deren Vorzüge und Leidenschaften. Kant war froh, als er die Tür hinter sich schließen konnte und alleine in seinem Büro war. Jetzt konnte er sich in Ruhe seiner Arbeit widmen.
Bereits seit gestern lagen die Untersuchungsberichte des Gerichtsmediziners und der Spurensicherung auf seinem Schreibtisch. Kant zog sich die Jacke aus, ließ das Rollo am Fenster etwas herunter, da die Sonne blendete und machte es sich dann auf seinem Bürostuhl gemütlich.
Seite für Seite blätterte er den Bericht durch und las alle Passagen, die ihm besonders wichtig erschienen, gründlich durch. Wie bereits erahnt, war auch Fromm an den Folgen einer Pentobarbital-Injektion gestorben. Das Profil der im Mülleimer gefundenen Schuhe stimmte mit dem überein, welches man beim Leichenfund der Kinder auf einigen sandigen Stellen entdeckt hatte. Die Unterschrift auf dem Abschiedsbrief war identisch mit den Unterschriften auf den unterzeichneten Verträgen, die man im Hause des Toten gefunden hatte. Es gab also kaum einen Zweifel daran, dass Fromm nicht der Entführer und Mörder der Kinder war. Es gab niemanden in dessen Umfeld, der ihm hätte ein Alibi geben können, welches ihn von dieser schweren Schuld entlastete. Fromm war geschieden, lebte ohne Angehörigen in einem Haus mit einem weitläufigen Anwesen. Die besten

Voraussetzungen für einen Serienmörder. Dieser Mann war die ideale Wahl für Nowack gewesen, um von sich abzulenken. Er hatte ein Bauernopfer gefunden und alles genauestens inszeniert.
Selbst die Nähe zum Tatort passte perfekt. Kant würde es nicht wundern, wenn bei weiteren Untersuchungen auf dem Grundstück von Fromm einige Kleidungsstücke der Opfer gefunden wurden.
Obwohl alle Indizien dafür sprachen, dass dieses schlimme Verbrechen nun aufgeklärt und der Täter sich selbst hingerichtet hatte, glaubte er nicht daran.
In dem seitenlangen Bericht hatte niemand einen Vermerk darüber gemacht, dass die sauberen Schuhe des Toten und auch die gesamten Kleidungsstücke, die dieser trug, nicht darauf schließen ließen, dass er damit durch den Wald bewegt und über Äste und Bäume gestiegen war.
In all den Jahren als Kommissar hatte ihn sein Spürsinn immer wieder richtig geleitet. Er würde das falsche Spiel nun mitspielen und den Fall für abgeschlossen erklären, doch das war nur eine Finte, damit sich der wahre Täter erst einmal in Sicherheit wog.

Nowack fand, dass die letzten Stunden des Tages sehr schnell vergangen waren. Nachdem er einige Gespräche geführt und seine Notizen in den Computer eingetippt hatte, sah er auf seine Smart-Watch. Es war kurz vor 18:00 Uhr. Er streckte und dehnte sich, schloss die Programme auf seinem PC und meldete sich aus der Telefonanlage ab.
Er hatte einen richtigen Heißhunger auf ein leckeres Nudelgericht. Draußen schien die Sonne und es war eine gute Gelegenheit, sich wieder einmal in den kleinen Biergarten von

Franco zu setzen, dort ein Glas Rotwein zu trinken und einen Teller Lasagne zu essen. Das kleine italienische Restaurant war ein Geheimtipp. Die Preise waren moderat, die Portionen ausreichend und der Geschmack unübertrefflich.
Als er mit seinem Wagen aus der Tiefgarage fuhr, ahnte er nicht, dass Kant bereits seit einer halben Stunde auf ihn wartete und sich nun in sicherem Abstand an ihn heftete.
Die Fahrt ging durch die halbe Stadt hindurch. Kant versuchte, den Abstand so zu halten, dass beide die gleiche Ampelphase nutzten und er den Sportwagen vor sich nicht verlor. Nur wenige Minuten später bog Nowack vor ihm in eine weniger befahrene Seitenstraße ein und hielt dann vor einem italienischen Restaurant. In gebührendem Abstand stellte sich Kant an den rechten Straßenrand und beobachtete, wie Nowack aus dem Auto stieg und sich in den Biergarten setzte, der zur Straße hin angelegt worden war.
»Na super. Jetzt kann ich ihm auch noch beim Essen zusehen.« Zum Glück hatte er sich selbst ein paar belegte Brote und zwei Flaschen Wasser eingepackt, da er ahnte, dass die Observation sicherlich die halbe Nacht dauern würde. Während Nowack in der nächsten Stunde gemütlich ein Glas Wein trank und einen Teller Lasagne aß, wartete er bei geöffnetem Fenster in seinem Dienstwagen.
Immer wieder sah er dabei auf die Uhr.
Es war bereits kurz nach 19.30 Uhr, als Nowack die Rechnung bezahlte und wieder zurück zu seinem Auto kam.
Während er einstieg, winkte er nochmals kurz einem kleinen, älteren Mann freundlich zu, der anscheinend der Besitzer des Restaurants war.
Kant gab Nowack einen kleinen Vorsprung, bevor er ebenfalls den Wagen startete und erneut dem Sportwagen folgte.

Noch fuhr dieser langsam vor ihm her, führte ihn wieder zurück in das Gewimmel der Stadt und der vielen Ampeln. Um ihn nicht zu verlieren, rückte Kant etwas dichter an den Sportwagen heran. Ein Fehler, wie sich nur wenige Sekunden später herausstellte. Nowack hatte ihn erkannt. Bei der nächsten grünen Ampelphase trat dieser auf das Gaspedal und ließ den Motor aufheulen. Der Abstand zwischen den beiden Fahrzeugen wurde deutlich größer. Der Beamte brach die Verfolgung ab, da er keine Chance sah, die Verfolgung weiter durchzuführen, ohne jemand Unschuldigen dabei zu gefährden. Der blaue Porsche verschwand irgendwo in einer Seitenstraße und die weitere Suche würde der nach der Nadel im Heuhaufen gleichen. Kant brach die Verfolgung ab und trat fluchend die Heimfahrt an.
Als er sein Grundstück erreicht hatte, stand dort am Straßenrand Nowacks Sportwagen. Die Frontlichter des Fahrzeuges leuchteten zwei Mal kurz auf, als wollte er ihm sagen: du wirst mich niemals fassen. Der Wagen setzte sich in Bewegung und fuhr mit einem Abstand von nur wenigen Zentimetern an Kant vorbei. Durch das Seitenfenster sah er Nowack, der ihm kurz zuzwinkerte, bevor er aufs Gaspedal trat und erneut verschwand.

Wie von Kant geplant, erschien bereits in der nächsten Ausgabe der Regio-Zeitung ein umfassender Polizeibericht, mit dem man die Bevölkerung darüber informierte, dass der Kindermörder nicht mehr am Leben war. Es würde nun zumindest durch ihn keine Kindesentführungen und Morde mehr geben. In dem seitenlangen Text wurden die durchgeführten Polizeiarbeiten aufgelistete und die Ermittlungsarbeiten ins rechte Licht gerückt.

Geschrieben hatte den Artikel allerdings nicht Theresia Pötsch, sondern der junge, ambitionierte Journalist, dessen Visitenkarte er von Winter erhalten hatte.
Dessen Name war Eduard Feldmann.
Am Tag zuvor hatte Kant lange mit ihm telefoniert und die Details verraten, die man aus polizeilicher Sicht der Öffentlichkeit mitteilen durfte.
Noch während er mit dem jungen Mann sprach, hörte er im Hintergrund den rhythmischen Anschlag einer Tastatur.
Schade, dass er das Gesicht dieser Gewitterziege Pötsch nicht sehen konnte, sobald sie diesen Artikel las. Ohne echte Details war ihr eigener Bericht nur ein lahmer Abklatsch dieser Mitteilung.
»Dann können wir ja jetzt die Akte schließen, oder?«, fragte Winter, als er mit der Zeitung in der Hand in Kants Büro erschien und ihm diese auf den Schreibtisch legte.
»Wir schließen nur das letzte Kapitel, Pascal. Die Akte selbst bleibt für uns beide weiterhin offen.«
Kant freute sich insgeheim über die Veröffentlichung dieses Pressetextes. Es war endlich einmal kein Schmähschreiben, so wie es Pötsch bisher immer handhabte und damit die Arbeit der Polizisten in den Schmutz zog, sondern ein sachlich geschriebener Artikel, der weder überschwängliches Lob noch Tadel enthielt.
»Deine Freundin wird sicherlich Feuer und Galle spucken, wenn sie das hier liest«, lachte Winter und machte dabei scherzhaft übergroße Augen.
»Ja, aber sie wird zurückschießen, und dann werden wir ihr hoffentlich den alles vernichtenden Stoß in ihr Herz versetzen.«

Kant faltete die aufgeschlagene Zeitung zusammen und legte sie auf einen Berg von Papieren, die seit den Morgenstunden seinen Schreibtisch füllten.
»Wir beide wissen, dass die Gefahr noch nicht gebannt ist, Pascal. Wir dürfen Nowack nicht aus den Augen lassen und müssen zuschnappen, wenn er das nächste Kind entführt!«

»Joshua, wir müssen vorsichtig sein! Dieser Polizist verfolgt uns, und ich glaube, dass er mehr weiß, als uns lieb ist!«
Gabriel hielt sich den Kopf zwischen den aufgestützten Händen. Sein Gesicht war blass und die Augen wirkten müde.
»Ich brauche neue Freunde, Gabriel!«
Die Stimme in seinem Kopf klang brüchig und leise.
»Ich weiß, Joshua. Du musst noch etwas Geduld haben!«
»Aber ich fühle mich so alleine, ohne die Kinder. So alleine!«
Gabriel stand wütend auf, presste sich beide Hände fest gegen die Schläfen und ließ seinen Frust heraus.
»Du bist für uns beide eine Gefahr, Joshua! Sie werden uns fassen, wenn wir nicht achtsam sind. Wir müssen noch etwas warten. ***DU*** musst noch etwas Geduld haben!«
Die Stimme, die ihm antwortete, wurde lauter und sein Kopf schien unter den Worten immer mehr anzuschwellen.
»Ich will nicht mehr warten. Kümmere dich um meine Freunde, Gabriel, oder ich werde mir jetzt selbst welche suchen!«
Weinend brach Gabriel zusammen, krümmte sich am Boden, als ob man ihn mit siedendem Öl übergossen hätte.
»Komm nach Hause, Gabriel! Ich warte dort auf dich, mein Bruder!«
Der Schmerz in seinem Kopf wurde schwächer, doch er war noch immer so heftig, dass er sich übergeben musste.

Joshua zeigte keine Einsicht und war dadurch eine Gefahr für sie beide. Jetzt gerade war er sehr stark, da er etwas unbedingt wollte. Außerdem war er der Ältere von ihnen.
Langsam richtete sich Gabriel auf und wischte sich mit dem Unterarm das Erbrochene von den Lippen.
Er würde am Wochenende zu seinem Elternhaus fahren und sich dort noch einmal ganz genau umschauen.
Mittlerweile war er sich sehr sicher, dass sich die beiden Kommissare dort umgesehen hatte. Das gefundene Handy, das Nummernschild des Transporters… Nach und nach setzen sich die einzelnen kleinen Fragmente zu einem Ganzen zusammen. Wie ein Puzzlespiel, bei dem man Teil für Teil ineinanderfügte und so ein großes Ganzes bekam: es entstand etwas, das man sehen und so langsam recht deutlich erkennen konnte.

Winter war nach seinem Dienst zu dem kleinen Teeladen in die Stadt gefahren, wo man die besten Sorten und Aromen erhalten sollte. Er wollte Silke überraschen und ihr damit zeigen, dass er mehr als nur eine Freundschaft *mit besonderen Vorzügen* wollte.
Nach einer Beratung durch einen älteren Mann mit asiatischen Wurzeln, der perfektes Deutsch sprach, entschied er sich für eine kleine Packung „Matcha".
Dabei handelte es sich um einen pulverisierten Grüntee,
der unter Kennern für seine unglaublich intensive grüne Farbe und seine vielseitig wohltuenden Wirkungen bekannt war. Der Preis war heftig und Winter überlegte, ob er wirklich für dreißig Gramm Tee die Summe von fünfundsiebzig Euro hinblättern sollte. Das war ein ganzer Wocheneinkauf an

Lebensmitteln. Doch Silke würde sich freuen und das war ihm die Ausgabe wert.
Er ließ das Geschenk noch schön verpacken und rundete es ab, indem er noch eine Packung „Petit Fours“ dazu nahm.
In freudiger Erwartung auf das überraschte Gesicht von Silke, die er unerwartet besuchen wollte, und auf ihre Reaktion auf die teuren Geschenke, machte er sich auf den Weg zu ihrer Wohnung.
Schon jetzt spürte er ein leichtes, wohltuendes Kribbeln in seiner Lende.
Silke würde sich bestimmt wie immer dankbar zeigen und mit ihm wilde Fantasien ausleben.
Als er jedoch wenige Minuten später an ihrer Tür klingelte, blieb diese verschlossen. Irritiert sah er auf den Parkplatz hinab, wo ihr Auto stand. Sie musste also da sein. Er klingelte erneut, und als der Türöffner summte, drückte er die schwere Holzpforte auf, die ihn in das Haus ließ, das acht Mietparteien beherbergte. Schon ihm Flur konnte man erkennen, dass es sich hier um eine etwas edleres Objekt handelte, das sowohl von Vermietern als auch Mietern respektvoll behandelt wurde. Der Geruch nach frisch gepressten Orangensaft stieg ihm wohlriechend in die Nase. Es roch hier immer so. Er musste Silke unbedingt einmal fragen, welches Reinigungsmittel benutzt wurde.
Gezielt lief er zum Fahrstuhl und drückte die Nummer Sechs auf dem digitalen Display. Im Spiegel kontrollierte er noch einmal sein Aussehen, während der Fahrstuhl langsam, Stockwerk für Stockwert, nach oben schwebte.
Im sechsten Stock angelangt stieg er aus und lief zu ihrer Tür. Irritiert stellte er fest, dass diese noch verschlossen war. Hatte nicht Silke selbst, sondern jemand anderes die Eingangstür im Erdgeschoss geöffnet?

Er presste sein Ohr gegen das Holz. Leise Musik drang durch die Tür hindurch. Hoffentlich war ihr nichts passiert.
Er klopfte mehrfach gegen die Tür, die sich dann endlich öffnete.
»Gott sei Dank, ich dachte schon …«
Doch es war nicht Silkes Gesicht, aus dem man die Überraschung über den unerwarteten Besuch ablesen konnte, vielmehr stand diese in Winters Gesicht.
Vor ihm im Türrahmen stand ein Mann mittleren Alters mit einem Vollbart und verwuschelter Haarmähne, der nur ein Handtuch um die Hüfte geschlungen hatte, sonst aber vollkommen nackt war.
»Wer … wer sind Sie denn?«
»Das gleiche könnte ich Sie fragen. Was wollen Sie hier?«
Plötzlich erschien Silke in der Tür. Sie trug nur einen Bademantel. Die Situation war eindeutig. Silke hatte ihn betrogen.
»Ich… ich verstehe nicht. Ich dachte, dass wir beide …«
Sie wirkte genervt über die prekäre Lage, in die sie gerade hineingeschlittert war.
»Nein. Wir beide sind kein Paar. Wir sind nur Freunde. Nicht mehr und nicht weniger. Was willst du denn hier?
Wir waren für heute nicht verabredet.«
Winter war geschockt.
»Das war es dann wohl. An einer solchen Art Beziehung habe ich kein Interesse!«
Er wandte sich um und ging davon. Silke hatte, ohne ein weiteres Wort zu sagen, die Tür vor ihm geschlossen.
Wie konnte ihm so etwas passieren?
Sein Hals fühlte sich sehr trocken an, als er das Haus verließ und die Straße entlanglief, in der er sein Auto geparkt hatte.

Kant hatte Pascal noch niemals zuvor so fluchen gehört, wie an diesem Morgen.
»Total verarscht hat die mich! Und ich Blödmann gebe auch noch eine Menge Geld aus, um ihr einen sauteuren Tee zu kaufen, der wahrscheinlich wie eingeschlafene Füße schmeckt. Bin ich eigentlich noch zu retten, Alex?«
Der sah ihn erst einmal wortlos an.
»Hast du wirklich geglaubt, dass sie eine ersthafte Beziehung wollte?«
»Natürlich. Immerhin haben wir miteinander geschlafen!«
Kopfschüttelnd sah Kant sein Gegenüber an.
»In welchem Jahrhundert lebst du denn eigentlich? Meinst du, dass eine sexuelle Beziehung direkt ein Heiratsversprechen ist? Wie oft habt ihr euch bisher gesehen? Drei Mal oder vier Mal? Vergiss die ganze Geschichte oder treffe sie weiter, um nur Spaß mit ihr zu haben.«
Mit Unverständnis im Gesicht sah Winter ihn an.
»Silke hat mit einem anderen gepennt! Ich esse doch kein Brot weiter, an dem schon ein Fremder herumgekaut hat.
Nein, die Sache ist für mich erledigt. Die kann mich mal.«
Insgeheim freute sich Kant über diese Entwicklung. Nicht, dass er seinem Kollegen die Beziehung nicht gegönnt hätte, sondern, dass der nun wieder über eine Menge Freizeit verfügte und ihn bei der Observation von Nowack unterstützen konnte. Zumal er selbst ja dabei aufgeflogen war.
»Vergiss sie einfach. Sie ist nicht gut genug für dich, Pascal«, sagte er, um nicht ganz so abgehärtet zu klingen.
»Ich weiß auch schon, wie ich dich ablenken und auf andere Gedanken bringen kann. Dir wird es bald wieder besser

gehen und du wirst diese ganze Affäre ganz schnell vergessen haben.«
Er erntete einen fragenden Blick von seinem Gegenüber.
»Du hast doch nicht etwa schon wieder irgendetwas Illegales vor und willst mich in etwas mit hineinziehen – oder?«
»Nein, Pascal. Also nicht direkt. Es ist eher so, dass es sich um eine Untersuchung handelt, von der nur wir beide wissen und von der niemand anderes etwas erfahren soll!«
»Also doch etwas Illegales, was uns Kopf und Kragen und unseren Job kosten könnte?«
Wortlos hob Kant die Schultern in die Höhe.
»OK, ich bin dabei!«
Er stellte das teure Teepäckchen auf den Schreibtisch von Kant und schnippte mit dem Zeigefinger abwertend gegen die Verpackung.
»Ich koche uns jetzt einen Tee aus diesem beschissenen, teuren Kraut, und während wir ihn mit Genuss trinken, wirst du mir alles erzählen, Alex. Mit alles, meine ich aber auch wirklich alles! Sind wir uns da einig?«
Kant lachte. »Ja, wir sind uns einig. Aber … muss das mit dem Tee wirklich sein?«
»Ja, sonst platzt unser Deal, Alex!«
Der stöhnte kurz auf. »Also gut, dann mache zwei Tassen davon, und ich erzähle dir, was ich vorhabe.«
Etwa zehn Minuten später erschien Winter erneut in seinem Zimmer. In jeder Hand trug er eine große, weiße Tasse, die heftig dampfte und einen undefinierbaren Geruch verbreitete.
»Oh …«, rief Kant und rümpfte die Nase. »Ich mache wohl besser schon mal das Fenster auf. Vielleicht können uns dann die Kollegen noch retten, falls wir ohnmächtig werden.«
Vorsichtig stellte Winter die Tassen auf den Tisch und verbreitete das Aroma noch weiter im Zimmer, indem er mit

seiner rechten Hand, über dem Dampf durch die Luft fächelte.
»Das ist *Matcha,* ein pulverisierter Grüntee. Besonders geeignet bei geistiger Anstrengung zur Meditation. Dein Geist wird herunterfahren und du wirst dich viel erholter fühlen, Alex.«
Kant sah in seine Tasse, in der sich eine hellgrüne, mehlige Flüssigkeit befand, die ihn ein wenig an pürierte Erbsensuppe erinnerte.
»Ach du große Kacke. Kann man das wirklich trinken? Ich könnte da noch einen Schluck Rum hinzutun? Was meinst du, Pascal?«
Der winkte ab.
»Bist du verrückt? Dreißig Gramm von diesem Tee kosten über siebzig Euro. Da wird nichts mit Rum oder Sonstigem gepanscht. Den trinken wir jetzt so!«
Unsicher nahm Kant die Tasse in die Hand, deren Wärme sich sofort auf der Haut verteilte. Vorsichtig streckte er die Nase nach vorne und roch an deren Inhalt.
»Boah, das riecht irgendwie nach Fisch oder wie ein Katzenklo. Findest du nicht auch?«
»Wir haben einen Deal, Alex!«
Vorsichtig führte Kant die Tasse an seinen Mund und nahm einen kleinen Schluck von der grünen Flüssigkeit, die zähklebrig an seiner Zunge haftete. Der Tee hatte einen leicht süßlich-nussigen Geschmack.
»Und?«, wollte Winter wissen, der bisher noch nichts aus seiner Tasse gekostet hatte.
»Ich habe noch nie etwas Leckereres getrunken«, sagte Kant leise, sich dabei mit der Zunge über die Lippen fahrend.

»Du verarscht mich, oder?« Langsam hob er selbst die Tasse an, führte sie an den Mund und nahm einen winzigen Schluck.

Kant musste lachen, als er den Gesichtsausdruck sah, der sich nach dem Genuss der Flüssigkeit bei Winter einstellte.

»Verdammt, ich habe es befürchtet. Das Zeugs schmeckt genauso, wie es riecht. Vielleicht sind wir beide ja einfach nur Banausen und haben keine Ahnung von Tee, aber das kann ich beim besten Willen nicht trinken.«

Er nahm seine Tasse und kippte sie ins Waschbecken, das sich im hinteren Bereich des Büros befand und ein Überbleibsel des einstigen Labors war, das ursprünglich in diesem Raum eingerichtet worden war.

»Kannst du meine Tasse bitte auch wegschütten, Pascal?«

Der sah nur kopfschüttelnd zu ihm hinüber.

»Nein, wir beide haben einen Deal und dazu gehört, dass du die Tasse mit dem Matcha Tee austrinkst. Ich leiste dir dabei Gesellschaft und du erzählst mir jetzt erst einmal alles.

Es war Freitagabend. Gabriel hatte sein Elternhaus erreicht und parkte vor dem alten Gebäude. Wie gewohnt empfing ihn niemand, als er sich der Eingangstür näherte. Doch schon jetzt spürte er wieder die sehr enge Bindung zu Joshua, der mit diesem Haus so stark verwurzelt war, als ob er ein Teil des Baumaterials wäre.

Beim ersten Schritt durch die Eingangstür überkam Gabriel ein leichter Schauer, der wie ein Blitzschlag durch seinen Körper hindurchströmte. Das war immer so, wenn er dieses Haus betrat. Es war, als ob sofort eine fremde Macht Besitz von ihm ergreifen würde: Joshua.

»Endlich bist du da, Gabriel«, frohlockte die ihm bekannte Stimme euphorisch.
»Natürlich, Joshua. Wie an jedem Wochenende.«
Gabriel zog seine Jacke aus, steckte sein ausgeschaltetes Handy und seine Uhr in die Tasche.
»Ich glaube, dass jemand in unserem Haus war«, sagte er, worauf Joshua leise antwortete.
»Ich weiß. Ich habe es gespürt! Es war jemand hier und hat unser Haus entweiht.«
Langsam zog sich Gabriel seine Kleidung aus und legte sie fein zusammengelegt in eine Tasche, die er im Flur vor den alten Garderobenschrank stellte.
»Schaue dich um, Joshua, und sei vorsichtig! Sie sind uns auf der Spur, und wir dürfen keinen Fehler machen!«
Gabriels Gesicht begann schmerzhaft zu zucken, dann veränderte sich seine aufrechte Körperhaltung. Sie krümmte sich, als würde er gerade um einige Jahre altern.
»Ja, Gabriel«, sprach Joshuas Stimme, der nun wieder den Körper übernommen hatte. Er nahm die alte, kaputte Uhr aus einer Schublade und band sie sich um das Handgelenk.
»Ich ziehe nur kurz meine Kleider über, dann überprüfe ich das ganze Haus.«
»Mach es aber gründlich, du dummer Nichtsnutz!«, rief ihm seine Mutter zu.
»Ja, Mutter. Ich werde keine Fehler mehr machen!«
Nackt ging er die Stufen der Treppe hoch, um sich seine Kleider zu nehmen. Doch noch während er dies tat, hielt er mitten in der Bewegung inne. Er sah zu seinem Zelt hinüber und erstarrte. Achtlos ließ er die Kleidungsstücke zu Boden fallen und lief mit schnellen Schritten auf das Gebilde vor ihm. Sofort war ihm bewusst, dass jemand seinen Zufluchtsort betreten und ihm so dessen Magie entwendet

hatte. Langsam schob er die Wolldecke beiseite, die den Eingang in das Innere verschloss. Prüfend sah er sich um, schnupperte dabei in die Luft wie ein Hund, den man auf eine Fährte angesetzt hatte. Dann schrie er laut auf, als ob man ihm ein scharfes Messer durch die Achillesferse getrieben und die Muskeln durchtrennt hätte. Es war weg! Das Heiligste, was er besaß, hatte man ihm gestohlen. Unter Tränen suchte er überall im Zelt danach, doch es war verschwunden: das letzte Bild von ihm und seinem Bruder, als sie beide noch lebend vereint waren. Kraftlos ließ er sich auf den Boden sinken, verkrampfte seine Finger und schrie wie ein Besessener, in den der Teufel hineingefahren war. Doch dann verstummte er.

Joshua wischte sich die Tränen aus den Augen. Sein Gesicht war blass und starr.

Gabriel wusste, wer dafür verantwortlich war, das konnte Joshua in seinem Innern deutlich fühlen. Niemand hatte das Recht, in sein Haus einzubrechen und Dinge zu stehlen, die ihm alleine gehörten und die ihn an seinen Bruder erinnerten. Er würde sich das Bild wieder zurückholen, auch wenn es sein eigenes Leben kosten würde.

»Du bist ein guter Junge, Joshua«, hörte er die sanfte Stimme seiner Mutter, die schon lange kein gutes Wort mehr an ihn gerichtet hatte. »Hole dir das Bild zurück und töte diesen Menschen, bevor er euch für immer auseinanderbringt. Töte ihn, Joshua!«

Langsam kroch er aus seiner Höhle heraus und zog sich die Kleidungsstücke über, die er immer trug. Sein Blick war in diesem Moment fokussiert und er strahlte die Härte und Stärke aus, die Männer mit einem großen Selbstbewusstsein hatten. Joshuas Körperhaltung hatte sich verändert, war aufrechter geworden. Er drückte den Brustkorb nach vorne, straffte die Schultern und ballte seine Hände zu Fäusten. Voller Wut und Hass ging er hinab in den Keller, wo er Raum für Raum inspizierte und dann fündig wurde. Er sah das zerstörte Fenster und die fremden Fußspuren im Sand. Sein Blick fiel auf die zugeschüttete Grube, die aber unberührt schien.

Der Uringeruch hatte sich mit dem modrigen Gestank der Kartons vermischt und schwebte schwer und unsichtbar im Raum. Nicht einmal das zerstörte Fenster hatte diesen von hier vertreiben können.

Langsam drehte er sich einmal um die eigene Achse.

Auch das Handy, welches er in diesem Zimmer gefunden hatte, war nicht mehr an dem Platz, auf den er es gelegt hatte.

Wütend schlug er mit der Faust gegen die Tür.

Dann schloss er die Augen und atmete mehrmals tief ein und aus. Mit dem Rücken lehnte er sich gegen die Tür, strich mit den Händen über das lackierte Holz.

»Gabriel, du weißt genau wer hier gewesen ist – oder?«

Das Augenpaar zuckte unter seinen geschlossenen Lidern hin und her, als würden sie sich gerade um die eigene Achse drehen. In seinem Gesicht erschien nach wenigen Sekunden ein diabolisches Grinsen.

»Kommissar Alexander Kant«, sagte er immer und immer wieder, wobei die Worte stetig lauter wurden.

Dann spuckte er auf den Boden und begann laut zu lachen.

»Du hast recht, Gabriel. Ich werde mich um ihn kümmern. Wir werden uns schon sehr bald sehen, Kommissar Kant!«

Als er den Raum verließ, fiel sein Blick auf die beiden Kühltruhen, die bisher, für ihren eigentlichen Zweck unbenutzt, ihr einsames Dasein fristeten.

»Bald schon könnt ihr in euren neuen Betten schlafen und dann werde ich euch mit meinen Geschichten zum Lachen und zum Träumen bringen.«
Ein kurzes Lächeln huschte über Joshuas Gesicht, dann wurde es wieder ernst und hasserfüllt.

»Ich hatte Recht. Nowack ist hier! Genau wie ich es vorhergesagt hatte, Pascal.«
»Im Haus brennt Licht. Er macht also kein Geheimnis daraus. Selbst der auffällige Sportwagen parkt direkt vor dem Gebäude. Entweder fühlt er sich sehr sicher, oder er wird nachlässig.«
Kant öffnete die Seitenscheibe und atmete die klare Abendluft in seine Lungen ein. Es war kurz vor 23:00 Uhr.
Im Lichtschein des Fensters war immer wieder eine menschliche Silhouette zu sehen, die langsam durch den Raum ging.
»Er läuft im Zimmer auf und ab. Was macht er nur?«
»Joshua denkt sicher über einige Dinge nach.«
Winter stöhnte kurz auf.
»Dieser Personenwandel bringt mich immer ganz durcheinander. Gabriel, Joshua. Woran erkennen wir, mit welcher Persönlichkeit wir es gerade zu tun haben, wenn wir mit ihm sprechen?«
»Bisher haben wir immer nun mit Gabriel gesprochen, der ja eigentlich Joshua ist. Gabriel ist nur eine Stimme in Joshuas Gehirn. Der Körper, der vor uns steht, ist immer der von Joshua. Diese Person ist schizophren. In ihr vereinigen sich vielleicht noch weitere Personen außer seinem toten Bruder. Ich denke, dass wir den Unterschied erkennen werden, sobald

wir uns einmal direkt mit der Persönlichkeit von Joshua unterhalten können.«
Winter nickte.
»Dieser verdammte Tee wirkt wie ein Fettverbrenner. Ich muss ständig pinkeln, seit ich dieses Teufelszeugs getrunken habe. Wenn du mir je wieder so etwas in mein Büro bringst, dann werfe ich dich hinaus, Pascal.«
Nach diesen Worten öffnete er die lautlos die Tür, stieg schnell aus und hastete in gebückter Haltung hinter einen Baum am Straßenrand, um dort sein dringendes Geschäft zu erledigen.
Grinsend sah Winter kurz hinter ihm her, bevor er seine Aufmerksamkeit wieder dem alten Gebäude widmete.
Doch hier hatte sich eine Veränderung ergeben. Das Haus lag plötzlich in völliger Dunkelheit. Die Lampe, die noch vor wenigen Sekunden in einem der Zimmer gebrannt hatte, war nun erloschen. Wie ein blasser Totenschädel, der von dem fahlen Lichtschein einer gelblich strahlenden Straßenlaterne erleuchtet wurde, lag es nun vor ihnen.
»Er hat die Lampe gelöscht«, flüsterte Kant, als er wieder in den Wagen stieg.
»Glaubst du, ich bin blind, Alex? Ich habe das selbst gesehen. Es ist gerade einmal kurz nach 23:00 Uhr. Glaubst du, dass er sich schon ins Bett gelegt hat?«
»Du meinst sicher, ob er sich schon in seine Festung aus diesen vielen Wolldecken gelegt hat. Joshua muss mittlerweile gemerkt haben, dass jemand in seinem Haus war. Wir haben etwas, dass er stark vermissen wird.«
Obwohl es im Innenraum des Fahrzeuges dunkel war, erahnte Kant den erstaunten Blick seines Kollegen.
»Was meinst du damit? Was haben wir?«

Mit einem kurzen Griff zog er das kleine Foto aus seiner Jackentasche, auf dem die beiden Zwillinge zu sehen waren.
»Du hast das Bild aus diesem Zelt mitgehen lassen?«
»Ja, habe ich.«
»Meinst du, dass er weiß, dass wir es haben, Alex?«
»Ich bin mir da ziemlich sicher. Da ich ihm ja auch das Handy von dem Hausmeister überreicht habe, wird er eins und eins zusammenzählen können.«
Winter zog sich den Kragen seiner Jacke enger um den Hals.
»Du weißt schon, dass aus manchen Jägern plötzlich die Gejagten wurden - oder?«
»Ja«, antwortete Kant leise, »aber nur so können wir ihn aus der Reserve locken. Wir müssen ihn verunsichern, müssen dafür sorgen, dass er einen Fehler macht.«
In diesem Moment gab es einen heftigen Schlag auf das Autodach, der beide Männer zusammenschrecken ließ.
Sofort zog Kant seine Waffe aus dem Halfter.
»Verdammt, was war das denn?«, fragte sein Gegenüber überrascht. Draußen war nichts und niemand zu sehen.
»Bleib du hier drin. Ich schaue nach.«
Vorsichtig öffnete Kant die Tür, schälte sich nach draußen und drückte sich dabei eng an die Karosserie des Dienstwagens. Angespannt sah er in alle Richtungen, versuchte irgendwelche Geräusche zu orten.
Doch um ihn herum blieb es still.
Als er langsam seinen Körper nach oben streckte, entdeckte er einen dunklen Gegenstand, der quer über dem Autodach lag und darüber hinausragte.
Es war ein dicker Ast. Kant packte ihn mit beiden Armen und zog ihn herunter. Mit einem leichten Aufprall fiel er auf den Asphalt, von wo er ihn an den Straßenrand schob. Noch während er dies tat, sah er aufmerksam zu dem alten Gebäude

hinüber, fixierte die Höhe, aus dem vor wenigen Minuten der Lichtschein nach außen gedrungen war. Doch dort war noch immer alles verdunkelt.

»Es war ein Ast, der auf unser Dach gefallen ist«, sagte er leise, nachdem er wieder ins Auto eingestiegen war und auf seinem Sitz Platz genommen hatte. » Wir haben jetzt eine ziemlich fette Beule im Blech.«

»Gott sein Dank.« Winter atmete hörbar auf. Ich dachte schon, dass uns jemand mit einem Baseballschläger auf das Auto gehauen hat.«

»Das ist gar nicht so abwegig, Pascal, da sich kein Baum in unserer Nähe befindet, von dem ein Ast auf unser Auto hätte herunterfallen können. Wir brechen unsere Observation für heute ab. Ich ahne, wem wir dieses unerwartete Geschenk zu verdanken haben.«

Er startete den Motor, ließ das Licht aber aus. Langsam setzte er rückwärtsfahrend die Straße hoch, wendete geräuschlos in einer breiten Hofeinfahrt und fuhr davon.

Das Licht schaltete er erst ein, als er außer Sichtweite war.

Nicht weit von der Stelle entfernt, wo vor einer Minute noch ihr Wagen geparkt hatte, zogen dichte Atemwolken in der Dunkelheit wie frühmorgendliche Nebelschwaden zum sternenlosen Himmel empor. Auf dem Asphalt waren langsame Schritte von nackten Füßen zu hören, die sich in der Dunkelheit voran bewegten. Sekunden später erschien ein menschlicher Körper im äußeren Lichtkegel, der durch die Straßenlaterne erzeugt wurde. Während sich der völlig nackte Mann ins Zentrum des Lichts bewegte, wurde sein schmaler Schatten immer länger.

Joshua stand mit geballter Faust auf der Straße und es schien, dass seine Augen ebenso schwarz wie die Finsternis waren.

Erst nachdem das Auto vollkommen aus seinem Blickfeld verschwunden war, stahl er sich wieder in die Dunkelheit, um in deren Schutz unerkannt nach Hause zu laufen. Dort angekommen erwartete ihn die Frage seiner Mutter, die er sich auf dem Weg hierher bereits selbst mehrfach gestellt hatte.
»Was wirst du nun tun, Joshua?«
Er wusste es noch nicht und gab ihr keine Antwort.
»Du musst sie töten! Beide. Sonst werden sie dich niemals in Ruhe lassen.«
»Nein«, sagte Joshua mit lauter Stimme, die den Raum flutete. »Es muss einen anderen Weg geben. Sie sollen mich in Ruhe lassen!«
»Du bist ein dummer, einfältiger Junge! Sie haben dich wie einen Fisch am Haken und werden dich nicht mehr loslassen. Wehre dich wie ein echter Mann! Bringe sie beide zum Schweigen!«
Joshua sackte auf der Stufe zusammen und blieb dort für kurze Zeit in der Dunkelheit sitzen. Er fror und so schlang er sich die Arme um den Oberkörper, um sich dadurch selbst ein wenig zu wärmen.
Vielleicht hatte sie Recht.
»Gabriel, was soll ich tun?«, wimmerte er leise.
»Mutter recht mit dem, was sie sagt! Kant ist wie eine Bulldogge, die sich irgendwo festgebissen hat und erst dann wieder loslässt, wenn man ihr den Kiefer bricht.
Zieh dich an, Joshua. Wir fahren zu ihm. Jetzt gleich!«
Joshua stand auf und ging langsam die Stufen hoch, die ihn in sein Kinderzimmer führten. Er hatte sich auch erfolgreich gegen seinen Vater gewehrt, aber zu lange gewartet. Gabriel war tot und er war schuld daran. Wenn er nur einige Minuten

früher gehandelt hätte, dann wäre er nun vielleicht nicht mehr so alleine auf dieser Welt.

»Es tut mir so leid, Gabriel«, schluchzte er leise, während er in seine Kleidung schlüpfte. Aus seinem Zelt nahm er die schwere Eisenstange, die der Stange ähnelte, mit der er den Schädel seines Vaters gespalten hatte.

Kapitel 7

»Was hast du jetzt vor, Alex?«
Während Kant mit angespannter Miene die Bundesstraße entlang fuhr und darauf achtete, dass kein Wild aus den Büschen auf die Fahrbahn sprang, saß Winter schweigend neben ihm. »Glaubst du, dass er es war, der mit dem Ast auf unser Autodach geschlagen hat?«
Kurz sah Kant zu seinem Mitfahrer herüber.
»Wer sonst? Natürlich war es Joshua gewesen. Er hat mich auch erkannt, als ich ihm gestern gefolgt bin. Dieser Kerl wird mir immer unheimlicher. Er ist uns immer einen Schritt voraus.«
»Pass auf!«, schrie Winter, doch es war bereits zu spät.
Ein dunkles Geschöpf, das im ersten Moment wie ein grauer Felsbrocken aussah, war zwischen den Hecken hindurch auf die Straße gelaufen und blieb, durch das Licht des Scheinwerfers geblendet, mitten auf dem Asphalt stehen. Obwohl Kant gedankenschnell das Lenkrad herumriss, konnte er den Zusammenprall nicht mehr verhindern. Ein heftiger Schlag verformte die Karosserie des Dienstwagens und ließ die beiden Beamten in ihren Sitzen nach vorne schnellen. Die Windschutzscheibe riss und hunderte kleine Verzweigungen entstanden im Glas, die Kant wie in einem Zeitraffer verfolgte. Dann wurde er blind, da die Airbags ausgelöst wurden und ihn und Kant in ihrer festen Umarmung begruben. Sie hatten den Aufprall der beiden Körper gegen das Armaturenbrett und das Lenkrad, so gut es möglich war, verhindert.
Durch die Wucht des Aufschlages wurde der Dienstwagen

zur Seite geschleudert, wo er die abschüssige Böschung hinunterrutschte und sich zwei Mal überschlug, dabei aber zum Glück wieder auf den Reifen zum Stehen kam. Das alles dauerte weniger als fünf Sekunden, wobei es für die beiden Männer eine gefühlte Ewigkeit war.

Sie erlebten alles wie in Zeitlupe, ohne die Chance zu besitzen, schneller reagieren zu können. Nachdem das Fahrzeug zum Erliegen kam und der Motor sich automatisch abgeschaltet hatte, war der schrille Ton einer durchgehenden Auto Hupe zu hören, die die nächtliche Ruhe unterbrach. Der aufsteigende Qualm von auslaufendem Öl und Wasser stieg aus der Senke zum Himmel empor.

Auf der Straße lag ein toter Eber, aus dessen Körper das dampfende Blut strömte und sich wie ein langsam wandernder, roter Lavafluss über die Straße hinweg zog.

Kant war durch den Aufprall etwas benommen. Er versuchte, seine Augen zu öffnen, konnte aber nichts erkennen, da sich ein dünner Blutschleier davor gebildet hatte, der aus einer Wunde aus seiner Stirn stammte. Seine rechte Gesichtshälfte brannte höllisch und die rechte Schulter schien stark geprellt zu sein.

Er konnte sich kaum bewegen.

»Pascal? Pascal, hörst du mich?« Seine Stimme klang leise und kraftlos. Jeder Satz schmerzte, jede noch so leichte Bewegung tat ihm weh. Winter antwortete ihm nicht. Mühsam versuchte er, die erschlafften Airbags zur Seite zu raffen. Während er dies tat, erkannte er, dass der weiße Stoff an vielen Stellen mit Blut durchtränkt war. Noch wusste er nicht, ob es nur sein eigenes Blut war. Als er sich an die Stirn fasste, spürte er einen Riss in seiner Haut und auch, dass dort eines der Zentren der Schmerzen lag, die ihn fast in eine erneute Bewusstlosigkeit trieben. Seinen rechten Arm konnte er kaum

bewegen; die Finger fühlten sich steif an.
»Pascal, kannst du mich hören?«, er versuchte gegen den Lärm der noch immer tönenden Auto Hupe anzuschreien, was ihm aber nicht gelang.
Plötzlich erklang eine Stimme über ihm aus dem Lautsprecher.
»Uns wurde gemeldet, dass Sie einen Unfall hatten. Die Polizei ist bereits informiert und ihr Standort mitgeteilt. Bitte bewahren Sie Ruhe.«
Es war eine Computerstimme, die zu ihm gesprochen hatte. Als er die Airbags beiseitegeschoben hatte, konnte er Winter erkennen. Dieser lag in seinen Sitz gepresst. Er hatte einige Wunden am Kopf, aus denen Blut sickerte. Sein linker Arm lag seltsam verdreht auf seinem Bein.
Kant drehte sich mit seinem Oberkörper so weit nach rechts, dass er mit seinem linken Zeigefinger den Hals seines Kollegen erreichen konnte.
Erleichtert stellte er fest, dass er einen Puls spürte.
Vergeblich versuchte er, Winter wachzurütteln. Er gab es auf und versuchte anschließend, sich selbst aus seiner misslichen Lage zu befreien. Nach einigen Anstrengungen schaffte er es, seinen Sicherheitsgurt zu lösen, was ihm neue Freiräume verschaffte.
Schwer atmend versuchte er die Tür zu öffnen, was ihm aber nicht möglich war, da der Rahmen der Karosserie zu sehr verschoben war.
»Verdammte Scheiße«, stöhnte er auf und lehnte dabei vorsichtig die schmerzende Stirn gegen das Lenkrad.

Ihm war schwindelig und er spürte, wie ein Brechreiz, hervorgerufen durch die anhaltenden Kopfschmerzen und das ständige Hupgeräusch, von seinem Körper Besitz ergriff. Als er sich über der Mittelkonsole erbrach, sah er aus den Augenwinkeln einen wippenden Lichtschein, der schnell näherkam.

»Gott sei Dank«, sagte er leise. Anscheinend hatte jemand den Unfall gesehen, oder ein später folgendes Auto hatte die Spuren des Unfalls erkannt und eilte nun zur Hilfe.

»Hierher. Bitte helfen Sie uns«, versuchte er hinauszurufen. Doch sein Rufen klang eher wie ein leises Röcheln. Der Lichtschein wurde größer und dann leuchtete er direkt durch das Seitenfenster in sein Gesicht.

Kurz verschwand das Licht nach vorne an den Motorraum, über dem es keine Motorhaube mehr gab. Dann verstummte der wiederkehrende Schrei der Hupe und eine wohltuende Stille setzte ein.

»Gott sein Dank«, sagte Kant und dann deutete er mit der linken Hand auf seinen Kollegen hinüber.

»Schauen Sie zuerst nach ihm … mir geht es gut …«

Das Nächste, was er wahrnahm, waren Hände, die sich um seine Schultern schlossen und ihn durch das zerborstene Fenster nach draußen zogen. Kant schrie vor Schmerz laut auf. Dann lag er vor dem Auto mit dem Rücken auf dem Boden und sah kraftlos nach oben in den Nachthimmel. Die kleinen, hellen Punkte, die er dort oben sah, schienen unbegrenzt zu sein.

»Danke«, sagte er und versuchte dabei das Gesicht der Person zu erkennen, die ihn gerettet hatte und die nun neben ihm stand. Doch er konnte es nicht deutlich sehen, da er von dem Licht der Taschenlampe geblendet wurde.

»Wie … wie geht es meinem Kollegen?«

»Er sieht nicht gut aus. Ich glaube, er wird es nicht schaffen«, vernahm er die Stimme eines Mannes.
»Wie … wie heißen Sie? Bitte helfen Sie ihm!«, presste Kant mit weinerlicher Stimme hervor.
Ein leises Lachen drang, wie durch Watte gedämpft, in seine Ohren hinein.
»Mein Name ist Joshua. Wir beide kennen uns.«
Danach spürte er nur noch einen heftigen Schlag im Gesicht, der ihn endgültig in die erlösende Ohnmacht trieb.
Joshua hatte ihn an den Beinen gepackt und zog ihn mit aller Kraft den kleinen Hügel zur Straße hoch, wo sein weißer Transporter stand. Schnell öffnete er die Seitentür und wuchtete den bewusstlosen Mann auf die Ladefläche. In einem der Seitenfächer lag eine angebrochene Flasche mit Chloroform. Joshua nahm sie, schüttete einige Tropfen daraus auf ein Tuch und drückte es dann seinem Opfer fest gegen die Nase. Er wollte und durfte nun kein Risiko eingehen, zumal er es sich anders überlegt hatte und nicht das tat, was ihm Gabriel und seine Mutter empfohlen hatten. Kant sollte keinen schnellen Tod erhalten. Psychische Qualen sollte er erleiden und mit ansehen, wenn seine kleinen Freunde bei ihm einzogen.
Doch dieses Interesse galt nur Kommissar Kant! Seinem übergewichtigen Kollegen hingegen würde er nun mit einem gezielten, harten Schlag den Schädel in zwei Teile spalten. Doch dann sah er in der Ferne das schnell näherkommende Blaulicht. Fluchend setzte er sich hinter das Steuer, startete den Wagen und fuhr ohne Licht davon.
Seine Mutter würde es nicht tolerieren, dass er schon wieder einen Fehler begangen hatte und ihn mit den schlimmsten Schimpfwörtern bombardieren.

Minuten später war die Straße von Menschen erfüllt, die in der Dunkelheit zwischen einem Gewitter aus mehreren aufleuchtenden Blaulichtern, Polizei-, Feuerwehr- und Krankenwagensirenen zwischen den Einsatzfahrzeugen und dem verunfallten Dienstwagen hin und her eilten.
Winter lag festgezurrt auf einer Trage, auf der er von zwei Sanitätern in Richtung Rettungsfahrzeug gebracht wurde.
Eine dritte Person fasste seine Hand, lief neben ihnen hier und hielt eine Infusionsflasche in die Höhe, deren Inhalt tröpfchenweise in Winters Blutbahn gelangte. Deutlich war den beiden Sanitätern die Anstrengung anzumerken, die den schweren Beamten die steile Böschung nach oben wuchten mussten. Doch sie erhielten Unterstützung von einigen Feuerwehrleuten, die zu Hilfe geeilt waren, nachdem der Unglückswagen mit Löschschaum überdeckt worden war.
»Wie geht es meinem Kollegen?«, wollte Winter wissen, dessen Augen so stark angeschwollen waren, dass er kaum etwas erkennen konnte. Sein linker Arm war gebrochen und jede Bewegung bereitete ihm höllische Schmerzen. Die Infusion schien aber ein Mittel zu enthalten, das alles erträglicher machte und ihn in eine Art Dämmerschlaf versetzen sollte.
»Wir suchen noch nach ihm. Anscheinend konnte er sich aus dem Fahrzeug befreien. Wie ist der Name Ihres Kollegen?«
Pulsierendes blaues Licht drang durch Winters geschlossene Augenlider hindurch, als die Männer die Straße erreichten.
»Kant. Kommissar Alexander Kant von der Sonderkommission SOKO 21.«
Seine Lippen bewegten sich langsam und schlossen sich bereits, während die Bahre in das Innere des Krankenwagens geschoben wurde. Die Infusion wirkte und Winter fiel in einen tiefen, traumlosen Schlaf.

Mehrere Beamten durchsuchten bereits mit starken Scheinwerfern das angrenzende Waldstück nach dem Vermissten, konnten aber außer seinen Schuhen, die nur wenige Schritte vom Auto entfernt an der Böschung lagen, nichts finden. In der Nacht kamen daher zusätzlich zwei Hubschrauber zum Einsatz, die jede Bewegung aus der Luft heraus mit Wärmebildkameras erfassen sollten. Doch auch dies hatte keinen Erfolg; Kant war und blieb verschwunden.

Das Erste, was Kant spürte, als er seine Augen öffnete, waren die Schmerzen, die sofort von ihm Besitz ergriffen und seinen ganzen Körper wie eine stürmische Welle überrollten. Um ihn herum war es dunkel. Durch die halbgeöffneten Augen erkannte er nur ein leichtes, gelbliches Licht, das sich von irgendwoher zu ihm stahl.

Er versuchte sich zu bewegen, doch etwas hielt ihn an seinem Platz fest. Benommen versuchte er den Sicherheitsgurt zu lösen, der ihn aber längst nicht mehr umschloss. Mit Mühe öffnete er die Augen, was sofort dazu führte, dass er sich erbrechen musste. Der Schmerz in seinem Kopf fühlte sich an, als ob jemand mit einer Messerspitze direkt über seine Hirnmasse strich.

Als er sich lautstark im Sitzen erbrochen hatte und aufblickte, nahm er wahr, dass er sich in einem größeren Raum befinden musste.

Wo verdammt bin ich?

Es dauerte einen kurzen Moment, bis er einigermaßen klar denken konnte und sich an das Geschehene erinnerte.

Joshua.

Das war das letzte Wort gewesen, das er hörte, bevor er nach dem Unfall bewusstlos wurde.

»Sie sind ein zäher Bursche, Alexander Kant«, hörte er plötzlich eine Stimme, die aus einer dunklen Ecke kam und die den Sprecher verbarg.

»Wo haben Sie mich hingebracht? Was soll der ganze Mist hier?«

Ein leises Lachen erklang, nachdem die Worte des Kommissars verhallt waren. Der Raum schien groß und weitgehendst unmöbliert zu sein, so dass sich die Stimme an den Wänden brechen und mit einem leichten Echo widerhallen konnte.

»Sie sollten sich in Ihrem Zustand nicht allzu sehr aufregen, nicht dass Sie mir hier noch wegsterben.«

Kant versuchte sich zu befreien, jedoch die Seile waren so fest um den Stuhl, seine Hüfte und die Beine geschlungen, als ob sie miteinander verwachsen wären. Er konnte sich keinen einzigen Zentimeter bewegen.

»Könnten Sie bitte die Seile etwas lockern? Sie drücken mir die Blutzirkulation an den Beinen ab. Meine Gliedmaßen sind schon ganz steif.«

Nowack trat aus seiner Ecke heraus und ging langsam nach vorne. Es war eine fast schwebende Bewegung, die Kant dabei wahrnahm.

»Sie sollten froh sein, dass ich nicht auch noch Ihre Hände gefesselt habe. Wurde Ihnen in der Schule nicht das eine Zauberwort beigebracht, das man sagen muss, wenn man etwas unbedingt möchte?«

Sein Gesicht wurde von dem fahlen Lampenlicht angeleuchtet. Es wirkte, wie das Antlitz eines längst Verstorbenen. Nowack hatte sich ein weißes Pulver auf die Gesichtshaut aufgetragen. Auch die Haare waren mit einer weißen Masse bestäubt. Nur die Augen und die Lippen waren mit schwarzer Farbe umrandet.

Sollte dies einen Totenschädel darstellen?

»Bitte, binden Sie mich los.«

Der Entführer setzte sich knapp einen Meter von ihm entfernt auf den grauen Betonboden, senkte seinen Kopf, beugte ihn etwas zur Seite und sah ihn für einige Sekunden wortlos an.

»Was wollen Sie von mir, Nowack?«

Ein hämisches Lachen kam aus dessen Kehle.

»Sind nicht Sie und Ihr Kollege es gewesen, die mir ständig aufgelauert haben? Sie, Herr Kant, hatten mir eine ganz klare Ansage gemacht. Daher musste ich handeln. Sie sind selbst schuld daran. Ihr kleiner Unfall kam mir daher aber sehr gelegen.«

»Mein Kollege wird sich denken können, dass Sie mich entführt haben. Es wird nicht lange dauern, bis die Polizei hier ist und Sie festnehmen wird.«

Der Mann am Boden gähnte und rappelte sich dann langsam auf.

»Ihr dicker Kollege hat es leider nicht geschafft. Sie haben den Wagen gefahren, einen vermeidbaren Unfall verursacht und dabei Ihren Kollegen direkt ins Jenseits befördert, Kommissar Kant. Sie sind ein sehr böser Junge!«

Für einen Moment konnte dieser nichts erwidern.

»Nein, Sie lügen! Pascal ist nicht tot. Ich habe seinen Puls gespürt. Er … er ist noch am Leben.«

In einem immer enger werdenden Kreis lief Nowack um den Beamten herum, sprang dabei immer wieder kurz in die Höhe, bildete dabei mit seinen Armen einen Bogen und posierte wie eine Balletttänzerin. Kant bemerkte, dass Nowack dabei keine Schuhe trug, sondern mit nackten Füßen über den kalten Asphalt tanzte.

Seine eigenen Füße konnte er kaum noch spüren. Er hätte

nicht einmal sagen können, ob er überhaupt noch Schuhe anhatte. Sein ganzer Körper war taub und trotzdem quälten ihn durchgehend Schmerzen.

»Glauben Sie, was Sie wollen, Herr Kommissar!«

»Wollen Sie mich jetzt umbringen, wie Sie die wehrlosen Kinder ermordet haben? Verabreichen Sie mir jetzt auch eine Spritze mit Pentobarbital?«

Plötzlich ging eine Veränderung in seinem Gegenüber vor.

Er ließ sich zu Boden gleiten, setzte sich und nahm den Kopf zwischen seine Arme. Wie ein trotziges Kind stampfte er mit den Füßen auf den Boden und wirbelte dadurch den grauen Betonstaub auf.

»Ich habe niemanden ermordet! Meine kleinen Freunde waren gerne bei mir. Sie haben sich sehr wohlgefühlt und viel mit mir gelacht. Warum verbreiten Sie solche schlimmen Lügen?!«

Joshua sprang auf die Beine, ging auf Kant zu und steckte ihm den Zeigefinger tief in ein Nasenloch hinein.

Der Kommissar schrie vor Schmerzen auf.

»Tut das weh? Sie haben keine Ahnung, was Schmerzen sind, Herr Kommissar! Meine Freunde hatten es gut bei mir. Sie haben mich geliebt!«

Ein dunkler Blutstrom lief aus Kants Nase über sein Hemd hinweg, dass es aussah, als hätte er in diesem Outfit ein Schwein mit einer Machete geschlachtet und zerstückelt.

»*Du* weißt was Schmerzen bedeuten, Joshua. *Du* hast genügend davon erleben müssen, stimmts?«

Kant schrie seine Schmerzen aus sich heraus und verzichtete dabei auf das förmliche Sie. Warum sollte er diesen Menschen mit Respekt behandeln, nach alldem, was er den Kindern angetan hatte?

»Mein Bruder und ich hatten mehr schmerzhafte Tage, als Sie es sich vorstellen können. Unsere Wunden hatten keine Zeit

zu verheilen, bevor sie erneut aufgerissen wurden. Abwechselnd hat unser Vater uns zu sich zitiert und derjenige von uns, der zuvor die Schläge erhalten hatte, musste dabeibleiben und zusehen. Zwillinge spüren die Schmerzen am eigenen Körper, die der andere gerade erleidet. So hat er uns immer doppelt bestraft. Er wusste das ganz genau, da auch er ein Zwilling war. Nach dem Tod seines Bruders, der sehr früh an einer Lungenentzündung verstarb, fühlte Vater sich nicht mehr vollständig. Daher versuchte er, den Kummer mit immer größeren Mengen Alkohol zu ertränken. Doch er blieb immer alleine!
Gabriel und ich haben da eine sehr viel bessere Lösung gefunden, mit der wir auch jetzt noch vereint sind – wir teilen uns einfach unseren Körper.«
Kant brüllte, wiegte den Kopf hin und her, versuchte sich aus den Fesseln zu befreien, den Holzstuhl zu zerstören auf dem er saß.
»Das ist doch Bullshit! Gabriel ist tot. *Du* bildest dir den ganzen Scheiß doch einfach nur ein! *Du* bist schizophren, Joshua! *Du* hast die Kinder ermordet und nicht dein imaginärer Bruder, dessen Leichnam schon längst in einem Grab verrottet ist, auf dessen Grabstein dein Name steht!
Warum hast du seinen Namen angenommen? Warum?«
Joshuas Gesicht war unter der weißen Farbe sicherlich aschfahl. Zumindest drückten seine Augen aus, dass er grübelte und sich nicht wohlfühlte. Doch dann begann er zu lächeln und ein breites Grinsen zog sich über sein Gesicht.
»Das war ein netter Versuch, Herr Kommissar.«
Langsam kroch Joshua näher an ihn heran, legte die schmutzige Hand auf dessen Knie und sah ihm tief in die Augen.
»Gabriel ist am Leben – so wie ich es auch bin. In dem Grab

liegt nur eine leere Hülle, in die er hineingeboren wurde und die ihm viele Schmerzen bescherte. Doch Gabriel ist frei! Ich bin frei! Wir teilen uns Freud und Leid und sind immer füreinander da.«

»Warum hast du seinen Namen angenommen? Hat es niemand bemerkt? Hat deine Tante, bei der du aufgewachsen bist, niemals bemerkt, dass du Joshua und nicht Gabriel bist?«

Der Blick seines Gegenübers veränderte sich und mit einer katzengleichen Bewegung stand er auf und reckte seinen Körper.

»Gabriel war ein Märtyrer! Er hat sich für andere geopfert, daher trage ich seinen Namen mit Stolz!«

Kant spuckte das Blut aus seinem Mund, das ihm durch die Nase in den Rachenraum gelaufen war.

»Warum? Was hat er für dich getan?«

Bewegungslos stand Nowack vor ihm und sah auf den Blutfleck, den Kant auf den staubigen Boden gespuckt hatte. Sofort verband sich das sandige Pulver mit der warmen Flüssigkeit und erzeugte so eine Symbiose, die an Festigkeit gewann.

»An dem Abend, als mein Vater ihn schlug und kein Ende fand, bis er leblos vor ihm lag, hatte Gabriel meinen Part übernommen. Eigentlich wäre ich an der Reihe gewesen, der die Schläge bekommen sollte. Doch mein Körper war geschwächt. Ich hatte Fieber. Gabriel bestand darauf, dass er meine Schläge an diesem Tag auf sich nehmen wollte, damit ich neue Kraft schöpfen konnte. Doch Gabriel war auch geschwächt … als ich es bemerkte, wollte ich ihm helfen. Ich erschlug meinen Vater mit einer schweren Eisenstange. Meine Angst versetzte mir so viel Kraft, dass ich sie halten und immer und immer wieder auf seinen Kopf schmettern konnte. Doch es war zu spät.

Gabriel war bereits tot, als ich mich zu ihm hinab kniete und seinen Körper in meine Arme nahm.«

Nachdem seine Stimme verstummte, herrschte eine tödliche Stille, als ob die Welt um sie herum in eine tiefe Trauer gefallen wäre.

»Das tut mir leid«, sagte Kant leise und mit aufrichtiger Betroffenheit in der Stimme. »*Du* warst es also gewesen? *Du* hast deinen Vater erschlagen. Es war nicht deine Mutter?! Gabriel hat sich für dich geopfert und auch sie hat sich für dich geopfert. *Du* musst ein ganz besonderer Mensch sein, Joshua.«

Doch der schüttelte vehement den Kopf und sah Kant mit bösem Blick an.

»Nein, ich war nach Gabriels Tod ein Nichts! Doch dann kam er wieder zu mir zurück! Zusammen sind wir stark und niemand kann uns mehr trennen!«

Er wischte sich mit dem Unterarm über die feuchten Augen und verschmierte dabei seine Maskerade.

»Lass mich frei und ich verspreche dir, dass ich dir helfen werde, Joshua.«

»Nein, *wir* brauchen deine Hilfe nicht. Wir können dir nicht vertrauen, Alexander Kant. Gabriel hat mich vor dir gewarnt und er hatte recht. Du bist eine schlimme Gefahr für uns!«

Er wandte seinen Blick von seinem Gefangenen ab.

»Ich muss jetzt gehen! Aus Ihrer Tasche habe ich zurückgenommen, was mir gehört! Es ist das Wichtigste in meinem Leben, das ich besitze. Dafür werden Sie sterben!«

Er hielt das alte Foto in die Höhe, auf welchem er und Gabriel zu sehen waren.

Noch bevor Kant etwas zu seiner Verteidigung sagen konnte, war Joshua hinter ihn getreten und band ihm ein Stück festen Stoff um den Mund.

»Denke nun in aller Ruhe über deine Sünden nach, Alexander Kant, und bitte deinen Schöpfer um Gnade und Erlösung!«
Lautlos, wie er den Raum betreten hatte, verließ er ihn auf nackten Sohlen. Zurück blieb ein völlig verzweifelter Polizist, der um sein Leben fürchtete.
Wenn Pascal Winter wirklich tot war, dann wäre jegliche Hoffnung, dass man ihn hier fand, vergebens.

Vierzig Kilometer entfernt, im städtischen Krankenhaus, lag Pascal Winter mit einer schweren Gehirnerschütterung, einigen tiefen Schnittwunden am Kopf und einem gebrochenen Arm auf der Intensivstation, da man innere Blutungen nicht ausschließen wollte.
Völlig benommen durch die verabreichten Medikamente, nahm er seine Umgebung nur undeutlich wahr, als er langsam die Augen öffnete. Um ihn herum herrscht Stille, bis auf das monotone Piepsen eines Kontrollinstrumentes, das seinen Puls und den Herzschlag überwachte.
Vorsichtig versuchte er, sich aufzurichten. Sein Schädel dröhnte, als ob eine Kolonne Bauarbeiter mit schwerem Gerät darin zugange waren und seine Schädeldecke bearbeiteten. Nach dem Unfall hatte Winter für einige Zeit nichts mehr mitbekommen. Er hatte nur noch die vielen Martinshörner gehört, das grelle, wiederkehrende Blaulicht wahrgenommen und die Männer der Feuerwehr, die ihn aus dem demolierten Fahrzeug herausgeschnitten hatten. Auch während der Fahrt ins Krankenhaus war er nicht wirklich ansprechbar gewesen, und obwohl er es versuchte, konnte er sich kaum mehr an etwas erinnern.
Doch wo war er nun?
Langsam sah er nach rechts und blickte dabei auf einen halb

leeren Infusionsbeutel, dessen schmaler Schlauch in einer Vene seines rechten Armes endete und ihn mit Flüssigkeit versorgte. Sein linker Arm steckte in einem harten Gipsverband, der ihm bis zum Ellenbogen reichte.
Über seinem Kopf baumelte ein Seil mit einem roten Knopf. Langsam, mit schmerzverzerrtem Gesicht, hob er die rechte Hand, nahm diesen und drückte so fest er konnte auf den Knopf, der unter dem Druck leicht nachgab. Sekunden später blinkte an der Tür ein orangefarbenes Licht und ein schwacher Pfeifton war zu hören. Erleichtert ließ er seinen Arm wieder niedersinken.
Nur einige Sekunden später erschien eine weiß gekleidete Person in Schutzkleidung in seinem Zimmer, prüfte kurz die Anzeige der Geräte und den Inhalt der Infusion, bevor sie sich zu ihm hinabbeugte. Oberhalb des Mundschutzes sah er in blaue Augen, die die Farbe einer verwaschenen Jeans hatten.
»Wie geht es Ihnen, Herr Winter?«, fragte sie mit einer leisen, freundlichen Stimme.
»Beschissen«, krächzte er mit heißerer Stimme, die ihn selbst ein wenig erschreckte.
»Haben Sie Schmerzen?«
Er nickte.
»Ich bringe Ihnen gleich etwas. Dann fühlen Sie sich in wenigen Minuten besser.«
Sie wollte gerade wieder nach draußen gehen, als er sie aufhielt, indem er ihren Arm berührte.
»Warten Sie, bitte«, sagte er leise.
Sie blieb stehen und beugte sich erneut zu ihm hinab.
»Wie geht es meinem Kollegen, der mit mir im Auto saß?«
Die junge Schwester sah ihn einen Moment an und er merkte, dass sie überlegte, was sie ihm antworten sollte.

»Ist er tot?«, wollte Winter wissen.
»Nein. Zumindest ist uns das nicht bekannt. Soviel ich weiß, wird ihr Kollege vermisst.«
»Wie meinen Sie das?« Er versuchte sich ein wenig in seinem Bett aufzurichten.
»Sie waren alleine im Auto, als man Sie fand. Von dem Fahrer des Wagens jedoch fehlt bisher jegliche Spur. Mehr kann ich Ihnen aber leider auch nicht sagen, Herr Winter. Bitte verraten Sie mich nicht! Ich hätte Ihnen schon diese Information nicht geben dürfen.«
Sie lief mit schnellen Schritten nach draußen und ließ einen verblüfften Mann zurück, der mit seinem Verband am Kopf ein wenig wie ein orientierungsloser Beduine wirkte.
Der schnelle Blick auf die Uhr an der Wand verriet ihm, dass es erst kurz nach 5:00 Uhr war.
Er musste dringend telefonieren. Er konnte es noch immer nicht glauben, dass Alexander Kant nach dem Unfall verschwunden war. Niemals hätte ihn sein Kollege alleine und verwundet ihm Auto sitzen lassen.
Winter ahnte, dass etwas Schlimmes passiert sein musste.

Die starken Schmerzen hatten immer wieder dazu geführt, dass Kant in eine barmherzige Ohnmacht gefallen war, die ihn für einige Zeit von seinem aktuellen Zustand erlöste.
Doch sobald er wieder erwachte, holte ihn die Realität schnell ein. Er saß noch immer gefesselt und geknebelt auf einem harten Holzstuhl, irgendwo in einem kahlen Raum, ohne Hoffnung, dass ihn hier jemand finden könnte.
Mittlerweile schmerzte auch seine Blase. Der Harndrang hatte stark zugenommen und Kant musste sich eingestehen, dass er in der Lage, in der er sich befand, keine andere Möglichkeit

hatte, als in die Hosen zu pissen.
Die Kopfschmerzen erreichten ein Level, das dazu führte, dass er kurz davor war, sich zu erbrechen. Doch er wusste, wenn dies geschehen würde, wäre sein Schicksal besiegelt. Durch den Knebel in seinem Mund würde das Erbrochene in seinem Hals feststecken, und er würde erbärmlich an seiner eigenen Kotze ersticken.
Da diese Gedanken gerade seine ganze Aufmerksamkeit forderten, merkte er nicht sofort, dass sich erneut eine weitere Person in diesem Raum befand und ihn leise und unbemerkt beobachtete.
Plötzlich nahm er einen Schatten wahr, der sich aus der Dunkelheit löste und langsam auf ihn zukam. Im fahlen Lichtschein einer alten Lampe konnte er nicht sofort erkennen, um wen es sich dabei handelte.
»Wie geht es Ihnen, Herr Kant?« Ein Mann, gekleidet in einem Anzug und mit glänzenden schwarzen Schuhen, stand nun direkt vor ihm und sah ihn, mit schräg gehaltenem Kopf, neugierig an.
Durch den Knebel in seinem Mund konnte der Fluch nicht nach draußen dringen und so klang es wie ein leises Gemurmel von nichtssagenden Lauten.
»Wie unhöflich von mir.« Ein glucksendes Lachen erfüllte den Raum. Kurz darauf löste er den Knebel.
Doch bevor Kant etwas sagen konnte, rebellierte sein Magen und er spie Kotze und Galle aus.
Der Fremde umrundete den Polizisten und stellte sich in sicherem Abstand hinter ihn, damit ein eventuell weiterer Schwall aus dessen Mund ihn nicht erreichen konnte.
»Joshua, du verdammtes Schwein. Binde mich endlich los.«
Der Angesprochene ging nach vorne und dort ein wenig in die Hocke, sodass die Gesichter der beiden Männer auf

gleicher Höhe waren.
»Joshua schläft gerade. Und während er das tut, werde ich mich nach neuen Freunden für ihn umsehen. Meinen Bruder dürstet es nach jugendlicher Gesellschaft.«
Kant hörte die leicht veränderte Stimme. Gabriel hatte wieder die Oberhand über den gemeinsamen Körper übernommen.
»Du elender Mistkerl. Damit wirst du nicht durchkommen! Meine Männer wissen alles über dich, und sie werden bald schon hier sein, JOSHUA!«
Wieder ertönte das Lachen und ein garstiger Unterton mischte sich hinzu.
»Kant, wir wissen beide, dass Sie auf eigene Faust meine Observation übernommen haben und keiner aus Ihrer Abteilung informiert ist. Außer vielleicht Ihr dicker Freund, der Ihnen nun aber seit seinem Ableben nicht mehr beistehen kann. Sie haben es vermasselt, Herr Kommissar. Aber so richtig!«
Der Gefesselte sah im einfallenden Licht der Lampe das kurze Aufblitzen eines Metallstücks.
»Ein Messer. Jetzt bringt er mich um …«, dachte er nur, als sein Gegenüber den Arm nach vorne bewegte. Doch die Klinge zerschnitt nicht seinen Körper, sondern die Fesseln, die seine Brust, den Bauch und die Beine bisher umschlungen hatten. Sofort spürte er, wie das Blut wieder durch seine Adern zu fließen begann und der Druck auf seiner Brust nachließ.
»Ich denke, so ist es besser!« Während die Stimme erklang, spürte Kant, wie sich ein Stück Metall um sein Handgelenk schloss.
»Ich muss schrecklich pinkeln«, sagte er und versuchte dabei mit wackeligen Beinen aufzustehen, was ihm aber erst beim zweiten Mal gelang.
»Nicht hier. Kommen Sie mit!«

Er wurde von hinten gepackt und Nowack schob ihn vor sich her. Vor ihnen erschien ein roter Plastikeimer, den er bisher noch nicht wahrgenommen hatte. Anscheinend stand dieser erst seit einigen Minuten dort.

»Da hinein können Sie Ihre Notdurft verrichten. Nur zu. Ich komme später wieder. Vergeuden Sie nicht weiter Ihre Zeit damit, hier drin herumzuschreien. Es wird Sie niemand hören, Herr Kant! Die Wände sind zu dick. Es wird kein Laut nach draußen dringen. Neben der Tür steht etwas zu essen und zu trinken. Sie sollen bei Kräften bleiben, damit Sie mein neues Werk bewundern und mich noch mehr hassen können! Seien Sie froh, dass ich Ihnen etwas Licht spende. Doch die Autobatterie, die die alte Lampe speist, ist nicht mehr ganz neu. Genießen Sie also die Zeit, bevor die vollkommende Finsternis diesen Raum übernimmt.«

So leise, wie er gekommen war, verschwand er nun durch eine rote Metalltür aus dem Raum.

Zurück blieb ein verdutzter Polizist, der erst jetzt realisierte, dass er zwar keine Fesseln mehr um seinen Körper trug, aber trotzdem noch immer ein Gefangener war. Die Handschelle, die ihm Nowack um das rechte Handgelenk geschlungen hatte, enthielt an der Zwillings-Schelle eine metallene, angeschweißte Kette, deren Ende durch einen Bolzen führte, der nicht weit von ihm entfernt tief in der Betonwand verankert war. Nun hatte er eine Reichweite von etwa vier Metern, die ihm ein wenig Raum gab, ihn aber wie einen Wachhund an der Leine hielt.

Langsam lief er so weit zur Seite, wie es der Radius der Kette zuließ. Doch nun musste er sich erst dringend erleichtern. Als der dampfende Urin mit einem leisen Pochen in den Eimer plätscherte und sich seine Blase allmählich entleerte, stöhnte Kant mit einem leichten Lächeln im Gesicht kurz auf. Ein kleines Glück in seiner misslichen Lage.

Winter fühlte sich schon deutlich besser. Er hatte nochmals zwei Stunden geschlafen, was eine Nebenwirkung der Schmerz- und Beruhigungsmittel war. Doch als er erwachte und auf die Uhr sah, wurde er unruhig. Erneut betätigte er den Alarmknopf, um die Krankenschwester zu alarmieren.
»Wissen Sie wo mein Handy ist?«, fragte er sofort, als sie das Zimmer betrat. »Ich muss dringend telefonieren!«
Sie ging zu einem schmalen Schrank, in den man seine Kleidung gelegt hatte. In einer Tüte fand sie Winters Geldbörse und das Handy. Sie nahm es heraus und gab es ihm.
»Ihre Kleidung müsste dringend gewaschen werden. Sie haben eine Menge Blut verloren und …« Er ahnte, was ihm die junge Frau damit sagen wollte.
»Ja, ich kümmere mich um frische Anziehsachen.«
Ohne sie weiter zu beachten, versuchte er, sein Handy zu aktivieren, was ihm aber nicht gelang.
»Verdammt, mein Akku ist anscheinend leer«, fluchte er laut.
»Wollen Sie mit meinem Handy telefonieren?«, bot sie ihm freundlich an.
»Ja, bitte. Haben Sie hier vielleicht ein Ladegerät für mein Telefon? Ich muss jemanden erreichen, dessen Nummer ich nicht auswendig kenne, aber abgespeichert habe. Es ist wirklich verdammt wichtig!«
Die Krankenschwester nickte und gab ihm ihr Handy.
»Ich frage bei meinen Kollegen nach. Vielleicht hat jemand ein passendes Ladekabel dabei. Sie dürfen telefonieren, aber nicht das Bett verlassen! Haben Sie mich verstanden, Herr Winter?«

Er nickte abwesend, während er bereits eine Nummernkombination eintippte, die ihn direkt mit der Zentrale der Polizeidienststelle verbinden sollte.
Als sich eine Stimme an der anderen Stelle der Leitung meldete, kam er direkt zur Sache.
»Hier ist Kommissar Pascal Winter. Verbinden Sie mich bitte direkt mit Kommissar Wichmann. Es ist sehr dringend und duldet keinen Aufschub.«
Während er dem Sekundenzeiger an der Wanduhr folgte und das kontinuierliche Klacken von dessen Fortbewegung wahrnahm, herrschte kurz Stille in der Leitung. Dann endlich vernahm er eine Stimme.
»Pascal, schön dich zu hören. Wie geht es dir? Ich habe von dem Autounfall gehört.«
»Mir geht es noch ziemlich beschissen, aber Unkraut vergeht nicht. Hast du etwas von Alex gehört? Hat man ihn mittlerweile gefunden?«
»Warte kurz.« Winter hörte einige Hintergrundgeräusche, Stimmen die allmählich leiser wurden, dann erklang das beruhigende Zwitschern von Vögeln.
»So, da bin ich wieder. Ich war gerade in einer Besprechung und konnte nicht reden. Wir sind noch immer auf der Suche nach ihm. Alex ist nach dem Unfall wie vom Erdboden verschwunden. Erst haben wir geglaubt, dass er aus dem Auto geschleudert wurde oder dass er infolge einer Kopfverletzung orientierungslos durch den Wald gelaufen ist, aber er war nicht zu finden. Wir haben das ganze Waldstück mit einem Dutzend Polizisten abgesucht und mit zwei Hubschraubern abgeflogen, die mit Wärmebildkameras unterwegs waren. Also wenn nicht das Schlimmste eingetreten ist und er irgendwo tot im Gebüsch liegt, dann werden wir ihn bestimmt noch finden, Pascal. Unsere Leute sind weiterhin

auf der Suche nach ihm.«
Winter hörte zu. Er spürte, wie die Schmerzen in seinem Kopf wieder stärker wurden.
»Ich bin mir nicht zu einhundert Prozent sicher, aber ich glaube, dass er entführt wurde.«
»Entführt?«, die Stimme von Wichmann klang irritiert.
»Wie kommst du auf die seltsame Idee, dass jemand Alex entführt haben könnte?«
»Wir haben ganz in der Nähe des Unfallortes jemanden überwacht. Wir sind aber aufgeflogen und haben die Observation daher abgebrochen. Vielleicht ist er uns gefolgt und hat uns gefunden, nachdem wir den Unfall hatten. Es ist erst einmal reine Spekulation, aber sonst würde mir keine Erklärung einfallen, die zur aktuellen Situation passt. Du kennst Alex auch schon sehr lange; er würde sich niemals so aus dem Staub machen und mich im Stich lassen.«
Irgendwo in einem der Nebenräume erklang ein Alarm,
der sich in einem schrillen Piepsen bemerkbar machte. Sofort kam Bewegung in dem Gang vor Winters Zimmer, dessen Tür offenstand.
»Hole mich hier raus. Ich brauche dringend frische Kleidung. Meine Nachbarin, die unter mir wohnt, hat einen Ersatzschlüssel. Sobald mein Handy wieder funktionsfähig ist, rufe ich sie an und erkläre ihr alles. Du hast doch meine Adresse – oder?«
Die Stimme am anderen Ende der Leitung antwortete nicht sofort.
»Du liegst auf der Intensivstation, Pascal, und das sicherlich nicht ohne Grund. Ich kann dich nicht …«
»Verdammt, mir geht es gut. Ich kann hier nicht herumliegen und Däumchen drehen, während mein Kollege vermisst wird und wahrscheinlich in großer Gefahr schwebt. Wir haben

keine Zeit zu verlieren! In einer Stunde bin ich hier fertig. Beeil dich und bring ein paar Männer mit. Außerdem brauchen wir noch einen Durchsuchungsbefehl!«
»Hast du sie noch alle? Woher soll ich denn jetzt um diese Zeit einen Durchsuchungsbeschluss bekommen? Hast du auf die Uhr gesehen? Staatsanwalt Röppke kommt vor 9:00 Uhr nie in seine Kanzlei. Außerdem habe ich keine Daten, bei wem die Hausdurchsuchung durchgeführt werden soll und weshalb.«
»Du hast doch sicher seine private Nummer. Ruf ihn an! Es ist wirklich sehr wichtig. Es geht um den Verdacht einer Entführung eines Polizisten. Der Name des Verdächtigen ist Gabriel Nowack.«
Winter gab die Adresse des Wohnhauses durch und beendete dann das Gespräch. Bei den letzten Sätzen, die er gesprochen hatte, war ihm extrem übel geworden, da die Kopfschmerzen erneut einsetzten. Er sah, dass vor seinem Zimmer immer mehr Ärzte, mit schnellen Schritten, vorüber liefen. Durch die Wand und über den Flur waren Wortfetzen zu hören, die das Geschehen im Nebenzimmer betrafen. Dort war anscheinend eine angespannte Situation aufgetreten, welche höchste Priorität hatte.
Winter setzte sich neugierig in seinem Bett auf, versuchte ruhig zu atmen und den Brechreiz zu unterdrücken, der sich in seinem Körper ausbreitete. Die vor wenigen Stunden erlittene Gehirnerschütterung hatte ihm gerade einen deutlichen Gruß gesandt, mit einer Warnung, dass er noch nicht so weit war, um dieses Zimmer zu verlassen.
Die ihm bekannte Krankenschwester betrat den Raum und reichte ihm ein Glas, das als Inhalt eine weisliche Flüssigkeit enthielt.
»Was ist das?«, wollte er wissen.

»Etwas gegen Ihre Kopfschmerzen und die Übelkeit.«
Mit zitternder Hand nahm er dankend das Getränk entgegen und leerte dann das Glas mit kleinen Schlucken. Ein leichter Zitronengeschmack verteilte sich dabei in seinem Mund.
»Was ist denn da im Nebenzimmer los?«, fragte er neugierig, nachdem er der Schwester das Glas zurückgegeben hatte.
»Wir haben einen Notfall. Mehr kann ich Ihnen leider aus Datenschutzgründen nicht sagen. Nur, dass es nicht gut um den Patienten steht.«
Winter sah an der jungen Frau vorbei zur Tür, wo einige Ärzte nun mit bedächtigen Schritten in die entgegengesetzte Richtung liefen. Einer von ihnen zog sich gerade die grünen Einweghandschuhe von seinen Fingern, während er leise mit einem anderen Mann sprach, der sich den Mundschutz von seinem Gesicht nahm.
»Es scheint wieder alles in Ordnung zu sein«, meinte Winter, der anhand der Bilder meinte, dies interpretieren zu können.
Doch die Krankenschwester schüttelte nur wortlos den Kopf und sah ihn mit traurigem Blick an.
»Man hört den Ton des EKG-Gerätes nicht mehr, Herr Winter. Ich glaube, dass der Patient den Kampf verloren hat. Leider ist dies etwas Alltägliches auf der Intensivstation.«
Er schluckte schwer und hoffte, dass seine Schmerzen bald nachlassen würden.
»Schwester, ich muss hier heraus! Bitte sagen Sie dem leitenden Arzt Bescheid, damit er mit entlässt. Ich werde in einer Stunde abgeholt.«
»Sie sollten das nicht tun, Herr Winter. Wirklich nicht! Mit einer schweren Gehirnerschütterung ist nicht zu spaßen!«
»Es geht aber um das Leben meines Freundes. Ich muss ihm helfen!«
Sie wandte sich von ihm ab, blieb dann aber stehen. Langsam

drehte sie sich zu ihm um und sah ihn dabei mit einem vielsagenden Blick an.
»Es geht auch um Ihr eigenes Leben, Herr Winter. Das sollten Sie in der aktuellen Situation nicht vergessen!«

Gabriel hatte eine wichtige Mission zu erfüllen. Schon seit einigen Tagen hatte er im Internet verschiedene Grundschulen aus der Region aufgerufen und sich die Bilder von zeitnahen Schulveranstaltungen angeschaut. Er wusste ganz genau, welche Freunde Joshua haben wollte, und wie sie aussehen sollten. Gabriel wollte seinem Bruder eine Freude bereiten, indem er schon jetzt eine Vorauswahl traf und alles Notwendige für die Entführungen plante. Joshua sollte wieder Freude am Leben haben und das tun, was er am liebsten tat: sich um die kleinen Mädchen und Jungen kümmern, ihnen Geschichten vorzulesen oder eigene Abenteuer auszudenken und zu erzählen. Mitten in der Nacht hatte er daher die Kontrolle des Körpers übernommen und bereits die beiden Kühltruhen an ein Verlängerungskabel angeschlossen, damit diese eine angenehme Wohntemperatur erreichen würden. Sie hatten einen großen Fehler gemacht, den sie nicht wiederholen durften. Bei den letzten Kindern hatten sie die hohen Temperaturen nicht bedacht, die im Sommer in der freien Natur auftraten. Das Ergebnis war niederschmetternd und zerstörend für Joshua gewesen. Der hatte nun schreckliche Bilder vor Augen, die ganz schnell durch neue, fröhliche Eindrücke ersetzt werden mussten. Lächelnde Kindergesichter sollten es sein, die, wie aus Stein gehauen, die Jahre schadlos überdauerten, in denen sie bei Joshua übernachteten. Freunde, welche nicht alterten, die für immer bei ihm blieben und ihm das Gefühl gaben, von ihnen

geliebt und gebraucht zu werden.
Zielstrebig steuerte er den Porsche in die Seitenstraße hinein, die ihn zu seinem ersten Ziel führte; einer Grundschule, die etwas abseits des Dorfes lag, zu der die Kinder am frühen Morgen zu Fuß gingen - sicherlich auch ganz alleine, ohne die Begleitung eines wachsamen Erwachsenen.
Er prüfte die einzelnen Straßenabschnitte und wie übersichtlich und einsehbar diese für unliebsamer Beobachter waren. Einige Straßen wurden von Häusern umsäumt, andere dagegen lagen etwas abseits, wo nur freies Feld und vereinzelte Gebäude zu sehen waren. Eine andere Straße war eine Allee, die mit ihrem dichten Blattwerk der Bäume das Geschehen auf der Straße gut abschirmte und neugierige Blicke aus den Häusern vereitelte. Zufrieden fuhr er zurück auf die Hauptstraße und prüfte den schnellsten und sichersten Weg, wie er den Ort unbemerkt verlassen konnte. Selbst auf eine mögliche Verfolgung wollte Gabriel gut vorbereitet sein, da er ja nicht mit seinem schnellen Sportwagen, sondern einem sehr trägen Transporter unterwegs war, um die Kinder *einzusammeln.*
Ein Lächeln zog sich über sein Gesicht, als er an diesen Moment dachte, der nun in naher Zukunft lag. Durch die Windschutzscheibe hindurch sah er, wie am Horizont langsam die Sonne aufging und dabei die Landschaft in ein zartes Orange tauchte, das nur wenige Minuten später in ein helles Blau wechseln würde. Er liebte diese Zeit am Morgen, wenn alles noch so ruhig war. Es herrschte wenig Verkehr auf den Straßen, wie meist an den Wochenenden, wo sich die Menschen etwas länger in ihren Betten aufhielten, gemeinsam in Ruhe miteinander frühstückten und den Plan für den Tag schmiedeten.
Seine eigenen Beziehungen zum weiblichen Geschlecht waren

dagegen immer nur von sehr kurzer Dauer gewesen. Er fand keinen Zugang zu Frauen, zu ihren Körpern, wollte nicht auf deren Bedürfnisse und Wünsche eingehen. Sein eigener Körper war gezeichnet von Narben aus der Vergangenheit, die er niemandem erklären wollte. Auch die Berührung fremder Hände auf diesen Wunden mochte er nicht. Selbst die Gerüche, die andere Menschen verströmten, waren ihm zuwider. Gabriel gestand sich ein, dass er selbst die Stimmen anderer Personen schnell nicht mehr hören mochte, und er sich stattdessen nach Einsamkeit und Ruhe sehnte.

Doch der wichtigste Punkt, weshalb er keine Beziehung eingehen wollte und konnte, war seine Verbindung zu Joshua. Ihn zu verleugnen oder abzustoßen, wäre für ihn niemals eine denkbare Option gewesen. Seine enge Beziehung zu seinem Bruder und der Umstand, wie sie miteinander verbunden waren, würde niemand außer ihm verstehen.

Die Einsamkeit war eigens für ihn geschaffen worden, und er freute sich immer, wenn die Gespräche bei seinen Kunden beendet waren und er in deren Stille eintauchen konnte. Er war ein Teil von ihr und er fühlte sich mit und in ihr sehr wohl.

Doch bei Joshua war es anders.

Sein Bruder genoss die Aufmerksamkeit von lachenden Kindern, ihre Anwesenheit und ihre neugierigen Fragen.

Gabriel schob die Gedanken beiseite und fuhr hinaus auf die Bundesstraße, über die er schon bald den Ort erreichen würde, in dem sein Elternhaus stand.

Joshua würde schon sehr bald nicht mehr alleine sein.

Ungeduldig wartete Winter in seinem Zimmer auf das Eintreffen des Diensthabenden Arztes und seines Kollegen

Björn Wichmann. Seit er mit der jungen Schwester gesprochen hatte, war nun schon wieder eine dreiviertel Stunde vergangen, in der nichts geschehen war. Am liebsten hätte er sich selbst von der Infusion befreit.
Gerade als er über diese Option nachdachte, hörte er hallende Schritte, die vom Flur kamen und sich seinem Zimmer näherten.
Die ihm bekannte Krankenschwester betrat den Raum. Sie wirkte gehetzt und so, als ob sie auf der Flucht wäre.
»Ich habe ihr Handy aufgeladen, Herr Winter. Mehr kann ich jetzt aber wirklich nicht mehr für Sie tun. Ich habe dem leitenden Arzt mitgeteilt, dass Sie entlassen werden möchten. Ich kann Ihnen nur vorab sagen, dass Begeisterung anders aussieht. Er wird zu Ihnen kommen, sobald er mit seiner Visite fertig ist.«
Sie überreichte ihm das Handy und sah ihn misstrauisch an.
»Machen Sie in der Zwischenzeit keinen Blödsinn, Herr Winter.«
Ihr Blick wanderte vom Infusionsbeutel bis zu seinem Unterarm, in dem die Kanüle noch immer steckte.
Sie wandte sich um und verließ das Zimmer, lief den Flur entlang, wo das Geräusch ihrer schnellen Schritte nach einiger Zeit nicht mehr zu hören war.
Winter sah auf die Anzeige des Handys. Der Akku war nun wieder über siebzig Prozent aufgeladen.
Mit dem Daumen entsicherte er es über den Fingerprint und suchte dann nach einer ganz bestimmten Nummer:
Alex Kant.
Mit zitternden Fingern drückte er auf den Kontakt, der daraufhin den Wählvorgang in die Wege leitete. Gespannt sah er auf das Display.
»Nimm bitte ab, Alex«, flüsterte er leise.

Dann kam die Auskunft, dass der angewählte Teilnehmer nicht erreichbar sei.
»Verdammter Mist«, fluchte Winter und beendete den Anruf. Er überlegte kurz und wählte dann eine andere Nummer. Es dauerte nicht lange und eine noch etwas verschlafene Stimme nahm das Gespräch an.
»Pascal? Was willst du denn am frühen Morgen?«
»Hallo, Nicole. Es tut mir wirklich leid, dass ich dich jetzt schon störe. Hat sich Alex in den letzten Stunden bei dir gemeldet?«
»Alex?«, ihre Stimme war noch immer sehr brüchig. Anscheinend hatte er sie wirklich mit seinem Anruf aus dem Tiefschlaf gerissen. »Nein. Alex hat sich gestern komischerweise überhaupt nicht bei mir gemeldet.«
Es trat kurz Stille ein. Eine Zeit, in der sie über den Anruf nachdenken konnte und plötzlich begriff, dass Pascal sicherlich nicht ohne triftigen Grund bei ihr nachfragte.
»Ist etwas passiert, Pascal?«
Er überlegte kurz, ob er ihr die Wahrheit sagen sollte und entschied sich dafür.
»Wir hatten gestern in der Nacht einen Autounfall, Silke. Ich war bewusstlos und als man mich in dem zerstörten Wagen fand, war Alex verschwunden.«
Wieder trat Stille ein.
»Alex würde dich niemals …« Ihre Stimme war jetzt ganz klar. Nicole war wach und realisierte, dass etwas nicht stimmte.
»Wo ist er? Ist er vielleicht verletzt? Habt ihr ihn an der Unfallstelle gesucht?« Winter konnte die Hysterie erkennen, die sich nun bei ihr ausbreitete. Er wusste, dass sie gerade eine schwere Zeit mit ihrer kranken Mutter durchlebte und dass nun das Verschwinden ihres Mannes nicht wirklich für

bessere Laune sorgte.
»Es klärt sich bestimmt alles ganz schnell auf, Nicole! Sobald ich etwas weiß, melde ich mich bei dir. Wenn er dich anruft, dann möchte ich, dass du mich sofort darüber informierst! Ich muss jetzt leider auflegen. Mach dir bitte keine Gedanken. Alex geht es bestimmt gut!«
Winter wusste, dass seine Worte ins Leere trafen und sie sich natürlich sehr viele Gedanken machen würde und es tat ihm auch leid. Doch es war die einzige Möglichkeit für ihn gewesen, um zu erfahren, ob Alex sich bei ihr gemeldet hatte.
Wieder erklangen Schritte im Flur. Sie hörten sich anders an: schwerer. Er ahnte, dass es sich um einen Mann handelte, der über den glänzenden Linoleumboden den Gang entlang eilte. Wenige Sekunden später betrat ein weißgekleideter Mann, mit Schutzmaske über Mund und Nase, sein Krankenzimmer. Er hatte bereits ergrautes Haar, das ihm etwas wirr in die Stirn fiel.
Seine braunen Augen wirkten müde und erschöpft.
»Wie mir mitgeteilt wurde, wollen Sie uns schon wieder verlassen, Herr Winter?«
Deutlich konnte dieser einen Akzent in der Stimme des Arztes hören, welchen er dem Schwäbischen Raum zuordnete.
»Ja, ich muss meinen vermissten Kollegen suchen, Herr Dr. Fingerle.«
Winter hatte den Namen auf einem kleinen Schild über der Brust des Arztes gesehen. Er lag mit seiner ersten Vermutung, dass der Arzt aus dem Raum Baden-Württemberg kam, also nicht falsch.
»Sie habe eine schwere Gehirnerschütterung und einen gebrochenen Arm, dazu noch einige tiefere Schnittwunden, Herr Winter. Ich würde Sie lieber noch einige Tage

hierbehalten. Nicht mehr auf der Intensivstation, aber zumindest unter unserer ärztlichen Beobachtung.«
Winter rappelte sich in seinem Bett auf.
»Mir geht es gut! Ich kann nicht mehr länger in diesem Bett herumliegen. Ich muss hier raus und mich auf die Suche nach meinem Kollegen machen! Daher bitte ich Sie, um meine stationäre Entlassung.«
Der Arzt vor ihm dachte kurz nach und nickte ihm dann zu.
»Gut. Ich werde Sie auf eigenen Wunsch entlassen. Sie müssen uns hierzu noch ein Formular unterzeichnen, das uns von jeglicher Haftung befreit. Ich empfehle Ihnen aber, es langsam angehen zu lassen, wenn Sie Ihren Freund suchen. Vermeiden Sie langes Gehen. Trinken Sie viel.
Und wenn Sie merken, dass es Ihnen schlechter geht, dann suchen Sie sofort das nächste Krankenhaus auf. Ich lasse Ihnen alle Berichte fertigstellen. Führen Sie diese immer bei sich.«
Winter nickte, während sich der Arzt einige Notizen machte.
»Dann wünsche ich Ihnen alles Gute, Herr Winter.«
Der bedankte sich mit einigen Worten. Nachdem der Arzt das Zimmer verlassen hatte, nahm er das Handy und wählte eine Nummer.
»Wichmann, bis wann bist du hier?«
»In fünf Minuten, Pascal. Ich bin auf dem Weg. Ich habe dir gerade noch frische Kleider geholt. Deine Nachbarin war sehr kooperativ, obwohl sie von nichts wusste!«
»Tut mir leid, ich war noch nicht dazu gekommen mit ihr zu sprechen. Nun mache schon! Beeile dich!«
Winter drückte das Gespräch weg und schwang die Beine vorsichtig aus dem Bett heraus. Noch immer die bereits leere Infusion im Arm ging er zum Fenster hinüber und sah hinaus. Hinter dem Gebäude erstreckte sich ein weiter Park, dessen

Rasenfläche dringend etwas Regen gebrauchen konnte. Die Hitze der letzten Tage hatte die grüne Fläche in einen leicht gelblichen Ton verfärbt, der in etwa seiner eigenen Gesichtsfarbe glich. Er wandte sich ab, lief in die kleine Toilette und sah in den Spiegel hinein. Was ihm entgegenblickte war ein Mann, der scheinbar innerhalb kürzester Zeit um Jahre gealtert schien. Dunkle, leicht blau angelaufene Augenringe bildeten einen farbigen Kontrast zu dem blassen Gesicht und dem weißen Kopfverband, dessen Knoten sich auf dem Oberteil des Kopfes befand und ein wenig an eine Schlumpf-Mütze erinnerte.
»Verdammte Scheiße«, stöhnte er leise auf, und benetzte dann die schmerzende Gesichtshaut, auf der sich bereits wieder leichte Bartstoppeln gebildet hatten, mit kühlem Wasser. Bei jedem Schritt fühlte er den leichten Schwindel, der ihn begleitete, seit er sein sicheres Bett verlassen hatte.
»Reiß dich zusammen, Pascal«, sagte er leise, setzte sich auf die Bettkante und wartete auf Wichmann, damit er endlich Kleidung hatte und sich des hässlichen Krankenhaushemdchens entledigen konnte, das nicht einmal seinen Hintern bedeckte.

Eine halbe Stunde später verließ Winter das Krankenhaus.
»Verdammt, du siehst aus, als wärst du aus einem fahrenden Zug direkt gegen einen Strommast gesprungen, Pascal. Dieser Kopfverband ist der absolute Knüller.«
»Danke für die aufmunternden Worte, Björn. Das weiß ich selbst. Ich hatte einen Spiegel in meinem Zimmer.«
Nachdem Wichmann mit zwei weiteren Beamten bei ihm eingetroffen war, hatte sich Winter so schnell es ging die neuen Kleidungsstücke übergestreift. Die junge

Krankenschwester hatte vorher die lange Infusionsnadel aus seinem Unterarm entfernt und die Einstichstelle mit einem Pflaster versorgt. Nachdem er alle Papiere des Arztes erhalten und mit seiner Unterschrift auf einem Formular bestätigt hatte, dass er das Krankenhaus aus eigenem Willen und in Kenntnisnahme möglicher auftretender Komplikationen verlassen wollte, durfte er endlich gehen.

»Warum hast du deinen blöden Wagen so weit weg vom Eingang geparkt? Der steht ja hunderte von Metern entfernt.«

Wütend schnaubte Wittmann zurück.

»Gab es bei dem Unfall eine Transformation? Bist du etwa in Alexander Kants Körper geschlüpft? Von ihm hätte ich solche Worte des Dankes durchaus erwartet, aber nicht von dir. Der Parkplatz war komplett voll und ich sah es auch nicht als so dringend an, dass ich mit Blaulicht und Martinshorn vor dem Eingang des Krankenhauses parke.«

Winter wusste, dass er undankbar wirkte. Doch mit jedem Schritt, den er gehen musste, schienen seine Kopfschmerzen schlimmer zu werden. Freundlicherweise hatte ihm die nette Krankenschwester beim Hinausgehen noch einige Schmerztabletten zugesteckt, sich aber geweigert, den Kopfverband zu entfernen. Sobald sie das Auto erreicht hatten, würde er eine von den Wunderpillen einnehmen.

»Es tut mir leid, Björn. Du hast recht. Ich bin noch etwas durcheinander in der Birne. Der Unfall war ziemlich heftig und ich war für einige Stunden weggetreten.«

Wittmann nickte.

»Ich habe noch zwei Kollegen zur Verstärkung dabei. Mehr war nicht möglich. Staatsanwalt Röppke schulde ich jetzt eine gute Flasche schottischen Whisky für den ausgestelltem Durchsuchungsbescheid. Die Flasche wirst du mir besorgen, damit das schon einmal klar ist!«

Winter hatte schon von Weitem das blaue Einsatzfahrzeug gesehen, vor dem zwei Polizisten in Uniform standen und sich lachend unterhielten. Wittmann ging einige Schritte voraus und öffnete die Beifahrertür, sodass sich Winter direkt hineinsetzen konnte.

Nachdem Winter die anderen Beamten kurz begrüßt hatte und sich deren prüfenden Blicken stellen musste, stieg er langsam und mit einiger Mühe in den Wagen ein.

Als er saß, schloss er für einen Moment die Augen, lehnte sich im Sitz nach hinten und atmete tief durch. Gegen die noch immer starken Schmerzen, die sein Körper von allen möglichen Stellen sendete und die erst im Gehirn, im somatosensorischen Cortex, als solche erkannt wurden, nahm er eine der Schmerztabletten und schluckte diese unzerkaut und ohne Wasser hinunter.

»Wäre es nicht besser, wenn wir dich nach Hause bringen, Pascal? Wir haben die Adresse und könnten die Untersuchung auch ohne dich durchführen.«

Doch der schüttelte nur den Kopf.

»Nein, ich komme mit. Ich kenne mich in dem Haus schon ein wenig aus. Ich hoffe, dass wir Glück haben und Alex dort unversehrt vorfinden werden.«

»Aber warum glaubst du, soll ihn dieser Nowack überhaupt entführt haben? «

Winter richtete sich auf, öffnete die Augen und sah sein Gegenüber ernst an. »Ich glaube, dass wir seinem Geheimnis zu nah gekommen sind und bald schon beweisen können, dass er der Entführer und Mörder der Kinder ist!«

Wichmann sah ihn irritiert an.

»Aber ich dachte, dass sich deren Mörder bereits selbst umgebracht hat?«

Winter lachte, was sofort zur Folge hatte, dass eine erneute

Welle des Schmerzes in sein Gehirn drang.
»Ja, das sollten alle glauben.«

Zwanzig Minuten später hatten sie das Anwesen der Familie Nowack erreicht. Als Winter auf seine Uhr sah, war es kurz nach neun Uhr. Sofort stellte er fest, dass der Sportwagen nicht mehr am Straßenrand stand.
»Du meinst, dass Kant hier in diesem Haus festgehalten wird?» Interessiert sah sich Wittmann durch die Autoscheiben das alte, verwahrloste Haus etwas genauer an.
»Ja. Zumindest mit hoher Wahrscheinlichkeit.«
Die vier Männer stiegen aus dem Wagen und liefen mit gemächlichen Schritten auf den Eingang zu.
»Warum bist du dir so sicher?«
»Das erzähle ich dir später. Wir klingeln erst einmal und dann sehen wir ja, ob jemand zu Hause ist. Der Wagen steht auf jeden Fall nicht mehr hier.«
Langsam, den gebrochenen Arm in der schwarzen Schlinge tragend, ging Winter in Richtung Haustür. Die Schmerztablette schien wahre Wunder zu wirken. Endlich konnte er wieder einigermaßen klar denken. Der Wirkstoff der Pille hatte tatsächlich das Hirn überlistet und diesem vorgegaukelt, dass alles in seinem Körper in bester Ordnung sei.
»Geht es dir einigermaßen?«, wollte Wittmann wissen und sah ihn dabei mit fragender und zugleich besorgter Miene an.
»Mir ging es noch nie besser, Björn.«
Das dies eine Lüge war, wussten beide.

Gabriel summte das Lied mit, das gerade in seinem Autoradio lief, während er zügig die Landstraße entlangfuhr. Rechts und links von ihm erstreckten sich große Äcker, auf denen vornehmlich Weizen angebaut wurde. Er sah einige Hasen, die über den sandigen Boden hoppelten und sich gegenseitig verfolgten.

Sofort fiel ihm eine Geschichte aus seiner Kindheit ein, in der es um Osterhasen ging. Einer der jüngeren Hasen, ein richtig pfiffiges Kerlchen, hatte in der Erzählung eine Ostereier-Anmalmaschine erfunden, mit der es den Hasen gelang, verlorene Zeit vor dem Osterfest aufzuholen, damit die bunten Eier noch rechtzeitig in die Nester der Kinder gelangten. Es war eines der Bücher, welches er sich in der Stadtbücherei immer wieder angeschaut und durchgelesen hatte. Er und Joshua hatten diese Erzählung und die bunten Illustrationen geliebt.

Gabriel sah auf die Uhr. Es war kurz vor neun Uhr. Es war Joshuas Wochenende und daher würde er ihn bald wieder die Kontrolle übernehmen lassen. Kant war versorgt, und ihn würde er erst am späten Abend wieder besuchen.

Nur wenige Minuten später fuhr er in die Straße ein, in der er als Kind oft gespielt hatte; die Straße, in der sein Elternhaus stand. Schon von Weitem erkannte er das Polizeiauto, welches direkt vor seinem Grundstück geparkt hatte. Er sah, dass vier Männer auf die Eingangstür zuliefen und sich dabei unterhielten. Zwei der Männer trugen Uniform. Die anderen beiden hatten zivile Kleidung an.

Einer hatte einen seltsamen Verband um den Kopf.

»Das ist dieser verdammte Kommissar Winter«, fluchte er leise, etwas verwundert darüber, dass dieser schon wieder auf den Beinen stand. Die Verletzungen hatten anscheinend schlimmer ausgesehen, als sie wirklich waren.

Kurz überlegte er, was er tun sollte. Noch konnte er in eine

Seitenstraße fahren und dort warten, bis die Beamten wieder abzogen. Doch dann entschied er sich, die Konfrontation anzunehmen. Alexander Kant befand sich nicht in seinem Haus und es gab sicherlich keinen Zeugen, der gesehen hatte, wie er den Verletzten aus dem Auto herausgezogen und in seinen Wagen gelegt hatte.
Entschlossen fuhr er daher die Straße weiter und stellte sein Fahrzeug direkt hinter dem Dienstwagen ab.
Winter wollte gerade klingeln, als er zu ihnen eilte.
»Guten Tag. Wollen Sie zu mir?«
Gabriel lief auf die Männer zu, zog seine dunkle Sonnenbrille vom Gesicht und lächelte sie fragend an.
»Oh, Herr Winter. Ich hatte sie gar nicht gleich erkannt. Hatten Sie einen Unfall?«, sprach er den bandagierten Beamten an.
»Wo ist mein Kollege? Wo haben Sie ihn versteckt?«
Winter kam direkt zur Sache und lief dabei drohend einen Schritt auf Nowack zu, der ihn verwundert ansah.
»Wie meinen Sie das?», fragte er, während er etwas zur Seite wich.
»Tun Sie nicht so scheinheilig. Sie wissen ganz genau, dass ich von meinem Kollegen Kommissar Kant spreche. Was haben Sie mit ihm gemacht?«
Nowack hob die Schultern.
»Ich bin wirklich nicht im Bilde, wovon Sie gerade sprechen, Herr Winter. Gerne würde ich Ihnen weiterhelfen, aber ich kann es leider nicht. Seit Ihrem Besuch in meinem Büro habe ich Sie und auch Ihren Kollegen nicht wieder gesehen.«
Mit einer schnellen Bewegung griff Winter in seine Hosentasche und zog ein zusammengefaltetes Papier hervor.
»Wir haben einen Durchsuchungsbefehl! Öffnen Sie die Tür!«
Nowack nahm das Schreiben entgegen und las es sich kurz

durch.
»Natürlich, kein Problem.«
Er gab das Schreiben an den Beamten zurück, nahm seinen Schlüssel und öffnete die Eingangstür.
»Fühlen Sie sich ganz wie zu Hause. Schauen Sie sich um.«
Mit der Hand zeigte er durch die Tür und trat dabei einen Schritt nach links, damit der Eingang frei wurde.
Wittmann flüsterte einem der Uniformierten zu, dass er dicht bei Nowack bleiben und diesen nicht aus den Augen lassen sollte.
»Kommen Sie bitte mit, Herr Nowack. Es liegt der dringende Tatverdacht gegen Sie vor, dass Sie Kommissar Kant entführt haben und ihn hier in Ihrem Haus festhalten.«
Winter ging mit schnellen Schritten voraus.
»Wir schauen erst im Keller nach.«
Zielstrebig lief er durch den schmalen Flur, öffnete die Tür, hinter der die Stufen lagen, die hinab in die Kellerräume führten. Mit gezieltem Griff drückte er auf den Lichtschalter.
»Sie scheinen sich hier gut auszukennen, Herr Winter. Waren Sie schon einmal in meinem Haus?«, fragte Nowack mit einem etwas sarkastischen Unterton.
Der antwortete jedoch nicht, sondern stieg unbeirrt die Steinstufen hinab.
»Alex? Alex, kannst du mich hören? Ich bin es, Pascal.«
Winter ließ seine Stimme ertönen. Kurz hielt er inne, ob ein Geräusch oder eine Antwort zu hören war. Doch es blieb still. Er ging in den Raum, in dem die beiden Kühltruhen standen. Sofort stellte er fest, dass dort nun eine Kabelrolle lag, über die die Geräte mit Strom versorgt wurden. Schnell lief er hinüber und sah in jede hinein. Erleichtert stellte er fest, dass sie noch immer leer waren.
»Wofür benötigen Sie zwei Kühltruhen?«

Nowack war nun auch unten angekommen und lehnte sich entspannt gegen den hölzernen Türrahmen.
»Ich möchte verderbliches Fleisch länger haltbar machen, Herr Kommissar«, sagte er herausfordernd. »Natürlich aber auch Gemüse und Obst. Da ich beides lieber getrennt voneinander aufbewahre, habe ich mich dafür entschieden, dass ich mir zwei Kühltruhen zulege. Platz genug ist in meinem bescheidenen Haus ja vorhanden.«
Winter ging so nahe an ihn heran, dass Nowack seinen Atem im Gesicht spüren konnte.
»Ich weiß genau, was Sie in diesen Truhen frisch halten wollen, Joshua!«
»Nennen Sie mich doch bitte Gabriel, Herr Winter. Joshua ist mein Zwillingsbruder. Aber das wissen Sie doch schon längst.«
»Alex, wo bist du?«, rief Winter erneut und wandte sich von Nowack ab, der nun ein leichtes Grinsen im Gesicht hatte.
Wittmann bat den anderen Uniformierten nach oben zu gehen und sich dort in den Zimmern umzusehen.
»Ich habe Ihnen doch bereits gesagt, dass ich Ihren Herrn Kant nicht entführt habe. Sie können das ganze Haus auseinandernehmen. Er ist nicht hier.«
Winter betrat den Raum, in dem sie die aufgeschüttete Erde gefunden hatten. Plötzlich überkam ihn ein seltsames Gefühl.
»Vielleicht hat ihn das Schwein bereits umgebracht …«, sagte er leise.
Mit blassem Gesicht sah er zu Nowack hinüber, der ihn genau fixierte.
»Hast du Schwein meinen Kollegen umgebracht?«, schrie er ihn an und lief dabei wütend auf ihn zu.
Doch Wittmann hielt ihn mit sanfter Gewalt zurück.
»Beruhige dich, Pascal. Das bringt uns nicht weiter!«

Langsam ließ Winter seine geballten Fäuste nach unten sinken und sah dann auf den sandigen Boden vor seinen Füßen. Mit einem Finger seiner Hand deutete er auf den Boden hinab.
»Vielleicht hat er ihn genau unter unseren Füßen begraben. Auf dem Sand war vorher ein Kreuz zu sehen. Vielleicht hat er ja damals schon geplant …«
»Ein Kreuz im Sand? Herr Winter, mir scheint, dass Sie es waren, der in der letzten Woche in mein Haus eingebrochen ist. Sie haben recht, ich habe hier ein Kreuz auf die Erde – nennen wir es einmal *darauf gemalt.* Aber doch nur so zum Spaß. Sie hingegen sind vor ein paar Tagen in mein Haus eingebrochen! Ihnen sollte klar sein, dass dies strafbar ist!«
Winter lief mit hochrotem Kopf und erhobener rechten Hand auf Nowack zu.
»Ich schwöre dir, wenn du meinem Kollegen etwas angetan hast, dann …«
»Verdammt, Pascal. Jetzt beruhige dich endlich!«
Er schob Winter sanft zur Seite.
»Wir werden hier die Erde ausheben, Herr Nowack, damit wir alle Zweifel beseitigen können. Wenn Sie noch etwas sagen möchten, dann können Sie das jetzt tun«, sprach er den Verdächtigten an.
Doch der blieb ruhig und zuckte nur leicht mit den Schultern.
»Tun Sie, was Sie nicht lassen können. Dort vorne steht eine Schaufel.«
Wittmann atmete kurz durch und sah dabei Winter mit einem Kopfschütteln an. Dann nahm er sie in die Hand und begann, die Grube auszuheben. Schaufel für Schaufel grub er die Erde aus und schüttete sie zur Seite. Fast eine Viertelstunde war er bereits damit beschäftigt und man konnte deutlich sehen, wie sich dunkle Schweißflecken auf seinem blauen Hemd bildeten.

»Da ist nichts, Pascal! Ich habe jetzt schon über sechzig Zentimeter tief gegraben. Du hast dich geirrt!«
Während er sprach, kam der zweite Uniformierte wieder in den Keller herunter. Bei ihnen angekommen, sah er einen Moment überrascht auf den Erdhaufen und die Grube, in der Wittmann noch immer stand.
»Ich habe oben alle Räume durchsucht.« Er sah zu Winter hinüber, der ihn erwartungsvoll ansah. »Gefunden habe ich allerdings nichts, was darauf schließen lässt, dass Kommissar Kant sich in diesem Haus befindet.«
Enttäuscht senkte Winter den Kopf, lief wortlos an Nowack vorbei und stieg die Treppe nach oben.
»Wir sehen uns wieder, Herr Nowack“, rief er laut, nachdem er das Erdgeschoss erreicht hatte.
»Immer wieder gerne, Herr Winter. Stehe zu Ihren Diensten«, bekam er zur Antwort.
Wittmann nickte Nowack entschuldigend zu.
»Vielen Dank. Bitte entschuldigen Sie die Unannehmlichkeiten.«
Nach diesen Worten verließen die Beamten das Haus.
Zurück blieb Gabriel, über dessen Gesicht sich erst ein breites Grinsen zog, das wenige Sekunden später in einem hämischen Lachen endete.

Wie spät es war, konnte Kant nicht mehr einschätzen. Seit dem Besuch seines Entführers waren sicherlich mehrere Stunden vergangen. In dieser Zeit hatte er das Wasser aus der Plastikflasche ausgetrunken, die ihm Nowack, in einer Tüte verpackt, neben die Tür gestellt hatte. Zum Essen gab es eine Handvoll Nüsse, die in einem Papierbecher lagen, einen Apfel und zwei Bananen.

Die salzigen Erdnüsse zu essen war ein Fehler, wie Kant später erst bemerkte. Sie verursachten einen so starken Durst, dass er die Wasserflasche viel zu schnell leerte.
Aber war das nicht schon egal? Vielleicht hatte Nowack das Wasser vergiftet oder das Essen. Vielleicht sogar beides. Erschöpft sank er zu Boden. Sein Blick richtete sich auf die kleine Lampe, um deren fahlen Lichtschein eine Motte ihre unkoordinierten Kreise zog. Immer und immer wieder flog sie umher, steuerte auf die heiße Lampe zu und verbrannte sich die Flügel. Doch statt daraus zu lernen, tat sie es Sekunden später wieder.
»Motten sind dumme Tiere«, sinnierte Kant vor sich hin.
Nicole machte sich bestimmt schon Sorgen um ihn, da er sich nicht mehr bei ihr gemeldet hatte. Er selbst war ja auch nicht erreichbar. Kant hatte keine Ahnung, wo sich sein Handy befand. Vielleicht lag es noch in seinem geschrotteten Dienstwagen.
Ob Pascal Winter wirklich tot war?
Wieder sah er auf die leicht glänzende Handschelle an seinem Unterarm hinab. Dieses kleine Stück Metall hielt ihn an diesem Ort fest, und er hatte keine Chance, es zu entfernen. Bei den erfolglosen Versuchen, sich die Schelle über die Hand zu streifen, hatte er sich bereits die ganze Haut wund gerieben. Sie saß einfach zu straff um seinen Unterarm. Auch den Bolzen mit roher Gewalt aus der Wand zu reißen, war kläglich gescheitert. Er nahm an, dass nicht einmal die Zugkraft eines PKW ausreichen würde, um ihn aus dem Beton herauszuziehen.
Eigentlich gab es nur zwei Möglichkeiten, die ihm blieben.
Er müsste etwas Dünnes finden, mit dem er vielleicht das Schloss der Handschelle knacken könnte. Vielleicht einen Nagel oder ein dünnes Stück Draht. Die zweite Möglichkeit,

die er aber abwegig fand, war es, seinen Arm zu durchtrennen, um die Schelle dann über den verbliebenen Stumpf zu ziehen.
Bei dem Gedanken daran musste er leise lachen, was innerhalb weiterer Sekunden in ein erschöpftes Weinen überging. Auch wenn ihm diese Verstümmelung irgendwie gelingen sollte, war er noch immer nicht frei. Es gab noch eine weitere Hürde – die abgeschlossene Metalltür – die ihn in diesem Raum gefangen hielt. Er würde also nach all den erlittenen Schmerzen wie ein abgestochenes Schwein in diesem Raum verbluten.
Plötzlich fiel ihm eine dritte Möglichkeit ein, die ihn vollends zum Weinen brachte; er könnte hier drinnen genauso gut verdursten. In einigen Monaten oder Jahren würde man dann sein angekettetes Skelett finden.
Doch diesen Sieg wollte er Nowack nicht gönnen.
Er stand auf, ließ seine Hand über die staubige Tapete gleiten und ging diese soweit ab, wie es der Radius der Eisenkette zuließ. Vielleicht fand er irgendwo in der Wand einen Nagel, an dem früher einmal ein Bild oder ein Regal hing.

Kapitel 8

»Dieses verdammte Schwein hat Dreck am Stecken, das schwöre ich dir, Björn.«
Wittmann nickte nur wortlos, setzte sich hinter das Steuer und startete den Wagen, nachdem alle eingestiegen waren.
»Was machen wir denn jetzt?« Winter war außer sich. Er hielt seinen Kopf zwischen beiden Händen fest, da die Schmerzen wieder Besitz von seinem Körper ergriffen hatten. Die Wirkung der Tablette war vollends verpufft, und nun schlugen die Bomben in seinem Gehirn ein, als ob eine vorher bestandene Schutzmauer eingerissen worden wäre.
»Es war einen Versuch wert, und jetzt wissen wir, dass er Kant nicht entführt hat. Wir haben das ganze Haus auf den Kopf gestellt, Pascal.«
»Fahr rechts ran. Schnell!«
Wittmann trat auf die Bremse und noch bevor der Wagen richtig stand, stieß Winter die Tür auf, beugte sich so weit es von seinem Sitz aus ging aus dem Auto und übergab sich lautstark.
»Scheiße, Mann.« Angeekelt sahen die Beamten in die andere Richtung. Nachdem Winter mehrfach ausgespien hatte, lehnte er sich wieder zurück in den Sitz. Wittmann reichte ihm ein Kaugummi, was er dankend annahm.
»Diese verdammten Kopfschmerzen bringen mich noch um.«
Während der weiteren Fahrt herrschte Stille. Winter hatte noch eine Schmerztablette geschluckt und lag nun, im

leichten Dämmerschlaf, zusammengesunken im Beifahrersitz. In seinem Kopf spielten sich gerade nochmals die einzelnen Szenen des Unfalls ab.
Er sah durch die Windschutzscheibe auf der Straße ein dunkles Geschöpf, das im ersten Moment wie ein grauer Felsbrocken aussah. Es war zwischen den Hecken hindurch auf die Fahrbahn gelaufen und blieb, durch das Licht des Scheinwerfers geblendet, mitten auf dem Asphalt stehen. Plötzlich veränderte sich die Kontur des Felsblocks und es schien, als würde sich ein groß gewachsener Mann aufrichten, der einen dunklen, langen Mantel trug. Im Licht der Lampe sah er das grinsende Gesicht von Joshua. Dann kam die Finsternis, die ihn festhielt, und seine Bewegungen bis zum Stillstand einschränkte. Er erinnerte sich plötzlich wieder daran, dass da Stimmen um ihn waren.
Eine davon gehörte Kant und die andere Stimme …
Plötzlich war er wieder hellwach. Er riss die Augen auf, sah aus dem fahrenden Auto und versuchte, sich zu orientieren. Wittmann fuhr mit gemächlicher Geschwindigkeit eine Landstraße entlang, die links und rechts von Bäumen gesäumt war. Winter konnte sich an diese Strecke nicht erinnern. Vielleicht gab es mehrere Wege, die zurück zur Dienststelle führten.
»Ich habe seine Stimme gehört, Björn. Ich bin mir ganz sicher!«, sagte er leise.
Wichmann sah neugierig zu ihm herüber.
»Welche Stimme? Was meinst du?«
»Als ich nach dem Unfall bewegungslos im Auto lag, hörte ich die Stimme von Kant, und dann war da auch noch die Stimme von Nowack, die ihm antwortete.«
Der skeptische Blick von Wichmann machte ihn wütend.
»Das bilde ich mir nicht ein, Björn. Es war Nowack und ich

bin sicher, dass er weiß, wo Alex ist.«

Noch immer stand Gabriel lachend im Keller seines Hauses. Ihm war so richtig zum Feiern zumute. Doch noch während ihm ein Lachen aus der Kehle entrang, veränderte sich plötzlich wieder seine Haltung. Der Körper verlor die Spannung, der Ausdruck im Gesicht des Mannes wurde weicher und zugleich unsicherer.
Joshua war zurückgekehrt.
»Das war knapp. Ich verstehe nicht, wie du lachen kannst!«
»Dein Bruder hat alles richtig gemacht. Du hättest an seiner Stelle erbärmlich versagt!«, schaltete sich die krächzende Stimme seiner Mutter ein.
»Mit dir habe ich nicht gesprochen, Mutter!«, rief Joshua laut. »Ich habe mich mit Gabriel unterhalten. Halte du dich da raus!«
»Du freche Rotzgöre!«
Langsam verließ er den Raum. Er hörte das leise Brummen der Kühltruhen, die mittlerweile, noch ohne Inhalt, ihre Betriebstemperatur erreicht hatten. Mit den Fingerspitzen glitt er über die glatte Abdeckung und ein Gefühl der Freude überkam ihn.
Für seine kleinen Gäste war alles hergerichtet. Hier würden sie schlafen und sich erholen können. Wenn er bei Ihnen war, würde er sie manchmal vielleicht mit nach oben in sein Zimmer und das sichere Zelt mitnehmen und ihnen dort Geschichten vorlesen. Schon bald würde es soweit sein.
Mit einem Lächeln im Gesicht verließ er den Keller und ging die Stufen hinauf. Er hatte Hunger und Lust auf ein kühles Glas Milch, außerdem wollte er seine eigene Kleidung tragen und nicht diesen unbequemen Businessanzug seines Bruders.

Gabriel war einkaufen gewesen und hatte den kleinen Kühlschrank mit allerlei Nahrungsmitteln aufgefüllt. Joshua nahm sich ein Stück Käse, eine Tomate und zwei Scheiben Toastbrot, welches er mit Butter bestrich und dann mit den Zutaten belegte.

»Du musst dem Kommissar auch etwas zu essen und zu trinken bringen, Bruder.«

Langsam ließ er seinen Toast sinken und legte ihn auf dem Teller ab.

»Was hast du mit ihm vor, Gabriel? Willst du ihn töten?«

»Nein, zumindest noch nicht. Er soll sehen, dass wir beide klüger sind als er, und dass wir uns durch niemanden aufhalten lassen, Joshua. Wir zwei sind wie Götter. Stark und allen anderen überlegen.«

Joshua nahm den Toast und biss ein großes Stück davon ab. Während er es zerkaute, sah er aus dem Fenster hinaus. Erneut waren dicke Regenwolken aufgezogen und kündigten ein Gewitter an. Er freute sich bereits darauf, dass der Himmel sich vollends verdunkeln und die gleißenden Blitze die Finsternis immer wieder durchbrechen würden. Der Donner, der Bruder des Blitzes, ließ anschließend mit seiner brachialen Stimme die Erde erbeben. Vielleicht kam sogar ihr Freund der Sturm zur Party hinzu und riss dann alles mit sich, was sich seiner Kraft und Ausdauer nicht widersetzen konnte. Er steckte sich das letzte Stück Toast in den Mund, nahm einige Sachen aus dem Kühlschrank und packte es in eine Tasche hinein.

Er wusste genau, wo Gabriel den Kommissar hingebracht hatte. Es war ein gutes Versteck. Das alte Gebäude lag abseits der Häuser, dort, wo die ersten Bäume des Waldes standen. Früher war es eine Kläranlage, die den Unrat des kleinen Dorfes filterte, aufbereitete und wieder Trinkwasser daraus machte. Schon lange hatte sie ausgedient. Im Nachbarort gab es eine modernere Anlage, die effektiver arbeitete und an die das Dorf nun angeschlossen war. Jetzt zerfielen das Gebäude und die trockenen Klärbecken nach und nach und wurden wieder ein Teil der Natur. Niemand kam dorthin. Es war ein wirklich gutes und ein sicheres Versteck.

Joshua nahm die Tasche und sah noch einmal aus dem Fenster. Die einzelnen Wolken zogen sich immer enger zusammen. Noch schwebten sie lautlos im Gleichschritt nebeneinander her. Doch schon bald würde sich die schwarze Armee, die aus allen Richtungen kam, zu einem einzigen unbezwingbaren Heer verbinden und dann mit aller Kraft ihre feuchte Munition auf die Erde hinabschleudern. Die kleinen Bäche würden zu reißenden Strömen werden, die hohen Bäume würden knicken und wie Streichhölzer zerbersten. Der Sturm würde Sträucher und Büsche mühelos entwurzeln und sie wie Wattebäusche durch die Luft wirbeln, und er, Joshua, würde währenddessen hinter seinem Fenster Position beziehen, dem Lied der Gewalten lauschen und den Verlauf der Schlacht verfolgen.

Wie ein Feldherr würde er einfach dastehen und zuschauen, wie seine Armee laut singend über das Land hinweg zog und dieses mit seiner ganzen Macht und Kraft verwüstete.

Doch zuvor würde er Kant etwas zu essen und zu trinken bringen und schauen, dass die Kette, an der er hing, genau das machte, was sie sollte: ihn seiner Freiheit zu berauben und ganz langsam seinen Verstand zu zermürben.

»**H**at dich Alex bereits angerufen, Nicole?«

In ihrer Stimme lag eine Verzweiflung, die ihm Antwort genug gab. Auch bei ihr hatte sich Kant also noch nicht gemeldet. Winter wusste, dass die Lage ernst war; sehr ernst. Mit jedem Tag, der verstrich, ohne dass es ein Lebenszeichen gab, wurde die Chance, ihn wohlbehalten zu finden, immer geringer.

»Nein, ich habe leider auch nichts von ihm gehört«, antwortete er auf ihre tränenerstickte Frage.

»Ich kann hier leider nicht weg. Meiner Mutter geht es jeden Tag schlechter. Was soll ich nur tun, Pascal. Bitte hilf mir!«

Er wusste nicht, was er ihr sagen sollte.

»Vertraue mir bitte, Nicole. Ich werde alles tun, was möglich ist, damit wir ihn finden. Sobald ich etwas weiß, melde ich mich sofort bei dir.«

Bevor sie etwas sagen konnte, beendete er das Gespräch und legte dann sein Handy laut aufstöhnend auf den Tisch.

Er hatte sich nach Hause fahren lassen, damit er etwas zur Ruhe kam. Sein gebrochener Arm tat ihm höllisch weh und bereitete ihm bei allen möglichen Alltagsdingen erhebliche Probleme. Einen Dosenöffner mit nur einer Hand zu bedienen war unmöglich, ebenso, sich frische Socken anzuziehen. In einem Glas Wasser löste er sich zwei Päckchen Ibuprofen-Pulver auf und trank es widerwillig leer. Doch die Schmerzen waren unerträglich, wenn er sie nicht ständig mit Arzneimitteln unterdrückte. Ihm tat einfach jeder einzelne Zentimeter seines ganzen Körpers weh. Am Schlimmsten aber waren seine Kopfschmerzen.

Es kam ihm vor, als würden in seinem Schädel alle paar Minuten kleine Detonationen stattfinden, die einen Teil des Gehirns absprengten.

Kraftlos legte er sich auf sein Bett und versuchte einzuschlafen; aber die Sorge um Alexander Kant hielt ihn wach. Auf dem Rücken liegend, starrte er zu der weiß gestrichenen Decke hoch, sah dort kleine, schwarze Punkte,

die er vorher noch niemals beachtet hatte.
»Mückensekret«, dachte er. Es war typisch. Derzeit überrollte ihn die Scheiße, wo auch immer er hinkam und hinsah. Die Wolken wurden auch größer und stetig dunkler. Wahrscheinlich würde nun auch noch die Kacke vom Himmel auf ihn herunterfallen.

Joshua machte sich auf den Weg. Schnell hatte er sich seine eigene Kleidung angezogen und den dunklen Mantel übergeworfen. Er kannte die kürzeste Strecke, die ihn vorbei an einigen Gärten und auf unbefestigten Wegen direkt zur Ruine der alten Kläranlage führte. Noch hielt der Himmel die schweren Regentropfen zurück, wartete anscheinend auf den richtigen Moment, um dann das Inferno zu beginnen. Vielleicht sollte der erste Donnerschlag oder ein Blitz das Startsignal geben. Vorsorglich hatte er eine Taschenlampe eingesteckt, die er jetzt bereits gut gebrauchen konnte, um den Weg abzuleuchten. Schon von Weitem sah er die leeren Fensterhöhlen in dem alten Backsteingehäuse, die in der aufkommenden Dunkelheit auf ihn beklemmend wirkten. Dort, wo einst hinter geschlossenen Fenstern einige Angestellte ihre Arbeit verrichteten, gab es nur noch Feuchtigkeit und Verfall. Nichts war mehr übrig geblieben vom Duft des gebrühten Kaffees, dem Parfüm der Sekretärin oder dem aufdringlichen Schweiß der Handwerker. Jetzt roch es modrig und abgestanden, obwohl der Wind durch die scheibenlosen Öffnungen hindurch fegte und diesen Gestank eigentlich vertreiben sollte. Mit schnellen Schritten ging er durch die Werkstatt, an deren kahlen Wände noch die alten Metallregale hingen, auf denen früher Werkzeuge und Ersatzteile gelagert wurden.

Direkt hinter diesem Raum führte eine Betontreppe einige Stufen in das Untergeschoss hinab zu der roten Eisentür, hinter der sich das Gefängnis von Alexander Kant befand.
Joshua machte sich den Spaß, anzuklopfen.
»Darf ich hereinkommen, Herr Kant?«
Er erhielt keine Antwort.
Langsam zog er den Schlüssel aus seiner Tasche, steckte ihn ins Schloss und öffnete die Tür mit einem knarrenden Geräusch.
»Da müsste unbedingt einmal ein Tropfen Öl dran«, sagte er laut, bevor er langsam durch den Türrahmen trat und dabei das Licht der Taschenlampe in den dämmerigen Raum hineinwarf. Erschrocken fuhr er zurück, als Kant einen Meter entfernt direkt vor ihm auftauchte. Die Kette verhinderte jedoch, dass dieser Joshua erreichen konnte.
»Wow, Sie haben mich eben tatsächlich erschreckt, Herr Kommissar.«
Kant taumelte etwas zurück. Die Handschelle hatte erneut in seinen Unterarm geschnitten. Der Schmerz ließ ihn fast ohnmächtig werden.
»Warum hältst du mich hier fest? Lass mich endlich gehen! Meine Frau weiß nicht, wo ich bin und macht sich sicherlich Sorgen.«
Ohne ihm Antwort zu geben, stellte Joshua die Tasche auf dem Boden ab.
»Ich wollte Ihnen nur etwas zu essen und zu trinken bringen, Herr Kant. Ein längeres Gespräch hatte ich dabei nicht eingeplant. Schon bald wird es da draußen am Himmel ein gigantisches Schauspiel geben, das ich wegen Ihnen nicht verpassen möchte.«
»Nimm mir bitte die Fesseln ab, Gabriel. Ich möchte es auch sehen. Bitte!«

»Gabriel ist nicht hier. Können Sie uns noch immer nicht auseinanderhalten? Das ist wirklich eine Schande, Herr Kommissar.«
»Joshua«, sagte Kant leise, »lasse mich bitte frei.«
Doch sein Gegenüber schüttelte den Kopf.
»Das kann ich nicht tun. Gabriel wird entscheiden, wann und ob er Sie freilassen wird!«
Kant stürzte nach vorne, achtete aber darauf, dass er die Distanz wahrte, die ihm die Eisenkette vorgab.
»Das ist doch alles Bullshit! Ihr seid ein und dieselbe Person. Du bist krank! Ein Irrer! Gabriel ist tot!«
Joshua gab der Tüte einen Tritt und der Inhalt verteilte sich in Richtung Kant.
»Wir sind Götter!«
»Du bist ein krankes Arschloch!«
»Ich glaube, dass Gabriel Sie töten wird, Herr Kommissar.«
Er wandte sich grinsend ab und öffnete die Tür, um den Raum wieder zu verlassen. Doch dann blieb er nochmals stehen und drehte sich um.
»Ja, ich bin mir ziemlich sicher, dass er Sie töten wird. Und wenn er es nicht macht, dann werde ich das übernehmen!«
Die Tür schlug zu und Kant hörte, wie sich der Schlüssel im Schloss drehte. Nun war er wieder alleine in seinem kalten, Gefängnis.
Joshua ging den gleichen Weg zurück, der nun nach draußen führte. Am Ausgang angekommen, sah er sich vorsichtig in alle Richtungen um.
Wie schon beim hinein gehen prüfte er aufmerksam, ob ihm jemand gefolgt war oder sich in der Nähe aufhielt.

Gabriel hatte ihn eindringlich gewarnt. Noch immer waren sie im Visier der Polizisten, und sie mussten verdammt vorsichtig sein, mit allem was sie taten. Das betraf Kommissar Kant, aber auch Joshuas baldige, neue Freunde. Er müsse noch etwas Geduld haben, hatte sein Bruder gesagt.
Doch Joshua hatte keine Geduld.
Auf dem Rückweg zu seinem Elternhaus setzte bereits der Regen ein. In einiger Entfernung konnte man vereinzelt die gleißenden Blitze erkennen, die sich hinter dem Waldstück durch den Himmel zogen. Auch das Grollen des Donners kam deutlich näher. Joshua war gut zu Fuß und wenn es sein musste, konnte er so schnell laufen wie kein Zweiter. Als ob es um seine Leben ginge, spurtete er den schmalen Fußweg entlang, wobei er das schwankende Licht der Taschenlampe als Wegweiser vorausschickte. Nach wenigen Minuten hatte er sein Ziel erreicht. Schwer atmend öffnete er die Eingangstür, streifte sich die Schuhe aus und eilte hinauf in sein Zimmer. Ohne das Licht einzuschalten, ging er zu seinem Fenster und sah hinaus.
Das Gewitter war jetzt im vollen Gange und es schien, als würde es seine ganze Pracht nur für ihn entfalten.
Jetzt wusste er, was Gabriel gemeint hatte.
Nun fühlte er sich, so stark und unverletzlich wie ein Gott.

Nachdem Joshua die Eisentür hinter sich geschlossen hatte, setzte sich Kant auf den kalten Steinboden und fuhr sich sacht über seinen geschundenen Unterarm. Er sah, dass einige blutige Hautfetzen unter der Handschelle hervor hingen. Sein Arm brannte, als ob man ihn mit kochendem Wasser übergossen hätte.

Von draußen hörte er kleinere Explosionen, und er spürte, wie einige leichte Beben in wiederkehrenden Intervallen den Boden unter ihm zum Erzittern brachten. Er stand auf und lauschte in die Stille hinein.

Was war das? Es musste ein Gewitter sein, das in diesen Minuten über ihm hinweg zog. Doch auch das half ihm nicht weiter, um aus seinem Gefängnis zu entfliehen. Um seinen Durst zu löschen, trank Kant einen Schluck Wasser aus der Flasche, die ihm Joshua vor die Füße geworfen hatte. Dann aß er ein Stück Brot und eine Scheibe Käse, um den schlimmsten Hunger zu stillen. Unruhig lief er danach an der Wand entlang, berührte erneut mit den Handflächen das kühle Gestein und hoffte, dass er doch noch einen Nagel finden würde, den er zuvor vielleicht übersehen hatte. Doch auch dieser Versuch war erfolglos. Die Wände waren glattgeschliffen und es schien, als ob hier nie ein einziges Bild angebracht worden war.

Er hatte bereits alles abgetastet, was sich in seiner Reichweite befand und gab nun hoffnungslos auf. Die Lampe und die Autobatterie standen zu weit von ihm entfernt, um sie zu erreichen und vielleicht damit etwas anfangen zu können.

Was Kant aufgefallen war, als Joshua den Raum verließ, war das Innere der Tür. Der Strahl von dessen Taschenlampe hatte ihm für einige Sekunden eine Schwachstelle aufgezeigt, die er zuvor im Dämmerlicht nicht wahrgenommen hatte. Es handelte sich um eine alte Baustellentür. Das Besondere daran war, dass man sie von außen zwar abschließen konnte, von innen die Tür aber nur durch zwei starke Gewindebolzen im Betonrahmen des Gebäudes fixiert wurde. Vielleicht konnte er mit etwas Kraft die Bolzen nach unten drehen und dann die gesamte Tür nach außen drücken. Doch dies wäre der zweite Schritt. Der erste war, dass er die Handschellen von

seinem Arm oder die Eisenkette von der Wand lösen musste.
Doch wie sollte ihm das gelingen?
Verzweifelt setzte er sich auf den Boden und lehnte sich mit dem Rücken an der kalten Betonwand an.
Was hatte dieser verdammte Freak nur mit ihm vor?
Bereits mehrfach war ihm diese Frage in den letzten Stunden durch den Kopf gegangen. Warum hatte ihn dieser Spinner nicht einfach umgebracht und ihm, noch an der Unfallstelle, das Genick gebrochen? Alle hätten dann geglaubt, dass dies eine Folge des harten Aufpralls gewesen war. Er und Pascal wären für ihn keine Gefahr mehr gewesen; niemand hätte ihn weiterhin unter die Lupe genommen.
Nowack wäre frei von jeglichem Verdacht gewesen.
»Vielleicht hat dieser Verrückte ja sogar Pascal …«
Kant wollte den Gedanken nicht weiterspinnen.
Er lebte noch und er würde mit allen Mitteln versuchen, von hier zu entfliehen. Niemals würde er aufgeben.
Wenn er Nowack in diesem Raum überwältigen könnte …. Nur einen einzigen, kleinen Fehler musste dieser machen und in seine Nähe kommen, damit er ihn zu fassen bekam.
Kant ballte die Fäuste.
Nein, er wollte nicht sterben. Noch nicht und auch nicht auf diese Art und Weise

Das Schmerzmittel hatte bewirkt, dass Winter nach einigen Minuten des Nachdenkens in einen tiefen Schlaf gefallen war. Als er Stunden später erwachte, hatte die Dunkelheit bereits das Tageslicht vertrieben. Etwas verwundert richtete er sich in seinem Bett auf und sah zu der digitalen Uhr auf seinem Nachttischschrank. Die grünen Leuchtziffern zeigten ihm an, dass es kurz nach 20:00 Uhr war. Eigentlich sollte es um diese Zeit draußen noch hell sein, stellte Winter verwundert fest

Verschlafen fuhr er sich durch das lichte Haar, stieg aus dem Bett und schlurfte langsam zum Fenster hinüber. Es regnete in Strömen. Er sah, dass sich in der Ablaufrinne der Straße bereits ein kleiner Fluss gebildet hatte und die großen Wassermengen alles mit sich rissen, was sich in deren Nähe befand. Die Straße glänzte im Licht der Laternen, als ob man anstelle von mattem Teer einen hochglänzenden Latex verwendet hätte. Winter ging es körperlich jetzt deutlich besser. Die Kopfschmerzen hatten so weit nachgelassen, dass sie ihm keine Übelkeit mehr verursachten. Auch die Prellungen und Schnittwunden an seinem Körper waren nicht mehr so schmerzhaft bei jeder Bewegung zu spüren, wie noch am frühen Morgen.

Er ging in die Küche und schaltete das Licht ein. Routiniert drückte er auf den Einschaltknopf der Kaffeemaschine und hörte Sekunden später, wie die Selbstreinigung aktiviert wurde. Der Vorgang dauerte nur wenige Sekunden und dann war der Weg für ihn frei, um sich die dampfende, lebenserweckende Koffeinbrühe in eine große Tasse laufen zu lassen. Er gestand sich ein, dass Kaffee einfach besser schmeckte als Tee und auch deutlich geschmacksintensiver war. Der erste Schluck war noch verdammt heiß und brannte in seinem Mund. Deshalb goss er etwas kalte Milch hinzu, was die schwarze Brühe in einen braunen Kloakensud verwandelte, der nun aber etwas kühler und somit trinkbar war. Während er immer wieder kleine Schlucke aus der Tasse nahm, fuhr er sein Notebook hoch. Auf Google gab er als Suchbegriff „Liste von Kindesentführungen in Deutschland" ein.

Es erschienen sofort einige Tabellen mit Daten auf dem Bildschirm, die er sich neugierig ansah.

In der ersten Spalte standen die Namen der entführten Kinder und die Angabe des Alters.

Dahinter gab es eine zweite Spalte mit der Überschrift: Art.

Dort stand in vielen Fällen das Wort *„Lösegeldforderung"*.

In einer dritten Spalte wurden die Dauer und das Ergebnis der jeweiligen Untersuchungen aufgelistet.

Das häufigste Wort, das am Ende der Fälle stand, hatte nur drei Buchstaben: *tot.*

Die Suche nach dem Täter wird 30 Jahre lang fortgesetzt, lautete der letzte Satz unterhalb dieser langen Liste.

Nachdenklich sah er auf die Liste, die unendlich schien, je weiter er sie nach unten durchscrollte.

Dann endete die Tabelle plötzlich und darunter kam ein für ihn sehr makabrer Satz in fetter Schrift zum Vorschein.

Man hatte den vermissten Kindern im Kalender einen Tag gewidmet, der in jedem Jahr erneut an deren Schicksal erinnern sollte: *der 3. Mai.*

Winter las nach, dass es jedes Jahr immer mehr vermisste Kinder gab, und die Tendenz weiterhin kontinuierlich anstieg. Viele der Kinder waren nicht einmal älter als 6 Jahre, als sie entführt und oftmals direkt kurz danach getötet wurden.

»Was verdammt soll ich nur tun?«

Er schlug auf den Tisch und berührte dabei die leere Kaffeetasse, die dadurch über die Tischkante geschleudert wurde und auf den hellen Bodenfliesen in hunderte Porzellanstücke zersprang.
Es war keine Tasse, die für Winter eine Bedeutung hatte, an der irgendwelche Erinnerungen oder Emotionen hafteten. Die Tasse war ihm egal. Fluchend nahm er den Kehrbesen und ein feuchtes Tuch, um mit seiner gesunden Hand die Schweinerei aus seiner Küche zu entfernen. Ein Blitz schlug in der Nähe mit einer heftigen Explosion ein, und in der gleichen Sekunde erlosch das Licht der Deckenlampe.
»Na klasse, das habe ich jetzt gerade noch gebraucht!«
Als er aus dem Fenster sah, bemerkte er, dass sich nicht nur in seiner Wohnung, sondern in der ganzen Stadt die Finsternis ausgebreitet hatte. In keinem der Häuser war mehr ein Lichtschein zu sehen. Nur die Scheinwerfer der Fahrzeuge, die noch immer auf den Straßen unterwegs waren, gaben ein wenig Orientierung über die Größe und Gebiete der Stadt und die Straßenverläufe. Sie sahen aus wie kleine Irrlichter, die sich gegenseitig verfolgten und dabei versuchten, in andere Richtungen zu flüchten.
Dieses Bild erinnerte ihn an seine Kindheit. An die ersten Computerprogramme, die er hingebungsvoll mit seinen Freunden gespielt hatte.
Pacman – Ja, er erinnerte sich.
Das war der Name des Spiels.
Genau wie Pacman, würde er sich an die Fersen von Nowack heften, diesen verfolgen und jagen, bis der einen Fehler beging; nur ein einziges Mal falsch abbog. Dann würde er ihn schnappen und wenn es sein musste, Mittel anwenden, die nicht ganz legal waren, um ihn zum Reden zu bringen.

Der Computer auf seinem Schreibtisch lief weiterhin und der Bildschirm verbreite ein wenig Licht, da er über den internen Akku gespeist wurde. Da der WLAN-Router, wie alle anderen elektrischen Geräte, nicht mehr funktionierte, hatte Winter keine Internetverbindung mehr und so war der PC im Moment für ihn nutzlos.
Nowack, du bist eine schizophrene Bestie!
Er wusste, dass es sich hierbei um eine psychische Erkrankung handelte, bei dem die betroffenen Personen Gedanken- und Wahrnehmungsstörungen hatten. Bei einigen gab es hierbei eine Spaltung der eigenen Persönlichkeit, teils nicht nur in eine zweite Person, sondern manchmal sogar in mehrere. Diese Erkrankung trat meist bei belastenden Lebensereignissen ein. Winter ahnte, dass dies bei Joshua der Tod des Zwillingsbruders gewesen war, der dann aber *imaginär* in seinem Gehirn weiterlebte. Joshua teilte seinen eigenen Körper mit dem Geist eines Toten.

Lange stand Joshua wie ein Dirigent, mit einem breiten Lächeln im Gesicht, vor seinem Fenster, schwenkte die Arme und ließ Blitz und Donner auf seine Gesten hin erscheinen und erklingen. Er lachte laut, wenn es durch Zufall glückte. Wie ein Besessener warf er seine Arme in die Luft, zeigte mit den Fingern in den Himmel. Schweiß lief ihm über den nackten Oberkörper, der ihn zum Glänzen gebracht hatte.
»Weiter! Wirf deine Blitze und lass den Donner grollen!«
Mit weit aufgerissenen Augen verfolgte er den brachialen Kampf der Elemente.
Das Gewitter verzog sich erst nach mehr als zwanzig Minuten, ohne dass es einen eindeutigen Sieger gab.

Der Regen ließ nach, und das erhabene Schauspiel der Natur endete so abrupt, wie es zuvor begonnen hatte.
Joshua verbeugte sich in seinem Zimmer in alle Richtungen, als ob er vor einem tosenden Publikum stünde, das ihn mit frenetischem Beifall nun für seine grandiose Vorstellung belohnte.
»Danke! Danke!«
Er ließ sich zufrieden zu Boden fallen, streckte auf dem Rücken liegend die Beine und Arme von sich. Mit weit aufgerissenen Augen und einem breiten Lächeln starrte er zur Decke hinauf.
»Wenn das meine kleinen Freunde gesehen hätten.«
Das Lächeln verschwand und sein Gesicht verwandelte sich in Sekundenbruchteilen in eine traurige Maske.
»Ich vermisse meine kleinen Freunde so sehr, Gabriel«, weinte er. Joshua drehte seinen Körper zu Seite, zog Arme und Beine ganz eng an. Wie ein übergroßer Fötus lag er mitten im Zimmer auf dem Boden, der nur mit einem alten, staubigen Teppich bedeckt war.
»Ich möchte nicht mehr alleine sein. Nie mehr!«
Die ihm wohlbekannte Stimme tröstete ihn sanft.
»Bald, Joshua. Schon bald werden deine neuen Freunde hier sein. Ich verspreche es dir, Bruder.«
Joshua nickte, richtete sich auf und kroch langsam auf den Knien in seine schützende Wolldeckenburg hinein. Hier konnte er träumen, und wenn es sein musste, für jeden unsichtbar werden, der ihm Böses wollte.

Das Wochenende war vorüber und Gabriel traf die Entscheidung, dass er sich kurzfristig Urlaub nehmen würde. Die aktuelle Situation erforderte es, dass er Joshua zur Seite stand. Jemand musste sich auch um Kommissar Kant kümmern. Als er zum Handy griff, befand er sich noch immer in seinem Elternhaus. Eine ihm wohlbekannte Stimme am anderen Ende der Leitung meldete sich freundlich. Er hatte die private Handynummer von Franziska, seiner Sekretärin, gewählt.

»Hallo Franziska, ich bin es, Gabriel Nowack. Am Wochenende haben sich bei mir leider einige Dinge ereignet, die es erfordern, dass ich mir ein paar Tage Urlaub nehme. Es ist jetzt etwas kurzfristig, aber es geht nicht anders. Bitte sagen Sie erst einmal alle Termine für die kommende Woche ab. Ich melde mich dann bei Ihnen, ob ich in der übernächsten Woche wieder im Büro sein kann. Ich werde unsere Geschäftsleitung hierzu auch gleich noch informieren.«

»Oh. Ich hoffe, es ist nichts Schlimmes, Gabriel?«

»Nein, es alles in Ordnung. Ich muss nur einige Sachen wegen des Testamentes einer Tante klären und daher ein paar Tage vereisen. Ich melde mich spätestens Ende der Woche bei Ihnen, Franziska.«

Er beendete das Gespräch, nachdem sie sich voneinander verabschiedet hatten. Nun würde er noch die Geschäftsleitung informieren, und dann hatte er eine oder vielleicht sogar ganze zwei Wochen Zeit, um alles auf die Reihe zu bringen.

»Du bleibst hier?« Die Stimme von Joshua klang überrascht, aber zugleich erfreut.

»Ja, ich bleibe hier. Es gibt Einiges zu erledigen.«

»Wirst du neue Freunde für mich finden, Gabriel?«

»Ja, das werde ich. Kommissar Kant soll die Kinder noch sehen, bevor wir ihn für immer in die Hölle schicken.«

Gabriel lachte laut auf und Joshua stimmte in dieses Lachen mit ein.

Niemand würde sie nun mehr aufhalten können.

Die Nowack-Brüder konnten gemeinsam alles erreichen, was sie wollten.

Ein leises, klackendes Geräusch riss Alexander Kant aus seinem unruhigen Schlaf. Langsam richtete er sich vom harten Boden auf und sah sich aufmerksam um.

Die Batterie speiste noch immer die kleine Lampe, die ihm ein wenig Licht spendete. Ein kleiner Schatten huschte über den schmutzigen Betonboden hinweg

»Nur eine kleine Maus«, dachte Kant. Er stieg auf und dehnte sich. Alle Knochen taten ihm weh. Da er Durst hatte, trank er einen kleinen Schluck Wasser aus der Flasche.

»Hallo Maus. Was tust du denn hier?«, fragte er in den Raum hinein. Die Maus ignorierte die Frage und lief weiter, die spitze Nase dicht auf den Boden gerichtet.

Kant brach ein kleines Stück von seinem Brot ab und warf es in die Richtung des Nagers, der sich dankbar über die Köstlichkeit hermachte.

»Lass es dir schmecken, Maus«, sagte er leise.

Langsam ging er zu der Stelle, an der die Eisenkette an der Wand befestigt war.

»Könntest du mir helfen, Maus? Vielleicht schaffen wir es zu zweit, diesen Bolzen aus der Wand zu reißen. Was meinst du?«

Kurz hob der Nager den Kopf, dann packte er das Stück Brot zwischen die Zähne und verschwand damit in einem kleinen Spalt in der Wand.

»Du undankbares Biest«, rief Kant ihr hinterher und lachte.

Der Bolzen vor ihm war in einer Höhe von etwa fünfzig Zentimeter über dem Boden in den Beton getrieben worden. Er zog nochmals daran, doch das Metall bewegte sich keinen einzigen Millimeter. Neugierig prüfte er das Ende des Eisenstückes, das etwas mehr als fünfzehn Zentimeter aus der Wand herausragte. Kant berührte das glatte, runde Metall und fuhr daran mit dem Finger entlang, bis es in der Wand endete.
»Da ist kein Beton«, stellte er erstaunt fest. Bisher war er der Meinung gewesen, dass man das Eisenstück in die Wand einbetoniert hatte, doch nun stellte er fest, dass es wohl eher ein Gewinde besaß und man es in einen Dübel eingedreht hatte.
»Verdammt, das Ding hat ein Gewinde!«
Diese Erkenntnis verlieh ihm neue Hoffnung und neue Kraft. Kurz überlegte er, wie die Schraube eingedreht worden war.
»Nach rechts drehe ich das Gewinde hinein und nach links wieder heraus …«
Kant packte die Schraube mit beiden Händen und versuchte, sie nach links zu drehen. Doch er schaffte es nicht. Seine Finger fanden keinen Halt auf dem glatten Eisenstift. »Verdammte Scheiße!«, schrie er auf und versuchte es nochmals mit aller Gewalt und lautem Stöhnen. Doch er rutschte immer wieder ab; der Stab ließ sich nicht herausdrehen.
Wütend wollte er dagegentreten, doch mangels Schuhe ließ er es bleiben.
»Ich brauche etwas, womit ich den Stab herausdrehen kann … einen festeren Halt.«

Zur gleichen Zeit lag Joshua in seiner sicheren Burg und schlief tief und fest. Sein nackter Brustkorb hob und senkte sich langsam in einem gleichmäßigen Rhythmus. Er träumte von einer Welt, in der es keine Erwachsenen gab, sondern nur Kinder. Es war eine bunte Welt, in welcher von überall das fröhliche Lachen von Jungen und Mädchen zu hören war.
Von einer Holzbank aus, auf der er saß, beobachtete er das laute Treiben, sah, wie die Kinder auf der Wiese spielten und tobten. Einige Mädchen pflückten bunte Blumensträuße oder machten sich Haarkränze daraus.
Die Jungs spielten mit einem Ball oder kletterten auf Bäume. Doch dann plötzlich verstummte das Lachen, die Kinder standen nur mit großen Augen da und starrten auf *ihn*. Der blaue Himmel war im Bruchteil einer Sekunde fast schwarz geworden. Ängstlich wichen sie Schritt für Schritt von ihm zurück. Sein Pulsschlag nahm zu.
Was war mit ihnen?
Warum hatten sie denn nun alle Angst vor ihm?
Erst, als er sich langsam umwandte, sah er hinter sich einen schwarzen Schatten, der die Gestalt eines großen Mannes hatte. Deutlich konnte man nur seine rot leuchtenden Augen sehen, die wie ein Feuer flackerten. Joshua wollte von der Bank aufstehen, doch er war wie gelähmt. Er musste zusehen, wie der Schatten sich an ihm vorbeibewegte und dann den Kindern folgte. In der Hand hielt er einen leuchtenden Gürtel, den er wie eine Peitsche schwang. Jedes Kind, welches er damit schlug, zerplatzte wie ein Wassertropfen, der auf die Erde fiel.
»Nein, tue ihnen nicht weh!«, schrie Joshua voller Verzweiflung, doch der Schatten lachte nur und setzte seine Verfolgung fort. Keines der Kinder entkam seiner leuchtenden Peitsche, und schon bald gab es nur noch ihn

und den Schattenmann.
»Warum hast du das getan?«, heulte Joshua, als sich ihm der Unbekannte langsam näherte.
»Sie waren bösen, Joshua! So wie du es warst!«
Der Schattenmann schwebte nun direkt auf ihn zu, und plötzlich formte sich ein Gesicht um die flackernden, roten Augen, welches er nur zu gut kannte.
Es war das Gesicht seines Vaters.
Lachend hob er den Arm und begann, die leuchtende Peitsche über seinem Kopf zu schwingen.
Dann schlug er zu.
»Nein«, schrie Joshua laut auf und erwachte davon.
Sein Körper war schweißgebadet und sein Herz raste.
Er stand auf, lief einige Runden durch das Zimmer, hielt sich dabei mit beiden Händen den Kopf.
»Ich muss sie vor ihm retten … ich muss sie vor ihm retten!«
Weinend fiel er auf die Knie. Es war genau die Stelle in diesem Zimmer, an der sein Vater und sein Bruder ihr Leben verloren hatten.
»Gabriel, bitte hilf mir«, flehte er leise.
»Ich bin da, Joshua. Natürlich werde ich dir helfen. Sobald die Sonne aufgegangen ist, fahre ich los, um einige der Kinder zu retten!«

Als Pascal Winter das Polizeipräsidium betrat, blickte er in einige fragende Gesichter. Den dicken Kopfverband hatte er mittlerweile entfernt und durch ein großes Pflaster ersetzt, das nun über der Wunde klebte.
»Was machst du denn hier, Pascal? Du bist krankgeschrieben und solltest einige Tage zu Hause bleiben.«
Winter sah seinen Kollegen genervt an.

»Gibt es etwas Neues von Alex?«
Sein Gegenüber schüttelte den Kopf.
»Nein, leider nicht.«
»Warum sitzt ihr dann hier die ganze Zeit euren Hintern platt? Warum sucht ihr nicht nach ihm?« Winter war wütend.
»Was sollen wir denn tun? An der Unfallstelle wurde alles abgesucht. Hubschrauber mit Wärmebildkameras waren im Einsatz, eine Hundestaffel ist durch den Wald gelaufen.
Auch wir waren alle dort und haben nach ihm gesucht! Wir können momentan nicht mehr machen, Pascal!«
»Aber Alex kann sich doch nicht in Luft aufgelöst haben!
Habt ihr versucht, sein Handy zu orten?«
Sein Kollege nickte. »Wir haben es geortet und auch gefunden. Es lag nicht weit von der Unfallstelle entfernt am Straßenrand.«
Winter sah ihn nachdenklich an.
»Am Straßenrand? Wo? Wie weit war das von unserem demolierten Auto entfernt?«
»Das war nicht weit. Vielleicht zehn Meter; nur die kleine Böschung hoch. Das Handy war allerdings kaputt. Hat wahrscheinlich beim Aufprall einen ziemlichen Schlag abbekommen.«
Winter lief zu ihm hin und setzte sich auf den Stuhl, der auf der anderen Seite des Schreibtisches stand.
»Habt ihr dort in der Nähe der Fundstelle Spuren von Autoreifen gefunden?«
»Ja, aber es gab dutzende Spuren. Das ist eine viel befahrene Straße. Wir hatten nichts, was wir auswerten konnten. Es gab auch keine Zeugen, die wir befragen konnten. Niemand hat euren Unfall mitbekommen.
Die Polizeiruf wurde automatisch über das Notrufsystem des Fahrzeugherstellers abgesetzt, und dadurch wurden wir über

den Unfall informiert. Die Kollegen von der Streife waren dann die Ersten am Unfallort. Weit und breit gab es keine Zivilpersonen, die an dem Unfall beteiligt waren, etwas gesehen oder gehört hatten.«
Winter stöhnte leise auf.
»Also stecken wir schon wieder in einer Sackgasse fest?!«
Sein Gegenüber nickte.
Langsam stand Winter von seinem Sitz auf.
»Du hast recht, ich sollte nach Hause fahren und mich etwas ausruhen.«
»Mach das! Wie geht es dir eigentlich? Was macht dein gebrochener Arm?«
Schulterzuckend lief Winter davon. »Die Schmerzen nerven mich, sonst geht es mir ganz gut. Dann haltet mal die Stellung, bis ich wiederkomme.«
Nachdenklich verließ er das Gebäude, ohne dabei auf weitere Kollegen zu stoßen. Er fand, dass dies aktuell auch das Beste war, da er keine Lust auf weitere, unproduktive Gespräche hatte. Wenn sich niemand darum kümmerte, Alexander Kant zu finden, dann würde er sich alleine auf die Suche nach ihm machen. Die einzige Spur, die er nach wie vor hatte, und von der er überzeugt war, dass sie ihn zu seinem vermissten Kollegen führen würde, war Joshua Nowack. Er beschloss, ihn erneut zu beschatten. Doch dieses Mal würde er besonnener dabei vorgehen, damit seine Deckung nicht wieder aufflog. Die moderne Technik sollte ihm dabei behilflich sein.
Er nahm das Handy aus der Tasche und gab eine Nummer ein. Kurz darauf meldete sich eine dunkle Stimme.
»Hallo Bruderherz, ich bin es. Bist du gerade in eurem Elektro-Shop?«

»Wo denn sonst? Ich muss ja irgendwie meine Brötchen verdienen, Pascal«, gab der lachend zurück.
»Ich bräuchte einmal deine Hilfe, Carsten. Habt ihr so eine Drohne da, die mit einer guten Kamera ausgestattet ist?«
»Eine Drohne? Moment mal kurz ...« für einige Sekunden hörte man Schritte, dann wie eine Tastatur betätigt wurde. »Ja, wir haben noch eine im Lager, die auch qualitativ sehr gut ist. Willst du sie etwa selbst fliegen lassen?« Im letzten Satz lag eine Menge Zweifel, der deutlich hörbar war.
»Wer sonst? Natürlich ich! Du kannst mir ja zeigen, wie das funktioniert – oder?«
»Oje. Ob ich das vor meiner Rente schaffen werde, dass du so ein Gerät fliegen kannst? Gut, dann komme vorbei, ich richte schon einmal alles her! Sag mal, wofür brauchst du diese Drohne überhaupt?«
»Ich habe etwas verloren, das ich unbedingt wiederfinden muss, Carsten.«
Für einige Sekunden war es still.
»Und was genau soll das sein?«
»Meinen Kollegen Alexander Kant.«
Wieder herrschte kurz Stille.
»Du verarschst mich doch jetzt – oder, Pascal?«
»Nein, das ist mein voller Ernst. Ich erkläre dir später alles. Ich bin in etwa in einer halben Stunde bei dir!«
Winter beendete das Gespräch und lief zu seinem Auto.
Es war an der Zeit, dass er erneut eine dieser Wunderpillen nahm, damit sein Kopf nicht in tausend Teile zersprang.

Gabriel war schon sehr früh an diesem Tag mit dem weißen Kastenwagen unterwegs. Bereits in zwei Wochen würden die regionalen Schulferien beginnen, und dann wären die Straßen

und Schulwege in den Morgenstunden verwaist.
Wie geplant fuhr er in die Allee, von der die Sicht auf die Straße von den Häusern aus fast unmöglich war. Für die Besitzer der Villen, die mit riesigen Grundstücken umsäumt waren, war es ein Vorteil, dass durch die dichten Bäume und hochgewachsenen Büsche niemand von draußen nach drinnen sehen konnte, dass gleiche galt aber auch umgekehrt. Außer es gab vereinzelte Kameras, die tatsächlich auf die Straße gerichtet wurden. Die meisten davon überwachten aber nur das eigene Grundstück. Gabriel sah auf seine Armbanduhr. Es war kurz nach sieben Uhr. Nun würde es wohl nicht mehr lange dauern, bis die ersten Grundschüler ihren morgendlichen Spaziergang zur Schule beginnen würden. Die Aufregung, die Gabriel dabei verspürte, war immer gleich, und sie würde sich wohl auch niemals legen. Er war für Joshua unterwegs, und er würde ganz gezielt auswählen, welches Kind ihn zu seinem großen Bruder begleiten durfte.
Den Transporter parkte er in einer kleinen Bucht, die von außen kaum einsehbar war, er aber die komplette Allee überblicken konnte. Die Kinder würden genau in seine Richtung laufen, da sich die Grundschule in seinem Rücken befand.
Aus dem Radio erklang leise Musik, die Gabriel aber nicht wirklich wahrnahm. Er wischte sich die vor Aufregung feuchten Hände an seiner Jeans ab. Noch war die Straße vollkommen leer. Langsam lehnte er sich in den Sitz zurück und sah zum Himmel hoch. Der Regen der vergangenen Tage hatte die Luft geklärt und die Wolken waren vollständig verschwunden. Jetzt erstrahlte ein herrlicher blauer Himmel über ihm, der für den Verlauf des Tages eine ordentliche Hitze versprach. Langsam krempelte er sich die Ärmel seines

weißen Hemdes bis zum Ellenbogen hoch. Wie ein Jäger auf dem Hochsitz saß er nun im Fond seines Wagens und blickte angespannt die Allee entlang. Die Ahorn- und Kastanienbäume standen in akkuratem Abstand nebeneinander und bildeten so eine lange Reihe sich nicht bewegender Holzriesen, die alles um sich herum bewachen sollten. Doch so groß und ehrfürchtig sie auch schienen, so bewegungslos und ungefährlich waren sie für einen Kindesentführer. Gabriel schob sich die fast schwarz getönte Sonnenbrille vor die Augen, da ihn die Sonne ein wenig blendete.

Während er angespannt wartete, schienen die einzelnen Minuten wie ganze Stunden zu vergehen. Immer und immer wieder sah er auf die Uhr. Der Unterricht würde schon bald beginnen. Wo blieben die Kinder nur?

Plötzlich kam Bewegung in die Straße. Erst sah er nur einige Schatten, die in die Allee eingebogen waren und die sich ihm schnell näherten. Zu schnell. Dann erkannte er, dass es sich um vier Kinder handelte, die auf ihren Fahrrädern zur Schule fuhren. Hier hatte er keine Chance. Es waren einfach zu viele. Er duckte sich hinter sein Lenkrad und ließ die johlenden Kinder an sich vorüberziehen. Gabriel nahm an, dass sie bereits die vierte Klasse besuchten. Einer der vier Jungs hätte Joshua sicherlich gefallen. Doch es war zu gefährlich.

Die Zeit verging, und es fuhren vermehrt Autos die Straße entlang. »Bestimmt diese Helikoptereltern, die ihre Kids direkt ins Klassenzimmer fahren«, fluchte er leise, da er immer wieder Kinder auf den Rücksitzen sah.

Dann blieb die Straße wieder leer.

Gabriel wollte bereits aufgeben, als er plötzlich einen Jungen sah, der aus einem der Grundstücke herausgelaufen kam. Keine dreißig Meter von ihm entfernt. Der kleine Bursche trug kurze blaue Jeans und ein weißes Shirt mit einem Micky Maus Kopf darauf. Auf dem Kopf hatte er eine Baseballmütze, unter der einige blonde, lockigen Haare hervorblitzten. Der Schulranzen auf seinem Rücken war deutlich breiter als der Rücken des Kindes, dessen Alter Gabriel auf etwa acht Jahre schätzte. Langsam stieg er aus und ging zur Seite des Transporters, um die Schiebetür zu öffnen. Im inneren Seitenfach stand die halbvolle Flasche mit Chloroform und daneben lag ein weißes, frisch gewaschenes Stofftuch. Schnell tränkte er dieses mit der Flüssigkeit und zog sich seine Einweghandschuhe über. Als er sich wieder zu dem Jungen umdrehte, erlebte er eine Überraschung, die ihm das Herz sofort höherschlagen ließ. Nur wenige Meter hinter dem kleinen Mützenträger lief nun noch ein zweites Kind, das genau so aussah, wie der erste Junge. Beide unterschieden sich nur durch die Farben der T-Shirts, welche aber das gleiche Motiv hatten.

»Zwillinge«, dachte Gabriel nur und ein breites Grinsen zog sich über sein Gesicht. Joshua würde vor Freude in die Luft springen. Hübsche, kleine Zwillinge. Sie hatten schon jetzt so viel mit seinem älteren Bruder gemeinsam.

Die Kinder waren noch etwa zehn Meter von ihm entfernt.

Schnell blickte Gabriel in alle Richtungen. Doch außer ihnen war niemand anderes auf der Straße zu sehen. Aus beiden Richtungen kamen keine Autos. Es war so still, dass er das Summen der Bienen hören konnte, die auf der Suche nach Nektar von Blumenblüte zu Blumenblüte flogen.

»Ja, wer bist du denn?«, frage er laut in das leere Auto hinein, als die Jungs fast vor ihm standen. Er wusste, dass sie nun neugierig zu ihm sahen. Gabriel drehte sich kurz um und zeigte sich ein wenig überrascht, als der die Zwillinge sah.

»Hallo ihr beiden. Sagt mal, gehört dieser Waschbär etwa

euch? Hat sich der kleine Kerl doch einfach in mein Auto geschlichen.«

Neugierig geworden kamen die Jungs auf ihn zu. Er verbarg seine Hände mit dem Chloroform hinter seinem Rücken. Es musste jetzt schnell gehen, damit dessen Wirkung nicht verflog.

»Habt ihr schon einmal einen Waschbären gesehen? Ich muss versuchen, den kleinen Kerl aus meinem Auto zu locken.«

Um seine Worte zu unterstreichen, sah er in den Wagen hinein, als würde er dort das imaginäre Tier suchen.

»Ich glaube, er hat sich in der Ecke versteckt. Man sieht nur noch seine Augen«, flüsterte er leise und winkte die beiden zu sich heran. »Seid ganz leise!«

Neugierig sahen die Brüder in den Wagen hinein.

Sie standen nun direkt nebeneinander vor ihm. Gabriel warf noch einen kurzen Blick die Allee entlang und als diese weiterhin leer war, schritt er zur Tat. Schnell drückte er dem ersten Jungen das Tuch vor die Nase, während er gleichzeitig dessen Bruder mit der freien Hand den Mund zuhielt. Als das Chloroform wirkte und der erste Zwilling vor ihm zu Boden sackte, wiederholte er das Prozedere bei dem anderen Zwilling. Diese Aktion dauerte nicht länger als fünfzehn Sekunden. Die Tür des Transporters schloss sich kurz darauf hinter den narkotisierten Kindern.

Gabriel lehnte sich an den Wagen und sah nochmals in alle Richtungen. Er konnte nichts und niemanden entdecken, der ihn bei seiner Aktion beobachtet haben konnte. Langsam stieg er in den Wagen ein, startete den Motor und fuhr ohne Hast davon. Bis die Eltern die Kindesentführung entdeckten, würde sicherlich noch einige Zeit vergehen. Nun durfte er nicht auffallen.

Wie bereits geplant, verließ er die Allee in die Richtung, in der

nur wenige Häuser standen und die ihn auf die Bundesstraße führte. Joshua würde große Augen machen, wenn er seine neuen Freunde zum ersten Mal sah.
Gabriel war stolz auf sich. Endlich hatte sein Bruder wieder zwei kleine Spielkameraden und jetzt sogar Zwillinge. Die beiden waren es sicherlich gewohnt, in einem Bett zu schlafen. Kuschelig und wohltemperiert.

Carsten Winter beobachtete die verzweifelten Versuche seines Bruders, die kleine Drohne einigermaßen kontrolliert in der Luft zu halten. Er war drei Jahre jünger als Pascal und etliche Kilos leichter. Im Gegensatz zu ihm, hatte er eine Frau und ein Kind; einen kleinen Jungen im Alter von sechs Jahren.
Nachdem er seinen Bruder erst einmal neugierig ausgefragt hatte, weshalb dieser in diesem schlimmen, körperlichen Zustand war, hatte er ihm die flugbereite Drohne übergeben und die Fernbedienung erklärt.
»Du darfst mit dieser Drohne in Wohngebieten fliegen, da sie unter 250 Gramm wiegt. Aber nicht höher als 100 Meter! Eigentlich darfst du aber dabei keine Kamera verwenden. Da es sich aber wohl um einen polizeilichen Einsatz handelt – wovon ich ausgehe – gilt sicherlich eine Ausnahmeregelung. Flieg am besten nicht weiter damit als 700 Meter! Bis zu 1500 Meter sind erlaubt, da du aber ein blutiger Anfänger bist, solltest du es nicht gleich übertreiben, Pascal!«
Die Drohne schwankte in der Luft wie ein betrunkener Storch hin und her, während Winter versuchte, die Kontrolle über die Steuerung zu verbessern.
»Wie lange kann das Ding denn in der Luft bleiben?«
Mit beiden Händen bewegte er jeweils einen kleinen Joystick

auf der Fernbedienung, was nicht ganz so gut gelang, da ja sein linker Arm noch immer in einem starren Gipsverband steckte.
»Wenn der Akku voll ist und du es schaffst, dass sie nicht abstürzt, etwa 15 Minuten. Verliert die Drohne das Signal zur Fernbedienung oder der Akku wird leer, kommt sie automatisch wieder zum Ausgangspunkt zurück, von dem aus du sie gestartet hast!«
»Und wo sehe ich, was die Kamera aufnimmt, Carsten?«
»Wir koppeln dein Handy mit der Kamera, und dann kannst du dieses vorne auf die Fernbedienung klemmen und alles genau verfolgen. Die Aufnahmen werden auf deinem Handy abgespeichert, damit du sie später bearbeiten oder ganz in Ruhe anschauen kannst.«
»Perfekt!« Pascal Winter war begeistert.
»Pack alles zusammen. Ich habe jetzt genug geübt. Ich bekomme das schon hin. Ach, noch etwas. Bitte klebe die rote Lampe da unten ab. Ich möchte nicht, dass man die Drohne im Dunkeln sieht, falls ich sie nachts einsetzen muss.«
Carsten Winter sah seinen Bruder misstrauisch an.
»Ist das so ein James Bond Ding, was du da gerade durchziehst? Machst du das alleine oder ist da deine Abteilung mit dabei?«
Sein Bruder räusperte sich.
»Ich mache das alleine. Jetzt kümmerst du dich um deine Arbeit und lässt mich meine machen!«
Carsten nickte ein wenig frustriert.
»OK. Das macht dann 189,00 Euro mein Bester.«
Sein Bruder sah ihn überrascht an.
»Ist da der Familienrabatt etwa schon abgezogen?«, wollte er mit ernster Miene wissen.

»Natürlich, Mr. Bond. Und verschrotte die Drohne nicht schon am ersten Tag. Darauf gibt es nämlich keine Garantie!«

Gabriel sah während der Fahrt nach Hause immer wieder in den Rückspiegel. Die Landstraße war um diese Zeit gut befahren, aber es machte nicht den Anschein, dass ihm jemand folgte. Mehrfach fuhr er kurz an die Seite und wartete dort, bis die Autoschlange an ihm vorübergezogen war. Die Autos verschwanden in der Ferne und nirgendwo blieb eines davon stehen, um sich anschließend wieder an seine Fersen zu heften.

Die Kinder im Bauch des Transporters schliefen weiterhin tief und fest. Aus Erfahrung wusste Gabriel, dass die Wirkung des Chloroforms zwar einige Minuten anhielt, dann aber eine erneute Betäubung durchgeführt werden musste. Bis zu seinem Versteck waren es noch etwa zehn Minuten Fahrtzeit. Er wollte kein Risiko eingehen und fuhr daher auf den nächsten Parkplatz, wo er in der hintersten Ecke das Auto abstellte. Schnell verabreichte er den beiden Kindern eine weitere Dosis, die sie im Land der Träume festhielt. Kurz sah er sie im einfallenden Sonnenlicht an. Die Haut der Zwillinge glänzte hell und rein. Sie hatten keine Narben oder Abschürfungen. Ihre Augen waren fest verschlossen und ihre Atmung ging langsam und regelmäßig. Sie lagen nebeneinander und ihre Hände berührten sich, als würden sie den anderen niemals loslassen wollen.

»Fast wie wir damals, Joshua«, flüsterte er leise, als ob er Angst hätte, dass die Kinder ihn hören konnten.

»Das sind jetzt deine neuen Freunde. Ich bin mir sicher, dass ihr euch sehr gut verstehen werdet und sie dich liebhaben werden, Joshua.«

Die Stimme in seinem Kopf blieb stumm. Das war auch gut so! Gabriel wollte, dass Joshua die Kinder erst dann sah, wenn er mit ihnen in seinem Versteck angekommen war. Doch vor Joshua sollte erst Kant das Vergnügen haben, die beiden kennenzulernen. Danach hatte er keine weitere Verwendung mehr für ihn.
Wie er Kant töten würde, wusste er noch nicht ganz genau. Aber eins war gewiss: der Kommissar sollte leiden, bevor er starb.

Das Licht der Lampe wurde von Stunde zu Stunde deutlich schwächer. Die Batterie würde schon bald keinen Strom mehr abgeben und die matte Glühbirne dann ganz erlöschen.
Die Luft im Raum roch verbraucht. Da Kant den bereitgestellten Eimer mittlerweile als Toilette benutzt hatte, kamen die Ausdünstungen seiner Fäkalien noch erschwerend hinzu.
Er selbst fühlte sich schmutzig und krank. Der kalte, harte Boden, auf dem er saß, war weder gut für seine Knochen noch für sein Immunsystem. Sein Hals tat ihm weh und das Schlucken fiel ihm schwer. Außerdem spürte er, dass seine Kraft immer mehr schwand. Kant aß und trank zu wenig.
Er sehnte sich nach einer heißen Dusche, einem dampfenden Kaffee und einer Schachtel Zigaretten.
Seine Hände zitterten. Vielleicht waren es die Entzugserscheinungen des Nikotins – eventuell aber auch der Beginn seines sich nähernden Todes.
Mühsam stand er auf und ging einige Schritte auf und ab, damit das Blut in seinem Körper wieder etwas zirkulierte und sein Kreislauf in Bewegung kam.
Es wurde wieder etwas dunkler um ihn herum. Als er zu der

Lampe sah, erkannte er, dass der Glühfaden nur noch ein leichtes Orange ausstrahlte; dann erstarb das Licht.
Eine erdrückende Finsternis legte sich über den Raum und begrub unter sich jegliche Konturen und Schatten.
War dies nun sein Ende?
Kant wusste nicht, ob ihn Nowack noch einmal besuchen, ihm etwas zu essen und zu trinken bringen würde, oder ob er ihn hier einfach verrecken ließ.
Er dachte an seine Frau, und die Angst vor dem Tod überkam ihn stärker als zuvor. Weinend lehnte er sich gegen die kalte Wand, schlug mit der flachen Hand mehrfach dagegen, bis ihn die Schmerzen zwangen, damit aufzuhören.
Es war seltsam. Obwohl er atmete und denken konnte, war er eigentlich schon längst tot.

Gabriel hatte sein Ziel erreicht. Er parkte den Transporter direkt vor dem Eingang der stillgelegten Kläranlage und stieg aus. Bevor er die Seitentür des Wagens öffnete, lief er einige Meter durch die Gegend, um sich davon zu überzeugen, dass sich außer ihm kein anderer Mensch hier befand. Danach packte er den ersten Jungen, welchen er mit Leichtigkeit auf beiden Armen tragen konnte, schloss die Seitentür und lief mit schnellen Schritten in das marode Gebäude hinein. Gabriel spürte den warmen Körper, hörte das gleichmäßige Atmen des Jungen. Am liebsten hätte er eine Decke ausgebreitet, sich neben ihn gelegt und wäre dann eingeschlafen. Niemals hatte er so gut geschlafen, wie in der Zeit, als er und Joshua in ihrem Zelt nebeneinander lagen, und er die Wärme dessen Körpers gespürt hatte. Er vermisste diese Zeit der Zweisamkeit.
Nur wenige Meter vor ihm konnte er bereits die rote Tür

erkennen, hinter der sein schlimmster Feind gefangen war. Vorsichtig legte er den Jungen auf den Boden und schloss die Tür auf. Als er sie öffnete, trat er einen Schritt zurück.

»Puh, das stinkt hier ja gewaltig. Sind Sie noch am Leben, Herr Kant?«, rief er in den dunklen Raum hinein. »Und Licht haben wir auch keines mehr? Gut, dass ich hier noch eine Ersatzbatterie gebunkert habe. Gleich können wir uns wieder in die Augen sehen!«

Gabriel lief davon und ließ dabei die Tür geöffnet.

Kant sah das Licht, das von draußen zu ihm hereindrang, und er spürte einen leichten, frischen Luftzug, der ihm guttat. Doch neben der Tür sah er auch einen kleinen Körper liegen, der sich nicht rührte.

»Oh mein Gott«, flüsterte er nur leise und sein Herzschlag schwoll in Sekundenbruchteilen an.

Von draußen hörte er schnelle Schritte, und er bemerkte einen Schatten, der in den Raum ging. Dann wurde eine Taschenlampe eingeschaltet und er sah eine dunkle Silhouette, die sich an der Stelle zu schaffen machte, an der die alte Batterie auf dem Boden stand. Eine halbe Minute später erleuchtete die matte Glühbirne in neuem Glanz und ihr Licht durchflutete den Raum.

Kant saß auf dem Boden und blickte von dort aus zu Nowack hinüber, der lächelnd nur wenige Meter entfernt vor ihm stand und zu ihm hinabsah. Jetzt wäre er in seiner Reichweite gewesen. Doch der Kommissar fühlte sich zu schwach, um schnell genug aufzuspringen und diese Chance zu ergreifen zu können.

»Ich habe Ihnen etwas Gesellschaft mitgebracht, Herr Kant. Da Sie ja hier festsitzen, hatten Sie ja keine Möglichkeit, meine weiteren Aktivitäten zu unterbinden. Es war wie immer ein Kinderspiel, wenn ich das einmal so ausdrücken darf.«

Gabriel lachte und lief dann zur Tür, um den kleinen Körper erneut in die Arme zu nehmen. Dann trug er ihn an eine Stelle, die außerhalb der Reichweite von Kant lag und legte ihn vorsichtig auf den Boden.

»Keine Angst, ich werde gleich eine dicke, warme Zudecke holen, damit sich der Junge nicht erkältet. Ich bin gleich wieder bei Ihnen, Herr Kant. Laufen Sie bitte nicht weg!«

Erneut begann Gabriel laut zu lachen, während er wieder nach draußen lief.

Kant stand auf und ging, soweit es seine Kette zuließ, zu dem kleinen Körper hinüber. Etwa zwei Meter trennten ihn von dem Jungen, der vor ihm auf dem nackten Boden lag.

»Kannst du mich hören?«, rief er dem Jungen zu.

Doch dieser bewegte sich nicht.

»Wer bist du?«, rief er etwas lauter

Plötzlich registrierte er, dass die Ausgangstür noch offen stand. Schnell lief er auf diese zu und blieb dann stehen.

»Hilfe«, schrie er laut. »Helfen Sie mir, ich werde hier gefangen gehalten. Hilfe«

Er hörte schnelle Schritte und dann sah er das wütende Gesicht von Nowack, der die Treppe heruntereilte und dabei einen weiteren kleinen Körper in seinen Händen trug.

»Das war sehr dumm von Ihnen, Herr Kant!«

Gabriel schloss die Tür hinter sich und ging dann zu der Stelle, an der bereits der erste Körper lag.

»Was sagen Sie dazu? Hatte ich doch heute wirklich das Glück, dass ich eineiige Zwillinge kennenlernen durfte.

Joshua wird ausflippen vor Freude, wenn er sie sieht.«

»Du verdammtes Schwein. Du siehst sie doch bereits, du Irrer!«, hätte Kant ihm am liebsten entgegen geschrien,

doch er hielt sich zurück.

»Sind die beiden …«, begann er stattdessen seine Frage.

Gabriel hob seinen Zeigefinger vor die Lippen und tat, als würde er nachdenken.
»Nein, sind sie nicht. Sie schlafen ein wenig.«
Langsam ging er auf Kant zu, blieb aber in ausreichendem Abstand zu ihm.
»Joshua sieht die Kinder bereits, *bevor* sie *einschlafen.*
Es ist wichtig für ihn, dass er ihre Stimmen hört, sieht, wie sich ihre Gesichter bewegen. Es ist für die Erinnerung in seinem Kopf, aus der heraus er sich dann immer wieder neue Geschichten und Situationen erdenkt.«
Kant zerrte wütend an seiner Fessel.
»Es sind unschuldige, wehrlose Kinder!«
Gabriel nickte ihm zu.
»Sind wir das nicht alle? Waren Joshua und ich nicht auch unschuldig und wehrlos?«, fragte er leise.
»Ja, das wart ihr. Aber ich verstehe nicht, weshalb du den Kindern jetzt das Gleiche antust? Du raubst ihnen ihr weiteres Leben!«
»Nein!«, schrie Gabriel. »Du hast es immer noch nicht verstanden! *WIR* machen Sie unsterblich! Wir beschützen sie vor der Welt da draußen! Vor den ganzen Schmerzen, die sie sonst erleiden müssen!«
»*Du* bringst sie um! *Du* rettest sie nicht! Sie müssen nämlich auch nicht gerettet werden. Sie leben in intakten Familien, deren Eltern sie lieben. *Du* bist ein verdammter Irrer!«
Gabriel ballte seine Fäuste. Plötzlich hörte er hinter sich ein leises Wimmern. Eines der Kinder war gerade dabei, aufzuwachen.
Schnell drehte er sich um und lief zu ihm. Aus seiner Hosentasche zog er zwei Seile, die er dem Kind um die Arme und Beine schlang.
»Sei ganz ruhig. Es wird dir nichts passieren.«

Beruhigend redete er auf dem Jungen ein, der noch nicht ganz bei sich war und daher nicht realisierte, wo er sich befand. Zärtlich strich Gabriel ihm über das blonde, lockige Haar. Auch den Zwilling fesselte er mit wenigen Handgriffen.
»Wie heißt du, mein Junge?«, fragte Gabriel freundlich.
»Constantin«, kam die leise Antwort.
Der Junge bekam die Augen kaum auf. Er wirkte noch völlig verschlafen.
»Das ist ein sehr schöner Name. Constantin – der Beständige. Und wie ist der Name von deinem Bruder?«
»Marcel«, antwortete er wie in Trance.
»Oh, dieser Name ist auch wunderbar. Marcel – dem Mars geweiht.«
Gabriel stand auf und hob theatralisch die Arme in die Luft.
»Constantin und Marcel – es freut mich, dass ich euch in unserer Familie begrüßen darf. Wir werden sehr viel Spaß miteinander haben.«
Das Gesicht des Jungen zeigte plötzlich Angst. Nun war er einigermaßen wach und erkannte die Situation. Er sah sich mit weit aufgerissenen Augen um und dann begann er laut zu weinen.
»Ich will zu meiner Mama«, schluchzte er.
»Nein, das geht nicht, Constantin. Die Welt da draußen ist sehr böse. Ich werde dich und deinen Bruder beschützen!«
Nun erwachte auch Marcel, und nachdem er ebenfalls realisiert hatte, wo er sich befand und dass er gefesselt war, begann er ebenfalls, zu laut heulen.
»Du bist ein gemeines Schwein!«, schrie Kant seinem Widersacher zu. »Ein herzloses, gefährliches Schwein!«
Gabriel sah ihn wütend an.
»Hört jetzt auf zu heulen!«, sagte er mit lauter Stimme zu den Zwillingen, was aber eher das Gegenteil bewirkte.

Im Gegensatz zu Kant, wurden die beiden nicht mit einer Kette daran gehindert ihren Platz zu verlassen. Gabriel fand, dass die Fesseln an Händen und Füßen ausreichend waren.
»Ich bringe euch jetzt noch etwas Leckeres zu essen und zu trinken. Schon bald werdet ihr meinen großen Bruder kennenlernen. Er freut sich schon sehr darauf, mit euch zu sprechen und euch tolle Geschichten vorzulesen.«
Er sah die Zwillinge an, deren Gesichter noch immer tränenüberströmt waren.
»Hört jetzt endlich auf zu heulen! Wenn Joshua kommt, dann möchte ich, dass ihr lacht und fröhlich seid!«
Genervt verließ Gabriel den Raum und schloss die Tür hinter sich.
Kant ging so weit es ihm möglich war zu den Kindern hinüber, setzte sich vor ihnen auf den Boden und versuchte, sie zu beruhigen.
»Hallo. Ich heiße Alexander und ich bin Polizist. Habt keine Angst, wir werden diesen Raum sicher bald verlassen und ihr könnt wieder nach Hause zu Mama und Papa. Ihr müsst aber bis dahin tun, was der Mann euch sagt! Das ist ganz wichtig! Er darf nicht böse werden. Habt ihr das verstanden?«
Die Kinder sahen ihn mit fragenden Blicken an.
Kant wusste natürlich, dass Kinder in diesem Alter gar nicht verstehen konnten, was plötzlich mit ihnen geschah, aber er hoffte, dass sie auf ihn hörten und Nowack nicht reizen würden. Er ahnte, dass dieser Mann zu allem fähig war und er wollte Zeit gewinnen.
»Bitte hört auf zu weinen. Vertraut mir.«
Tatsächlich versiegten die Tränen der Zwillinge.
Erneut wurde die Tür geöffnet und Gabriel kam mit großen Schritten herein. In beiden Händen trug er weiße, prall gefüllte Plastiktüten.

»Wie versprochen habe ich euch etwas Leckeres mitgebracht.«
Er leerte den Inhalt der Tüten auf den Boden.
Es handelte sich meist um Süßigkeiten, die sich nun vor den Kindern ergossen. Schokolade, Bonbons, Lutscher.
»Da ist doch sicher etwas dabei, was ihr gerne nascht – oder?«
Ohne eine Antwort abzuwarten, entleerte er die zweite Tüte. Es kamen nun in durchsichtiger Plastikfolie eingepackte Brötchen zum Vorschein.
»Und etwas Leckeres zum Trinken gibt es natürlich auch noch. Na, was meint ihr?«
Aus der letzten Tüte entnahm er vier Flaschen mit Limonade.
Anhand der Menge, die Nowack eingekauft hatte, nahm Kant an, dass die Kinder anscheinend etwas länger hier bei ihm bleiben würden. Das verschaffte ihm etwas Zeit, um sich eventuell befreien zu können.
»Passen Sie gut auf die beiden auf, Herr Kant. Halten Sie die Jungs bei Laune.«
»Wie sollen die beiden etwas essen und trinken, wenn sie an den Händen gefesselt sind? Außerdem werden sie krank, wenn sie auf dem kalten Boden sitzen«, antwortete der provokativ.
Gabriel lächelte.
»Stimmt, Sie haben recht. Ich werde natürlich die Handfesseln noch entfernen. Meinen Gästen soll es ja an nichts fehlen und es soll ihnen gut gehen. Ihre Fesseln müssen Sie aber leider weitertragen, Herr Kant. Das verstehen Sie aber sicher – oder?«
Gabriel lachte, nahm sich einen der auf dem Boden liegenden Schokoriegel und steckte diesen in seine Tasche.
»Ich werde Ihnen einen neuen Eimer geben und den alten entsorgen. Die Jungs sollen diesen auch benutzen!«
»Holen Sie mir jetzt den Eimer, stellen Sie ihn in der Nähe

der Tür ab, und dann gehen Sie wieder zurück zur Wand. Ich möchte schließlich nicht, dass Sie vielleicht noch Dummheiten machen.«

Kant gab keine Widerworte und tat, was ihm Gabriel befohlen hatte.

Der nahm den Eimer und verließ erneut den Raum.

»Das habt ihr gut gemacht!«, sagte Kant leise zu seinen Mitgefangenen. »Esst nicht so viel von den Süßigkeiten, da ihr sonst großen Durst bekommt.«

Die Kinder nickten ihm zu.

»Rutscht schon mal herüber, damit ich euch die Fesseln entfernen kann.«

Noch während Kant die leichten Knoten löste, kam Gabriel zurück.

»Schön, dass Sie mir die Arbeit abnehmen, Herr Kommissar. Hier sind der neue Eimer und außerdem noch zwei dicke Wolldecken, damit ihr nicht frieren müsst. Nun muss ich aber leider wieder los. Ich wünsche allen einen guten und angenehmen Tag.«

Dann bückte er sich etwas und wandte sich direkt an die Zwillinge.

»Constantin, Marcel«, sprach er die beiden an, »später kommt mein Bruder Joshua zu euch. Begrüßt ihn mit einem Lächeln. Er wird euer neuer, bester Freund werden, und ihr werdet viele tolle Abenteuer mit ihm erleben.«

Gabriel sah zu Kant, der ihn wütend anblickte.

Ein breites Grinsen erschien auf dem Gesicht des Entführers.

»Sehen Sie, Herr Kant, es ist Ihnen nicht gelungen uns aufzuhalten.«

Er richtete sich auf und verließ den Raum. Die Tür wurde zugezogen und dann von außen verschlossen.

Nun war Kommissar Kant mit den Zwillingen alleine, die ihn

noch immer ängstlich anblickten.

Kapitel 9

Winter war gerade zu Hause angekommen, als sein Handy klingelte.
»Pascal Winter«, meldete er sich, nachdem er das Gespräch angenommen hatte.
»Pascal, ich bin es Björn.«
Die Stimme seines Kollegen Björn Wittmann war unverkennbar. Sie hörte sich so rau an, als würde er von morgens bis abends eine Zigarette nach der anderen rauchen.
»Hallo, Björn. Warum rufst du an?«
»Es gab eine neue Kindesentführung, Pascal. Wir sind gerade vor wenigen Minuten darüber informiert worden. Zwei Jungs werden seit heute Morgen vermisst. Sie waren alleine auf dem Weg zur Schule, sind dort aber nie angekommen. Der Ort liegt in dem Radius, welchen wir eingezeichnet haben.«
Winter setzte sich auf einen Stuhl.
»Zwei Jungs sagst du?«
»Ja, es sind Brüder. Zwillinge. Beide sieben Jahre alt.«
»Zwillinge?« Winter war von seinem Sitz aufgesprungen.
»Sagtest du eben, Zwillinge, Björn?«
»Ja. Uns wurde gemeldet, dass es sich um eineiige Zwillinge handelt.«
»Dieses verdammte Schwein hat es echt wieder getan. Er fühlt sich so sicher, dass er nicht einmal abgewartet hat, bis sich alles ein wenig beruhigt.«
»Du meinst, dass es dieser Nowack war? Könnte es nicht ein

Nachahmer sein, der sich jetzt nur interessant machen möchte?«, fragte Wittmann.
Doch bevor Winter ihm antwortete, überlegte er kurz.
»Vielleicht. Vielleicht aber auch nicht. Ich lege mich in mein Bett und werde dieses heute auch nicht mehr verlassen. Meine Kopfschmerzen sind schlimmer geworden. Haltet mich auf dem Laufenden. Vielleicht haben die Jungs ja auch nur die Schule geschwänzt, sind in die Stadt gegangen und haben sich dort ein Eis gegönnt. Möglicherweise sind sie gerade schon wieder auf dem Weg nach Hause.«
»Eher unwahrscheinlich, aber die Hoffnung stirbt bekanntlich zuletzt«, antwortete Wittmann. »Sobald es etwas Neues gibt, melde ich mich wieder bei dir. Ruhe dich jetzt erst einmal ordentlich aus. Ich wünsche dir eine gute Besserung, Pascal.«
Nachdem das Gespräch beendet war, legte Winter das Handy nachdenklich auf den Tisch zurück.
Das konnte kein Zufall sein. Es passte einfach alles zu gut zusammen. Sicherlich war Nowack nicht so dumm, dass er die beiden Kinder in seinem Elternhaus versteckte. Er musste ihn beobachten und ihm unerkannt folgen. Die Drohne würde ihm hierbei sicherlich einen guten Dienst erweisen. Winter warf einen Blick auf die Uhr. Es war jetzt kurz nach 12:30 Uhr. Erst würde er etwas essen und die Batterie der Drohne bis zum Anschlag aufladen. Anschließend würde er zum Elternhaus von Nowack fahren und sich dort auf die Lauer legen.

Gabriel hatte sein Elternhaus erreicht und den Transporter in die Garage gefahren. Ihm war durchaus bewusst, dass die Polizei ihn noch immer im Visier hatte und sicherlich erneut bei ihm auftauchen würde. Daher mussten im Transporter alle Spuren verwischt werden, die auf die Kinder und deren Entführung hinweisen könnten. Er nahm das Chloroform und die Tücher aus dem Inneren des Wagens und versteckte diese zwischen einigen alten Kartons, die an der Rückwand der Garage standen. Dann desinfizierte er den kompletten Laderaum, reinigte die Fenster und durchsuchte noch einmal alles nach möglichen Gegenständen ab, die von den Zwillingen stammen könnten. Nachdem er alles zu seiner eigenen Zufriedenheit erledigt hatte, ging Gabriel in das Haus hinein, um dort mit seinem Bruder zu sprechen.

»Joshua, ich bin zurück.«

»Wo warst du denn so lange, Gabriel«, hörte er die fragende Stimme.

»Ich habe etwas erledigt. Etwas, was dir sehr große Freude bereiten wird, Joshua.«

»Hast du … hast du etwa einen neuen Freund für mich gefunden?«

Gabriel hatte sich vor den Spiegel gestellt und sah sich an.

Er wollte die Freude im Gesicht seines Bruders sehen, wenn er ihm die Überraschung mitteilte.

»Nein. *Einen* Freund habe ich nicht für dich gefunden.«

Ein enttäuschtes Gesicht blickte ihm entgegen.

»Nein, viel besser Joshua. Ich habe *zwei* Freunde, die nun voller Vorfreude auf dich warten.«

Er hörte einen Freudenschrei und das Gesicht im Spiegel nahm einen jubelnden Ausdruck an. Gabriel sah die leuchtenden Augen von Joshua, die mehr ausdrückten als jedes gesprochene Wort.

»Es sind Zwillinge, Joshua. Zwei Jungs. Sie heißen Constantin und Marcel.«

»Constantin – der Beständige und Marcel – dem Mars geweiht«, sagte Joshua leise, woraufhin Gabriel zustimmend

nickte.
»Das hast du dir gut gemerkt, Joshua. Die beiden Jungs werden dir gefallen.«
Die Freude in dem Gesicht im Spiegel, glich der Freude eines Kindes, das zum ersten Mal bewusst Weihnachten feierte und die Geschenke unter dem geschmückten Weihnachtsbaum entdeckt hatte.
»Wann kann ich sie sehen?«
»Heute Abend vielleicht! Wir müssen aufpassen, Joshua! Vielleicht kommt die Polizei heute Nachmittag nochmals bei uns vorbei.«
»Die Polizei?«, fragte Joshua überrascht.
»Ja. Dieser andere Kommissar, Pascal Winter, ist uns noch immer dicht auf den Fersen. Wir warten erst ihren Besuch ab. Es ist wohl besser, wenn sie zuerst mit mir sprechen.«
Joshua nickte ihm zu.
»Ja, ich werde warten, bis meine Zeit gekommen ist. Vielen Dank, für das, was du für mich getan hast, Gabriel. Ich liebe dich!«
»Ich liebe dich auch, mein großer Bruder, und ich habe es gerne für dich getan. Ich möchte, dass du glücklich bist.«

Als Winter aus seinem Tiefschlaf erwachte, sah er erschrocken auf die Uhr.
»Verdammt, schon gleich nach 17:00 Uhr«, schimpfte er mit sich selbst. Nach dem Mittagessen hatten ihn wieder starke Kopfschmerzen befallen. Deshalb nahm er eine der hochdosierten Tabletten und legte sich in sein Bett, bis die Wirkung spürbar wurde und er dann losfahren konnte.
So zumindest war sein Plan gewesen. Doch dass er dann so fest einschlief und über vier Stunden im Reich der Träume

verweilte, hatte diesen Plan komplett umgeworfen.
Noch völlig schlaftrunken lief er auf Socken in die Küche, schaltete die Kaffeemaschine ein und nahm das Handy.
Er wählte die Nummer von Björn Wittmann, der auch schon beim ersten Klingelzeichen das Gespräch entgegennahm.
»Hallo, Pascal«, meldete er sich, da die anrufende Nummer unter seinen Kontakten gespeichert war.
»Gibt es etwas Neues, Björn?«
»Nicht wirklich. Wir haben vom Rektor der Grundschule eine Telefonliste der Eltern erhalten, deren Kinder dort zum Unterricht gehen. Wir haben nachgefragt, ob den Erwachsenen oder den Kindern heute Morgen auf dem Weg zur Schule etwas Merkwürdiges aufgefallen ist. Ein fremder Mann, ein unbekanntes Auto oder irgendwelche andere Vorkommnisse in den letzten Tagen. Leider waren wir bisher erfolglos. Die Straße, in der die Entführung wahrscheinlich stattfand, ist eine Allee mit hohen Bäumen.
Von den Wohnhäusern, meist Villen, ist die Straße so gut wie nicht einsehbar. Die Zwillinge waren alleine unterwegs, da der Weg zur Schule nicht länger als fünf Gehminuten ist. Die Eltern sind natürlich völlig am Boden zerstört.«
Winter hatte die Informationen von Wittmann lautlos entgegengenommen.
»Du sagst, es ist eine Allee mit Villen? Das heißt, dass die Eltern wahrscheinlich vermögend sind?«, fragte er neugierig nach.
»Ja, das sind sie wohl. Der Vater ist selbstständiger Immobilienmakler und die Mutter arbeitet in diesem Unternehmen ebenfalls mit. Ich weiß, worauf die hinauswillst.«
»Gab es bereits eine Lösegeldforderung, Björn?«
»Nein, bisher noch nicht. Wir haben die Telefonleitung

angezapft, da wir auch stark davon ausgehen, dass die Entführung darauf hinausläuft.«
Winter stellte die Kaffeetasse unter den Auslauf der Kaffeemaschine und drückte auf die Taste mit dem Symbol für einen Espresso. Während das Mahlwerk seine Arbeit begann und die frischen Bohnen in Pulver zerhackte, lief er mit dem Handy zum Fenster hinüber.
»Gut, warten wir es ab. Bitte melde dich sofort bei mir, sobald es neue Informationen gibt.«
Wittmann stimmte dem zu und beendete dann das Gespräch. Während Winter aus dem Fenster sah, verbreitete sich bereits der intensive Geruch des Espresso in der Küche.
»Vielleicht liege ich ja wirklich falsch, aber ich glaube nach wie vor, dass dieser Nowack der Entführer der Zwillinge ist«, sagte er leise zu sich selbst. Er trank die Tasse aus, zog sich seine Schuhe an und schnappte sich dann die Drohne. Kurz sah er nochmals auf sein Handy und dessen Akkustand. Der war ausreichend, um einen Film darauf zu speichern, welchen er mit der Drohne aufnehmen wollte.
»Halte durch, Alexander Kant! Egal wo du gerade bist, ich suche nach dir, mein alter Freund.«

»Kann ich jetzt bitte meine neuen Freunde sehen?«
Die Stimme von Joshua klang flehend.
Gabriel sah auf die digitale Anzeige seiner Smartwatch.
Es war bereits nach 18:00 Uhr. Mittlerweile glaubte er nicht mehr daran, dass die Polizei ihm heute noch einen Besuch abstatten würde. Dafür war bereits zu viel Zeit vergangen. Vielleicht verfolgten die Beamten eine ganz andere Spur.
»OK, Joshua. Ich glaube, dass wir für heute erst einmal in Sicherheit sind, und die Polizei nicht mehr bei uns erscheinen

wird. Sei aber vorsichtig! Die Kinder sind bei Kommissar Kant. Pass auf, dass sie dir nicht entwischen! Du musst die Tür ganz fest hinter dir zuziehen und sie dann verschließen, da die Zwillinge nicht gefesselt sind. Und pass auf, dass du nicht in die Reichweite von Kant kommst! Zieh dich jetzt um, Joshua, und schaue dir deine neuen Freunde an!«

Das ließ sich Joshua nicht zweimal sagen.

Joshua streifte sich Gabriels Anzug vom Körper und zog sich stattdessen seine eigenen Sachen an. Freudig erregt lief er zur Ausgangstür und verließ lächelnd das Haus. Draußen angekommen, blieb er erst einmal auf dem Gehweg stehen und sah sich sorgfältig in alle Richtungen um. Am Straßenrand stand kein fremdes Auto, er hörte keine Stimmen und entdeckte auch keinen Menschen, der sich irgendwo vor ihm zu verstecken versuchte.

Langsam überquerte er die Straße und lief zwischen den Gärten den schmalen Pfad entlang, der ihn immer näher zu seinen Freunden brachte. Schon bald sah er die alte Kläranlage, die zwischen den Bäumen hervorblitzte.

In seiner Handfläche spürte er den groben Schlüssel, mit dem er in wenigen Minuten die rote Baustellentür öffnen würde.

Constantin und Marcel würden ihn bei diesem ersten Treffen sicherlich erst einmal misstrauisch anschauen, da sie ihn ja noch nicht kannten. Doch Joshua war sich sicher, dass er das Eis zwischen ihnen schnell brechen konnte. Was ihn allerdings ziemlich störte, war die Tatsache, dass sich auch noch ein Erwachsener in diesem Raum befand.

Vielleicht würde der die Kinder manipulieren, ihnen Dinge über ihn erzählen, die gar nicht stimmten, nur, um sie für sich selbst zu gewinnen.

Joshua blieb einen Moment stehen und lehnte sich nachdenklich gegen einen alten, hölzernen Gartenzaun,

dessen Farbe bereits vor vielen Jahren verblasst war.
Kant konnte mit wenigen Sätzen alles zerstören.
Am liebsten wäre er wieder zurückgelaufen und hätte Gabriel seine Überlegungen mitgeteilt, doch stattdessen atmete er tief durch und versuchte, sich etwas zu beruhigen.
Erst wollte er die Zwillinge kennenlernen.

Kant hatte den Kindern einige lustige Geschichten erzählt, damit sie sich etwas beruhigten. Nachdem Gabriel den Raum verlassen hatte, setzte erneut die Heulerei ein, was für Kant natürlich auch verständlich war. Selbst mit den leckeren Schokoriegeln konnte und wollte er die Zwillinge nicht wirklich trösten. Er bat sie deshalb, zu ihm zu kommen, wo er sie beide in die Arme nahm und ihnen leise Mut zusprach.
»Ihr werdet schon bald wieder zu Hause sein. Ich verspreche es euch. Und was die Polizei verspricht, das hält sie natürlich auch. Das wisst ihr ja, da ihr kluge Jungs seid - oder?« Sie nickten ihm zu.
Als sie sich etwas beruhigt hatten, erzählte er ihnen alte Geschichten, die er noch von früher kannte.
Vom Räuber Hotzenplotz, von der kleinen Hexe und vom gestiefelten Kater. Dabei gab er die Geschichten nicht eins zu eins wieder, sondern improvisierte an vielen Stellen, da ihm die ganzen Erzählungen nicht mehr so geläufig waren.
»... und dann schwang sich der gestiefelte Kater mit einem langen Seil von der alten Eiche herunter und zückte seinen spitzen Degen ...«
Plötzlich hörten sie, wie ein Schlüssel in das Türschloss gesteckt wurde. Die Kinder drückten sich etwas fester an den Kommissar, der sie schützend mit beiden Armen umschloss.

Die Tür öffnete sich und Nowack betrat den Raum.
Alleine an der Kleidung erkannte Kant sofort, dass es Joshua war, der nun vor ihm stand und ihn dabei sonderbar anstarrte. Anscheinend gefiel es ihm nicht, dass die Zwillinge in seinen Armen lagen.
Doch Joshua versuchte seine Enttäuschung und seinen Neid zu unterdrücken und zu überspielen.
Er zog die Tür zu und verschloss sie, so wie Gabriel es ihm gesagt hatte. Dann widmete er sich in sicherem Abstand seinen neuen Freunden.
»Hallo, ihr beiden. Ich bin Joshua. Ihr müsst keine Angst vor mir haben. Ich tue euch nichts. Wir werden ab jetzt sehr viel Zeit zusammen verbringen und ganz viele tolle Dinge tun. Habt ihr denn schon einmal in einem Zelt geschlafen? Also, so einem Zelt, das aus ganz vielen Wolldecken und Kissen gebaut wurde. Darin gibt es eine ganze Menge Platz. Das Zelt ist fast so groß, wie eine richtige Burg. Habt ihr Lust, dieses Zelt einmal zu sehen?«
Kant sah Joshua wütend an. Die Kinder schwiegen und sagten keinen Ton, sondern blickten nur den Kommissar an, der sie fest und beschützend an sich drückte.
»Habt ihr vielleicht gar keine Stimme? Könnt ihr gar nicht sprechen?«, versuchte es Joshua mit einem Lächeln.
Kant bemerkte die Unsicherheit und aufkommende Wut, die in seinen Worten lag. Als erneut keine Antwort kam, sondern nur Schweigen herrschte, veränderte sich sein Gesichtsausdruck und der Zorn brach aus ihm heraus.
»Was haben Sie mit den Kindern gemacht? Was haben Sie ihnen über mich erzählt? Die Jungs antworten mir nicht und wollen anscheinend auch gar nicht meine Freunde sein …«
Fast schien es, dass Joshua gleich zu weinen begann.
»Das werden Sie bitter bereuen, Herr Kant! Ich werde Gabriel

sagen, was Sie getan haben. Wir werden Sie dafür bestrafen. Sie, aber auch die Zwillinge, werden unsere Wut zu spüren bekommen!«

Wütend verließ er den Raum, schlug die Tür hinter sich zu und verschloss diese erneut.

»Wir alle dürfen jetzt keine Angst haben! Legt euch in eure Decken und ich versuche, ob ich meine Handschelle oder die Kette loswerden kann«, sagte Kant beruhigend zu den Kindern. Langsam stand er auf und lief wieder zu dem Bolzen hinüber, der ihn in diesem Raum festhielt.

Nowack war verdammt wütend und nun lief Kant die Zeit davon. Er musste sich befreien, um sich und die Kinder zu retten.

Mit aller Gewalt zerrte er nochmals an der Kette. Wie erwartet ließ sich der Metallstift nicht aus der Wand ziehen, und auch die stabilen Glieder der Kette konnten nicht auseinandergesprengt werden.

Mit beiden Händen griff er den Bolzen und versuchte, ihn aus dem Gewinde herauszudrehen. Doch seine Hände rutschten, wie bei den vorherigen Versuchen, immer wieder von dem glatten Metall ab. Kant dachte einen Moment nach, dann riss er sich den Ärmel seines Hemdes ab und wickelte den Stoff um den Bolzen herum.

Nun hatte er einen besseren Griff, doch auch das reichte noch nicht aus, da der Hemdfetzen immer wieder von dem glatten Metall abrutschte und er wiederum keinen festen Halt fand, um den Bolzen zu drehen.

»So ein blöder Mist«, fluchte er so leise, dass ihn die Kinder nicht hören konnten.

Es musste doch irgendeinen Weg geben, wie er sich von dieser Kette befreien konnte.

Nachdem Winter die Drohne und deren Zubehör in sein privates Auto eingepackt hatte, fuhr er los. Im Radio wurde gerade ein Lied von Nena gespielt. Mit einem Lächeln erinnerte er sich an die Zeit, in der ihre Musik in den Diskotheken ständig lief und alle, er inbegriffen, dazu tanzten. Damals, Anfang der 80er Jahre, hatte er noch eine sportliche Figur, war gerade volljährig geworden, machte seinen Führerschein und fuhr einen goldenen Ford Capri, welchen ihm sein Vater gekauft hatte.
Es war die Zeit, in der er die ersten Erfahrungen mit Frauen sammelte, sich verliebte, sich trennte und viel zu viel Alkohol trank.
Doch das war alles bereits schon sehr lange her.
Wenn er die Zeit zurückdrehen könnte, würde er manche Dinge ganz anders angehen. Doch wäre das nicht der Wunsch aller Menschen? Aber es gab keine zweite Chance, und eigentlich war er mit dem, was er erreicht hatte und besaß, ziemlich zufrieden. Ihm gehörte eine kleine Eigentumswohnung, er hatte etwas gespartes Geld auf dem Konto, übte einen Beruf aus, der ihm Spaß machte und er war einigermaßen gesund.
Nena verstummte, und er drehte den Regler am Radio ganz leise, da er alles vermeiden wollte, was seine Kopfschmerzen wieder anschwellen ließ. Sein Ziel vor Augen, fuhr er weiter und genoss dabei die Stille im Innenraum des Wagens. Nur das leichte Brummen des Motors begleitete ihn auf dem Weg zum Elternhaus der Brüder Nowack, welches er nach einiger Zeit erreicht hatte. Schon als er in die Straße einbog, konnte er den hellblauen Porsche erkennen, der direkt vor dem Haus stand. Er fuhr in eine Seitenstraße und blieb dort erst einmal sitzen. Als er sich umsah, erkannte er einen schmalen Pfad, der über eine offene Wiese hindurch, in Richtung des Waldes

führte.
»Na, besser geht das doch gar nicht«, sagte er leise zu sich selbst, packte die Drohne nebst Zubehör, stieg aus und begann den ansteigenden Weg in Richtung Wald zu laufen.
Parallel zu ihm lag, in etwa einhundert Meter Entfernung, das Haus der Nowacks.
Gabriel war also wirklich da. Er hatte das auffallende Auto nicht einmal woanders geparkt, sondern direkt vor seinem Haus abgestellt. Verächtlich spukte Winter auf die Wiese.
Diesem arroganten Schwein würde er noch zeigen, aus welchem Holz man ihn geschnitzt hatte.
Auf halber Strecke legte er erst einmal eine Pause ein und setzte sich auf den weichen Wiesenboden. Während er langsam atmete und seinen angestiegenen Puls minimierte, sah er sich neugierig um. Das Dorf schien wirklich wie ausgestorben zu sein. Man sah und man hörte niemanden. Ab und zu bellte von irgendwo her ein einsamer Hund, der von seinen Artgenossen keine Antwort erhielt. Auch sonst schien dieser Ort menschenleer zu sein; es war ein richtiges Geisterdorf.
Gerade als er diese Sätze zu Ende gedacht hatte, begann plötzlich eine Kirchenglocke zu läuten. Es war ein dumpfer, sich ständig wiederholender Laut, der weit über das Dorf hinaus hinweghallte. Dieser Ton bewirkte, dass sich die Türen der Häuser öffneten und sich die Dorfbewohner nach und nach auf der Straße versammelten. Sie trugen ausnahmslos schwarze oder zumindest dunkle Kleidung. Wenige Minuten später liefen sie wie bei einer Prozession die Straße entlang.
»Wahrscheinlich gehen sie in die Kirche. Sieht nach einer Beerdigung aus«, dachte Winter, rappelte sich wieder von seinem Sitzplatz auf und lief den Pfad weiter.
Zwei kurzen Pausen später, da der Anstieg einfach zu heftig

für Winter gewesen war, hatte er es endlich geschafft und die Anhöhe erreicht. Völlig verschwitzt sah er sich um. Links von ihm erstreckte sich der alte Friedhof, auf dem er zwei Männer sah, die damit beschäftigt waren ein frisches Grab herzurichten. Winter ahnte, dass es sich um die Grube handelte, in der noch heute der oder die Verstorbene ihre letzte Ruhe finden sollte. Etwas verwundert war er darüber, dass die Beerdigung erst jetzt in den Abendstunden stattfinden sollte.

»Wahrscheinlich wegen der Hitze der letzten Tage«, schlussfolgerte er, womit er auch tatsächlich richtig lag.

Er wandte seinen Blick nach vorne und sah in die Ferne. Von hier oben hatte er einen weiten Blick über das ganze Dorf, über die angrenzenden Felder bis hin zu den großen Waldgebieten. Auch das Anwesen der Familie Nowack war von seinem Standort aus gut erkennbar, wobei er von hier aus nur die Rückseite wahrnehmen konnte. Aber dank der Drohne, die er über das Haus fliegen lassen wollte, wäre dies ja kein Problem.

Während er das technische Spielzeug aus der Verpackung nahm, hörte er einen leisen, melodischen Gesang, der vom Dorf zu kommen schien. Er sah hinab, konnte dort den Ursprung der Musik aber nicht erkennen. Winter nahm an, dass die singenden Dorfbewohner als Geleit zum Friedhof unterwegs waren, um dort die Verstorbene oder den Verstorbenen am Grabe zu verabschieden. Wie würde es eigentlich bei einem Menschen heißen, dessen Geschlecht sich vom Männlichen oder Weiblichen unterschied? Also von einem Diversen? Würde man dann *DAS* Tote zum Grab begleiten?

Winter hatte erst vor kurzem nachgelesen, dass es von 185 anerkannten Staaten genau 8 Staaten gab, die diesen – er nannte es einfach einmal *Schwachsinn* - praktizierten. Natürlich gehörte Deutschland auch dazu. Wurde ein *Schwachsinn gesetzlich aufgenommen und verabschiedet,* waren wir ja immer gleich mit vorne dabei. Selbst in der Polizeistation gab es darüber bereits viele Gespräche und es kam die Frage auf, ob man nicht noch eine zusätzliche Uniform schneidern sollte, damit man allen gerecht wurde. Alleine mit den bisherigen Kosten, die mit der Umstellung auf diesen zusätzlichen Status angefallen waren, hätte man das Loch in der deutschen Rentenkasse zwar nicht komplett schließen, aber immerhin deutlich auffüllen können.

Der Gesang kam langsam näher, und die Lautstärke der gesungenen Zeilen nahm immer mehr zu. Winter überlegte kurz, ob er die Drohne dennoch starten, oder lieber erst das Ende der Beerdigung abwarten sollte, entschied sich aber dann doch für einen sofortigen Einsatz des kleinen Fluggerätes.

Leise surrend, von vier Propellern angetrieben, erhob sich das *Bienenmännchen* – wie er die Drohne nannte und welches ja auch namensgebend war – in die Luft. Auf dem Display des Handys sah Winter die Aufnahmen, die von der Kamera direkt übermittelt wurden. Vorsichtig ließ er das Bienenmännchen höher steigen und bewegte es dann in Richtung des Elternhauses der Gebrüder Nowack.

Deutlich erkannte er das verwilderte Grundstück hinter dem Gebäude, das halbzerfallene Gartenhaus, die mittlerweile mit Moosen bewachsenen Dachziegeln und dann, als er das Dach überflogen hatte, bemerkte er einen großgewachsenen Mann, der, erst nach links und anschließend nach rechts blickend, die Straße überquerte.

»Das ist Nowack«, stellte er erstaunt und zugleich triumphierend fest.

»Wo willst du hin? Ich werde dir auf den Fersen bleiben, Gabriel oder Joshua oder wer auch immer du gerade sein willst!«

Doch dies war gar nicht so einfach, wie er anfangs dachte.

Das Bienenmännchen hatte plötzlich seinen ganz eigenen Kopf und schien nicht mehr auf die manuelle Steuerung anzusprechen, wie es das eigentlich sollte. Die Drohne gewann immer mehr an Höhe und sosehr Winter auch mit den Hebeln auf der Fernbedienung herumhantierte, bekam er sie nicht wieder unter seine Kontrolle.

»So eine verdammte Hure!«, brüllte er aufgebracht und verfolgte dabei völlig machtlos die Drohne, die sich immer weiter von ihm entfernte und zunehmend kleiner und kleiner wurde.

»Ähem«, vernahm er hinter sich ein lautes Räuspern und als er sich umblickte, sah er in eine Gruppe von etwa fünfzig Menschen, die ihn verständnislos und kopfschüttelnd ansahen. Angeführt wurde die Trauerprozession von einem Priester in einem violetten Gewand und vier jungen Messdienern. Zwei von ihnen schwenkten mit Weihrauch gefüllte Kessel, deren Geruch sich sofort in der Luft verbreitete und Winter unangenehm in die Nase zog, während die anderen beiden Jungs jeweils eine historische Dorffahne in die Höhe hielten.

»Oh, Entschuldigung. Ich habe … also es tut mir leid!«

Die Gruppe lief weiter in Richtung Friedhof und stimmte beim Vorübergehen erneut ein leises Kirchenlied an.

»So eine verdammte Scheiße«, fluchte Winter leise, dessen Gesichtsfarbe sich langsam wieder normalisierte, nachdem sie eine heftige Rötung angenommen hatte.

Stöhnend sah er nach dem Bienenmännchen, das aber am Himmel nicht mehr zu sehen war.

Auf dem Handy konnte er aber noch immer Aufnahmen der Kamera sehen. Zumindest war es noch nicht abgestürzt.
Hatte Carsten nicht zu ihm gesagt, dass die Drohne automatisch wieder an den Ausgangsort zurückfliegen würde, sobald der Akku leer wurde?
Das konnte nicht mehr allzu lange dauern. Seit dem Start waren ja bereits einige Minuten vergangen.
Kopfschüttelnd setzte er sich auf den Boden und wartete ab, ob das Bienenmännchen tatsächlich zurückkehrte oder es sich für immer von ihm verabschiedet hatte.
Sein Plan war richtig in die Hose gegangen. Das passierte also, wenn man dieser beschissenen Technik vertraute.

Joshua weinte bittere Tränen, als er die Eingangstür öffnete und dass ihm wohlvertraute Haus betrat.
»Was hat meine kleine Mimose denn schon wieder? Höre auf zu weinen, du Waschlappen! Bist du ein Mann oder eine Maus?« Die Stimme seiner Mutter hallte in seinem Kopf wie ein Hubschrauber, der gerade zur Landung ansetzte.
»Verschwinde und lasse mich in Ruhe. Ich will nicht mit dir reden! Nie wieder!«
»Ich bin deine Mutter, und ich rede so oft und so lange wie ich das möchte, du frecher Bengel!«
Joshua hielt sich die Ohren zu und rannte so schnell er konnte die Treppe hinauf und flüchtete in sein Zimmer. Noch immer weinend und am ganzen Körper zitternd legte er sich in die schützende Burg.
»Was ist passiert, Joshua? Warum weinst du?«
Gabriel war da und tröstete ihn.
»Sie haben nicht mit mir geredet.«
»Wer hat nicht mit dir geredet?«

Joshua schluchzte.
»Die Zwillinge! Sie sollten doch eigentlich meine Freunde sein. Aber dieser Kommissar hat ihnen bestimmt schlimme Lügen über mich erzählt, und nun wollen Constantin und Marcel nichts mehr mit mir zu tun haben.«
Gabriel schwieg einen Moment, und Joshua drückte seinen Kopf fest in eines der Kissen hinein und schluchzte.
»Wir werden sie morgen hierherbringen, Joshua.
Dann können sie sich schon an ihr neues Zimmer gewöhnen. Und während ich sie zum Einschlafen bringe, kannst du ihnen aus deinem Märchenbuch vorlesen. Sie werden dich mögen und dann auch für immer bei dir bleiben.«
»Bist du dir sicher, Gabriel?«
»Ja. Habe keine Angst. Ich werde mich auch um Kommissar Kant kümmern. Er wird nie wieder etwas Schlechtes über uns erzählen, Joshua. Schon morgen wird sein langsames Sterben beginnen.«
»Wie wirst du ihn töten?«
»So, wie Vater mich getötet hat. Ich werde einen Gürtel mit einer metallenen Schnalle benutzen und ihm mit jedem Schlag die Haut von den Knochen ziehen.«

Seit mehr als fünfzehn Minuten saß Winter auf der Anhöhe und blickte in den Himmel, während im Hintergrund über einen Lautsprecher die Rede des Priesters zu hören war.
Vom Bienenmännchen war weit und breit nichts zu sehen.
Doch es schien noch immer in der Luft zu sein, da weiterhin Bilder an sein Handy übermittelt wurden.
Murrend stand er auf und ging ein paar Schritte, da ihm bereits die Beine eingeschlafen waren. Das mit der Drohne hatte sich nicht wirklich als effektiv herausgestellt. Außer

Kosten, die verursacht wurden, hatte ihm diese Aktion nicht wirklich etwas gebracht. Winter glaubte, dass es besser gewesen wäre, wenn er sich in der Nähe des Hauses versteckt und dann die Verfolgung von Nowack aufgenommen hätte.
Er ärgerte sich, da er jetzt wertvolle Zeit verloren hatte.
Kurz sah er nochmals auf den Friedhof, wo die schwarze Menschentraube nun um das Grab stand, in welches in dieser Minute der hölzerne Sarg hinabgelassen wurde. Schon bald würden die beiden Männer den aufgehäuften Sandhügel wieder in die Grube schaufeln und damit die hölzerne Kiste für alle Zeit bedecken. Nur ein schlichtes Kreuz mit einem Namen darauf würde bekunden, wer an dieser Stelle die letzte Ruhe gefunden hatte.
Ein leises Surren riss Winter aus seinen Gedanken heraus.
Sein Bienenmännchen war tatsächlich zurückgekehrt und landete ohne fremde Hilfe tatsächlich genau an der Stelle, von der aus dessen Flug begonnen hatte.
»Da bist du ja wieder, du alter Ausreißer!«, begrüßte er die Drohne mit sarkastischem Unterton.
Kurz überlegte er, ob es noch Sinn machen würde, sich in der Nähe des Anwesens auf die Lauer zu legen und darauf zu hoffen, Nowack noch einmal zu sehen. Er entschied sich dann aber dafür, nach Hause zu fahren. Am frühen Morgen würde er wieder hierherkommen und seine Observation wie früher durchführen – ganz ohne diese bescheuerte elektronische Hilfe.

Während die Zwillinge, aneinander gekuschelt, tatsächlich eingeschlafen waren, saß Kant ruhelos auf dem Boden und sah sie an. Er ahnte, was die Eltern der beiden Jungs in diesen Stunden durchlebten und dass diese sicherlich schlaflos und

völlig verstört durch das ganze Haus strichen.
Die Hoffnung, dass sich ein Entführer meldete, der auf Lösegeld aus war, würde mit jedem Tag, der verging, gegen Null sinken. Er war der Einzige, der den Kindern aus dieser misslichen Lage heraushelfen konnte, doch seine Hände waren im wahrsten Sinne des Wortes *gebunden.*
Seine einzige Chance, sich und die Zwillinge vor diesem Irren zu retten, war, diesen Bolzen aus der Wand zu bekommen, damit er sich befreien konnte.
Eines der Kinder bewegte sich unruhig hin und her. Wahrscheinlich hatte es einen Albtraum, was angesichts der an diesem Tag vorgefallenen Ereignisse nicht verwunderlich wäre. Der Junge schrie auf und machte dabei eine schnelle Bewegung mit der Hand, die dazu führte, dass eine der Limo-Flaschen umfiel und sich der süße Inhalt auf den Boden ergoss. Kant sprang auf und stellte die Flasche wieder auf. Die Flüssigkeit war kostbar.
»Ganz ruhig. Schlaf weiter. Es ist alles gut«, beruhigte er den Jungen, der zum Glück auch sofort wieder weiterschlief.
Kants Finger klebten unangenehm von der Limonade.
Plötzlich kam ihm eine Idee.
»Verdammt, das könnte vielleicht funktionieren…«, dachte er und nahm die Flasche. Er lief zu dem Bolzen hinüber und träufelte die zuckerhaltige Flüssigkeit auf das Metall. Bereits als er mit dem Finger leicht darüberstrich, bemerkte er den Klebeeffekt. Kant nahm den Stofffetzen seines Hemdes und wickelte diesen erneut fest um das Metall herum.
»Ja, es funktioniert…«
Der Stoff klebte richtig an dem Bolzen fest, und als Kant daran drehte, bemerkte er, dass er nun eine viel bessere Griffkraft hatte.
»Nach links, drehe ich den Bolzen aus dem Gewinde heraus …«

Er schüttete sich etwas von der Limonade über die Handfläche und die Finger, umfasste dann den Metallstift fest mit beiden Händen und versuchte mit aller Kraft den Bolzen nach links herauszudrehen. Erst passierte nichts, doch dann plötzlich spürte er eine leichte Bewegung.

»Ja, es funktioniert …«

Mit hochrotem Kopf und aller Kraft, die seinem geschwächten Körper zur Verfügung stand, und dem Willen, sich und die beiden Kinder aus dieser misslichen Lage zu befreien, wuchs er über sich selbst hinaus.

Er schaffte es, den Bolzen langsam aus dem Gewinde herauszudrehen.

Tränen stiegen in seine Augen, während er weiterhin mit all seiner Kraft den Bolzen drehte; dann hatte er es geschafft! Er hielt den Metallstift in seiner Hand, an dem die Kette befestigt war, die ihm seit Tagen die Freiheit genommen hatte.

»Jetzt noch die Tür…«

Kant wickelte den Stoff von dem Bolzen herunter und lief damit zu der Baustellentür. Auch dort goss er etwas von der Limonade auf den breiten Gewindestab und schlang den nassen, klebrigen Stofffetzen darum.

Mit beiden Händen umfasste er den Metallstab und versuchte, mit aller Kraft daran zu drehen.

Winter war inzwischen wieder zu Hause angekommen.

Die Drohne hatte er im Auto liegen lassen und hoffte darauf, dass sein Bruder Carsten gnädig war und dieses vermaledeite Spielzeug wieder zurücknahm.

»Das wars dann, Bienenmännchen«, sagte er leise, während er die Rechnungsquittung aus einem Aktenordner nahm und auf

den Tisch legte.
Aufstöhnend setzte er sich auf seine Couch, streifte die Schuhe aus und ließ sich dann in das weiche Sitzkissen zurückfallen. Von Tag zu Tag wurden die Kopfschmerzen besser, aber ganz ohne Schmerzmittel wollte er es dann doch nicht aushalten. Jetzt waren sie gerade noch erträglich. Er schloss die Augen, öffnete diese aber bereits einige Sekunden später wieder. Winter war einfach zu aufgedreht, um jetzt abschalten zu können. Wieder war ein Tag vergangen, an dem man kein Lebenszeichen von Alexander Kant erhalten hatte. Winter umfasste mit beiden Händen seinen Kopf und starte auf den Tisch vor sich.
Plötzlich kam eine Meldung auf seinem Handy, die er bisher noch nicht erhalten hatte. Sein Speicher wäre voll, und er könne sich gegen ein monatliches Entgelt diesen erweitern lassen.
»Das ist bestimmt dieser blöde Film, welchen Bienenmännchen aufgenommen hat«, überlegte er kurz.
Er nahm das Handy und suchte die Videoaufnahme.
Bevor er sie löschen wollte, beschloss er, sich den Inhalt doch einmal anzuschauen. Vielleicht waren ja ein paar schöne Landschaftsaufnahmen dabei.
Winter drückte auf Play und der Film begann.
Er verfolgte, wie die Drohne über das Haus der Nowacks hinwegschwebte und dann führungslos über die Landschaft flog. Er sah unter sich die bebauten Felder und Gärten der Einwohner, einen kleinen Bach, der zwischen den Gärten hindurchfloss und plötzlich entdeckte er Nowack.
»Jetzt brate mir doch einer einen Storch«, stieß er verwundert aus und glaubte, seinen Augen nicht zu trauen.
Aus der Vogelperspektive beobachtete er, wie Nowack zwischen den Gärten hindurchlief und sich gezielt einem alten

Gebäude näherte.
Es sah aus wie eine Kläranlage, die aber schon lange Zeit nicht mehr genutzt wurde und langsam zerfiel. Nowack blieb wenige Meter vor einigen Treppenstufen stehen. Mehrfach blickte er sich um, als wollte er prüfen, dass sich außer ihm keine weitere Person dort befand. Dann zog er etwas aus der Hosentasche und verschwand anschließend im Innern der Ruine.
»Bienenmännchen, ich habe dir wirklich Unrecht getan!«
Er nahm das Handy und wählte mit zitternden Fingern die Nummer von Wittmann. Doch dieser nahm den Anruf nicht entgegen.
»Verdammt, geh schon ans Telefon …«, rief er aufgeregt in sein Telefon hinein, doch diese Aufforderung blieb ungehört. Die Mailbox von Wittmann schaltete sich an.
»Björn, rufe mich bitte sofort an. Ich glaube, ich weiß jetzt, wo Kant und die entführten Kinder stecken!«
Er legte auf und lief dann nachdenklich in seinem Wohnzimmer auf und ab. Als nach fünf Minuten noch immer kein Rückruf erfolgte, zog er sich seine Schuhe an, warf sich die Jacke über und verließ dann mit schnellen Schritten das Haus. Das Gebäude konnte nicht weit von Nowacks Elternhaus entfernt sein. Obwohl es bereits dunkel wurde, wollte er nicht noch länger warten.
Jetzt war er wie ein Hai, der Blut gerochen hatte und der nichts unversucht lassen würde, um sich seine Beute zu schnappen.

Anscheinend hatte jemand die beiden Stahlgewinde der Baustellentür mit einer Zange gegen den obenliegenden Holzpflock angezogen. Kant hatte versucht, das Gewinde auf der linken Seite aufzudrehen, kam hier aber keinen Millimeter voran. Daher nahm er den Stofffetzen und wickelte ihn um das rechte Gewinde. Mit aller Kraft, die er aufwenden konnte, versuchte er das Gewinde nach links und somit nach unten zu drehen. Bei seinem zweiten Versuch gelang es ihm. Die Stange hatte sich etwas nach unten drehen lassen, doch lange noch nicht weit genug.

Kant machte eine kurze Pause, lockerte seine Hände und den Bizeps und versuchte es dann noch einmal.

Das Gewinde begann, sich schwerfällig zu bewegen. Langsam, Umdrehung für Umdrehung, gab die Stange der Gewalt von Kant nach und ließ sich weiter herausdrehen. Doch noch immer konnte er die Tür nicht nach draußen drücken, da das linke Gewinde die Baustellentür im Rahmen festhielt.

Noch einmal wickelte Kant das Tuch ab und befestigte es wieder an der linken Stange. Er spuckte in seine noch immer klebrigen Hände, packte das Gewinde fest an und versuchte, es mit aller Gewalt nach links zu drehen. Doch es gelang ihm nicht.

»So eine verdammte Scheiße«, fluchte er ganz leise, um die Kinder nicht zu wecken. Er konnte jetzt nur noch versuchen, die Tür an der rechten Seite nach außen zu drücken. Vielleicht gelang es ihm durch die Hebelwirkung, die Tür komplett aus der Verankerung heraus zu reißen. Mit seinem ganzen Gewicht warf er sich gegen die Tür, die unter seine Kraft nachgab, und sich ein paar Zentimeter mitsamt dem Türrahmen nach außen verschieben ließ. Nicht weit genug, dass er oder die Kinder hindurchkriechen konnten, aber zumindest war ein Anfang geschafft.

Die Kinder waren durch den Knall, den sein Sprung gegen die Tür ausgelöst hatte, aufgewacht und sahen ihn nun

verängstigt an.
»Habt keine Angst! Ich versuche gerade, die Tür zu öffnen.«
Erneut nahm er Anlauf und sprang mit der Schulter voran gegen die metallene Pforte. Wieder gelang es ihm, den Spalt ein wenig zu vergrößern.
»Ich muss nur einmal kurz verschnaufen und etwas Kraft tanken, dann ramme ich diese beschissene Tür aus dem Rahmen heraus!«

Es war bereits dunkel, als Winter das Dorf erneut erreichte.
Da er in etwa die Richtung kannte, in der die ausgediente Kläranlage stehen musste, versuchte er sein Glück, indem er in eine Straße einbog, die ziemlich am Ende des Dorfes direkt an den Äckern und Feldern lag. Die Straße war nicht asphaltiert und mit tiefen Schlaglöchern versehen, die ihn zwangen, langsam zu fahren. Für einen Traktor oder Mähdrescher war dieses Gelände sicherlich gut geeignet, nicht aber für seinen Mittelklassewagen.
Nach einer langen, holperigen Fahrt, erschien vor ihm eine geschlossene Schranke, die seine Weiterfahrt verhinderte.
Winter hielt an und schaltete den Motor aus. Aus dem Handschuhfach nahm er die Taschenlampe, stieg aus und begann, den Weg zu Fuß weiter zu gehen.
Während das Licht der Lampe über den unebenen Weg leuchtete, klingelte Winters Handy.
»Mensch, wo warst du denn, Björn?«, fragte er mürrisch nach, als er endlich dessen Stimme hörte.
»Entschuldige, dass ich auch einmal Feierabend habe und meine Freizeit ohne mein Handy im Fitnessstudio verbringe.«
»Ja, ist ja schon gut, Björn …«
»Was glaubst du denn, wo die Kinder sind, Pascal?

Sag jetzt aber bitte nicht, dass sie im Haus von diesem Nowack eingesperrt sind!«
»Nein, da sind sie nicht. Aber ganz in der Nähe. In so einer alten Kläranlage am Ortsrand, die anscheinend schon lange außer Betrieb ist.«
»Und wie kommst du darauf? Hast du irgendwelche Beweise, Pascal?«
»Ich habe mir eine Drohne besorgt und Nowack aus der Luft verfolgt. Dabei habe ich gesehen, wie er dieses Gebäude betreten hat. Ich bin mir sicher, dass er hier die Kinder versteckt hat und vielleicht auch Kant!«
Auf der anderen Seite der Leitung war es einen Moment still.
»Und was soll ich jetzt tun? Wieder einen Großeinsatz starten, auf die Gefahr hin, dass du dich erneut getäuscht hast, und dieser Nowack einfach nur einen Spaziergang gemacht hat?«
Winter war kurz vor dem Platzen.
»Das ist doch aber besser, als gar nichts zu tun! Wir müssen jeder Spur nachgehen oder willst du auf der Couch sitzen bleiben und warten, bis sich der Entführer von alleine bei dir meldet? Was ist nur los mit dir, Björn?«
»Ich sage dir das jetzt als dein Freund, Pascal! Ich weiß, dass du diesen Nowack nicht leiden kannst und vollkommen darauf fixiert bist, dass er der Entführer und der Mörder der Kinder ist, aber, du hast keinerlei Beweise! Schon beim letzten Mal standen wir wie die Idioten da, als wir bei ihm eine Hausdurchsuchung gemacht haben. Das kann ich nicht noch einmal verantworten, Pascal!«
Winter blieb stehen und starrte verständnislos auf sein Handy.
»Gut, dann ziehe ich das alleine durch. Dann wünsche ich dir noch einen schönen, erholsamen Abend auf der Couch!«
»Warte … Pascal, höre mir zu …«
Doch der beendete das Gespräch und schaltete das Handy

komplett ab.
Als er weiterlief, erschien vor ihm ein dunkler, großer Schatten. Es war das Gebäude, welches er auf dem Video gesehen hatte. Er versuchte, sich zu erinnern, an welcher Stelle Nowack in das Haus hineingegangen war.
»Da war eine Treppe …«, erinnerte er sich. Langsam lief er an der maroden Kläranlage entlang und ließ dabei das Taschenlampenlicht durch die Dunkelheit wandern.
»Das ist sie!« Winter war sich sicher, dass nur wenige Meter vor ihm die Treppe zu sehen war, die Nowack genutzt hatte, um in das Gebäude zu gelangen.
Vorsichtig stieg er Stufe für Stufe hinauf, ging durch den türlosen Betonrahmen hindurch und fand sich in einem Flur wieder, von dem aus mehrere Zimmer nach rechts und links abzweigten. An den Wänden waren bunte Graffitis aufgesprüht, deren Bedeutung er aber nicht weiter beachtete. Überall am Boden lagen Glassplitter, alte Holzbalken und vergilbtes Papier. Es roch modrig, obwohl die Fenster alle zerstört worden waren, und der Wind ungehindert in das Gebäude dringen konnte. Winter ging langsam von Zimmer zu Zimmer, leuchtete alles ab, konnte aber nichts entdecken.
»Wo hast du sie versteckt, du verdammtes Schwein?«
Plötzlich überkam ihn die Angst, dass die Kinder vielleicht nicht mehr am Leben waren und Nowack deren Leichen, in Gewebesäcken verpackt, hier irgendwo abgelegt hatte.
»Wenn du sie umgebracht hast, dann wirst du diese Nacht nicht überleben, Joshua!«
Plötzlich hörte er einen einzigen donnernden Schlag. Es klang, als ob man etwas Schweres gegen eine Metallwand geworfen hätte.
»Es kam von unten… hier muss irgendwo ein Keller sein…«
Mit gezogener Waffe ging er langsam weiter. Dann sah er eine

Treppe, die abwärtsführte. Vorsichtig nahm er die erste Stufe und blieb dort einen Moment reglos stehen.
Erneut erklang der dumpfe Donner, der ganz aus der Nähe zu kommen schien.
Ganz langsam, um kein Geräusch zu verursachen, lief er die Stufen hinab. Die Taschenlampe hatte er bereits ausgeschaltet, damit sie ihn nicht verriet. Dann sah er, nur wenige Meter vor sich, einen kleinen Spalt, durch den etwas Neonlicht nach draußen drang.
Geduckt ging er auf den Lichtschein zu, drückte sich gegen die Wand und spähte dann vorsichtig durch den schmalen Spalt hindurch.
Er sah in einen Raum hinein, in dem sich zwei Kinder befanden, die dort ganz leise auf einer Decke auf dem Boden saßen. Beim zweiten Hinsehen erkannte er, dass es sich dabei um Zwillinge handelte. Sein Herz schlug noch schneller als zuvor. Seine Intuition hatte ihn also nicht getäuscht. Plötzlich nahm er einen weiteren Schatten wahr, der sich der Tür näherte.
Winter hob die entsicherte Waffe an. Wenn Nowack jetzt auftauchte, würde er ihm eine Kugel durch sein krankes Gehirn jagen. Der Schatten kam näher. Langsam bewegte Winter den Abzug seiner Waffe nach hinten.
»Ich versuche es jetzt noch einmal, Kinder.«
Winter fuhr es durch Mark und Bein.
Diese Stimme kannte er.
»Alex«, rief er durch den Spalt hindurch.
Ein Auge erschien am Türspalt und schielte hindurch.
»Pascal? Verdammt Pascal, bist du das?«
»Ja, ich bin es, Alex. Ich bin so froh, dass du lebst! Ich dachte schon…«
»Mensch, ich doch auch! Schnell, du musst mir helfen, damit

wir diese blöde Tür aus der Verankerung bekommen. Du musst zu dir ziehen, während ich dagegen drücke!«
»Eins, zwei, drei …«
Gegen zwei Männer, die zwar beide verletzt waren, deren Körper aber gerade mit Adrenalin geflutet wurde, hatte die roten Baustellentür keine Chance. Der Holzbalken, der auf der rechten Seite durch das Gewinde gegen den Betonrahmen gepresst wurde, zerbarst und die Tür wurde nach außen geschleudert. Mit einem beherzten Sprung, was mit einem Gips Arm nicht so einfach war, brachte sich Winter aus der Gefahrenzone heraus.
Die beiden Männer sahen sich erst kurz an, dann schlossen sie sich fest in die Arme.
»Ich war in meinem ganzen Leben noch nie so froh, dich zu sehen, Pascal! Warum hat das verdammt noch einmal so lange gedauert?«
»Du kannst froh sein, dass ich überhaupt nach dir gesucht habe, du alter Stinkstiefel! Alle anderen waren erleichtert, als du endlich weg warst.«
Sie lachten beide auf und reichten sich die Hand.
»Danke, Pascal! Du bist ein echter Freund!«
»Wir sollten jetzt von hier verschwinden und die Kinder in Sicherheit bringen.«
Kant stimmte ihm zu.
»Kommt Kinder, wir sind frei!«, rief er den Zwillingen zu, die sich zögerlich näherten.
»Das ist mein Freund Pascal. Er ist auch Polizist. Wir bringen euch jetzt ganz schnell weg von hier. Ich habe euch doch versprochen, dass ihr bald wieder zu Hause sein werdet!«
Gemeinsam verließen sie den Raum und liefen mit schnellen Schritten durch das Gebäude hindurch.
»Wo sind denn die anderen?«, frage Kant überrascht, als er

keine weiteren Beamten entdeckte.
»Die liegen alle zu Hause auf der Couch. Ich bin alleine hier.«
Kant sah seinen Kollegen irritiert an.
»Das ist jetzt nicht dein Ernst, Pascal?«
»Mein Auto steht da vorne. Wir verschwinden von hier und dann kommen wir mit der Kavallerie zurück und nehmen diesen Irren fest.«
Während sie ohne Taschenlampenlicht zum Auto liefen, brannte Kant eine Frage auf den Lippen.
»Woher wusstest du, dass Nowack mich entführt hat?«
Winter sah ihn an, ohne in der Dunkelheit dessen Gesicht zu erkennen.
»Wer sollte es denn sonst sein? Kein anderer würde dich freiwillig entführen.«

Als Joshua am frühen Morgen erwachte, ging es ihm bereits viel besser. Die Enttäuschung des vergangenen Tages hatte sich gelegt, und nun freute er sich darauf, dass die Zwillinge schon bald ein Teil der kleinen Familie werden sollten. Auch dass Kant nun endlich aus seinem Leben verschwand, stimmte ihn zusätzlich fröhlich.
»Joshua, warte hier, bis ich wieder zurück bin!«
Gabriel sah in den Spiegel und richtete sich den Kragen seines Hemdes. Wie immer war er frisch rasiert und seine Haare waren ordentlich gekämmt. Auf dem Tisch lag ein schwarzer Ledergürtel mit einer massiven Metallschnalle.
Gabriel nahm ihn in die Hand, führte ihn dann lächelnd durch die Stofflaschen seiner Anzugshose hindurch und zog ihn soweit zu, dass er am Bauch nicht spannte.
»Du siehst immer so schick aus, Gabriel.«
»Danke, großer Bruder. Heute ist ein Festtag für uns beide,

Joshua. Du bekommst deine neuen Freunde und ich bekomme meine Rache.« Gabriel lachte in den Spiegel hinein, aus dem heraus Joshua ebenfalls in das Lachen mit einstimmte.
»Ich werde jetzt noch etwas frühstücken, damit ich später die nötige Kraft für meine Schläge habe.«
Gabriel strich sich noch einmal durch sein Haar, dann ging er in die Küche. Er goss sich etwas Milch in ein Glas und nahm sich eine Scheibe Brot. Diese bestrich er großzügig mit Butter und Erdbeermarmelade.
Während er genüsslich aß, sah er durch das Fenster auf die Straße hinaus. Dort stand sein Sportwagen, dessen blauer Lack im Licht der einfallenden Sonnenstrahlen wunderbar glänzte. Der Porsche sah aus, als hätte man ihn speziell für eine Ausstellung noch einmal mit viel Mühe hergerichtet.
Später würde er vielleicht noch eine kurze Runde drehen. Ja, später, wenn alles erledigt war, und er endlich wieder zur Ruhe kam.

Als Kommissar Kant und sein Kollege Pascal Winter das Polizeipräsidium betraten und im Schlepptau die beiden entführen Kinder hatten, wurden die Gesichter der Anwesenden immer länger.
Auch Björn Wittmann glaubte, seinen Augen nicht trauen zu können.
»Aber … aber wie …?«, stammelte er von seinem Schreibtisch aus einige unzusammenhängende Wörter hervor, als sich Winter direkt vor ihm aufbaute.
»Jetzt stehst du wie ein Idiot da, Björn. Das hätte man sicher vermeiden können.«
Kant hatte Hunger, wollte duschen und sich frische Kleidung

anziehen.
»Pascal, ich muss schnell mal nach Hause fahren. Kannst du mir kurz dein Auto leihen? Ich brauche dringend eine Dusche und frische Kleidung, damit ich nicht mehr wie ein Iltis rieche.«
Winter warf ihm den Schlüssel zu.
»Ich bin in etwa einer Stunde wieder da. Stellt ein Team zusammen, damit wir Nowack festnehmen können. Ich übernehme dann wieder das Kommando. Ruft die Eltern der Zwillinge an, damit sie die beiden abholen können!«
Er lief zu den beiden Jungs hinüber und streichelte ihnen über die Köpfe.
»Jetzt könnt ihr wieder nach Hause fahren. Ich besuche euch morgen daheim, und dann könnt ihr mir einmal eure Zimmer zeigen – einverstanden?«
Die beiden Jungs lächelten. Man merkte ihnen an, dass sie müde und verstört waren. Kant hoffte, dass dieses Erlebnis keine bleibenden Schäden bei den Kindern hinterlassen würde. Die Zwillinge würden jetzt erst einmal in Psychologische Behandlung kommen, damit Sie die Entführung aufarbeiten und auch verarbeiten konnten.
»Ich beeile mich!«, rief er Winter zu, während er zur Tür eilte.
»Und rufe deine Frau an, Alex!«
»Verdammt, ich habe kein Handy, Pascal. Kann ich schnell…?«
»Nimm es mit. Gib es mir später wieder.«
Kant bedankte sich und verließ das Revier. Noch bevor er auf der Straße war, hatte er die Nummer seiner Frau gewählt.
»Hallo Pascal«, meldete sie sich ganz verschlafen, »bitte sag mir, dass ihr Alex gefunden habt und dass es ihm gut geht!«
»Ja, es geht mir gut, Schatz. Es tut mir leid, dass ich mich nicht bei dir gemeldet habe, aber mein Handy …»

Ein lauter Schrei gefolgt von einem lauten Aufheulen erklang aus dem Hörer.
»Alex, mein Gott. Ich bin so froh dich zu hören, ich dachte schon, dass du …«
»Nein, es ist alles in Ordnung, Nicole. Wie geht es deiner Mutter?«
Sie sprachen einige Minuten miteinander und tauschten die wichtigsten Informationen aus. Während sie sprachen, war er bereits in Winters Auto eingestiegen und auf dem Weg nach Hause. Erst jetzt, als die Anspannung etwas von ihm abgefallen war, merkte er, dass er großen Hunger hatte. Daher machte er einen kurzen Umweg, zum großen gelben M, dem Schnellrestaurant, das auch zu dieser frühen Stunde aufhatte und bestellte sich am Drive In vier große Hamburger zum Mitnehmen und einen großen Becher koffeinhaltiger Limonade.
Zwei der Hamburger aß er bereits während der Fahrt.
Zuhause angekommen sprang er unter die heiße Dusche, rasierte sich und zog sich frische Kleidung an.
Jetzt endlich fühlte er sich wieder wie ein Mensch.
Bevor er wieder losfuhr, trank er noch eine Tasse Kaffee.
Oh, wie sehr hatte er dieses schwarze, starke Gebräu in den letzten Tagen vermisst. Mittlerweile setzte die Müdigkeit bei ihm ein, eine Folge davon, dass er die letzten Tage während seiner Gefangenschaft nur sehr wenig geschlafen hatte. Doch er kämpfte dagegen an und betrat, wie versprochen, eine knappe Stunde später erneut das Revier.
Winter wartete bereits mit vier Einsatzwagen und acht Polizisten auf sein Erscheinen.
»Ich bin bereit, wenn du es bist, Alex!«
Kant musste grinsen, da er dieses Zitat aus dem Film „Das Schweigen der Lämmer“ kannte. Dr. Hannibal Lecter

benutzte diesen Spruch immer dann, wenn seine Wärter kamen, um ihn in eine Zwangsjacke zu stecken.
»Alles klar, Hannibal. Ich bin gleich soweit. Ich muss nur noch schnell zu Dr. Weigand. Wir treffen uns in ein paar Minuten wieder alle Mann hier, damit wir eine Lagebesprechung durchführen können.«
Als er wieder eintraf, wartete sein Team bereits auf ihn.
In gewohnter Form gab er seinen Männern die notwendigen Informationen und Instruktionen.
»Wenn möglich, möchte ich ihn lebend haben!«
Die Männer stiegen ein, und der Konvoi der Polizeifahrzeuge setzte sich ohne Blaulicht in Bewegung.

Gabriel schloss die Haustür auf und sah nach draußen.
Wie immer herrschte die gewohnte Stille um diese Zeit.
Meist waren die Nachbarn erst in den späten Morgenstunden oder nach der Mittagszeit aktiv damit beschäftigt, ihren Rasen zu mähen oder irgendwelche Renovierungsarbeiten an ihren Häusern durchzuführen.
Trotzdem, fand Gabriel, war es an diesem Morgen noch ruhiger als sonst. Es war verdächtig still.
Ein ungutes Gefühl überkam ihn.
Langsam lief er aus dem Haus heraus, blieb im Vorgarten stehen und sah sich nach allen Richtungen um.
Alles schien wie sonst zu sein.
Er sah auf die Uhr und betätigte den Pulsmesser.
Sekunde später bestätigte die Anzeige auf dem runden Display, dass sein Puls etwas zu hoch war. Gabriel bemerkte zudem, dass seine Hände leicht zu zittern begannen.
»Etwas stimmt hier nicht«, dachte er und begann, rückwärts laufend wieder zurück ins Haus zu gehen.

»Joshua, halte dich bereit!«
»Was ist passiert, Gabriel«, fragte die Stimme seines Bruders aus dem Nichts.
»Ich weiß es nicht.« Gabriel schlich zum Fenster hin, verbarg sich hinter der schmutzigen Gardine und sah auf die Straße hinaus. Plötzlich nahm er eine schnelle Bewegung wahr.
»Da draußen ist jemand, Joshua.«
»Ist es die Polizei?«
Gabriel begann zu schwitzen. Kleine Schweißperlen bildeten sich auf seiner Stirn und auf der Oberlippe.
Plötzlich kam Bewegung auf. Immer mehr Männer in schwarzen Overalls liefen in geduckter Haltung die Straße entlang. Sie trugen schwere Waffen.
»Verdammt«, schrie Gabriel plötzlich auf, als er unter ihnen den Mann erkannte, welchen er am heutigen Morgen erschlagen wollte.
»Kant ist dabei. Wie konnte er sich nur befreien?«
»Kommissar Kant?«, fragte Joshua ungläubig nach.
»Ja, wer denn sonst. Du machst mich verrückt mit deinen Fragen, Joshua. Sei jetzt endlich still und lasse mich überlegen, was wir tun können.«
Gabriel drückte beide Handflächen gegen seine Schläfen.
»Wir müssen in den Garten!«
Schnell lief er zum Küchenfenster, öffnete dieses und sprang hinaus. In geduckter Haltung sah er sich suchend um. Anscheinend hatte die Polizei das Haus noch nicht umstellt.
So schnell er konnte, lief er ein Stück den verwilderten Garten hoch und versteckte sich dann hinter dem baufälligen Gartenhaus.
»Joshua Nowack. Kommen Sie mit nach oben gestreckten Händen aus dem Haus. Hier spricht die Polizei. Leisten Sie keinen Widerstand, dann wird Ihnen auch nichts geschehen!«

Gabriel hatte klar und deutlich die Aufforderung gehört.
Nein, so leicht würde er sich nicht geschlagen geben.
Im Schutz des hoch gewachsenen Grases lief er weiter die Anhöhe hinauf. Wenn er den Wald erreichen würde, dann könnte er sich dort verstecken. Joshua und er kannten diesen Wald wie ihre eigene Westentasche.
»Joshua, wir müssen den Wald erreichen, dann sind wir in Sicherheit!«
»Ich habe Angst, Gabriel!«
Gabriel hörte einen dumpfen Schlag und zerberstendes Glas. Die Polizisten hatten die Tür eingeschlagen und würden nun bald feststellen, dass er sich nicht im Haus befand.
Bis zum Wald waren es noch ungefähr fünfhundert Meter.
Gabriel spurtete los.
»Da oben ist er!«
Er hörte eine laute Stimme, die vom Haus zu ihm herüberschallte.
»Bleiben Sie stehen oder wir schießen!«
Doch Gabriel lief weiter. Er schlug Haken wie ein Feldhase, der vor einem Fuchs flüchtete.
Der Wald kam immer näher, doch er war noch immer zu weit entfernt.
»Der Friedhof«, kam es ihm plötzlich in den Sinn.
Er lief nach links, rannte so schnell er konnte seinem Ziel entgegen. Das Herz schlug so fest in seiner Brust, dass diese bereits zu schmerzen begann.
»Wir verstecken uns auf dem Friedhof, Joshua.«
Vor ihm tauchte das eiserne Tor auf, das sich auch an diesem Tag geräuschlos öffnen und auch wieder schließen ließ.
Der steinerne Engel mit nur einem Flügel sah ihm mit bösem Blick entgegen, als würde er ihm befehlen, diesen Ort wieder zu verlassen.

»Hilf uns!«, flehte ihn Gabriel wortlos an, während er auf die Statue zulief. Aus der Ferne hörte er laute Stimmen.
Die Polizisten folgten ihm und kamen immer näher.
Gabriel warf sich mit einem mächtigen Satz hinter die bronzene Statue, wo er reglos in deren Schatten liegen blieb. Sein Puls raste, sein Herz schien zu zerbersten.
Vorsichtig drehte er sich zur Seite und sah zwischen zwei Büschen hindurch zum Friedhofstor.
Zwei der schwarzgekleideten Männer sahen prüfend in seine Richtung, wandten sich dann aber wieder ab und liefen weiter in Richtung Waldrand.
»Ja, geht ihr nur alle in den Wald, ihr Dummköpfe«, flüstere Gabriel mit einem breiten Grinsen.
Nun stand auch Kant am Friedhofstor. Lange blieb er dort stehen. Er sah genau in seine Richtung.
Gabriel erschrak.
Hatte Kant ihn gesehen? Das war unmöglich!
Langsam öffnete der Kommissar das Tor, und dann betrat er das Areal der Toten. Suchend blickte er zwischen die Grabsteine.
»Wo bist du, Joshua? Ich weiß genau, dass du hier bist, denn ich kann deine Angst riechen!«
Mit gezogener Waffe kam Kant dem steinernen Engel immer näher.
Gabriel drückte sich noch tiefer in den Schatten der Statue.
»Warte!« Eine weitere Person, die Gabriel sofort erkannte, kam auf den Friedhof gelaufen. Es war Pascal Winter, der völlig außer Puste war und erneut das Schlusslicht der Beamten bildete.
»Hast du ihn gesehen? Ist er hier?«
»Ja, er ist auf diesem Friedhof. Ich habe ihn gefunden, Pascal!«

Gabriel wollte schon aufspringen, doch er bemerkte noch rechtzeitig, dass sich Kant von ihm abgewandt hatte.
»Hier ist sein Grabstein. Joshua Nowack. Geboren am 16. Mai 1992. Gestorben am 24. Dezember 2001. Die Namen seiner Eltern und ihre Daten sind ebenfalls zu sehen. Alle Welt glaubt, dass hier Joshua begraben liegt. Dabei ist es Gabriel.«
Winter stand nun direkt neben ihm.
»Ein großer Grabstein, aber zwei Gräber, die deutlich abgegrenzt sind. Warum hat der Junge ein eigenes Grab bekommen? Legt man sonst die Leichen nicht in eine Grube hinein?«, wollte Winter leise wissen.
»Vielleicht so eine kirchliche Sache, da der Vater den eigenen Sohn erschlagen hat. Wer weiß?«
Kant sah wieder zu dem Engel hin.
»Vielleicht kannst du ja dieses Geheimnis lüften, Joshua?«
Gabriel schrak zusammen.
»Ich weiß längst, dass du da bist und dich vor uns versteckst. Ich habe dein Parfüm gerochen. Schon als ich den Friedhof betrat. Du bist also heute als Gabriel unterwegs? Das hat dich verraten! Joshua trug kein Parfüm, als wir mit ihm sprachen. Ist das eigentlich nicht anstrengend, wenn man sich dauernd umziehen muss und seine Mimik verändern, je nachdem, welche Person man gerade verkörpern möchte?«
Winter sah Kant irritiert an und ging vorsichtig einen Schritt zurück.
»Dein Spiel ist aus, Joshua. Du kannst jetzt dein Versteck verlassen!«
Gabriel wusste, dass er verloren hatte. Langsam stand er auf und gab sich zu erkennen.
»Wie konnten Sie sich befreien? Oder hat Sie jemand gefunden?«

Kant ging mit vorgehaltener Waffe auf ihn zu.
»Ich konnte mich selbst befreien. Das war gar nicht so schwer. Doch jetzt zu dir. Du wirst jetzt für deine Taten bestraft werden, Joshua. Es wird eine sehr lange Zeit werden, die du in einer geschlossenen Anstalt verbringen wirst.«
»Warum denken Sie immer, dass Sie klüger sind als ich, Herr Kant?«
Gabriel streckte seine Hand nach vorne, in der man eine Spritze sehen konnte.
»Eigentlich war diese ja für die Zwillinge gedacht. Doch nun hat sich die Lage geändert, und ich werde sie für mich und Joshua verwenden. Sie haben schon wieder verloren, Herr Kant!«
Gabriel nahm die Spritze und stach sie sich mit einer schnellen Bewegung in den Arm.
»Alex, tue doch etwas«, schrie Winter neben ihm.
Doch Alexander Kant blieb die Ruhe selbst.
»Ich nehme an, dass es sich bei dem Inhalt der Spritze um Pentobarbital handelt. Habe ich recht?«
»Sie haben ihre Schulaufgabe gemacht, Herr Kommissar.«
Gabriel schwankte leicht und hielt sich mit der Hand an der Engelstatue fest.
»Und Joshua ist damit einverstanden, dass du das tust?
Du bist ja bereits tot, Gabriel! Jetzt tötest du aber gerade deinen Bruder – beziehungsweise du tötest dich selbst, Joshua!«
Das Gesicht von Nowack veränderte sich zu einer wütenden Grimasse. »Natürlich ist Joshua einverstanden! Glauben Sie, er möchte lebenslang in einem Gefängnis verrotten?»
Gabriel lachte laut auf.
Auch Kant stimmte in das Lachen mit ein und war sogar noch lauter als Nowack.

»Du glaubst wirklich, dass du in ein Gefängnis kommen würdest, Joshua? Nein, du kommst in eine geschlossene Anstalt. Dort ist es noch viel schlimmer als in einem Gefängnis!«
Nachdem er die Sätze gesprochen hatte, sprang er nach vorne und stach dem völlig irritierten Nowack etwas in die Brust hinein.
Der stolperte mit einem entsetzten Gesichtsausdruck nach hinten und hielt sich die Hand an die schmerzende Stelle.
»Was war das?«, Nowack sah ihn überrascht an.
»Es gibt für fast jedes Gift ein Gegenmittel. So auch gegen Pentobarbital! Du wirst also nicht sterben, sondern dein restliches Leben in einer Irrenanstalt verbringen, Joshua!«
Nowack sackte in sich zusammen, konnte sich nicht mehr an der Statue festhalten und rutsche zum Boden hinab.
»Nein«, versuchte er noch zu schreien, doch seine Stimme versagte bereits und er fiel in einen tiefen Schlaf.
Mittlerweile hatten sich auch die restlichen Beamten auf dem Friedhof eingefunden und das Ende der Szene mitbekommen.
»Bringt ihn zum Dorf hinunter. Wir fahren ihn dann direkt in ein Krankenhaus.«
»Woher hattest du dieses Gegenmittel, Alex?«
Kant lächelte.
»Bevor wir hierhergefahren sind, war ich doch noch bei unserem Gerichtsmediziner Dr. Weigand. Ich wollte auf Nummer sicher gehen, falls sich Joshua Nowack das Leben nehmen wollte. Ich habe einfach eins und eins zusammengezählt, und bin auf die richtige Lösung gekommen.«
»Chapeau, mein Lieber. Ich ziehe meinen Hut vor dir!«
Mit einer leichten Geste deutete Winter genau diese

Bewegung an.
»Weißt du, auf was ich mich jetzt am meisten freue, Pascal?«
»Ich nehme an, auf Nicole?«
»OK, du hast recht. Ich meinte natürlich auf das Zweitmeiste!«
»Ich ahne es, Alex!« Winter begann zu grinsen.
»Dann mache sie mal so richtig nieder!«

Zwei Tage später trat Alexander Kant vor das Polizeipräsidium, vor dem sich mehr als zwei Dutzend Journalisten eingefunden hatten.
Kurz sah er durch die Reihen hindurch und entdeckte unter den Anwesenden seine persönliche Freundin: Theresia Pötsch. Sie hatte es sich nicht nehmen lassen, persönlich zu erscheinen und starrte ihn wie gewohnt feindselig an.
»Kommissar Kant, wie kam es zur Wendung dieses Falles?«
Mehrere Fragen prasselten auf ihn ein.
Kant hob die Hand in die Höhe.
»Bevor ich Ihre Fragen beantworte, möchte ich Frau Theresia Pötsch zu mir bitten.«
Alle Augen richteten sich auf die Journalistin, die im ersten Moment nicht wusste, wie sie sich verhalten sollte.
»Kommen Sie schon zu mir. Sonst sind Sie doch auch nicht so schüchtern und zurückhaltend!«
Ihre Kollegen traten einen Schritt zur Seite und bildeten so eine schmale Schneise, durch die sie nach vorne laufen konnte. Als sie neben ihm stand, lächelte Kant sie siegessicher an.
»Ich habe Frau Pötsch nach vorne gebeten, da ich mich bei ihr bedanken möchte!«
Sie sah ihn erstaunt an, dann erschien ein Lächeln in ihrem

geschminkten Gesicht und sie sah hochnäsig zu ihren Mitstreitern hinab.
»Ja, ich möchte mich tatsächlich für den Dilettantismus bedanken, mit dem sie ihre Berichte verfasst und dem Ansehen der Polizei dadurch immer wieder geschadet hat.«
Ihr Lächeln verschwand und sie sah in wütend an.
»Ihren Berichten haben wir es zu verdanken, dass wir im Hintergrund die wahren Fakten, die natürlich in ihren Texten fehlten, bearbeiten konnten. Diese Fakten und die Bemühungen aller meiner Kollegen, die zuvor so schändlich von Frau Pötsch als *unfähige Beamte* betitelt wurden, haben dazu geführt, dass wir das Ablenkungsmanöver des wahren Täters sehr schnell durchschaut haben und ihn vor zwei Tagen zur Strecke bringen konnten. Durch dieses *stille Vorgehen* konnten wir die Entführung zweier weiterer Kinder sofort aufdecken und den wahren Mörder auf frischer Tat ertappen.«
»Pascal, ich würde dich bitten, mir die Trophäe zu bringen.«
Winter lief zu ihm und überreichte ihm eine große Papiertüte. Kant nahm diese entgegen.
»Ja, Frau Pötsch. Im Namen aller Kollegen möchte ich Ihnen etwas übergeben. Für mich selbst ist es natürlich das allergrößte Anliegen, mich für Ihre tolle Berichterstattung zu revanchieren und Ihnen dieses kleine Geschenk zu überreichen.«
Die Blicke, die sie ihm in diesem Moment zuwarf, waren tödlich, doch Kant genoss die Situation und hielt ihnen stand.
Aus der Tüte zog er einen Gegenstand, dessen Motiv nicht wirklich erkennbar war. Es war ein hässliches Gebilde, das aussah, als hätte man eine faulende Orange mehrfach gegen eine Betonwand geworfen.
»Wie in der Filmwelt für den schlechtesten Film, möchten wir

Ihnen, liebe Frau Pötsch, für die schlechteste Berichterstattung die goldene Himbeere überreichen.
Sie finden sicherlich einen guten Platz in Ihrem Büro, wo sie sie aufstellen und dann immer wieder anschauen können.«
Wutschnaubend, mit erhobenem Kopf, verließ sie ihren Platz, drängte sich, mit beiden Armen platzschaffend, zwischen den Kollegen hindurch, die sich ein Lachen nicht mehr verkneifen konnten.
»Wir senden Ihnen die Trophäe natürlich nach, Frau Pötsch!«
Das war der beste Tag seit langem.
Kant hatte sich gerächt und diese selbstgefällige Ziege so richtig vorgeführt.
Winter, der noch immer neben ihm stand, grinste ebenfalls über das ganze Gesicht.
»Das war eben richtig böse, Alex!«
»Du meinst so richtig böse?«
»Ja, so richtig böse!«
»Prima. Ich denke, die Retourkutsche wird nicht lange auf sich warten lassen. So lange sollten wir unseren Triumpf ausgiebig genießen.«

Als Joshua Nowack einige Stunden später erwachte, wusste er nicht, wo er sich befand. Er lag an Händen und Füßen fixiert in einem Bett, welches sich in einem weißen, sterilen Raum befand, dessen einziges Fenster mit einem Gitter versehen war. Das Inventar des Zimmers war schlicht und bereits in die Jahre gekommen.
»Wo bin ich hier?«
»Sie sind in einer Psychiatrischen Klinik, Herr Nowack.«
Die Stimme kam aus einem Lautsprecher, der irgendwo an der Wand angebracht war.

»Wann kann ich wieder gehen?«
»Sie meinen, wann Sie diese Klinik wieder verlassen können?«
»Ja, wann kann ich wieder nach Hause gehen?«
Die Stimme schwieg einen Moment.
»Das ist Ihr neues Zuhause, Herr Nowack. Sie werden ab heute hier bei uns leben.«
Joshua versuchte, sich aufzusetzen, was ihm aber wegen der Fixierungen nicht gelang.
»Gabriel, bitte hilf mir!«, schrie er flehentlich.
»Gabriel, sag etwas!«
Doch die Stimme in seinem Kopf schwieg.
»Mutter, kannst du mich hören?«
Auch sie gab ihm keine Antwort.
»Haben Sie keine Angst, Herr Nowack. Wir haben Ihnen etwas gegeben, damit die Stimmen in Ihrem Kopf verstummen. Sie werden diese Medikamente nun jeden Tag erhalten.«
»Nein!«, schrie er und brach in Tränen aus.
»Ich verfluche Sie, Kommissar Kant! Ich verfluche Sie!«
Die Tür zu seinem Zimmer öffnete sich, und ein Pfleger in weißer Kleidung kam auf ihn zu. Ohne ein Wort zu sagen, nahm er eine Spritze, deren Inhalt er ihm mit wenig Feingefühl in den Oberschenkel rammte.
Sofort wurden die Konturen um ihn herum unscharf und seine Gedanken zerflossen zu einem inhaltlosen Brei.
Joshua Nowack wünschte sich in sein sicheres Zelt aus weichen Wolldecken und bunten Kissen, in dem er vor der ganzen Welt und allen bösen Menschen sicher war.

Doch in dieses Zelt würde er niemals wieder in seinem ganzen Leben hineinkriechen können.

Joshua Nowack war nun alleine – ganz alleine!

Lieber Leser, wenn Ihnen mein Text gefallen hat, würde ich mich sehr freuen, wenn Sie auf AMAZON eine Rezension einstellen würden.

Herzlichen Dank und bleiben Sie gesund.

Ihr
Andreas Seiller

Andreas Seiller
Geboren und aufgewachsen ist Andreas Seiller in Esthal, einem kleinen Walddorf in der Pfalz. Diese schöne und friedvolle Umgebung fließt immer wieder in seinen Erzählungen mit ein. Seine ersten Texte und sein erstes Bilderbuch veröffentlichte er bereits im Jahr 2004. Von 2005 bis 2007 arbeitete er als nebenberuflicher Lektor für die Weltbild Autorenschule. Danach erschienen über verschiedene Verlage eigene Kinderbücher, ein Jugendbuch, ein lustiger Frauenroman und Texte in verschiedenen Anthologien. Aktuell schreibt er Krimis, Thriller und Horrorgeschichten.

Aktuelle Bücher
2021 erschienen weitere Bücher, die über Amazon erhältlich sind:

»Totenstille – SIE leben UNTER uns« (Horror-Fantasie)
»Chaotische Frau mit faulem Kater sucht Mann
(Lustiger Roman)
»Zerstörung – Dein Mörder wartet schon« (Krimi)
»Joshua – Die verlorenen Kinder« (Thriller)

Weitere Bücher finden Sie auf der Homepage:

https://seillerbuch.jimdofree.com

Weitere Bücher von mir:

In einer kleinen Gemeinde werden in kurzen Abständen zwei brutale Morde verübt. Kommissarin Anne Baumann wird mit der Aufklärung der beiden Fälle beauftragt. Sehr schnell erkennt sie, dass die Opfer selbst Täter waren und mehrfach einer Haftstrafe entgangen sind. Bei ihren Untersuchungen stößt sie auf einen markanten Hinweis, welcher ihr der Mörder absichtlich hinterlassen hat. Ausgerechnet in der Zeit bekommt sie einen neuen Kollegen zugeteilt, obwohl sie eine Einzelgängerin ist und schon gar keinen Mann an ihrer Seite möchte.

Bei den gemeinsamen Recherchen finden sie heraus, dass der Mörder bereits in der Vergangenheit aktiv war. Schon damals hatte er sein Markenzeichen gut sichtbar hinterlassen, welches bei vorherigen Ermittlungen aber keine Beachtung fand. Gemeinsam verfolgen sie die Spuren, die Anne an die Grenzen ihrer psychischen Belastung bringen.

- Ruhe in Frieden -

Es ist der fromme Wunsch der Hinterbliebenen beim Abschied eines Toten, dass dieser in Frieden ruht. Doch sobald das Erdreich den Sarg bedeckt, weiß niemand was mit dem Verstorbenen geschieht. Ein donnerndes Gewitter zieht über das Land hinweg und tränkt das Erdreich mit heftigen Regenfällen. In Folge stürzen auf dem Stadtfriedhof viele Grabstätten ein und
hinterlassen ein Bild der Verwüstung. Als der Friedhofangestellte Roman Slawik mit Hilfe zweier Polizisten die Einsturzstellen überprüft und sichert, stellen sie fest, dass die freigelegten Särge leer sind. Die Toten sind verschwunden! Eine der Leichen wird verstümmelt in der Kanalisation der Stadt aufgefunden.

Doch wie kam sie dorthin und wo sind die anderen Toten?

Die Spur führt unter dem Friedhof tief in das finstere Erdreich hinab, wo die Männer eine furchtbare Entdeckung machen.

Eva ist eine Singelfrau Anfang Vierzig. Nach dem tragischen Tod ihres Goldfisches, beschließt sie nicht mehr alleine leben zu wollen. Ein Mann muss her. Doch diesen zu finden ist nicht so einfach. In ihrer kindlichen Naivität geht Eva einige recht unorthodoxe Wege, die letztendlich alle im Chaos enden. Darunter leidet auch ihr treuer Kater, der eigentlich nur seine Ruhe haben möchte. Doch irgendwie wird dieser immer mit in die Geschehnisse hineingezogen. Gab es den Mann ihrer Träume bereits in der Kindheit und sie hat diesen nur verpasst? Kann ihr der liebe Gott helfen, wenn sie in bei einem Gebet darum bittet? Alle Versuche sind zum Scheitern verdammt, doch dann lernt Eva ihren Adam kennen.

Printed in Poland
by Amazon Fulfillment
Poland Sp. z o.o., Wrocław

89679716R00192